Arnold Küsters
Totenstimmung

W0376859

PIPER

Zu diesem Buch

In einem Wald bei Mönchengladbach wird bei einem Feuerwehreinsatz die Leiche einer jungen Frau gefunden. Offenbar wurde auf sie geschossen, die Todesursache scheint jedoch das Gift von Raupen gewesen zu sein, die mit Flammenwerfern bekämpft werden sollten. Noch rätselhafter ist für die Polizei allerdings die Mundharmonika, die in der Tasche der Toten steckt. Es stellt sich heraus, dass es sich bei der Toten um eine Vermisste mit Down-Syndrom handelt, die in einer Wohngruppe für Behinderte lebte. Wenig später wird Kommissar Borsch ein Umschlag zugespielt. Er enthält einen abgetrennten Finger, der ebenfalls einer Frau mit Down-Syndrom gehörte, und – eine Bluesharp. Ist Behindertenhass der Hintergrund der grausigen Morde? Und was sollen die Musikinstrumente bedeuten? Ins Visier der Ermittlungen gerät ein Sozialarbeiter, der Behinderte betreut und ein verdächtig enges Verhältnis zu seinen Schützlingen zu haben scheint …

Arnold Küsters, geboren 1954 in Nettetal-Breyell, studierte unter anderem Anglistik, Amerikanistik, Pädagogik und Psychologie. Seit 1986 ist er als Journalist tätig, vor allem für den Westdeutschen Rundfunk und die ARD, und berät Unternehmen in Presse- und Imagefragen. Küsters lebt in Mönchengladbach, ist verheiratet und hat einen Sohn. Wie seine Ermittler liebt er den Blues und spielt privat in der Rockband STIXX. Nach den Niederrhein-Krimis »Lambertimord«, »Maskenball« und »MK Bökelberg« erschien zuletzt »Schweineblut«.
Weiteres unter: www.arnold-kuesters.de

Arnold Küsters

TOTENSTIMMUNG

Ein Niederrhein-Krimi

Piper München Zürich

Mehr über unsere Autoren und Bücher:
www.piper.de

Von Arnold Küsters liegen bei Piper vor:
Schweineblut
Totenstimmung

Für Edith

MIX
Papier aus verantwortungsvollen Quellen
FSC® C083411

Originalausgabe
Februar 2012

Umschlaggestaltung: semper smile, München
Umschlagfoto: John Anderson/i stock, Joseph De Sciose photography/plainpicture/Aurora_Photos, flgraphics/stock.xchng
Satz: Kösel, Krugzell
Gesetzt aus der ITC Century
Papier: Munken Print von Arctic Paper Munkedals AB, Schweden
Druck und Bindung: CPI – Clausen & Bosse, Leck
Printed in Germany ISBN 978-3-492-27297-1

Ich kann das nicht rechtfertigen, dass der Typ auf mich geschossen hat. Aber ich kann es irgendwie verstehen. Vielleicht hatte er kein so tolles Leben. Keine Ahnung.

Ray Davies

Man ist so krank wie seine Geheimnisse.

Philip Roth

Anmerkung des Autors: Figuren und Handlung dieses Romans sind natürlich frei erfunden. Ähnlichkeiten mit lebenden oder verstorbenen Personen wären damit rein zufällig. Es sei denn, die lebenden waren mit der Veröffentlichung einverstanden.

Carolina Guttat schloss die Augen.

Die Sonne war noch blass und das Ruderboot nur ein dunkler Fleck in der Mitte des Sees. Sie saß mit nackten Füßen auf ihrer Lieblingsbank. Die abschüssige Wildblumenwiese reichte bis zum Rottachsee. Feiner Nebel lag über dem Wasser. Es war still. Zwei Schwäne zogen mit schwerem Flügelschlag dicht über der Wasserlinie durch das Bild. Sie nahmen Carolinas Blick mit nach Petersthal, auf die andere Seite des Wasserspeichers.

Sie schaute auf den hellen Kirchturm. Er erinnerte sie an das Wohnzimmer ihrer Eltern. Dort hatte ein ähnliches Bild gehangen: eine Kirche mit Zwiebelturm und rote Hausdächer inmitten sanfter Wiesen und Wälder. In der Ferne ahnte Carolina Guttat die schroffe Flanke des Grünten.

Eine Spielzeugidylle.

Ihr Verstand hatte genug. Er ließ sich nicht länger von den inständig heraufbeschworenen Bildern täuschen. Er wollte sich lieber mit dem Anblick auf dem Bett beschäftigen, dem sie hatte entkommen wollen.

Ihr Verstand zog einen tiefen Schnitt durch ihren Traum. Mit einem Seufzer kapitulierte Carolina Guttat und schlug die Augen wieder auf.

»Ich verstehe das nicht.« Sie zwang sich, ausschließlich Kriminalhauptkommissar Michael »Ecki« Eckers anzusehen.

»Mich darfst du nicht fragen.«

Die Staatsanwältin wandte sich ab. »Scheiße.«

Eckers beobachtete, wie die hochgewachsene Juristin schleppenden Schrittes den Raum verließ.

Nun war der Kommissar mit ihr allein. Die eingeblendeten Werte und Kurven auf den Displays der Maschinen machten ihn ratlos. Die leisen Pieptöne klangen teilnahmslos.

Kopf und Hals der Frau waren bandagiert. Ihr Körper war unter dem Laken kaum zu erkennen.

Sie wird die Nacht nicht überleben, dachte er.

»Was haben wir bis jetzt?«

Frank Borsch zuckte mit den Schultern. »Nicht viel, Ecki.«

»Auf die Frau ist geschossen worden.« Michael Eckers tippte mit dem Bleistift zweimal auf seine Aufzeichnungen. »Zweimal.«

»Was sagt Leenders? Ist sie an den Schussverletzungen gestorben?«

Eckers räusperte sich. »Leenders ist vorläufig der Meinung, dass sie an dem Gift der Raupen gestorben ist. Ihr Immunsystem hat den Schock nicht verkraftet, den der Wirkstoff ausgelöst hat. Die Menge war einfach zu groß. Dazu die schweren Schussverletzungen. Vermutlich hätte sie die ohnehin nicht überlebt.«

»Sie war also schon klinisch tot, als …?« Carolina Guttat wollte die Frage nicht aussprechen.

»Leenders kann das noch nicht verbindlich sagen.«

Kriminalhauptkommmissar Frank Borsch, Leiter des KK 11, sah die Staatsanwältin an, die sich unbewusst durch ihr blondes Haar fuhr. Er ahnte, was in der zweifachen Mutter vorging.

»Der Feuerwehrmann, der sie gefunden hat, ist immer noch nicht wieder dienstfähig.« Michael Eckers blätterte in seinem ledernen Notizbuch. »Ich werde ihn noch mal anrufen.«

Carolina Guttat konnte sich nur mühsam gegen den Impuls wehren, die Augen zu schließen und sich wieder auf ihre Bank im Allgäu zu wünschen.

Sie hatte schon vor ihrer Elternzeit Dinge sehen müssen, die eigentlich kein Mensch sehen wollte. Trotzdem hatte sie bisher geglaubt, nach ihrem Examen die richtige Entscheidung getroffen zu haben.

Ihre Vorfreude und ihr Elan waren groß gewesen, als sie vor

einem Jahr in ihren Beruf zurückgekehrt war. Das gute Gefühl war sofort wieder da gewesen. Nur Akten zu bearbeiten wäre ihr zu wenig gewesen.

Aber Carolina Guttat spürte jetzt schon, dass dieser Fall sie an den Rand ihrer Selbstbeherrschung bringen würde.

Die Staatsanwältin griff nach ihrer Kaffeetasse.

»Wer ist diese Frau?«

»Kollege Bremes wühlt sich gerade durch die Vermisstensachen.«

»Wir müssen schneller sein.«

»Klar.« Sie arbeiteten ohnehin unter Hochdruck, dachte Frank Borsch.

»Gibt es verwertbare Spuren auf ihrer Kleidung?«

Michael Eckers schüttelte den Kopf. »Nee. Das meiste ist verbrannt. Sie könnte eine Art Jogginghose getragen haben. Und ein T-Shirt. Rot. Die Hose könnte dunkelblau oder dunkelgrau gewesen sein. Linder ist da dran. Und Bittner prüft, ob es Fingerabdrücke gibt, die verwertbar sind.«

»Rot und dunkelblau? Hm.« Carolina Guttat blickte suchend über ihren Schreibtisch. Keine Zigaretten mehr. Sie zuckte mit den Schultern.

»Ist an der Farbkombination irgendwas falsch?« Frank hatte den suchenden Blick der Staatsanwältin bemerkt. »Jeder bringt sich eben um, so gut er kann.«

»Wie bitte?« Carolina Guttat verstand ihn erst nach kurzem Überlegen. »Ach so, reine Gewohnheit. Das krieg ich schon noch in den Griff.« Sie verzog das Gesicht. »Na ja, sonderlich modisch ist sie nicht gerade gekleidet gewesen.«

»So was zieht man zum Sport an«, versuchte Michael Eckers zu vermitteln, »du solltest mal in mein Fitnessstudio mitkommen. Was du da manchmal zu sehen bekommst, mein lieber Mann, da fallen dir glatt die Hanteln aus den Händen.«

Carolina Guttat winkte ab. »Trug sie Sportschuhe?«

Ecki schüttelte den Kopf.

»Also keine Joggerin.«

»Wie gesagt, Leenders ist noch nicht so weit.«

»Sport hilft.«

»Was meinst du, Frank?« Carolina Guttat hatte ihre Suche nach einer Zigarette schon vergessen.

»Sport ist der richtige Ausgleich, wenn man mit dem Rauchen aufgehört hat.«

»Wenn man zwei Kinder hat, lieber Frank, kommt man locker ohne aus. Die Blagen halten mich wirklich genug auf Trab.«

»Trisomie 21.«

»Aha.« Frank Borsch sah den Gerichtsmediziner fragend an.

»Okay, Borsch, für Bullen: Down-Syndrom. Eine mongoloide Frau. Außerdem war die Tote nicht älter als zwanzig.«

»Woran siehst du das? Das Gesicht ist doch fast völlig weg.«

»Guck dir ihre Füße an.« Richard Leenders hob das Laken.

Ecki drehte sich weg. Er ertrug Obduktionen nicht. Sein Schlüsselerlebnis lag zwar schon Jahre zurück, aber seither mied er die Pathologie oder zumindest den Anblick der toten Körper. Damals hatte er eine Leiche von einem Dachbalken geschnitten. Als er sie abnahm, hatte sie ihn förmlich angerülpst, als der Rest Luft aus ihrem Brustkorb endlich entweichen konnte.

Frank sah ungerührt auf die Füße. »Ich sehe nichts.«

»Hier, der deutliche Abstand zwischen der ersten und zweiten Zehe. Die typische Sandalenlücke. Und«, Leenders deutete auf den Kopf der Toten, »die geschrägten Lidachsen.«

»Und das ist typisch, ja?«, fragte Ecki aus gebührendem Abstand. Er wünschte sich einen Kopfhörer auf seine Ohren, mit Helene Fischer und »Morgen küss ich dich wach«, seiner absoluten Lieblingsnummer im Augenblick.

Leenders, wegen seiner etwas eigenen Art, mit Toten umzugehen, in Polizeikreisen auch *Mad Doc* genannt, schmunzelte. »Kannst ruhig näher kommen. Aufsägen tue ich sie erst später. Aber ich wette, dass ich dann noch einen Atriumseptumdefekt, sprich: einen Herzfehler, finde, verengte Atemwege, Zöliakie, irgendwas in der Art.«

»Irrtum ausgeschlossen?«

»Ich würde meinen Arsch darauf verwetten, dass unser Mädchen hier mongoloid war.« Der Pathologe klang fast fröhlich. Die Autopsie versprach interessant zu werden.

Fehlt jetzt nur noch, dass er ihr die Wange tätschelt, dachte Frank.

»Lass gut sein, Leenders, der Bericht reicht mir.« Frank wollte seine Freund und Kollegen Ecki erlösen. Den Rest würde ihnen Carolina berichten, die bisher still im Hintergrund gestanden hatte.

»Also keine Sportlerin?«

Leenders schüttelte den Kopf und deckte die Leiche ab. Der Körper war eine einzige großflächige Brandverletzung. »Zur Sicherheit mache ich selbstverständlich noch eine Analyse der Chromosomen.«

Frank sah die Staatsanwältin fragend an.

Carolina Guttat nickte kaum merklich.

»Komm, Ecki, wir fahren.« Frank zog seinen Freund am Ärmel.

Ohne einen Blick auf die Tote zu werfen, folgte Michael Eckers Frank.

»Eckers?«

Ecki drehte sich zu Leenders um.

»Soll ich dir den Blutdruck messen? Du bist ja ganz weiß um die Nase.« Leenders lachte meckernd.

»Arschloch«, brummte der Kriminalhauptkommissar des KK 11 der Mönchengladbacher Polizei.

»Nichts für ungut, Eckers. Nichts für ungut.« Lachend griff der Pathologe zum Skalpell, um einen ersten Schnitt zu machen. »Aber du solltest dir das ansehen. Wirklich eine höchst interessante Angelegenheit. Wirklich.«

»Können wir endlich anfangen?«

»Selbstverständlich, Frau Staatsanwältin. Frauen sind einfach robuster. Ich sage es ja immer.« Leenders nickte selbstzufrieden.

Und du bist ein Dummschwätzer, dachte Carolina Guttat und wünschte sich, in einer Wolke aus Zigarettenqualm verschwinden zu können.

»Wer schießt bitte auf eine mongoloide junge Frau?« Ecki wartete die Antwort nicht ab, sondern öffnete das Handschuhfach. »Mist. Ich habe meine CDs vergessen.«

Gott sei Dank, dachte Frank. So blieb ihm auf der Rückfahrt zum Präsidium die unsägliche WDR4-Musik erspart, die Ecki so sehr liebte. Mehr noch als seine Hefeteilchen, auf die er niemals freiwillig verzichten würde, vor allem, wenn sie ganz frisch waren.

»Vielleicht war es ein Unfall.«

»Zwei Schüsse? Nee.« Michael Eckers drehte sich um. Aber auch auf dem Rücksitz lagen seine CDs nicht.

Frank zog die Stirn kraus. »Stimmt auch wieder.«

»Mist.«

»Gräm dich nicht, Ecki. Ich hab genug Musik dabei. Aber nicht so'n klebriges Zeugs«, meinte Frank gönnerhaft.

»Eben.« Ecki Eckers verzog missmutig den Mund.

»Wie wäre es mit Bluesrock von Oli Brown?« Frank hatte schon den Finger auf der Starttaste des CD-Players, den sie sich in ihren Dienst-Mondeo hatten einbauen lassen.

Illegal eingebaut, wie Horst Laumen aus der Verwaltung bei jeder Gelegenheit, aber stets vergeblich betonte. Bislang waren alle seine Versuche gescheitert, den CD-Player einzukassieren. Aber Frank und Ecki wussten, einer wie Horst Laumen gab niemals auf, und waren deshalb immer auf der Hut vor dessen bürokratischen Schachzügen. *Bisher* mit Erfolg.

»Oli P. wäre mir lieber«, knurrte Ecki.

Statt einer Antwort drehte Frank den Lautsprecher auf: *Psycho*, das erste Stück der neuen CD. Wie passend, dachte er.

»Muss das so laut sein?« Ecki verdrehte die Augen. »Es gibt ein Leben jenseits der Jacob Sisters.«

»Was soll das denn heißen?«

Frank drehte die Musik ein bisschen leiser.

»Hast du das etwa nicht gelesen, Ecki? Hannelore ist tot. Mit 63. Vermutlich Herzversagen.«

»Hannelore?«

»Die Jüngste.«

Eckers bekreuzigte sich. »Möge sie in Frieden ruhen.«

»Ist gut, Ecki.« Frank stoppte die CD. »Dann will ich ausnahmsweise mal nicht so sein.« Schließlich hatten sie das Abkommen, dass im täglichen Wechsel mal Volksmusik, mal Blues in den Player kam.

»Danke für dein Verständnis«, sagte Ecki sarkastisch. »Aber im Ernst, welcher Psycho schießt zweimal auf eine mongoloide Frau?«

»Jemand, der Behinderte hasst?« Frank Borsch wechselte die Fahrspur und ließ sich von einem Mercedes überholen, der mit hoher Geschwindigkeit von hinten herangerauscht kam.

»Arschgeige.« Borsch schüttelte missbilligend den Kopf und ging vom Gas, weil weiter vorne Bremslichter rhythmisch aufleuchteten.

Im Präsidium wartete bereits Torsten Linder von der Kriminaltechnik auf sie.

»Eine Menge Zeug. Wirklich Verwertbares ist aber nicht dabei.« Der Kollege hob bedauernd die Schultern und deutete auf den blauen Plastiksack, der vor ihm auf dem Tisch stand.

»Dann zeig uns mal deine Wundertüte.« Soweit Ecki sich erinnern konnte, hatte auf dem Waldboden neben der Toten lediglich ein bisschen Plastikmüll gelegen.

Torsten Linder griff in den Sack und förderte neben den eingetüteten Kleiderresten der Toten mehrere kleinere durchsichtige Beutel zutage.

Frank Borsch hielt einen davon hoch. »Was ist das denn?«

Ohne genau hinzusehen, langte Torsten Linder erneut in den Sack. »Ein Stück Plastikschnur. Die könnte zu einer Motorsense gehören, von einem dieser ›Rasentrimmer‹, mit denen man das Unkraut an Wegrändern oder steilen Böschungen niedrig hält. Ein Massenprodukt. Landschaftsgärtner, Grünflächenämter, Privatleute, Straßenmeistereien und so weiter benutzen solche Geräte. Äußerst praktisch. Ich habe auch so ein Ding in meiner Garage stehen.«

»Hm. Und wie kommt das Stück an den Fundort?« Borsch betrachtete die eingepackte Schnur von allen Seiten.

»Sagte ich doch. So eine Sense benutzt du an den Stellen, an die du mit dem normalen Mäher nicht herankommst. Manchmal reißt so eine Schnur. Das wird so ein Stück sein, schätze ich. Genaueres kann ich jetzt aber noch nicht sagen. Ihr könntet ja mal checken, ob und wann am Fundort zuletzt Pflegearbeiten waren. Möglicherweise hat auch jemand seine Gartenabfälle im Dohrer Busch entsorgt und die Schnur gleich mit.«

»Kann man mit so einer Schnur einen Menschen fesseln?«

»Möglich. Stark genug ist das Material, besonders das in den Profigeräten.«

Ecki sah Frank an. »Dann müsste Leenders Reste des Kunststoffs an der Leiche finden.«

Frank nickte.

»Das käme dann einer Hinrichtung gleich.«

Torsten Linder schob den leeren Sack beiseite. »Das war's. Eine leere, platt gedrückte Wasserflasche aus Plastik, 0,5 Liter, ohne Schraubverschluss. Ein paar Zigarettenstummel, ein Tampon, eine aufgerissene Verpackung für Papiertaschentücher. Wohlstandsmüll oder Beweismaterial. Die Analysen werden es zeigen.«

»Und das hier?« Frank Borsch hatte die Mundharmonika entdeckt.

»Die steckte in einer Tasche der Jogginghose. Ob sie der Toten gehört, weiß ich natürlich noch nicht.«

»Eine mongoloide Frau, die Mundharmonika spielt.« Frank sprach mehr zu sich selbst als zu seinen Kollegen.

»Ist das so ungewöhnlich? Viele Behinderte lieben Musik.« Ecki sah Frank fragend an.

»Eine Bluesharp.« Frank straffte mit dem Daumen den Plastikbeutel, um den Inhalt besser betrachten zu können.

»Da bist du ja Spezialist.« Ecki hätte das zwar nie explizit zugegeben, schon gar nicht Frank gegenüber, aber er fand es klasse, dass sein Freund und Kollege in einer Bluesband spielte.

»Der Kunststoffkörper hat durch die Hitze etwas gelitten. Aber sonst scheint die Harp gut gepflegt gewesen zu sein. Oder sie war sogar neu.« Frank drehte den Beutel mehrfach hin und her.

»Neu?«

»Jedenfalls kann ich keine Gebrauchsspuren entdecken.«

»Die Mundharmonika ist ja nicht groß.« Michael Eckers versuchte, ebenfalls eine Besonderheit zu entdecken. »Bist du dir sicher, dass es eine Bluesharp ist?«

»Zehn Kanzellen.«

»Was für Zellen?«

»Die Mundharmonika hat zehn Öffnungen. Durch Blasen und Ziehen kannst du pro Kanzelle zwei unterschiedliche Töne erzeugen. Das ist eine diatonische Mundharmonika, Richterausführung.«

»So genau wollte ich es gar nicht wissen, Frank.« Ecki wandte sich an Torsten Linder. »Ziemlich mager.«

»Tja, mehr haben wir nicht. Wenn man mal von dem Waldboden, den Ästchen, den Laubresten und so absieht.«

»Eine Harp in D-Dur.« Frank legte den Beutel zurück.

»Ich bin auf die Fingerabdrücke gespannt.«

»Was mag sie damit gespielt haben?«

»Das ist doch eine Bluesharp, hast du gesagt«, antwortete Ecki geistesabwesend, sein Interesse galt mehr der eingetüteten Plastikflasche. »Torsten, ich möchte von dir wissen: Wer ist der Hersteller, Abfülldatum, wer vertreibt diese Flasche? Kriegst du das gebacken?«

Das »kein Problem« des Kriminaltechnikers klang eine Spur zu sarkastisch, um wirklich überzeugend zu sein.

»Wusst ich doch.« Ecki zahlte in gleicher Münze zurück.

»Ist zu komplex.«

»Was? Die Analysen?« Ecki hob die Augenbrauen.

»Harmonika-Blues. Ich glaube nicht, dass sie Melodien spielen konnte.«

»Ist doch egal, oder? Hauptsache, sie konnte überhaupt ein paar Töne aus dem Ding herausholen. Behinderte Menschen haben ein ganz eigenes Verständnis von Musik. Außerdem gibt es wichtigere Fragen zu klären als das musikalische Talent der Toten.«

»Als Harpspieler macht man sich halt seine Gedanken.«

»Um deine schiefen Töne kannst du dich nach Dienstschluss kümmern.«

Ecki ließ keine Gelegenheit aus, um klarzumachen, was er von Franks Liebe zur »Negermusik« hielt, wie er Blues absichtlich politisch unkorrekt nannte.

»Kollegen, könntet ihr mich jetzt bitte allein lassen? Sonst dauert's mit meinen Antworten umso länger.«

Auf dem Weg zu ihrem Büro klingelte Franks Mobiltelefon. Es war die Leitstelle.

»Was ist los, Rostek?«

»Es geht um die Tote aus dem Wald.«

»Und?«

»Wir könnten den Namen haben. Eine Vermisstenmeldung.«

»Und?«

»Elvira. Elvira Theissen. Dreiundzwanzig. Ihr Betreuer hat sich gemeldet. Sie wird seit zwei Tagen vermisst.«

»Vielleicht ist sie ja tatsächlich unsere Tote.« In Wahrheit hatte Frank wenig Hoffnung. Behinderte Menschen wurden ständig vermisst.

Die Wohnung von Elvira Theissen lag im zweiten Stock eines unauffälligen Mehrfamilienhauses in einer Seitenstraße mitten in der Rheydter Innenstadt. Bis zum Marienplatz waren es nur wenige Meter.

Um diese Tageszeit war auf den Einkaufsstraßen viel Betrieb. Müßiggänger betrachteten gelangweilt die Auslagen der knallbunt beklebten Billigläden, eilige Passanten drängten sich an Kinderwagen vorbei, die von müde wirkenden Müttern geschoben wurden. Vor dem Eingang zur Einkaufsgalerie vertrieben sich orientalisch aussehende Männer die Zeit mit Warten. Durch ihre Finger flossen in einem endlosen Strom die aufgefädelten Gebetsperlen.

An den Haltestellen entluden die Busse ihre Fracht im Minutentakt. Jugendliche in weiten Hosen, übergroßen Shirts und schief sitzenden Baseballcaps schlenderten, ohne nach links und rechts zu schauen, über die Straße. Mädchen in engen T-Shirts, mit riesigen Ohrringen und verschwindend kleinen Handtaschen probierten vor McDonald's ihre Wirkung auf die sie abschätzend musternden Jungs aus. Taxis bewegten sich nur im Schritttempo durch das Gewühl.

Frank ging mit Ecki langsam auf den Eingang des Hauses zu. Trotz des geschäftigen Treibens hatten für ihn die Szenen etwas Trostloses, als wären die Menschen Statisten eines Theaterstücks, dessen Dramaturgie sie nicht verstanden.

»Was grübelst du denn?« Ecki sah an der Hausfassade empor.

»Findest du nicht auch, dass die Stadt trostlos wirkt, irgendwie tot? Ob das an den vielen Arbeitslosen liegt?«

»Keine Ahnung. Hier. Wir sind da.« Er drückte den Klingelknopf.

Sie wurden bereits an der Wohnungstür erwartet.

»Bitte, meine Herren, kommen Sie herein.«

Frank Borsch und Michael Eckers begrüßten den Mann mit einem knappen Händedruck und folgten ihm in den Wohnraum.

»Setzen Sie sich doch.«

Die beiden Beamten des KK 11 nahmen auf dem bunt gemusterten Sofa Platz.

»Entschuldigen Sie bitte, ich habe mich noch nicht vorgestellt. Mein Name ist Radermacher, Volker Radermacher. Ich bin der Sozialarbeiter, der sich um Elvira kümmert. Eigentlich bin ich Krankenpfleger. Aber ich kümmere mich auch um all die anderen Sachen. Ich gehe mit den Behinderten zu den Ämtern, halte den Kontakt zu ihren Angehörigen, soweit sie welche haben, mache Ausflüge, koche mit ihnen. Was halt so anliegt. Im Augenblick bin ich gerade alleine. Die anderen aus der Wohngemeinschaft sind arbeiten. Möchten Sie einen Kaffee? Damit lässt es sich leichter reden. Schlimme Geschichte. Ich mache mir wirklich Sorgen. Also Kaffee?«

Ecki sah Frank an, der nickte.

»Dauert nur einen Augenblick. Bin gleich zurück.«

Während der Mann in der angrenzenden Küche verschwand, sahen sich die beiden Ermittler um.

Der Raum war hell und freundlich eingerichtet. An den Wänden hingen zwei Bilder mit großen Mohnblumen. Auf einer Anrichte aus Naturholz standen ein Flachbildschirm und eine Musikanlage.

»Nett.« Ecki stand auf und ging zum Fenster. »Und du bist hier mitten im Geschehen.«

»Das ist auch unser Konzept.« Der kräftige, etwas behäbig wirkende Krankenpfleger setzte das Tablett mit den Kaffeetassen auf den Wohnzimmertisch.

»Wie meinen Sie das?«

Volker Radermacher setzte sich und zog das Hemd glatt, das über seinem Bauch spannte. »Früher hat man die Behinderten einfach weggesperrt. Wir gehen seit einigen Jahren konsequent den umgekehrten Weg. Die Menschen, die uns anvertraut werden, sollen am öffentlichen Leben teilhaben können wie jeder andere auch. Deshalb sind unsere Wohngruppen über die ganze Stadt verteilt.«

»Geht das überhaupt?« Ecki rührte in seinem Kaffee.

»Viele sind mobil und können sich selbst helfen. Zumindest eingeschränkt. Entweder leben wir Betreuer im Schichtdienst mit in der Wohnung, oder unsere Behinderten sind in der Lage, zwischendurch auch alleine zurechtzukommen. Das geht natürlich nicht bei Leuten, die so eingeschränkt sind, dass sie Vollzeitpflege brauchen. Sie haben wohl wenig Kontakt zu behinderten Menschen, oder?«

Eckers hob die Hände. »Ehrlich gesagt ...«

Volker Radermacher lächelte. »Sie brauchen sich nicht zu rechtfertigen. Ich weiß sehr wohl, dass es noch ein weiter Weg ist, bis so eine Frage niemanden mehr in Verlegenheit bringt.«

»Ihnen ist zuerst gar nicht aufgefallen, dass Frau Theissen nicht zu Hause war?« Frank Borsch sah den Betreuer aufmerksam an.

Das runde Gesicht des Sozialarbeiters verdunkelte sich. »Wir sehen hier alle zwei, drei Tage nach dem Rechten. Mehr geht im Augenblick nicht. Die vier hier kommen eigentlich ganz gut klar.«

»Wann haben Sie gewusst, dass etwas nicht stimmt?«

»Jürgen hat mich gefragt, wann Elvira von ihrer Mutter zurückkommt. Das hat mich sehr gewundert, denn Elvira hatte ihre Mutter erst vor einer Woche gesehen. Der Kontakt ist nicht ganz so eng, wissen Sie.«

»Wer ist Jürgen?«

»Einer der vier aus dieser Wohngruppe.« Volker Radermacher deutete vage in den Raum. »Am gleichen Vormittag kam der Anruf aus der Werkstatt, wo Elvira bleibe.«

»Elvira arbeitet wo?« Eckers machte sich Notizen.

»In Hemmerden. Die Werkstatt nimmt das sehr genau. Die Behinderten werden dort wie ganz normale Arbeitnehmer behandelt. Wer fehlt, muss das begründen. Mit einem Attest zum Beispiel. Wer mehrfach fehlt, bekommt eine Abmahnung. Das kann bis zur Entlassung gehen.«

Frank stutzte. Der Leiter der Werkstatt für Behinderte in Grevenbroich war Wimo, der Bassist seiner Band.

Ecki sah Radermacher erwartungsvoll an. »Und was haben Sie getan, nachdem Sie ihr Verschwinden bemerkt haben?«

Die Frage schien den Mann nervös zu machen. Unruhig veränderte er seine Sitzhaltung. »Ich habe sofort meinen Arbeitgeber und die Polizei informiert, wie es die Vorschriften in so einem Fall vorsehen. Das ist doch klar.«

»Sonst haben Sie nichts getan? Haben Sie nicht nach ihr gesucht? Oder sind Sie hier in der Wohnung geblieben?«

Radermacher beugte sich vor, nahm die Kaffeetasse, um sie gleich wieder auf den Tisch zurückzustellen. »Wir hatten eine Besprechung. Was hätte ich denn tun sollen? Ich konnte doch auch nur warten.«

»Wie haben die anderen auf die Nachricht reagiert, dass ihre Mitbewohnerin weg ist?«

»Herr Kommissar, Behinderte haben oft ein anderes Zeitempfinden und eine ganz eigene Vorstellung vom Miteinander. Ich denke, sie haben es registriert. Dann waren ihnen aber andere Dinge wichtig. Wohin wir in Urlaub fahren, zum Beispiel. Oder wer mal wieder in der Küche nicht aufgeräumt hat. – Werden Sie sie denn finden? Ihre Mutter macht sich große Sorgen um sie.«

»Bislang haben wir noch keinen Anhaltspunkt. Können wir ihr Zimmer sehen? Und ein Foto von ihr?« Michael Eckers wurde langsam ungeduldig.

Volker Radermacher stand auf. »Kein Problem, kommen Sie. Im Schrank müssen noch Fotos von unserem letzten Ausflug liegen. Ich weiß nur nicht, ob Elvira auf dem Bild alleine abgebildet ist.«

Am Ende eines schmalen Flurs blieb der Betreuer stehen und zeigte auf eine Tür. »Hier ist es.«

Das Zimmer von Elvira Theissen war ebenfalls hell eingerichtet. An den Wänden hingen zahlreiche Poster und Fotos von Tokio Hotel. Das gemachte Bett war fest in der Hand von zahlreichen ordentlich aufgereihten Plüschtieren. Auf dem Nachttisch lagen bunte Haarbänder neben Diddl-Mäusen und einer Haarbürste. Auf dem Fensterbrett noch mehr Stofftiere. Auf einem kleinen Sideboard stand eine Musikanlage, davor lagen aufgeschlagenen CD-Hüllen.

»Elvira war ein großer Fan von Tokio Hotel.«

»Meine Tochter liebt Bill und Tom auch«, sagte Ecki.

»Wenn es nur beim Schwärmen bliebe«, seufzte Radermacher. »Aber wenn jemand immer nur ein Stück hört, und das noch in einer Lautstärke, dass andauernd die Nachbarn vor der Tür stehen, dann kann ich auf diese Musik gut verzichten.«

»Ich weiß genau, wovon Sie sprechen.«

»Elvira mag Musik also sehr gerne?« Frank war an das Sideboard getreten und begutachtete die kleine CD-Sammlung.

»Ja. Sie liegt oft stundenlang auf ihrem Bett und hört CDs. Gott sei Dank mittlerweile auch über Kopfhörer.«

»Spielt sie ein Instrument? Macht sie selbst Musik?«

Volker Radermacher runzelte die Stirn. »Jedenfalls nicht nach Ihren Maßstäben, vermute ich mal. Oder was verstehen Sie unter Musik machen? Wenn Sie zum Beispiel einfache Rhythmen meinen, auf Congas gespielt, das ist sicher kein Problem. Vielleicht auch eine Melodie. Das hängt immer von der Art der Behinderung ab.«

»Hm.«

»Sie werden sie doch finden, oder?«

Statt auf die Frage einzugehen, öffnete Frank Borsch den Schrank. »Was hatte sie am Tag ihres Verschwindens an?«

Radermacher trat neben Frank. »Lassen Sie mal sehen.« Er fuhr mit der Hand über die Kleidungsstücke, kontrollierte die T-Shirts, Pullover und die ordentlich aufeinandergelegte Unterwäsche. Dann schloss er die Schranktür.

»Ich bin mir nicht ganz sicher. Aber ich glaube, es fehlen ihre dunkelblaue Jogginghose und ein rotes Shirt.«

Frank und Ecki wechselten einen schnellen Blick.

»Und Frau Theissen kann problemlos allein leben?«, fragte Michael Eckers. Er hatte den Eindruck, dass Radermacher nicht länger als nötig in dem Zimmer bleiben wollte.

Der Betreuer nickte und hob eine Augenbraue. »Nur weil Elvira behindert ist, heißt das nicht, dass sie hilflos ist, Herr Kommissar. Behinderung ist nicht gleich Behinderung. Elvira ist in großem Umfang in der Lage, ihr Leben eigenverantwortlich zu gestalten. Wir müssen natürlich immer wieder Dinge mit unseren Bewohnern einüben. Busfahren zum Beispiel, aber vieles schleift sich mit der Zeit so ein, dass wir nicht immer aufpassen und dabei sein müssen. Sie sind auf ihre Art sehr autonom. Viele sind gerne mit dem Bus in der Stadt unterwegs. Wir müssen uns selbst immer wieder daran erinnern, dass wir die ›Menschen mit besonderen Bedürfnissen‹ nur dort abzuholen brauchen, wo sie stehen. Wenn Sie verstehen, was ich meine.«

»Menschen mit besonderen Bedürfnissen?«

»Die Bezeichnung beschreibt viel treffender, um was es geht. Ich finde das Wort ›Behinderte‹ sehr diskriminierend. Was heißt schon ›behindert‹? Sind Behinderte nicht einfach nur anders behindert als wir angeblich so normalen Menschen?«

»Okay. Ich habe schon verstanden, Herr Radermacher. Lassen Sie uns wieder ins Wohnzimmer gehen. Wir haben noch ein paar Fragen.«

»Möchten Sie noch einen Kaffee?«

Frank und Ecki winkten ab.

Volker Radermacher ging voran, setzte sich wieder in den Wohnzimmersessel und sah die beiden Kommissare erwartungsvoll an.

»Sie haben gerade von der Vorliebe fürs Busfahren erzählt. Hat Elvira Theissen die auch?« Ecki hatte sein Notizbuch aufgeschlagen.

»Absolut. Elvira ist nach der Arbeit oft noch stundenlang in der Stadt unterwegs. Meist zwischen Rheindahlen, Rheydt und Giesenkirchen. Fragen Sie mich bitte nicht, warum. Möglich, dass sie einige der Busfahrer, die auf dieser Linie Dienst tun, besonders mag. Möglich, dass sie die Strecke besonders gerne fährt. Es kann aber auch ganz andere Gründe haben.«

»Ich dachte, Sie kennen Elvira Theissen gut?«

»Selbstverständlich. Allerdings lebt sie noch nicht lange in dieser WG. Ein knappes halbes Jahr. Wir sind im Team im Augenblick etwas unterbesetzt, müssen Sie wissen.« Volker Radermacher machte ein bekümmertes Gesicht. »Auch unser Träger muss sparen. Leider.«

»Ist Elvira Theissen gerne draußen in der Natur?«

»Na ja. Ich denke, nicht mehr oder weniger als andere Menschen auch, Herr Borsch.«

»Sie ist also nicht regelmäßig zum Beispiel im Bresgespark oder im Dohrer Busch unterwegs?«

»Warum fragen Sie ausgerechnet danach? Haben Sie einen Hinweis auf den Aufenthaltsort von Elvira?«

»Ich hätte Sie ebenso gut nach dem Stadtwald fragen können. Auch der liegt an der Strecke der Linien 4 und 14.«

»Ja, stimmt.«

»Wo hat Elvira Theissen denn vorher gewohnt? Bevor sie nach Rheydt gezogen ist?«

»Wechselweise bei ihren Eltern und in verschiedenen Einrichtungen. Dann wurde es aber höchste Zeit, sie auf eigene Füße zu stellen. Alle Beteiligten waren dafür, und deshalb konnte Elvira nach Rheydt ziehen.«

Ecki machte sich eifrig Notizen. »Gibt es jemanden, mit dem Frau Theissen Streit hat, jemanden, mit dem sie nicht klarkommt, vor dem sie möglicherweise sogar Angst hat?«

Volker Radermacher sah den Kommissar erschrocken an. »Sie meinen, jemand könnte Elvira etwas angetan haben?« Er schüttelte entschieden den Kopf. »Nein. Wer sollte so etwas tun?«

»Wir dürfen keine Möglichkeit außer Acht lassen.«

Der Sozialarbeiter nickte irritiert. »Ich kann mir das nicht vorstellen, um ehrlich zu sein.«

»Haben oder hatten die Bewohner dieser WG Stress? Kann es sein, dass Frau Theissen deshalb weggelaufen ist?«

»Auf keinen Fall. Elvira ist wegen ihrer fröhlichen Art bei allen Mitbewohnern beliebt.«

»Hat sie einen Freund?«

»Nein.«

»Können Sie sich vorstellen, dass es außerhalb der WG Menschen gibt, die nicht mit ihr klarkommen?«

»Nein. Wie gesagt, sie ist ein fröhlicher Mensch.«

»Dann ist sie im Umgang also nicht schwierig?«

»Wie meinen Sie das, Herr Kommissar?« Radermachers Augen verengten sich. Er schien die Antwort bereits zu ahnen.

»Nun«, Frank Borsch räusperte sich, »verstehen Sie mich bitte nicht falsch, aber Sie haben selbst von den, ich sage mal, Engpässen bei der Betreuung gesprochen. Auch Sozialarbeiter, Pädagogen und Krankenpfleger sind nur Menschen, die nicht selten unter ganz besonderem Stress stehen. Und es gibt ja genug Beispiele dafür, wie Menschen in Extremsituationen reagieren.« Er sah den Betreuer aufmerksam an.

Volker Radermachers Gesicht rötete sich zusehends. Unwirsch richtete er sich in seinem Sessel auf. »Was wollen Sie damit sagen? Dass wir Bewohner psychisch unter Druck setzen? Oder dass ich Elvira körperlich misshandelt habe und sie deshalb verschwunden ist?«

Michael Eckers versuchte den Mann zu beschwichtigen, dessen Gesicht inzwischen puterrot angelaufen war. »Nehmen Sie die Frage bitte nicht persönlich. Niemand behauptet, dass Sie Ihrer Aufgabe nicht gerecht werden. Es ist nur so, dass wir alle Eventualitäten ansprechen müssen.«

Aber der Sozialarbeiter wollte sich nicht beruhigen. »Wie können Sie so etwas auch nur denken? Niemand in unserer Einrichtung, ich wiederhole: niemand, misshandelt diese Menschen. Damit es gar nicht erst zu Situationen kommt, denen wir nicht gewachsen sein könnten, gibt es genug psychologische Instrumentarien, die frühzeitig greifen. Ich sage nur: Gruppengespräche, Supervision, was immer Sie wollen. Wir sind sehr wohl in der Lage, unsere Bewohner wie auch uns selbst vor Überreaktionen zu schützen. In einem Punkt haben Sie allerdings recht, wir sind keine Maschinen.«

»Wie reagiert Elvira auf Menschen, denen sie begegnet? Ist sie, verzeihen Sie den Ausdruck, aber mir fällt da gerade kein passenderer ein, ›zutraulich‹ zu Fremden?«

Volker Radermacher atmete tief ein und aus und sah dann Frank lange an. »Sie wissen ziemlich wenig über Behinderte, Herr Borsch.«

»Ich bin Polizist und kein Sozialpädagoge.«

»Menschen mit besonderen Bedürfnissen sind, soweit es ihre Störung und Beeinträchtigung zulässt, ohne Vorurteile. Das wirkt, wie Sie es genannt haben, auf Fremde zutraulich. Sie sind in vielen Dingen offener und direkter als wir. Von daher ist es nicht schwierig, ihr Interesse zu wecken. Das gilt jetzt für Menschen mit Down-Syndrom. Gleichzeitig haben diese Menschen aber auch einen ausgeprägten Willen.«

»Hm.«

»Das ist zunächst einmal nur ein Wesenszug. Gleichzeitig stellt er aber die empfindlichste Stelle in ihrem Charakter dar.«

»Es wäre aber denkbar, dass sich Elvira Theissen unter bestimmten Voraussetzungen und in speziellen Situationen ›manipulieren‹ lässt?«

»So ist es.«

»Interessant.«

»Hören Sie, ich habe ganz stark den Eindruck, dass Sie mehr über das Verschwinden von Elvira wissen, als Sie zugeben wollen. Da stimmt doch etwas nicht.« Volker Radermacher ließ sich in den Sessel zurückfallen. »Wo ist Elvira?«

»Können Sie mir bitte eine Kopie Ihrer Dienstpläne besorgen?« Ecki klappte sein Notizbuch zu. »Wir möchten wissen, wer von den Betreuern wann in dieser Wohnung seine Schicht versehen hat.«

»Wozu soll das gut sein?«

»Wir wollen alles über Elvira Theissens Lebensumstände erfahren. Erst wenn wir ihre Gewohnheiten kennen, ihre Vorlieben, ihre Abneigungen und ihre Bezugspersonen, haben wir die Chance auf einen tragfähigen Ermittlungsansatz.«

»Und dazu brauchen Sie unsere Dienstpläne, ja? Sie meinen immer noch, dass wir etwas mit dem Verschwinden von Elvira zu tun haben. Ja?«

»Sie wollten uns noch ein Foto von Elvira mitgeben.«

Frank Borsch blieb auf dem Weg zu ihrem Auto einen Augenblick unschlüssig auf der Straße stehen. »Dieser Radermacher ist schon ein komischer Vogel, Ecki.«

»Typischer Sozialarbeiter eben: meinen alles zu wissen und zu allem die einzig richtige Antwort zu kennen, dabei leben sie in einer ganz kleinen, eigenen Welt und haben vom richtigen Leben keine Ahnung. Komm, Frank, lass uns einen Kaffee trinken, bevor wir ins Präsidium fahren.« Er deutete auf das Möbus-Café gegenüber.

Frank Borsch tippte auf das Foto in seiner Hand. »Die Tote ist tatsächlich Elvira Theissen.«

»Das denke ich auch.«

»Lass uns zu dem Feuerwehrmann fahren.«

Ecki seufzte ergeben. Eigentlich hatte er gehofft, nicht nur einen Kaffee zu bekommen, sondern auch noch ein oder besser zwei frische Hefeteilchen. »Ich hatte heute noch nichts Süßes. Ich brauche jetzt meinen Zucker.«

»Später, Ecki, später.«

Die Frau öffnete nur zögernd die schmucklose Glastür und sah die beiden misstrauisch an. »Ja?«

Frank und Ecki stellten sich vor. »Dürfen wir reinkommen? Wir würden gerne mit Ihrem Mann sprechen.«

Das Gesicht der stämmigen Frau wurde noch abweisender. Sie machte keine Anstalten, die beiden Beamten hereinzulassen. »Er kann Ihnen nichts mehr sagen. Er hat Ihren Kollegen schon alles erzählt. Seit der Sache spricht er kaum noch. Es war einfach zu viel für ihn. Er sitzt nur da und starrt in den Garten. Sie gehen besser wieder.«

»Wir haben nur ein paar Fragen. Das muss sein. Es geht auch ganz schnell.« Ecki nickte aufmunternd.

Hans-Georg Lambertz saß auf einem weißen Plastikstuhl auf der winzigen Terrasse seines Gartenhauses und drehte den beiden Kriminalhauptkommissaren den Rücken zu. Er trug eine fadenscheinige Hose, die im Sitzen den Blick auf seine weißen Unterschenkel freigab, die in derben Schuhen steckten. Das ausgeblichene Hemd war grau gemustert. Neben ihm auf dem Boden stand ein leerer Becher. Er rührte sich nicht, obwohl er das Quietschen des Gartentores gehört haben musste.

Lambertz' Garten war groß. An den Rändern standen unterschiedlich große Rhododendren. Im hinteren Teil lagen mit Buchsbaum umsäumte Staudenbeete. Zu ihnen wand sich über den Rasen ein gepflasterter Weg. Ein Sitzplatz wurde von Kletterrosen schattig gehalten.

»Schöner Garten.« Ecki nickte Lambertz freundlich zu.

Der Feuerwehrmann reagierte nicht.

Frank konnte sehen, dass sich zwischen Lambertz' kurz geschorenen Haaren Schweißperlen gebildet hatten. »Ziemlich warm heute, was?«

Auch darauf erwiderte Lambertz nichts.

»Wir kommen wegen der Sache im Dohrer Busch.«

Keine Reaktion.

Die Kommissare wechselten einen fragenden Blick.

»Können Sie uns bitte noch einmal schildern, was Sie im Wald erlebt haben, Herr Lambertz? Es ist sehr wichtig für unsere Ermittlungen.« Ecki war versucht, dem Feuerwehrmann die Hand auf die Schulter zu legen.

»Hab ich Ihnen doch gesagt, dass es keinen Zweck hat«, klang es unwirsch aus dem Hintergrund, »er –«

Noch bevor Frank etwas sagen konnte, hob Hans-Georg Lambertz die Hand. Sofort verstummte seine Frau.

»Schön, dass wir Sie besuchen dürfen, Herr Lambertz.« Frank sprach absichtlich etwas lauter. »Es wird richtig heiß heute, nicht? Aber, wie soll ich sagen? Als Feuerwehrmann sind Sie so hohe Temperaturen ja gewohnt.« Frank versuchte seiner Stimme einen vertraulichen Klang zu geben.

»Wir hatten den Auftrag, die Arbeit zu machen.« Lambertz sprach mehr zu sich selbst als zu den Ermittlern.

»Was genau mussten Sie tun?«, fragte Frank vorsichtig.

Lambertz starrte in seinen akkurat getrimmten Garten, als könne er an den dicken Blättern der Rhododendren seinen Text ablesen. »Karin, bring uns Kaffee.«

Während Frank darauf wartete, dass Lambertz weitersprach, hörte er das Gartentor quietschen.

Schließlich wurde Ecki die Pause zu lang. »Ein richtiges Paradies haben Sie hier.«

Hans-Georg Lambertz machte eine unbestimmte Geste.

»Was war Ihre Aufgabe?« Frank versuchte es erneut.

»Es gab nicht genug Dipel.« Lambertz musste um jede Silbe kämpfen.

»Dipel?« Frank sah Ecki fragend an.

»Gegen die Raupen.« Lambertz presste die Worte hervor.

»Das verstehe ich nicht.«

Der Feuerwehrmann atmete schwer. »Eichenprozessionsspinner. Die Raupen fressen die Blätter. Hatten wir im Dohrer Busch doch schon mal. Die Bäume sehen aus, als würden sie unter dichten Spinnweben ersticken. Jeder Ast, jedes Blatt, der ganze Baum ist mit grauem Gespinst überzogen. Grauenhaft.«

»Sollen wir eine Pause machen?«

»Nein. Aber ich habe das doch schon alles gesagt.«

»Wir können Ihnen das leider nicht ersparen.« Nun legte

Ecki doch eine Hand auf Lambertz' Schulter. »Noch das kleinste Detail kann wichtig sein.«

Aus Lambertz' Mund kam ein kehliges: »Sie hat da gelegen. Und ...« Der Feuerwehrmann brach ab.

Ecki verstärkte den Druck auf Lambertz' Schulter. Er wollte ihm damit Mut machen.

»Sie hat am Boden gelegen. Unter dem Haufen Laub. Überall waren diese Raupen. Und ich sollte, ich wollte doch den Baum und den Boden abflämmen. Weil ja nicht genug von dem Dipel, diesem Insektizid, da war. Und das Grünflächenamt drängte. Ja, und deshalb haben wir mit Flammenwerfern gearbeitet. Damit wollten wir die Raupen töten und die Nester vernichten. Damit sie sich nicht noch weiter ausbreiten.« Hans-Georg Lambertz schlug die Hände vors Gesicht. »O Gott.«

Frank atmete tief ein und aus. Es half alles nicht. »Ich kann mir vorstellen, was in Ihnen vorgeht.«

Lambertz nahm die Hände vom Gesicht.

»Zuerst ging es zügig voran. Wir waren uns sicher, dass wir das in den Griff bekommen. Wenn die Raupen erst einmal vernichtet sind, erholen sich die Eichen wieder. Wir wollten verhindern, dass noch mehr Bäume befallen werden.« Lambertz machte erneut eine unbestimmte Handbewegung.

»Feuer ist die einzige Lösung?«

»Normalerweise wird Dipel versprüht. Sogar vom Hubschrauber aus. Aber diesmal war nicht ausreichend zu bekommen. Jedenfalls nicht so schnell. Die haben ja nur ein kleines Zeitfenster, um auf die Raupen reagieren zu können. 2003 war es besonders schlimm. So weit sollte es diesmal nicht kommen. Wir sollten nur das Karree um das Waldstück Dohrer Busch bearbeiten. Hätte das Amt nur genug Dipel besorgen können.«

»Kaffee?«

Die beiden Ermittler verneinten. Karin Lambertz zuckte mit den Schultern und füllte den Becher ihres Mannes bis zum Rand.

Hans-Georg Lambertz schien seine Frau nicht einmal zu bemerken. »Ich habe dann auf die Nester draufgehalten. Sie waren überall am Boden. Und besonders viele waren auf dem Haufen. Das Laub war kaum noch zu erkennen, so voller Raupen war der Boden.« Er schüttelte den Kopf, als könne er immer noch nicht glauben, was er erlebt hatte.

»Hans-Georg.« Karin Lambertz sah ihren Mann sorgenvoll an und stellte den Becher auf den Boden zurück.

Er winkte ab. »Die Nester und das Laub brannten sofort. Und dann habe ich ihr das Gesicht weggebrannt.«

Der unerwartet klar ausgesprochene Satz ließ seine Frau zusammenzucken.

»Ihre Kleider fingen sofort Feuer. Die ganze Frau stand in Flammen. Als wäre sie mit Benzin übergossen gewesen. Wir haben sofort gelöscht.«

Frank schluckte. »Sie hat noch ein paar Stunden gelebt. Aber Sie sind nicht schuld daran, Herr Lambertz. Auf die Frau ist geschossen worden. Vermutlich ist sie an den Folgen der Schussverletzungen gestorben.«

Hans-Georg Lambertz rieb sich mit den Händen langsam übers Gesicht. »Das macht keinen Unterschied. Ich habe sie verbrannt. Ich habe einen Menschen verbrannt. Sie hätten die Flammen sehen sollen. Sie hat gebrannt wie Zunder.«

Richard Leenders beugte sich vor und schnippte die Asche von seiner Zigarette. »Elvira Theissen wäre möglicherweise an ihren Schussverletzungen gestorben. Oder an ihren Brandverletzungen. Aber letztlich war es der anaphylaktische Schock, der zum Tod geführt hat.«

»Heißt?« Frank wollte das Gespräch mit dem Pathologen möglichst kurz halten. In Gegenwart von Leenders fühlte er sich aus einem unerfindlichen Grund stets unwohl. Vermutlich hing das mit dem Geruch und dem Bild der Pathologie zusammen, die er mit dem Mediziner verband.

»Bei Insektengiftallergikern reagiert das Immunsystem

überempfindlich auf das Gift von Wespen oder Bienen oder ebendiesen Eichenprozessionsspinnerraupen. Innerhalb kürzester Zeit kann es bei einer Allergie auf Insektengift zu lebensgefährlichen Symptomen wie Blutdruckabfall, Herzrasen, Schwächegefühl oder Atemnot bis hin zur Bewusstlosigkeit kommen. Wenn dann nicht ein Notarzt mit Adrenalin, Kortison und einem Antihistaminikum zur Stelle ist, dann wird's ganz, ganz eng. Dazu noch die Schussverletzung. Ende aus, Mickymaus.«

»Mhm.«

»Ich kann auch ausführlicher.« Leenders grinste.

Frank nickte nur.

»Die Raupen der Nachtfalter bilden irgendwann im Larvenstadium die gefährlichen weißen Gift-, Pfeil- oder Nesselhaare. Die haben Widerhaken und enthalten das auf Eiweißbasis aufgebaute Gift Thaumetoporin. Die Nesselhaare können beim Menschen heftige allergische Reaktionen auslösen. Unter ›normalen‹ Bedingungen kann ein Kontakt mit dem Nesselgift drei Wochen Probleme bedeuten. Juckreiz ist noch die harmloseste Variante, kann ich euch sagen.«

»Das kann echt dramatische Ausmaße annehmen.« Eckis Eltern hatten 2003 neben ihrem Ponyhof im Hardterwald eine große Fläche, die von solchen Raupen befallen war. Wochenlang hatte sich niemand mehr auf ihr Gelände getraut.

»Waldarbeiter können auch ein Lied davon singen.«

Frank musste an Lambertz denken. »Die Brandverletzungen waren also nicht tödlich?«

Leenders zog ein letztes Mal an seiner Zigarette und drückte sie dann im Aschenbecher aus. »Es waren schwere Verbrennungen, keine Frage. Aber tödlich? Das kommt letztlich auch immer auf die Konstitution der Betroffenen an. Ich denke, dass der allergische Schock die Todesursache war. Jedenfalls haben wir in ihrer Lunge keine massiven Verletzungen durch Rauchgas festgestellt. Aber es müssen Hunderte Raupen auf Elvira Theissen gesessen haben.«

»Wie kommen die so schnell in dieser Menge auf ihren Körper?« Ecki sah Leenders fragend an.

»Keine Ahnung. Vielleicht hat ja jemand einen Eimer voll gesammelt und über sie ausgekippt. Wenn nicht sogar zwei Eimer.«

»Wurde sie am Fundort angeschossen?«

»Wir haben keine entsprechenden Spuren gefunden.«

»Nichts?«

»Sie war an Händen und Beinen gefesselt. Mit Schnur aus einer Motorsense. Die Spurenlage ist eindeutig.«

»Das heißt?« Frank sah Leenders ungeduldig an.

»Dass ihr jetzt genug Material für eure Arbeit habt. Ich habe meinen Job gemacht. Sucht einen Naturfreund, der sich mit Insekten und Allergien auskennt. Oder einen perversen Spinner, der Spaß am Foltern hat. Elvira Theissen hat das mit den Raupen bei vollem Bewusstsein erlebt. Unabhängig von den Schussverletzungen: Das arme Geschöpf muss richtig gelitten haben.«

»Ist sie auch missbraucht worden?«

Leenders machte ein bekümmertes Gesicht. »Das kann ich euch nicht mit Bestimmtheit sagen.«

»Was hat das nun wieder zu bedeuten?«

»Ich habe keine Spuren gefunden.«

»Warum sagst du das nicht gleich?« Du bist und bleibst ein Arsch, dachte Frank.

»Brauchst gar nicht so blöd zu gucken, Borsch. Ich konnte keine Spuren finden.«

»Weil?« Auch Ecki wurde ungehalten.

»Der Flammenwerfer hat die Haut auch an den Schenkeln verletzt. Außerdem habe ich Spuren einer Lauge gefunden.«

»Einer Lauge?«

»Der Täter hat Elvira Theissen nicht nur mit Raupen überschüttet, sondern ihr vorher auch noch Natronlauge zwischen die Schenkel gekippt.«

»Um seine Spuren zu verwischen?«

Mad Doc Leenders sah nachdenklich auf das Päckchen Tabak, das vor ihm lag. »Oder weil er ihr zusätzliche Schmerzen zufügen wollte.«

»Kannst du das nicht genauer analysieren?«

»Vielleicht. Mal sehen.«

Frank hatte genug. Er wollte so schnell wie möglich an die frische Luft.

»Ist dir nicht gut, Borsch?« Leenders lachte meckernd und begann, Tabak aus dem Päckchen zu zupfen.

»Danke jedenfalls für deine Arbeit.« Ecki wollte neutral bleiben, obwohl auch er seine Meinung zu Leenders hatte.

Der Gerichtsmediziner nickte gönnerhaft. »Immer wieder gerne. Ihr seid mir die Liebsten.«

Frank stieg aus und verschloss den Dienstwagen. Nachdenklich lehnte er sich an die Karosserie. Die Fahrt von der Pathologie bis zum Präsidium war über weite Strecken schweigend verlaufen. Sie hatten sich noch nicht einmal über die Auswahl der Musik gestritten. Dafür hatte Ecki fast eine halbe Tüte Lakritzschnecken verdrückt.

Jetzt stand er neben seinem Kollegen und sah zum frühlingsblauen Himmel hinauf. Genießerisch sog er die frische Luft ein. Wurde Zeit, dass er wieder mit dem Rad zum Dienst fuhr. »Was ist, willst du nicht ins Büro?«

»Wer schießt Elvira Theissen an und schleppt sie dann in den Dohrer Busch?«

»Und wer überschüttet sie eimerweise mit Raupen?«

»Wann und wo ist sie ihrem Mörder begegnet?«

»Im Bus.«

»Wir können doch nicht Tausende Fahrgäste überprüfen.«

»Warum nicht? Das werden wir mit den Verkehrsbetrieben klären. Die NVV haben mittlerweile diverse Überwachungskameras im Einsatz. Und ich will wissen, zu wem Elvira Theissen sonst noch Kontakt hatte. Wir müssen die Behindertenwerkstatt überprüfen. Ich telefoniere nachher mal mit den

Neusser Kollegen. Damit die Bescheid wissen.« Ecki sah hinüber zum Eingang F, der zur K-Wache und zur Leitstelle führte, deren Fenster weit offen standen.

»Die Behindertenwerkstatt übernehme ich. Was hat wohl die Bluesharp zu bedeuten?«

»Vielleicht ist sie damit gelockt worden.«

»Die Harp glitzert in der Sonne wie Silber und macht Musik.« Frank nickte nachdenklich.

»Ein schönes Spielzeug.«

»Und toller Schatz.«

»Das musst du als Harpspieler ja wissen.«

»Deine Witze kannste dir sparen. Ich meine das ernst. Wir haben jedenfalls genug Fragen und Arbeit für die MK ›Elvira‹.«

»Habt ihr nix zu tun?«

Frank und Ecki drehten sich um und erstarrten. Was sie sahen, war mindestens so spektakulär wie das Wunder von Bern. Die Fragen um den mysteriösen Tod von Elvira Theissen waren für einen Augenblick vergessen.

»Was glotzt ihr so?«

»Wie siehst du denn aus? Willst du zum Skilaufen? Mitten im Frühjahr?« Ecki musste sich zwingen, nicht laut loszuprusten. Wenn der Archivar der Mönchengladbacher Polizei eines nicht ausstehen konnte, waren das Bemerkungen über seine Figur. Heinz-Jürgen Schrievers brachte stattliche hundertzwanzig Kilogramm auf die Waage. Seinen Bauch schob er unter einer hellen Strickjacke mit Zopfmuster mit der gleichen unerschütterlichen Selbstverständlichkeit vor sich her, mit der er tagaus, tagein braun karierte Filzpantoffeln trug. Im Dienst, wohlgemerkt.

»Eckers, du hast ja keine Ahnung. Geh du ruhig Gewichte stemmen. Ich gehe Walken.« Heinz-Jürgen Schrievers nahm die beiden Aluminiumstöcke hoch und schlug die Enden hörbar gegeneinander. »Dienstsport. Neigungsgruppe Walken.«

Auch Frank konnte sich ein Grinsen nicht verkneifen. »Brav, Heini, äh, Heinz-Jürgen.«

»Ein bisschen Sport könnte dir auch nicht schaden, Borsch.« Schrievers stützte sich auf die Walkingstöcke.

Gleich brechen die Dinger durch, dachte Ecki.

»Dein Bauch, ein Risikofaktor für Herzinfarkt. Hättest du ›ottokar intern‹ gelesen, wüsstest du Bescheid.«

»Walken in der Strickjacke?« Ecki deutete auf das wollene Ungetüm.

»Ich will meinen Oberkörper warm halten, bevor ich auf die Piste gehe. Reine Vorsichtsmaßnahme.«

Unter der Strickjacke lugte ein giftgrünes T-Shirt hervor, auf dem Frank den Schriftzug *Brasil* erkennen konnte. Schrievers' nackte Beine steckten in einer altertümlichen hellen Turnhose. Die viel zu weiten Hosenbeine ließen seine ohnehin schon käsigen Beine noch blasser und knubbeliger erscheinen. Der Höhepunkt waren aber die dunkelblauen Socken, die halb über die stattlichen Waden reichten.

»Is was, Borsch?«, fragte Heinz-Jürgen Schrievers argwöhnisch.

Frank schüttelte angestrengt den Kopf. Wenn Schrievers nicht bald von der Bildfläche verschwand, konnte er für nichts mehr garantieren.

»Ich dachte schon.« Schrievers sah sich um. »Wo die Kollegen bloß bleiben? Wir fahren zum Schloss Rheydt. Oder wir walken an der Niers entlang. Schöne Strecke.«

»Du hast uns gar nichts davon gesagt, dass du abnehmen willst.« Ecki merkte zu spät, was er gesagt hatte.

Aber Schrievers nahm die Andeutung gelassen. »Ich will nicht abnehmen, ich will fitter werden. Gertrud hat schon unseren Küchenbullen angerufen.« Schrievers deutete mit einem Stock Richtung Kantine. »Sie hat ihm ein paar Tipps gegeben für die ›Fit im Job‹-Menüs. Gertrud hat gute Ideen, wenn es ums Kochen geht.« Der Archivar nickte selbstvergessen.

»Ihr seid am Schloss unterwegs?«

Der Archivar nickte.

»Ist das im Augenblick nicht zu gefährlich? Oder gibt es dort keine Eichenprozessionsspinnerraupen?«

»Du meinst diese eingepackten Bäume, die aussehen wie aus einem Horrorfilm?«

Frank nickte.

»Nee, soviel ich weiß, nicht. An der Niers gab's ein paar davon. Aber das Problem ist längst erledigt. Warum willst du das wissen?«

Frank berichtete Schrievers gerade von den ersten Ermittlungsansätzen, da bog ein Mannschaftswagen um die Ecke, hinter dessen Fenstern Frank einige feixende Gesichter erkannte. Und er sah etwas Gelbes aufblitzen: den Pullunder von Horst Laumen, dem unerbittlichen und staubtrockenen Verwalter aller nur erdenklichen Behördenvorschriften.

»Na, dann viel Spaß. Besonders mit Kollege Laumen. Ich dachte, der fährt nur Fahrrad.«

Frank prustete los.

Schrievers verzog das Gesicht, als habe sein sportlicher Ehrgeiz sich gerade eine Zerrung eingehandelt. »Mir bleibt auch nichts erspart. Wenn ich das gewusst hätte. Seit wann ist der denn dabei?«

Ohne weiter auf seine Kollegen zu achten, machte sich Schrievers daran, in den Mannschaftstransporter zu klettern.

Frank sah auf seine Armbanduhr. »Ich fahre jetzt zur Werkstatt. Wimo muss mir helfen.«

Ecki sah Frank erstaunt an. »Jetzt noch?«

»Mir lässt das keine Ruhe. Ich will mehr über das Leben von Elvira Theissen wissen.«

Ecki seufzte. »Na gut, und ich kümmere mich um ihren Vormund. Vielleicht hat er Infos, die uns weiterbringen.«

Frank nickte. »Rechne heute nicht mehr mit mir. Von der Werkstatt aus fahre ich mit Wimo direkt zur Probe.« Ihm fiel noch etwas ein. »Und ruf Carolina an. Erzähl ihr das mit der Lauge.«

Der Bassist von STIXS machte ein erstauntes Gesicht, als Frank in der Tür stand. »Grüß dich, setz dich, willst 'nen Kaffee?«

Frank schüttelte den Kopf und nahm am Schreibtisch Platz. »Ich bin dienstlich hier.«

»Schon klar: kein Kaffee im Dienst. Polizeibeamte trinken nicht.« Der Leiter der Werkstatt für Behinderte grinste.

»Im Ernst, ich bin dienstlich hier, Wimo. Es geht um Elvira Theissen.«

»Elvira Theissen? Muss ich die kennen?« Wilfried »Wimo« Moll runzelte die Stirn.

»Sie ist behindert und hat bei dir gearbeitet.«

»Natürlich, Elvira. Jetzt weiß ich's wieder. Sie arbeitet in der Wäscherei. Elvira ist 'ne Nette. Sie ist vor ein paar Tagen nicht zur Arbeit erschienen. Meine Leute haben ihren Betreuer angerufen. Ist ihr was passiert?«

»Elvira Theissen ist tot.« Frank schilderte seinem Freund kurz die wichtigsten Fakten.

»Mein Gott, wer tut so was?« Wilfried Moll lehnte sich in seinem Drehsessel zurück.

»Deshalb bin ich hier, Wimo.«

»Was willst du wissen?«

»Seit wann war sie bei euch? Mit wem hatte sie Kontakt? War sie mit der Arbeit zufrieden? Hat sie sich mal über jemanden beschwert? Hat es vielleicht Streit gegeben?«

»Elvira war immer gut drauf. Wenn ich sie auf dem Weg durch die Werkstatt getroffen habe, hat sie immer ihre Späßchen mit mir gemacht. Immer hat sie gelacht. Mein Gott, und jetzt ist sie tot. Ich fass es nicht.« Der Werkstattleiter sah aus dem Fenster seines Büros, das direkt am Eingang des großzügigen Werkstattgeländes lag.

»Hat es vielleicht doch irgendwann mal Probleme gegeben?«

Wilfried Moll schüttelte den Kopf. »Meines Wissens nicht. Sie hat gut in unser Team gepasst. Die Arbeit hat sie schnell gelernt, sie war ihr nicht zu viel. Und sie hat ihr auch Spaß gemacht. Soweit ich das mitbekommen habe.«

»Absolut keine Auffälligkeiten?«

»Nee. Außer dass sie aufgeregt war, als sie wusste, dass sie in eine eigene Wohnung ziehen kann. Am Anfang hat sie das ständig allen möglichen Leuten erzählt. Und mich hat sie dauernd mit der Frage gelöchert, ob ich denn meine, dass sie das schaffen wird. Sie hat immer wieder die Telefonnummer von ihrem Betreuer aus der Tasche gezogen und erklärt, dass sie bei Problemen einfach nur ihren Volker anrufen muss. Der würde ihr immer helfen.« Wilfried Moll nickte nachdenklich. »So sind sie, die Menschen mit Behinderungen. Das muss man wissen. Sonst können sie einem ganz schön auf die Nerven gehen mit ihren Ticks.« Er lächelte seinen Bandkollegen an. »Ich kann mir trotzdem keine schönere Arbeit vorstellen.«

»Wenn sie so fröhlich war, hat man sicher schnell Kontakt zu ihr bekommen.«

Moll seufzte. »Leute mit Down-Syndrom lassen sich in aller Regel leicht für etwas begeistern. Sie sind auf alles neugierig. Es gibt aber auch Situationen, in denen sie einen gehörigen Dickkopf entwickeln können. Das muss man im Umgang mit ihnen berücksichtigen.«

Frank horchte auf. »Dann ist die Kontaktaufnahme doch nicht so einfach? Muss man dafür irgendwie geschult sein?«

Wilfried Moll nickte bedächtig. »Du meinst?«

»Es wäre möglich, dass der Täter aus dem Umfeld von Elvira Theissen kommt. Dass es jemand ist, den sie kannte und dem sie vertraute.«

»Jemand hier aus der Werkstatt?« Wimos Augen verengten sich. Er atmete hörbar ein und aus. »Frank, bei uns arbeiten über sechshundert Behinderte, die zum Teil schwerst mehrfachbehindert sind. Nein, ich kann mir das bei keinem meiner Leute vorstellen. Außerdem haben wir einen Verhaltenskodex entwickelt, verbindliche Regeln für den Umgang der Angestellten mit unseren behinderten Mitarbeitern, da haben Täter, welcher Art auch immer, keine Chance. Wir tun alles, damit so was nicht passiert. Aber was Menschen mit Down-Syndrom betrifft: Um ihre Neugierde zu wecken, musst du nicht unbedingt Fachmann sein.«

»Wie meinst du das?«

»Ich meine nur, dass behinderte Menschen oft wie Kinder sind. Sie lassen sich leicht ablenken und beeinflussen. Körperkontakt ist vielen ganz wichtig.«

»Wodurch lassen sie sich zum Beispiel ablenken?«

»Das kann alles Mögliche sein. Kleinigkeiten oft. Dinge, die uns selbst auf den ersten Blick nicht so wichtig erscheinen. Ein Allerweltsgegenstand. Ein Buch, ein Bild, eine Feder, irgendwas.«

Frank zögerte einen Augenblick, bevor er es aussprach. »Das kann auch eine Mundharmonika sein?«

Wimo stutzte. »Das kann auch eine Mundharmonika sein, klar.«

»Bei der Toten haben wir nämlich eine Mundharmonika gefunden. Noch ist nicht klar, ob sie ihr gehört hat. Die Auswertung der Spuren ist noch nicht abgeschlossen.«

Wilfried Moll nickte. »In der Wäscherei steht ein Kofferradio. Elvira hat oft zu der Musik gesungen. Ich weiß, dass sie besonders gerne WDR4 gehört hat. Zu ihrem letzten Geburtstag haben ihr die Leute aus der Werkstatt eine CD mit Schlagern geschenkt. Außerdem mochte sie Tokio Hotel. So eine Mundharmonika ist für Elvira bestimmt ein geheimnisvolles Ding gewesen. Wenn sie sie von jemandem geschenkt bekommen haben sollte, wird derjenige sicher leichtes Spiel mit ihr gehabt haben.«

»Wir werden sehen. Ich brauche möglichst bald eine Aufstellung aller nichtbehinderten und behinderten Mitarbeiter, die Kontakt zu Elvira Theissen hatten.«

»Kein Problem. Wird aber eine kleine Weile dauern.«

»Bis morgen?« Frank stand auf.

»Bis morgen.«

»Ich fahre jetzt zum Proberaum. Kommst du mit?«

Der Bassist schüttelte den Kopf. »Später. Ich muss noch ein paar Telefonate führen.«

»Du bist dir ganz sicher?« Frank legte die Hand über den Hörer und sah Ecki an. »Linder kann auf keinem der vorhandenen Bilder Elvira Theissen erkennen.«

Ecki verzog enttäuscht das Gesicht.

»Okay, Torsten, war ein Versuch.« Frank legte auf.

»Nix?«

»Null. Die Stadtwerke dürfen mit ihren Kameras nur den unmittelbaren Haltestellenbereich aufnehmen. Viele Bilder sind zudem teilweise geschwärzt, wegen des Datenschutzes.«

»Wenn die Bilder nicht gespeichert werden dürfen, woher stammen sie dann?«, wunderte sich Ecki.

Frank grinste schief. »Vorschrift und Wirklichkeit. Angeblich sind die Aufnahmen versehentlich liegen geblieben. Wenn wir nicht gekommen wären, hätte man sie aber schon längst gelöscht. Sagt der zuständige Techniker.«

»Und? Was jetzt?«

»Das Übliche: Fahrgäste befragen, die Anwohner am Dohrer Busch, Radfahrer. An Hundebesitzer Handzettel verteilen. Eine Behinderte muss dort doch auffallen. Von der Bushaltestelle an der Schule für Lernbehinderte ist es schon noch ein Stück Weg bis zum Wäldchen.«

»Was ist mit dem Freibad Giesenkirchen?«

»Das ist doch geschlossen, soweit ich weiß.« Frank gähnte. »Aber wir können den Hausmeister dort fragen, klar. Genauso wie die Tennisspieler nebenan.«

»Mir geht die Mundharmonika nicht aus dem Kopf.«

»Ich denke, es ist so, wie Wimo erzählt hat: Die Harp hatte das gewisse Etwas. Der Klang, das glänzende Blech.«

»Und man kann sie unauffällig in die Tasche stecken oder sie daraus hervorzaubern.« Ecki nickte. »Ideal, um auf sich aufmerksam zu machen.«

»Wenn man dann noch eine Melodie darauf spielen konnte, war man für Elvira bestimmt der Star.«

Ecki rieb sich die Schläfen. »Ich habe Kopfschmerzen. Ich glaube, ich werde krank. Und das bei dem Wetter.«

Mieser konnte der Tag nicht beginnen: Ecki lag immer noch mit Grippe im Bett, der Dienstwagen war zur Inspektion in der Schirrmeisterei, und es regnete Bindfäden.

Frank sah angestrengt durch die beschlagene Scheibe, als könne er allein kraft seiner schlechten Laune den Regen stoppen. Er hatte nicht die geringste Lust, aus seinem MGB auszusteigen. Denn er sah schon vor sich, wie seine Schuhe im Matsch des Spargelfelds versinken würden.

»Scheiße, Scheiße, Scheiße.« Fluchend öffnete er die Wagentür und stieg endlich doch aus. Er sah zum Himmel und schlug den Kragen seiner Jeansjacke hoch. Er wusste, dass das nicht mehr als eine Geste war.

Freiwillig wäre Frank nie zu einem Spargelfeld gefahren. Und schon gar nicht so früh am Tag. Aber er war ja auch nicht zum Spargelstechen verabredet. Vorsichtig hob der Leiter des KK 11 die graue Folie an, mit der die empfindlichen Pflanzen vor den noch kühlen Nächten geschützt wurden. Vor ihm ragten in unregelmäßigem Abstand sieben bleiche Finger aus der festgeklopften Erde.

Frank nickte stumm und richtete sich wieder auf. Für den Gerichtsmediziner das Signal, mit seiner Arbeit fortzufahren. Finger um Finger zog er langsam aus der feuchten Erde und tütete sie ein.

»Die Finger einer Frau.« Kriminaltechniker Torsten Linder deutete auf die sieben Plastiktütchen. »Wie Spargelspitzen.«

Frank hob den Kopf und sah hinüber zur Autobahn. Bis zum alten Grenzübergang Schwanenhaus war es nicht weit. Um diese Uhrzeit war noch wenig Betrieb. Nicht weit vor ihm flatterte träge eine Schar Saatkrähen auf.

»Was machen Frauen ohne Finger?« Der Wind fuhr kräftig

durch das lockige Haar des Ermittlers. Frank steckte die Hände in die Hosentaschen und machte sich ganz schmal.

»Was meinst du?« Der Mann im weißen Einmaloverall sah irritiert zu Frank auf.

»Ich brauche jetzt einen Kaffee.« Hier konnte er nichts mehr tun, Linder würde ihn ohnehin bald verscheuchen.

»Sorry, Frank. Wir haben die Kanne vergessen.« Der Kollege von der KTU hob bedauernd die Schultern.

»Ich komme schon klar. Weiter hinten gibt's ein Bauerncafé.« Frank deutete mit dem Kopf vage in die Richtung. »Wenn ihr mich sucht.«

Bevor er in seinen Wagen stieg, versuchte er den klebrigen Ackerboden von seinen Schuhen zu schaben. Er fluchte. Seine Lederstiefel waren mit Sicherheit ruiniert.

»Keine aktuellen Vermisstenanzeigen? Dann überprüft die alten Listen noch einmal.« Frank klemmte sein Mobiltelefon zwischen Kopf und Schulter und schnitt bedächtig ein Mehrkornbrötchen auf. »Was?« Frank wechselte das Telefon an sein anderes Ohr. »Sprich lauter, ich kann dich kaum verstehen. Niemand wird vermisst? Aha. Danke.« Er beendete das Gespräch und sah nachdenklich auf die Tastatur. Als die Bedienung frischen Kaffee brachte, nickte er nur abwesend.

Er musste sich auf die Finger konzentrieren. Der polnische Erntehelfer, der die Leichenteile gefunden hatte, tat ihm leid. Für ihn musste es der blanke Horror gewesen sein. Wer schnitt einer Frau die Finger ab? Und warum hatten sie nur sieben gefunden? Wo waren die anderen? Oder hatte die Zahl sieben etwas zu bedeuten? Warum ausgerechnet ein Spargelfeld? Und ausgerechnet in Kaldenkirchen?

Frank sah aus dem Fenster. Der Regen hatte aufgehört. Am Horizont zeigte sich ein heller Streifen. Es würde nicht lange dauern, bis die Sonne die Äcker und den Wald dampfen ließ. Es würde feuchtwarm werden. Er musste unwillkürlich an die

Nachmittage früher zu Hause in ihrem Gemüsegarten denken. Nach dem Regen hatten die nassen Erdbeerstauden gegen seine nackten Waden gedrückt, und die tanzenden Mücken hatten sich gnadenlos ihre Beute geholt.

Frank seufzte. Das war lange her. Aber den Schweiß von damals spürte er heute noch auf seinem Rücken. Er stand auf, um sich vom Büfett ein Schälchen Erdbeermarmelade zu holen.

Frank wog den braunen Briefumschlag in der Hand. Nicht leicht, nicht schwer, dachte er und drehte ihn um. Kein Absender. Er nahm ein Brotmesser aus der Tischschublade, um die Klebestelle zu öffnen.

Der Leiter des KK 11 sah auf den Küchentisch. Jetzt wusste er, warum sie nur sieben Finger gefunden hatten. Vor ihm lag ein abgetrennter blutleerer Finger, verpackt in einen Gefrierbeutel. Frank hielt den Beutel mit spitzen Fingern hoch und betrachtete ihn von allen Seiten. Möglich, dass der fahle Finger zu den anderen passte. Es schien ein Ringfinger zu sein, einigermaßen schlank und mit einer sauberen Schnittfläche. Der Täter musste ein sehr scharfes Messer benutzt haben.

In dem Beutel steckte noch etwas. Frank hielt es zunächst für eine Krume Ackerboden, dann aber sah er, dass in dem Beutel außer dem Finger auch eine Fliege lag. Eine Schmeißfliege. Totenfliege. Nachdenklich öffnete der Ermittler den Kühlschrank und legte den Beutel ins Eisfach.

Er schüttelte den Umschlag und ließ das Etwas, das aus weißem Einwickelpapier rutschte, auf die Tischplatte fallen. Er hatte es geahnt. Ohne seinen Blick abzuwenden, griff der Fahnder zu seinem Mobiltelefon.

»Torsten?« Franks Stimme klang rau. »Ich habe noch einen Finger für dich. Und eine Harp. Diesmal in E-Dur.«

»Die Finger gehören einer Frau mit Down-Syndrom, sagt Leenders. Eindeutig.«

»Danke, Torsten. Schnelle Arbeit.« Frank nickte anerkennend.

Ecki nickte und nieste gleichzeitig.

»Zwei Frauen mit Down-Syndrom.« Frank runzelte die Stirn. »Und es gibt keine Vermisstenmeldung?«

»Noch hat sich niemand gemeldet.« Ecki zog ein Papiertaschentuch aus der Hosentasche.

»Wie kann das sein?«

»Wer weiß? Vielleicht ist die Frau nirgendwo gemeldet. Oder sie wird tatsächlich gar nicht vermisst. Weil das Heim denkt, sie sei bei Verwandten, weil die Verwandten denken, dass sie im Heim ist. Oder wo auch immer sie lebt oder lebte.« Ecki schnäuzte sich lautstark.

»Und wo ist der Rest der Frau?«

»Wir sollten uns vor allem um die Frage kümmern, warum dir der Täter einen Finger und eine Mundharmonika nach Hause schickt.« Ecki warf das Taschentuch in den Papierkorb. »Das war mein letztes.« Er griff nach dem Fläschchen Nasenspray, das neben seinem Bildschirm stand.

Carolina Guttat öffnete ihre Handtasche und reichte Ecki ein frisches Päckchen Papiertaschentücher. Ecki nickte dankbar.

»Der oder die Unbekannte muss irgendeine Beziehung zu dir haben. Vielleicht jemand, den du schon mal verhaftet hast. Oder diese Person will ausdrücklich auf sich aufmerksam machen. Es hat ja noch nicht viel über Elvira Theissen in den Zeitungen gestanden. Das könnte den Täter ärgern. Jemand mit Geltungsdrang.« Carolina Guttat ließ den klobigen Verschluss ihrer Handtasche zuschnappen und stellte sie neben ihren Stuhl.

»Wer soll das sein? Ich habe keine Ahnung.«

»Wir müssen uns die alten Fälle ansehen. Das ist kein Zufall, dass ausgerechnet du den Umschlag bekommen hast.«

»Ecki hat recht. Seht euch die alten Akten noch einmal an. Wer von den Tätern ist wieder auf freiem Fuß? Wer hat Kontakt zu Behinderten gehabt? Wer hat mit Musik zu tun? Wer war psychisch auffällig?«

Frank musste an Marco van Bommel denken. Er war der Einzige, dem er so etwas zutrauen würde. Aber der Niederländer saß seit der Sache mit den illegalen Hanfplantagen, den Pestiziden und Viola sicher in der JVA.

Ecki sah Frank an. »Ich weiß, was du denkst. Aber der Holländer scheidet definitiv aus. So weit reicht sein Arm nun doch nicht, dass er aus dem Knast heraus jemanden mit solchen Dingen beauftragen könnte.«

Frank machte ein skeptisches Gesicht. Bei van Bommel konnte man sich nicht sicher sein. Das hatte der Drogenboss ihnen mit der Entführung von Viola Kaumanns deutlich bewiesen. Die junge Kollegin hatte nach ihrer Befreiung Wochen gebraucht, um wieder auf die Beine zu kommen. Die Wunden waren verheilt; was ihre Seele betraf, mochte Frank sich nicht festlegen.

»Ich lasse ihn vorsichtshalber überprüfen«, meinte Carolina Guttat. »Soweit wir wissen, hat er aber keine Kontakte nach draußen.«

»Die Mundharmonikas sind nicht zufällig so kurz hintereinander aufgetaucht. Außerdem: zwei behinderte Frauen.« Ecki hob zwei Finger und lehnte sich in seinem Drehstuhl zurück.

»So weit waren wir schon, Ecki.«

»Ich weiß ...« Ecki beugte sich unvermittelt vor und zuckte mehrfach unter einer Niesattacke zusammen.

»Du gehst besser ins Bett, Ecki. Sonst steckst du uns noch alle an.« Carolina Guttat war vor Schreck mit ihrem Stuhl ein Stück zurückgewichen.

Ecki schnaufte. »Geht schon wieder. Kann ja sein, Frank, dass das Ganze mit deiner Musik zu tun hat. Jemand fühlt sich von eurer Musik belästigt, bedroht, was weiß ich. Für so was gibt's ja genug Beispiele in der Rock- und Popgeschichte.«

»Das meinst du jetzt nicht im Ernst?«

»Und ob.«

Carolina Guttat runzelte die Stirn. »Wegen Blues oder WDR4 begeht doch niemand einen Mord.«

Heinz-Jürgen Schrievers beäugte Ecki misstrauisch. »Du bist krank? Ich kann jetzt keine Grippe gebrauchen. Ich komme langsam in Form. Wegen dir möchte ich mein Training nicht ausfallen lassen müssen.«

»Keine Sorge, ich werde schon Abstand halten.«

Während Frank einen Stuhl frei räumte, verfolgte Schrievers jede seiner Bewegungen mit wachen Augen.

»Ist was, Schrievers?«

»Seit ich walke, bin ich ein neuer Mensch. Joggst du eigentlich noch?«

Hätte Schrievers ihn nach der neuesten CD von Duke Robillard gefragt oder nach den Tourneedaten von B. B. King, Frank wäre nicht überraschter gewesen. Schrievers wollte mit ihm tatsächlich über Sport reden.

»Ich will wieder anfangen. Willst du etwa mitlaufen?«

»Warum nicht?«

Frank sah halb belustigt, halb spöttisch zu Ecki. Der Dicke wollte wirklich ernsthaft Sport treiben, dabei würde der Archivar keinen Kilometer weit kommen, ohne einen ›Herzkasper‹ zu bekommen.

»Übernimm dich nicht. Walken ist doch nicht schlecht für den Anfang.«

»Mein Orthopäde hat gesagt, dass das richtige Schuhwerk entscheidend ist. Dann kann ich jederzeit laufen.« Der Archivar erhob sich. »Ich habe sogar schon abgenommen.«

Frank nickte. »Kann man deutlich sehen. Hab ich mir vorhin schon gedacht, als ich reinkam.«

Schrievers' Augen blitzten verräterisch. »Dann bist du der Erste, der das sieht.«

»Also, ich meine schon. Was meinst du, Ecki?«

»Wir sollten lieber zum Wesentlichen kommen.« Ecki hatte

ebenfalls wenig Lust, sich auf das dünne Eis »Figurprobleme« zu begeben.

Schrievers nickte und setzte sich wieder an seinen Schreibtisch. »Hast recht. Was kann ich für euch tun?«

»Wir brauchen eine Liste aller Vermissten, auch aus den Niederlanden. Ich will wissen, ob darunter Frauen mit Down-Syndrom sind. Du hast doch gute Kontakte nach Holland.«

»In die Niederlande, ja.«

»Niederlande oder Holland: Was macht das schon für einen Unterschied?« Frank deutete auf das von den Jahren dunkel gewordene Gemälde, das der Archivar auf dem Dachboden seines Nachbarn gefunden hatte und das nun hinter Schrievers an der Wand hing. »Das ist doch eindeutig Holland: Segelboote im Hafen und eine Windmühle dahinter.«

Der Archivar drehte sich nicht um. »Auch wenn du aus Breyell kommst, Borsch, und die alte Grenze nicht weit weg ist, du hast keine Ahnung von Erdkunde.«

»Ist mir auch wurscht, Heinz-Jürgen, besorg mir einfach die Listen, und gut ist. Ruf das Meisje in Roermond an und bitte sie um Amtshilfe. Mehr will ich gar nicht.«

»Schlechte Laune?«

»Nee. Keine Zeit.«

Schrievers lehnte sich zurück und schlug ein Bein über das andere. Dabei ließ er einen seiner karierten Filzpantoffeln bis knapp über die Zehen rutschen, um dann mit dem Schuh provozierend auf und ab zu wippen.

»Hey, ich finde, du hast wirklich abgenommen. Ich werde dich zum Vorbild nehmen und was für meine Figur tun.«

»Du meinst also, ich müsste etwas für meine Figur tun?« Schrievers' Stimme nahm einen bedrohlichen Unterton an. Er hatte Borsch dort, wo er ihn haben wollte.

»Ja, äh, nein, natürlich nicht. Das muss ja jeder selbst wissen.«

»Meinst du?« Schrievers klang nicht nur drohend, sondern auch spöttisch. Eine besonders gefährliche Mischung.

»Ich finde schon. Oder nicht?« Franks Blick wanderte verunsichert zwischen Ecki und Schrievers hin und her.

»Wir sollten Heinz-Jürgen in Ruhe arbeiten lassen. Umso eher haben wir unsere Listen.«

Frank nickte dankbar und wechselte das Thema. Er wusste, dass Schrievers ein Faible für alte Möbel hatte. »Lisa hat übrigens vom Sperrmüll einen Stuhl mitgebracht.«

Der Satz verfehlte seine Wirkung nicht.

Der Archivar beugte sich vor. »Wie alt?«

»Keine Ahnung. Weiß gestrichen. Müssen mehrere Schichten Farben drauf sein.«

»Wie sehen die Verzierungen aus?«

»Verzierungen? Der Stuhl hat vier Beine und eine Lehne.«

»Sind die Beine kantig oder rund?«

Frank zuckte mit den Schultern. »So genau habe ich nicht darauf geachtet.«

Schrievers schnaubte verächtlich. »Und was will sie jetzt damit machen?«

»Ach, du weißt doch, dass Lisa schlecht Trödel am Straßenrand stehen lassen kann.«

Deshalb hat sie damals ja auch dich mitgenommen, dachte Schrievers.

»Ich denke, sie will ihn aufarbeiten lassen. Kennst du jemanden, der so was kann?«

Schrievers kratzte sich nachdenklich am Kopf. »Hm. Muss ich mal nachdenken.«

Wenn es um alte Möbel ging, war Schrievers kaum zu halten.

»Ich kann dir das gute Stück ja mal zeigen.«

»Okay, pack den Stuhl ein, und bring ihn her. In der Zwischenzeit höre ich mich mal um, wer so etwas aufarbeitet. Im Zweifel mache ich das selbst.«

Ecki hatte genug. »Und tu uns noch einen Gefallen, Heinz-Jürgen, wir brauchen jede Menge Informationen über die Heime, in denen Elvira Theissen gelebt hat. Zu wem sie Kontakt hatte. Ob es in der Betreuung jemals Probleme gegeben hat. Wie ihre Entwicklung verlaufen ist. Alles. Und: Wir müssen wissen, was dieser Radermacher für ein Typ ist. Wo hat er seine Ausbildung gemacht? Wie ist das Verhältnis zu den Behinderten, die er betreut? In welchen Wohngruppen hat er schon gearbeitet? Ist er schon einmal negativ aufgefallen? Was macht er in seiner Freizeit? Warum arbeitet er nicht mehr als Krankenpfleger?«

»Und ihr sucht noch eine mongoloide Frau?«

Frank und Ecki nickten gleichzeitig.

»Zwei Down-Syndrom-Frauen als Opfer. Da könnte der Täter doch tatsächlich aus der sozialpädagogisch-pflegerischen Ecke kommen.«

Schrievers schwieg nachdenklich.

»Es könnte natürlich auch Zufall sein«, warf Ecki ein. Er stand immer noch an der Tür.

»Solche Zufälle gibt es nicht.« Schrievers lehnte sich erneut zurück, verschränkte wieder die Arme hinter dem Kopf und sah Frank bekümmert an.

»Ich habe Rücken. Hm. Hast du schon Kontakt zum Hersteller der Mundharmonikas aufgenommen?«

»Was soll das bringen? Weißt du, wie viele Bluesharps allein in Deutschland jedes Jahr verkauft werden?«

»Fangt mit den Geschäften hier in Mönchengladbach an.«

»Da gibt es nur eine Handvoll.«

»Eben.«

Ecki nickte. »Ein Versuch kann nicht schaden.«

»Wo kaufst du eigentlich deine Harps?«

Frank sah Schrievers an. »Im Internet. Harponline.«

»Gibt es verschiedene Hersteller?«

»Schon, aber diese Recherche bringt nichts. Die Deckel der Harps glänzen alle. Egal, wer der Hersteller ist.«

Schrievers überlegte. »Aber führen alle Musikgeschäfte alle Marken?«

Frank zuckte mit den Schultern. »Das weiß ich nicht.«

»Welche Harps spielst du?«

»Verschiedene Marken. Am liebsten Hohner.«

»Die Harps bei der Leiche und in deinem Päckchen stammen vom selben Hersteller.«

»Du siehst da eine Verbindung?«

»Ich stelle nur fest, dass die Marke identisch ist. Der Täter hat vermutlich eine Verbindung zu dir. Sag mal, der Betreuer, dieser Radermacher, spielt der ein Instrument?«

Frank zog erstaunt die Augenbrauen hoch. »Soviel wir wissen, nein. Und wenn schon, ich habe Radermacher vorher noch nie gesehen. Schon gar nicht auf unseren Konzerten. Nein, ich glaube, da gibt es keine Verbindung.«

»Aber hat er für den Tatzeitraum ein Alibi?«

»Er hatte einige Tage frei. Deshalb ist Elviras Verschwinden auch nicht sofort aufgefallen. Er war mit seiner Frau an der Mosel. Wir haben das überprüft.«

»Radermacher fällt also aus. Und die Bilder der Verkehrsbetriebe geben wenig her?«

»So ist es.«

»Dann habt ihr keinen Anhaltspunkt, außer den Harps und dem Down-Syndrom?«

»Exakt.«

Schrievers überlegte. »Vielleicht will der Täter Öffentlichkeit. Vielleicht will er Beachtung. Wenn dem so ist, heißt das, dass er dich und Ecki beobachtet.«

»Wie kommst du darauf?«

»Er oder sie will sehen, was du tust, Frank.«

»Du meinst, er oder sie ist in meiner Nähe?«

»Zumindest läufst du an der langen Leine.«

Seine Beine waren müde, jeder Schritt kostete ihn Überwindung. Warum blieb er nicht einfach stehen? Obwohl der Weg an der Niers ideal zum Joggen war, schmerzten Franks Füße in den ausgetretenen Laufschuhen. Und er spürte jedes Kilo, das er zu viel mit sich herumtrug.

Frank verfluchte seinen Ehrgeiz, die ganzen dreizehn Kilometer laufen zu wollen, obwohl er so lange pausiert hatte. Aber er wusste, dass er auf keinen Fall frühzeitig aufgeben würde. Frank war so konzentriert, dass er keinen Blick für die Jogger hatte, die ihm in unregelmäßigen Abständen entgegenkamen und freundlich grüßten. Er wollte die Strecke schaffen, am besten in seiner alten Zeit.

Die gleichförmige Bewegung hatte für ihn stets etwas Meditatives gehabt. Beim Joggen hatte er sich entspannen, seine Gedanken sortieren können. Oder er hatte sich mit seiner Beziehung zu Lisa beschäftigt, die in den vergangenen Monaten auf eine harte Probe gestellt worden war.

Aber dieses Mal war sein Gehirn wie verstopft. Er hörte nur seinen keuchenden Atem und fühlte den Schweiß, der ihm in den Augen brannte, während er dem schmalen Flusslauf Richtung Schloss Rheydt folgte.

Frank versuchte, sich auf seine Arbeit zu konzentrieren. Zwei Mundharmonikas: Sie waren sicher ein Zeichen. Aber wofür? Und war es tatsächlich für ihn bestimmt? Die Kollegen der MK Elvira waren sich da sicher. Sie hatten ähnliche Fälle zusammengetragen, in denen die Mörder »ihren« Ermittlern »persönliche« Hinweise hinterlassen hatten. Aber was sollten die Bluesharps bedeuten? Die warme Maisonne brachte ihn nur noch mehr zum Schwitzen. Das unbeschwerte Zwitschern der Amseln, Blaumeisen und Rotkehlchen hörte er nicht.

Zwei Stunden später saß Frank wieder im Präsidium.

»Du siehst nicht gerade entspannt aus. Hast du dich beim Joggen übernommen? Und ich wäre besser auch zu Hause geblieben. Ich hätte auf Marion hören sollen.« Ecki schniefte. »Draußen scheint die Sonne, und mir läuft die Nase. Ekelhaft.«

»Weißt du, was mich die ganze Zeit beschäftigt?«

Ecki schüttelte den Kopf. »Dass du doch zu dick bist?«

»Warum steckte in dem Beutel, den ich geschickt bekommen habe, eine tote Fliege?«

»Weil sich der Typ, der dir den ganz besonderen ›Fingerzeig‹ geschickt hat, einen Spaß machen wollte?«

»Hör auf, Witze zu machen.«

Ecki gähnte. »Ehrlich gesagt, keine Ahnung. Das muss gar nichts bedeuten.«

»Schmeißfliegen sind Totenfliegen.«

»Du spinnst.«

»Guck im Internet nach.«

Ecki beugte sich eher widerwillig über die Tastatur seines PCs. Er hatte immer noch Schnupfen und wenig Interesse an toten Fliegen.

»Und?«

»Moment, Lord of the flies, ich bin nicht so schnell. Hab's gleich.« Ecki murmelte etwas Unverständliches und rutschte auf seinem Bürostuhl hin und her. »Hm.«

»Was sagt uns das schlaue Netz?«

Ecki sah an seinem Bildschirm vorbei Frank an. »Dass sie bis zu fünfzehn Millimeter lang werden kann, grünblau metallisch glänzt und die Wangen des Kopfes gelb-rot sind.«

»So sieht sie aus.«

»Die Weibchen legen ihre Eier in Aas ab. Die Entwicklung der Larven ist nach durchschnittlich achtunddreißig Tagen abgeschlossen. Die ausgewachsenen Tiere saugen Flüssigkeit von Aas oder Kot und ernähren sich von Blütenpollen.«

»Was heißt das jetzt für meine Fliege?«

»Die abgeschnittenen Finger waren doch relativ frisch. Weiß nicht, vielleicht ist die Tote auf einem Bauernhof umgebracht worden, dort gibt es massenweise Fliegen. Oder es gibt noch andere Leichen, die schon älter sind.«

»Du meinst, irgendwo liegen Tote, auf denen Schmeißfliegen sitzen? Ecki, jetzt übertreibst du aber.«

»Wir suchen einen Psychopathen, vergiss das nicht. Wer weiß, was er uns als Nächstes liefert.«

»Du meinst, da kommt noch was?«

»Wir sollten uns den Dohrer Busch noch einmal ansehen.«

Frank schüttelte den Kopf. »Was soll das bringen? Die Kollegen haben das Waldstück millimeterweise abgesucht und nichts gefunden. Da ist nichts, außer einem stillgelegten Freibad, einem Tennisklub und einer Tennishalle.«

»Und dem offenen Vollzug.«

»Das haben Thiel und Bremes schon überprüft. Die Jungs dort sind sauber. Und es gibt nur ganz wenige Handys, die sich im fraglichen Zeitraum im Bereich Dohrer Busch eingeloggt haben. Sie gehören allesamt unbescholtenen Dohrern.«

»Trotzdem kann jeder in der Nachbarschaft dort als Täter infrage kommen.«

»Und wenn der oder die Unbekannte gar nicht aus der Ecke kommt, sondern Elvira Theissen nur in den Wald gelockt hat?«

Ecki seufzte und gähnte gleichzeitig. »Komm doch nicht immer mit neuen Ideen.«

Es klopfte verhalten, und die Tür öffnete sich langsam. Guido Bremes, den alle nur Bremse nannten, hielt eine dünne Kladde in der Hand. »Kann ich reinkommen?«

»Logisch.« Frank deutete auf den freien Stuhl vor seinem Schreibtisch. »Was gibt's?«

»Ich hab mit der Harmonikafirma in Trossingen gesprochen. Die haben mir die Listen der Kunden am Niederrhein zukommen lassen, die per Internet bestellen. Du stehst übrigens auch drauf.« Der schmächtige Ermittler des KK 11 schob Frank die Kladde zu und grinste. »Kann ich deine Harpsammlung mal sehen? Fehlt dir zufällig die Harp in D-Dur?«

»Du wirst lachen, ja. Mir ist bei der letzten Probe ausgerechnet meine D-Dur verreckt, mitten im Stück.«

Bremes fuhr sich über den fast kahl geschorenen Kopf. »Ich fürchte, dass wir das überprüfen müssen.«

Frank sah ihn fragend an.

»Nee, im Ernst. Die Liste bringt uns nicht weiter. Die Kunden in den Musikläden werden ja nicht erfasst. Solange wir kein Bild haben, werden uns die Verkäufer auch niemanden identifizieren können.«

»Lass die Liste trotzdem mal hier. Wer weiß, wozu sie noch gut ist.« Frank nickte aufmunternd.

»Auf den beiden Mundharmonikas sind keine Fingerabdrücke und keine DNA. Ich habe das mit Bittner schon abgeklärt. Ging überraschend fix. Die Harmonikas scheinen nagelneu gewesen zu sein.«

»Hätte mich auch gewundert. Wer sich solche Szenarien ausdenkt, muss schon über eine gewisse, wenn auch kranke Intelligenz verfügen.«

Bremes nickte. »Die Fliege. Sie gehört zu den …«

Weiter kam der junge Kriminalhauptkommissar nicht. Wie aus einem Mund klang es ihm entgegen: »Schmeißfliegen, auch Totenfliegen. Ihr Körper kann bis zu fünfzehn Millimeter lang werden und glänzt grünblau metallisch.«

Guido Bremes hob abwehrend die Hände. »Ist ja gut. Ich wollte nur helfen, ihr Schlaumeier. Aber offenbar habt ihr den Fall ja schon so gut wie gelöst.«

»Nun hab dich nicht so, Bremse. Wir hatten das Thema nur gerade. Es lebe Wikipedia.«

»Und ich dachte schon, ihr hättet in Bio aufgepasst.«

Frank musste grinsen. »Wir sind nur bis zu den Fruchtfliegen gekommen. Ich hab noch meine Biolehrerin im Ohr: die berühmte Drosophila melanogaster.«

»Lisa?«

Frank ging durch den Flur in die Küche und von dort ins Wohnzimmer. In ihrem Arbeitszimmer lag auf dem Bürostuhl ihre Schultasche, einige Hefte und Bücher waren achtlos auf dem unaufgeräumten Schreibtisch verstreut. Lisa musste in Eile gewesen sein, denn in der Küche stand eine offene Flasche Mineralwasser auf der Anrichte.

Frank nahm ein Bier aus dem Kühlschrank, zögerte aber einen Augenblick, bevor er es öffnete. Mit einer Hand strich er sein T-Shirt glatt. »Da is nix«, dachte er und ließ den Bügelverschluss auf dem Weg zum Wohnzimmer ploppen.

Gut, dass Lisa immer Bier im Haus hatte! Frank seufzte und startete den CD-Player. Bei *Big Town Playboy* achtete er besonders auf die Bluesharp von James Cotton. Frank sah aus dem Fenster. Er würde den Blick auf den Schmölderpark vermissen, obwohl er sich auf den Umzug in ihre gemeinsame Wohnung freute. Gemietet hatten sie noch nichts, dafür waren die vergangenen Monate zu hektisch und ungewiss gewesen. Aber nun stand fest, dass sie intensiv suchen wollten, nach einer Wohnung oder sogar nach einem Häuschen.

Think: Auch so eine Nummer, wie sie in den frühen Fünfzigern hätte gespielt werden können, freute sich Frank und nahm sich vor, den Song seiner Band vorzuschlagen.

Think: Frank setzte sich auf das Sofa und trank einen großen Schluck. Wer steckte hinter den Bluesharps? Ein Musiker? Auch ein Harpspieler? Der ihn auf seine perverse Art zu irgendwas herausfordern wollte? Aber wozu?

Close Together, klang es schleppend und rau aus den Lautsprechern. Auch diesmal James Cotton an der Harp.

Der oder die Unbekannte wollte ihm mitteilen, dass er oder sie Frank kannte. Warum sollte Frank das wissen? Sollte er Angst bekommen?

Frank sah zum Fenster. Wurde er beobachtet? Gerade jetzt? Stand jemand in den Büschen des Schmölderparks und sah zu Lisas Wohnung hinauf? Dann wusste dieser Jemand, dass Lisa zu ihm gehörte! Hatte er auch Lisa auf der Liste?

Unsinn, schalt sich Frank, du siehst schon Gespenster. Die Harps hatten bestimmt nichts mit Lisa zu tun. Wo sie nur war? Frank überlegte, ob sie ihm am Morgen gesagt hatte, was sie nach der Schule vorhätte. Er wusste es nicht. Hatte sie ihm nichts gesagt, oder hatte er mal wieder nicht richtig zugehört?

»Frank, Schatz?« Lisa stand urplötzlich in der Wohnzimmertür.

Frank schreckte auf, er hatte seine Freundin nicht kommen gehört. Mit der Fernbedienung fuhr er die Lautstärke der Musik zurück.

Lisa schwenkte zwei Einkaufstüten. »Ich war noch mal schnell in der Stadt. Ich hab ein paar wirklich süße Sommersachen gefunden. Und ein bisschen fürs Abendessen eingekauft. Hilfst du mir?« Sie kam auf ihren Freund zu und gab ihm einen Kuss. »Ist was?«

Frank schüttelte den Kopf und stand auf. Er nahm ihr die Tüten ab. »Ich bin nur müde. Komm, wir kochen zusammen. Aber vorher zeigst du mir noch deine Beute.«

Lisa lachte. »Die T-Shirts werden dir gefallen. Ich habe jetzt übrigens auch eine Adresse für das Aufarbeiten von Möbeln.«

»Aha.« Den Stuhl hatte Frank schon fast vergessen.

»Ich wollte gerade die Haustür aufschließen, als nebenan ein Mann mit einem alten Bilderrahmen und einer Lampe aus der Haustür kam. Wir sind kurz ins Gespräch gekommen, und er hat mir seine Handynummer gegeben. Ein netter Typ, er handelt mit Trödel und hat irgendwo in Gladbach eine kleine Werkstatt. Er hat von den Bernardys ein paar alte Sachen gekauft. Netter Zufall.«

»Lohnt sich das Aufarbeiten bei dem alten Stuhl denn überhaupt?« Frank trank den Rest Bier.

»Ich werde mal hinfahren und ihm den Stuhl zeigen. Er kann mir vielleicht einen Sonderpreis machen, hat er gesagt.«

Frank nahm Lisa in den Arm. »Außerdem, du kannst tragen, was du willst, ich zieh's dir ja doch aus.«

»Frank.« Lachend schob Lisa ihn von sich weg.

»Gibt es Neuigkeiten? Haben Sie Elviras Mörder schon?«

»Nein. Noch nicht.«

Volker Radermacher sah Frank irritiert an. »Warum sind Sie dann hier?«

»Wir haben noch ein paar Fragen an Sie.« Ecki schob sich an Radermacher vorbei in den Flur der Wohnung. »Sie haben doch einen Moment Zeit?«

»Nein, nicht wirklich. Wir haben gleich Teambesprechung im Mutterhaus. Ich bin schon auf dem Sprung.«

»Wir brauchen wirklich nicht lange.« Frank hatte die Unsicherheit in Radermachers Stimme bemerkt. Er nickte und ging an Radermacher vorbei ins Wohnzimmer.

Es war genauso aufgeräumt wie bei ihrem ersten Besuch. Würde Frank es nicht besser wissen, hätte er das Zimmer für den Ausstellungsraum eines skandinavischen Möbelhauses gehalten. Es war so sauber, als würde darin niemand leben.

Radermacher blieb vor den Ermittlern stehen, die bereits Platz genommen hatten. »Wenn es denn sein muss.«

»Setzen Sie sich doch.« Ecki machte eine einladende Handbewegung. »Und erzählen Sie uns ein bisschen von sich.«

Volker Radermacher räusperte sich. »Also, da gibt es wenig zu erzählen. Ich mache meine Arbeit gerne. Ich habe Krankenpfleger gelernt, aber diese, ich sag mal, handwerkliche Arbeit war mir nie genug. Man kann Menschen nicht nur waschen und mit Medizin versorgen, ohne an ihrem Leben teilzuhaben. Ich wollte mehr als nur Pampers wechseln.«

»Nur weiter.« Ecki hatte sich Notizen gemacht.

Radermacher sah Frank an. »In welche Richtung geht das hier eigentlich?«

»Wir wollen Sie näher kennenlernen. Reine Routine.«

Der Mann blieb skeptisch. »Ich weiß zwar nicht, was meine Arbeit mit dem Tod von Elvira zu tun haben soll, aber bitte. Ich bin 1969 geboren, habe das Gymnasium in Schwalmtal besucht, wohne in Waldniel, bin verheiratet und Vater von drei Kindern. Im Urlaub fahren wir an die Küste, Holland, und mein Volvo ist fünfzehn Jahre alt. Reicht das?«

Ecki überhörte den sarkastischen Unterton. »Seit wann arbeiten Sie mit Behinderten, Herr Radermacher?«

»Seit zehn Jahren. Zum ersten Mal bin ich während meiner Zivildienstzeit in Kontakt mit Menschen mit besonderen Bedürfnissen gekommen. Schon damals war mir klar, dass ich nach meiner Ausbildung irgendwann mit solchen Menschen arbeiten wollte.«

»Ist das nicht eine große Belastung? Zumal, wenn die Menschen mehrfach behindert sind? Dazu der Schichtdienst.«

»Müssen Sie in Ihrem Beruf etwa keinen Stress ertragen, Herr Kommissar?« Radermacher sah Ecki leicht spöttisch an.

»Ich versuche, Stress nicht an mich heranzulassen. Die Bewohner sind weitgehend eigenverantwortlich für das, was sie tun, soweit man ihnen das aufgrund ihrer Beeinträchtigung zugestehen kann. Außerdem haben wir unsere Möglichkeiten, Stress abzubauen.«

»Die da wären?«

»Supervision zum Beispiel. Wir können uns immer über unsere Probleme austauschen, im Kollegenkreis oder in Einzelgesprächen. Wir haben dafür sehr gut geschulte Experten im Team. Aber das habe ich Ihnen doch schon alles erklärt.«

»Also, alles ›easy‹?« Frank mochte den therapeutischen Ton nicht, in den Radermacher verfallen war.

»Es tut gut, wenn man von den Kollegen gefragt wird: Was macht das mit dir? Oder ich auch mal sagen kann: Mir geht es im Moment nicht so gut.«

»Das kommt also vor, dass auch Sie Hilfe brauchen?«

»Wollen Sie mir jetzt etwas anhängen?« Radermachers Augen wurden zu schmalen Schlitzen.

»Wie kommen Sie darauf? Haben Sie Grund, sich verteidigen zu müssen?« Ecki klappte sein Notizbuch zu und gleich wieder auf.

»Nein. Ich muss mich überhaupt nicht verteidigen. Hören Sie, Sie kommen hier einfach rein und stellen mir seltsame Fragen. Und Sie machen sich ständig Notizen. Da wird man sich wohl Gedanken machen dürfen.«

»Welche Gedanken machen Sie sich denn?« Frank beugte sich interessiert vor.

»Was wollen Sie von mir?« Radermacher setzte sich, stand aber gleich wieder auf, ging zum Fenster und kam dann zum Sessel zurück. Er steckte seine Hände erst in die Hosentaschen, verschränkte dann aber die Arme vor der Brust.

»Nun setzen Sie sich doch bitte wieder.«

Der Erzieher setzte sich und sah die beiden Ermittler feindselig an. »Also, was wollen Sie von mir?«

»Haben Sie vielleicht zu viel Stress gehabt in letzter Zeit? Haben die Behinderten Sie möglicherweise überfordert? Sind Sie vielleicht nicht mehr mit ihnen klargekommen, weil sie ihnen keinen Raum mehr zum Atmen gelassen haben? Die Arbeit mit Behinderten kann doch sehr anstrengend sein. Haben Sie keine Zeit mehr für sich gehabt? Ist Ihnen die berufliche Nähe zu den Ihnen anvertrauten Menschen zu viel geworden?«

Volker Radermacher lachte kurz auf. Es sollte verächtlich klingen, aber dafür schwang zu viel Verzweiflung in seiner Stimme mit. »Was wissen Sie schon? Sie haben doch gar keine Ahnung von der Arbeit mit diesen lieben Menschen.«

»Lieben Menschen?«

»Ja, liebe Menschen, diese Leute sind weit unverkrampfter und viel offener als wir, Herr Kommissar, die wir uns als ›normal‹ bezeichnen. Behinderte Menschen sind immer echt, nie falsch. Dazu fehlt ihnen das intellektuelle Vermögen, wenn Sie so wollen. Ja, diese Menschen mit speziellen Bedürfnissen sind im wahrsten Sinne des Wortes liebenswert. Liebenswerter, als Sie sich das vorstellen können.«

Ecki sah kurz zu Frank. Er konnte nicht erkennen, worauf sein Freund hinauswollte. »Sind Sie musikalisch?«

Der Sozialarbeiter sah Ecki verständnislos an. »Die Behinderten? Meine Leutchen lieben Musik. Sie gehen gerne in Konzerte. Aber das habe ich Ihnen ja auch schon gesagt.«

»Nein, Herr Radermacher, ich meine Sie. Sind Sie musikalisch? Spielen Sie ein Instrument?«

»Ich verstehe Ihre Frage nicht.« Volker Radermacher rutschte bis an die Sesselkante.

»Hören Sie nur Musik, oder machen Sie auch welche? Spielen Sie Gitarre?«

»Ein bisschen Gitarre. Ja. Aber das ist nicht der Rede wert.

Das reicht gerade, um Weihnachten die Bewohner beim Singen zu begleiten. Sie lieben das.«

»Sie haben nie in einer Band gespielt?«

Radermacher zögerte. »Ich denke, ich soll Ihnen von meinem Beruf erzählen? Ja, ich habe einmal in einer Band gespielt. Aber das ist schon lange her. Sehr lange. Noch zu Schülerzeiten.«

»Welche Musik haben Sie gespielt?«

»Das Übliche: Rock, ein bisschen Blues. Damals waren in der Band auch Crosby, Stills, Nash & Young angesagt. Eigentlich war deren Zeit da schon vorbei. Aber unser Sänger stand auf das Zeug.«

Frank sah Radermacher prüfend an. »Spielen Sie auch Mundharmonika?«

»Ich?« Volker Radermacher war verblüfft.

»Spielen Sie?«

Der Erzieher lachte meckernd. »Ich spiele keine Harp. Das überlasse ich anderen.«

»Damals auch nicht? Zu Bandzeiten?«

Radermacher zögerte erneut. »Nein. Ich hab's versucht, aber bald wieder drangegeben. War mir zu kompliziert.«

Frank wollte darauf antworten, verkniff es sich aber.

Stattdessen hakte Ecki ein. »Das verstehe ich. Ist das Ihre einzige Berührung mit Musik, ich meine, die Begleitung bei den Weihnachtsfeiern?«

»Mittlerweile höre ich lieber klassische Musik. In ihr finde ich all das Schöne, das mir wichtig ist.«

»Und zwar?« Frank ließ Radermacher nicht aus den Augen.

»Das Reine, das Klare. Diese Unschuld der Töne, die tief unter die Haut geht, bis in die Seele hinein. Diese Klänge hören zu dürfen, das ist Erholung und, bitte lachen Sie jetzt nicht, eine Form von Andacht. Alles ist ganz, alles ist so vollkommen.«

Frank räusperte sich. Der Typ hatte offensichtlich eine Schraube locker. »Und, äh, was hören Sie derzeit so?«

»Mischa Maisky und Pavel Gililov. Die CD *Morgen*, wirklich erhabene Kompositionen für Cello und Klavier von Strauss und Dvořák.« Radermachers Augen leuchteten. »Maisky spielt ein Montagnana-Cello aus dem 18. Jahrhundert. Er ist ein unglaublicher Künstler mit einer schier unbändigen Spielfreude.«

»Sagt mir nichts.« Ecki zuckte mit den Schultern. »Erzählen Sie uns etwas über Ihr Verhältnis zu Frau Theissen.«

Das Gesicht des Erziehers verriet nicht, ob ihm die Frage unangenehm war.

»Habe ich Ihnen das nicht schon gesagt? Ich mochte sie, wie ich alle Bewohner unserer Einrichtung mag. Es war eine äußerst professionelle Beziehung zu Elvira. Ich habe versucht, ihr das Leben so zu erklären, dass sie es möglichst eigenständig führen kann. Das ist mir auch gelungen. Als ich sie übernommen habe, war sie ein scheuer, fast ängstlicher Mensch. Mit der Zeit wurde sie aufgeschlossener, hat sich immer mehr zugetraut. Sie hat gerne in der Werkstatt gearbeitet, war bei allen beliebt. Sie hatte sich zu einem sehr selbstständigen Menschen entwickelt. Und ich behaupte, dass ich einen gehörigen Anteil an dieser Entwicklung hatte. Ich habe mich intensiv um sie gekümmert. Wir haben viel unternommen, sie hat mich sogar, zusammen mit anderen Bewohnern, auch zu Hause besucht. Sie war ein glücklicher und zufriedener Mensch.« Radermacher sah Frank direkt an. »Und Sie können mir glauben, auch ich habe von dieser Arbeit mit ihr profitiert. Wenn man sieht, dass sich ein Mensch dank des eigenen Engagements so gut entwickelt, ist das ein sehr befriedigendes Gefühl, Herr Kommissar.«

»Das glaube ich Ihnen gerne.« Frank sah auf seine Uhr. »Ich glaube, dass Sie Ihr Meeting noch pünktlich erreichen.«

Nachdem die beiden Kommissare die Wohnung verlassen hatten, ging Volker Radermacher zum Fenster und sah ihnen nach, bis sie aus seinem Blickfeld verschwunden waren. Seufzend drehte er sich um und nahm seine Umhängetasche vom

Boden. Nachdem er sich den Riemen über die Schulter gelegt hatte, blieb er einen Augenblick unschlüssig im Wohnzimmer stehen. Mit beiden Händen rieb er sich mehrfach über das Gesicht. Er fühlte sich wie eingefroren.

»Und? Was denkst du?« Sie standen an der Ampel, und Ecki musterte eine schlanke junge Frau, die mit zwei Kindern an der Hand die Auslagen eines Geschäfts betrachtete.

»Radermacher ist nervös.«

»Ist das ein Wunder? Elvira ist tot.«

»Radermacher beschäftigt noch etwas anderes, etwas, das unmittelbar mit dem Mord zusammenhängt.«

»Du meinst, Elvira war nicht nur eine beliebige Bewohnerin seiner Wohngruppe?«

»Die beiden hat mehr verbunden.«

»Das hat er ja gesagt, dass sie ihm viel zu verdanken hat.«

»Das meine ich nicht.«

Ecki riss sich vom Anblick der Frau los. »Was meinst du dann?«

»Ich weiß nicht, ich habe nur so ein Gefühl.«

»Und ich habe Hunger.«

»Ich glaube, dass er uns etwas verschweigt, der ach so aufopfernde Betreuer.«

»Und ich werde das Gefühl nicht los, dass ich unbedingt in die nächste Bäckerei muss.«

Frank schüttelte den Kopf. »Mit dem stimmt irgendwas nicht.«

»Du meinst, er hat sie ›angefasst‹?«

»Ich weiß es nicht. Aber es wäre sicher nicht das erste Mal, dass so was passiert.«

Die beiden Ermittler hatten die Grünphase verpasst.

»Und deshalb bringt er sie um? Auf diese Weise?« Ecki sah einem Rentner nach, der ebenfalls an der Ampel gewartet hatte und nun kopfschüttelnd die Straße kreuzte.

»Um den Verdacht von sich abzulenken?«

»Dazu richtet er so eine Schweinerei an? Ein bisschen viel für einen einfachen Krankenpfleger, findest du nicht?«

»Kann doch sein?«

»Nein. Das glaube ich nicht. Wer einen Menschen auf diese Weise tötet, der muss richtig krank sein.«

»Auch Sozialarbeiter können zu Psychopathen werden. Wenn sie die Kontrolle verlieren. Oder wenn sie überfordert sind.«

Ecki schüttelte den Kopf. »Radermacher soll also der Mörder sein? Und wo hat er die Frau versteckt, die jetzt keine Finger mehr hat?«

»Ecki, ich weiß es doch auch nicht. Aber es ist immerhin eine Möglichkeit.« Frank sah einen deutlich übergewichtigen Jugendlichen herausfordernd an, der neben ihm stand und auf Grün wartete.

Der Dicke hatte ihnen offenbar zugehört und starrte Frank mit offenem Mund an. Als er Franks Blick bemerkte, rückte er seine Baseballkappe zurecht und steckte sich die kleinen Stöpsel eines Kopfhörers in die Ohren. Ohne auf Grün zu warten und auf den Verkehr zu achten, schlenderte er dann mit lässig wiegendem Schritt über die Straße.

»Eine ziemlich krude Theorie, findest du nicht?«

»Wir werden ihn auf jeden Fall im Auge behalten.« Frank deutete auf den Jungen mit der schwarz-weiß gestreiften Kappe. »Kannst du mir mal sagen, warum der Typ einfach losläuft? Der spinnt doch. Der hört mit seinen Stöpseln doch nichts.«

»Der will einfach nur cool sein. Bist du früher etwa an jeder Ampel stehen geblieben?« Ecki schmunzelte.

»Hast du gesehen, wie der geguckt hat? Als hätte ich sie nicht mehr alle. Außerdem könnte er ein paar Kilo abspecken.«

»Man merkt, dass du keine Kinder hast. Die Jugendlichen heute ticken ganz anders.«

»Und du bist da Experte?«

»Nee, aber Vater von zwei Kindern.«

Frank musste grinsen. »Kennst du den Spruch: Früher waren Dick und Doof zwei Leute, heute reicht dazu ein Vierzehnjähriger?«

»Du und deine Witze.« Ecki deutete auf die Ampel und stieß seinen Freund an. »Grün. Und, Action.«

»Wir haben uns noch einmal die Finger angesehen.« Leenders hatte, ohne anzuklopfen, die Tür zu Franks und Eckis Büro aufgestoßen und dabei einen dünnen Aktendeckel geschwenkt. Nun hielt er vergeblich nach einem Aschenbecher Ausschau.

»Da sind wir aber gespannt.« Frank freute sich diebisch, dass Leenders seine Selbstgedrehte unverrichteter Dinge in sein Tabakpäckchen zurückstecken musste.

»Ihr habt ja nicht mal einen Ascher für mich.« Mad Doc verzog das Gesicht. »Und könnt ihr bitte diese schrecklich Musik abstellen?«

»*You're Gonna Find Your Mistake.* Rauchfreie Zone, Leenders.«

»Hä?«

»Junior Kimbrough, *God Knows I Tried.*«

»Bist du jetzt völlig durchgeknallt, Borsch? Kann ich mich wenigstens setzen?«

»Such dir einfach einen Platz.« Grinsend wies Ecki auf den einzigen freien Stuhl.

Leenders setzte sich und betrachtete missmutig das gerahmte Poster mit den ineinander verschlungenen weißen und schwarzen Fingern, das an der Wand hing. Ohne Kippe hatte er wenig Lust, den beiden seine Ergebnisse vorzulegen.

Frank deutete auf das Bild. »Schön, was? *Blues News* heißt die dazu gehörende LP. Wirklich rares Vinyl in Weiß mit schwarzem Label. Und, was ist jetzt mit deinen Fingern?«

Richard Leenders benutzte den Aktendeckel als Fächer. »Ihr solltet lieber mal zuhören, wenn Leif Ove Andsnes spielt.«

Ein müdes »Aha« war die einzige Antwort.

»›Klavier‹ ist das Stichwort«, legte Leenders nach.

»Nee, Finger.« Ecki wollte endlich zur Sache kommen.

»Banausen. Aber wie auch immer«, der Gerichtsmediziner stellte das Wedeln ein, »also, ein Chirurg hätte die Finger nicht fachgerechter abtrennen können. Der Täter muss über ein gewisses Fachwissen verfügen und auch über das nötige Instrumentarium.«

»Er muss also Mediziner sein?«

»Jedenfalls verfügt er über medizinische Kenntnisse. Die kann er sich als Mediziner angeeignet haben, ja.«

»Oder als Laie mit guter Auffassungsgabe für chirurgische Fakten«, führte Frank Leenders' Gedanken fort.

»Erraten, Borsch.«

Frank sah Ecki vielsagend an und wandte sich dann wieder an Mad Doc. »Also auch ein Krankenpfleger?«

»Auch ein Krankenpfleger. Ja, unter Umständen. Warum nicht.« Leenders nickte interessiert. »Habt ihr schon einen Verdacht?«

»Einen vagen«, bestätigte Ecki.

»Hm. Ihr solltet außerdem wissen, dass die Frau schon tot war, als ihr die Finger abgenommen wurden.« Leenders wurde unruhig.

»Danke.« Frank hatte Leenders' Gesichtsausdruck richtig gedeutet. »Trotzdem, rauchen is hier nich.«

Richard Leenders stand auf. »Ich hab sowieso schon alles gesagt. Tach zusammen, Kollegen.«

»Der wird auch immer wunderlicher.« Frank nahm den Bericht an sich, den Leenders liegen gelassen hatte. »Glaubst du jetzt, dass Radermacher unser Mann sein könnte?«

»Zumindest hat er als Krankenpfleger angefangen.«

»Dann sollten wir rausfinden, wo er die Ausbildung gemacht hat.«

»Der wird auf der Chirurgischen genauso gelernt haben wie auf der Gynäkologie.« Ecki zog seufzend das Telefon zu sich. »Ich ruf ihn an.«

»Nee, lass man, ich will ihn nicht aufscheuchen. Wir besorgen uns die Information anders. Unser Bassist arbeitet doch in derselben Branche. Wimo wird sicher seine Quellen anzapfen können, ohne dass er Verdacht erregt.«

»Nun komm schon.«

»Da muss ich erst meine Mutter fragen.«

»Sie wird nichts dagegen haben.«

»Die Blumen sind schön. Aber ich hab Hunger.«

»Du hast gerade gegessen.«

»Ich will was essen.«

»Später.«

»Silvia ist traurig. Warum scheint die Sonne? Ich will Fahrrad fahren.«

»Du kannst nicht Fahrrad fahren.«

»Gib mir meine Bilder zurück.«

»Später.«

»Ich will die Bilder.«

»Zieh das doch mal an.«

»Was ist das?«

»Das macht dich stark.«

»Will nicht stark sein. Will meine Blumen. Wann bekomme ich mein Eis?«

»Sei brav, zieh das doch mal über.«

»Das ist schwer. Mein Bauch tut weh. Die Drähte sind lustig.«

»Ich weiß, mein Schatz.«

»Ich will keine Drähte am Bauch.«

»Nur einmal anziehen.«

»Die Pakete tun mir weh.«

»Das ist gleich vorbei.«

»Die Drähte sind die Flügel der Schmetterlinge.«

»Schmetterlinge, ja.«

Er lächelte. Schmetterlinge. Ein schönes Bild.

»Du kriegst gleich dein Eis. Versprochen.«

»Schmetterlinge am Bauch.«

»Ich bin sicher, dass Sie da keinen Fehler machen.«

Lisa sog den Geruch nach frisch lackiertem Holz, Bienenwachs und alten Büchern mit sichtlichem Vergnügen ein. »Und ich bin sicher, dass Sie mich nicht enttäuschen. Ich freue mich schon auf den Stuhl.«

»Er wird wie neu sein. Wenn erst die Farbe runter ist und das Holz neu verleimt, sieht er schon ganz anders aus. Und wenn dann das Geflecht drauf ist, wird er ein echtes Schmuckstück.«

»Flechten Sie selbst?« Lisa lächelte Hendrik Jennes an.

Die Zufallsbekanntschaft in Sachen Möbelaufarbeitung hatte sich als äußerst angenehmer Gesprächspartner herausgestellt. Sie war mit geringen Erwartungen zu der kleinen Werkstatt nahe dem Jugendstil-Wasserturm gefahren, aber schon nach wenigen Minuten hatte Lisa sich in den bis in den letzten Winkel vollgestellten Verkaufsraum und die dahinter liegende Werkstatt verliebt. Das lag an den ungewohnten Gerüchen, aber auch an Jennes' Art, mit der er die Fragen seiner Kundin beantwortete.

»Nein, solche Arbeiten gebe ich weg. Das müssen Fachleute machen. Ich habe das am Anfang zwar selbst gemacht, bin aber bald an meine Grenzen gestoßen.«

»Und solche Handwerker gibt es hier in Mönchengladbach?«

Jennes lächelte leicht amüsiert, dabei griff er sich an sein linkes Ohrläppchen.

Lisa meinte, so etwas wie jungenhafte Verlegenheit in dieser Geste zu entdecken. Sie machte Hendrik Jennes umso sympathischer.

Der Trödler war ansonsten weder attraktiv noch hässlich. Sein Gesicht war ein Allerweltsgesicht, eines, das in der Menge nicht weiter auffiel. Vielleicht Anfang Fünfzig, helle Augen, lichtes Haar. Seine Statur war eher stämmig. Dafür saß sein Tweedsakko perfekt. Und Jennes hatte etwas an sich, das Lisa als angenehm empfand. Vielleicht war es die sanfte Stimme. Oder das Grübchen an seinem Kinn.

»Wissen Sie, diese Leute sind wahre Könner. Sie können mit dem Thonetmaterial, diesem an sich dünnen Stuhlflechtrohr, umgehen wie niemand sonst. Wie dieses zarte Material unter ihren Händen zu einer unglaublich belastbaren Sitzfläche wird, sollten Sie einmal sehen.«

»Sie schwärmen, als würden Sie von hoher Kunst sprechen.« Nun war Lisa ein wenig amüsiert. »Aber Sie haben mir noch nicht verraten, wo ich diese Arbeiten bewundern kann.«

Der Antiquitätenhändler zupfte sich wieder am Ohr. »Hephata. In der Werkstatt sitzen die echten Künstler. Wenn Sie Zeit haben, gehen Sie mal hin. Sie werden begeistert sein.«

Lisa lächelte. »Bei Gelegenheit.«

»Sie brauchen nur kurz anzurufen, man ist sehr freundlich dort. Sie werden auf wunderbare Menschen treffen.«

Lisa nickte und deutete auf ihren Stuhl. »Sagen Sie, wie alt schätzen Sie das gute Stück?«

»Hm. Grob geschätzt Zwanzigerjahre.«

»Und woran erkennen Sie das?«

»Warten Sie.«

Jennes verschwand in einem Nebenraum und kam mit einem Stuhl zurück, der keinen Sitz mehr hatte.

»Sehen Sie, dieses Stück hat gedrechselte Beine, eine geschwungene und gedrechselte Lehne, typisch für die Gründerzeit. Ihr Stuhl ist dagegen schlicht, die angedeutete, leicht konische Form der Beine und die Verdickung an ihrem unteren Ende deuten die Epoche des Jugendstils an, die zum Zeitpunkt, als Ihr Stuhl gebaut wurde, aber längst vorbei war. Und sehen Sie die schlichte Lehne mit ihren drei Streben? Da ist von Gründerzeit oder Jugendstil nichts geblieben. Mir geht spontan ›Bauhaus‹ durch den Kopf. Aber dazu ist er dann wieder nicht schlicht und klar genug.«

»Mir gefällt er, gerade weil er eben so schlicht ist.«

»Ich finde es sehr schön, dass Sie ihn vor dem Schredder gerettet haben. Stühle sind etwas ganz Besonderes. Sie haben eine Seele. Jeder Stuhl könnte Geschichten erzählen. Nehmen Sie Ihren: Wer mag auf ihm gesessen haben? Was mag derjenige gedacht, geredet haben? Hat er überhaupt einen Gedanken daran verschwendet, worauf er sitzt? Welches Kind mag den Stuhl als seine Insel im brausenden Meer der Küche empfunden haben oder als Berg, den es zu besteigen galt? Oder wo mag der Stuhl gestanden haben, als im Krieg die Bomben fielen? Haben sich auf seiner Lackierung die Flammen der brennenden Nachbarhäuser gespiegelt? Wurde er zur Seite gestoßen, als der Luftalarm seinen Besitzer in den Keller trieb? Und warum ist er am Ende auf dem Sperrmüll gelandet?«

Lisa legte den Kopf leicht schief und betrachtete ihr Fundstück. »So habe ich noch nie über einen Stuhl nachgedacht. Für mich war das immer nur Holz.«

»Ich weiß. Das machen auch nur wenige Menschen. Wo werden Sie ihn hinstellen?«

Sie seufzte. »Nun ja, es ist ja ein Einzelstück. Aber er passt sicher ins Schlafzimmer, als Ablage. Oder in den Flur. Ich kann ihn mir auch am Küchentisch vorstellen. Schade, dass es nur einer ist. Wären es sechs, würde ich die jetzigen Küchenstühle ausmustern. Das wollte ich eigentlich schon längst.«

Jennes' Gesicht hellte sich auf. »Vielleicht kann ich Ihnen da helfen. Ich habe in meinem Lager einige Stühle, die zu Ihrem passen würden.« Er drehte Lisas Stuhl noch einmal hin und her. »Wenn ich es recht bedenke, würden sie sogar sehr gut passen. Wollen Sie sie sich einmal ansehen? Es ist nicht weit von hier.«

»Heute nicht.« Lisa sah auf die Uhr. »Ich bin noch verabredet und schon zu spät.«

»Oh, ich wollte Sie nicht aufhalten.« Hendrik Jennes trat einen Schritt zurück und sah Lisa entschuldigend an.

»Nein, nein, Herr Jennes. Ist schon in Ordnung. Können wir uns für nächste Woche verabreden? Ich rufe Sie in den nächsten Tagen an.«

Jennes deutete eine Verbeugung an.

Heinz-Jürgen Schrievers ächzte vernehmlich.

»Muskelkater?« Ecki grinste.

»Lass mich bloß in Ruhe.«

»Oh, der Herr hat schlechte Laune. Haben sich deine Walkingstöcke beim Warmmachen verhakt?«

Der Archivar streckte vorsichtig seine Beine und versuchte mit seinen Zehen zu wackeln, die in den unvermeidlichen Filzpantoffeln steckten. »Du warst auch schon witziger. Aber ja, ich habe Muskelkater.«

»Wer sich in Gefahr begibt, kommt darin um.« Ecki bog die Öffnung des Milchkartons weiter auf, um den Rest aus der Verpackung zu trinken.

»Lass Heinz-Jürgen in Ruhe. Ist doch klasse, dass er etwas für seine Gesundheit tut. Ein gesunder Geist wohnt in einem gesunden Körper.« Frank lächelte Schrievers aufmunternd zu.

»Spar dir deine Sprüche. Du heuchelst doch auch nur. Guck dich lieber selbst an. Wenn du so weitermachst, wird dir der Betriebsarzt irgendwann ebenfalls die Gelbe Karte zeigen.« Schrievers zog seine Strickjacke enger um den Bauch und massierte sich die Oberschenkel. »Statt über gesundheitsbewusste Kollegen herzufallen, solltet ihr lieber an eurem Fall arbeiten.«

»Deshalb sind wir ja hier.« Ecki hatte die grüne Dose mit dem roten Deckel entdeckt, die auf einem der grauen Aktenschränke stand. »Was ist das denn?«

Der Archivar schenkte Ecki nur einen kurzen Blick. »Stell

das gefälligst zurück. Das ist Pferdesalbe. Die hilft auch bei Muskelkater.«

Ecki lachte. »Hier steht: Haftet gut im Fell.«

Schrievers' Blick verhieß nichts Gutes, deshalb stellte Ecki die Plastikdose schließlich doch zurück. »Wenn's denn hilft.«

»Wir kommen keinen Deut voran. Die Analysen haben nichts wirklich Verwertbares gebracht, niemand vermisst eine Frau, schon gar nicht ohne Finger, auf die beiden Bluesharps können wir uns auch keinen Reim machen. Und zu allem Übel sitzt uns Carolina im Nacken. Ihr Chef will endlich Ergebnisse. Und sie will den Fall abgeschlossen haben, bevor sie wieder ins Allgäu fährt.« Frank musste zugleich an Lisas beharrliche Nachfragen denken, wann es Zeit wäre, um endlich eine gemeinsame Wohnung zu suchen.

»Und warum kommt ihr da ausgerechnet zu mir?« Heinz-Jürgen Schrievers wusste die Antwort, aber er wollte sie von den beiden hören. Schließlich tat ihre augenfällige Ratlosigkeit seinem Ego zur Abwechslung auch mal ganz gut. Er musste lächeln: eine andere Art Pferdesalbe, die auf seiner Seele gut haftete.

»Das ist nicht zum Lachen.« Ecki ärgerte sich über Schrievers' Überheblichkeit und warf den leeren Getränkekarton in Schrievers' Abfalleimer.

Frank räusperte sich. »Hast du keine Idee?«

Der Archivar unterbrach seine Massage und brummte versöhnlich: »Nun setzt euch endlich mal. Ihr scheint ja wirklich ein Problem zu haben.«

Frank und Ecki räumten zwei Stühle frei, auf die Archivordner gefährlich wackelig gestapelt waren.

»Im Sitzen lässt sich's besser denken.« Heinz-Jürgen Schrievers zog seine Beine an und öffnete eine Schreibtischschublade. »Ausnahmsweise.« Er hielt den beiden Ermittlern zwei Müsliriegel hin. »Die sind gesund und geben Energie. Braucht ihr dringend.«

Frank lehnte ab, aber Ecki griff zu. »Du nicht?«

Schrievers schüttelte den Kopf. »Ich habe meine Ration schon gehabt. Mehr erlaubt mir meine Gertrud nicht.« Er lächelte verschmitzt. »Andererseits«, er griff nach Franks Riegel, »andererseits muss man sich ja auch mal belohnen.«

Mit flinken Fingern hatte er die Verpackung vom Müsliriegel gezogen und sich den Snack in den Mund geschoben, noch ehe Ecki seinen auch nur aufgerissen hatte.

»Hm. Und wehe, ihr petzt.«

»Keine Sorge.«

»So. Wo waren wir stehen geblieben?« Schrievers kaute genüsslich. »Ich weiß: der Ermittlungsansatz. Fangen wir mal mit Radermacher an. Was ist mit ihm?«

»Wir wissen mittlerweile, dass er am Allgemeinen Krankenhaus in Viersen angefangen hat. Er hat die Ausbildung mit Auszeichnung abgeschlossen. Der Leiter des Schulzentrums für Gesundheitsberufe am Niederrhein konnte sich gut an Volker Radermacher erinnern und war voll des Lobes: Einen engagierteren Auszubildenden hatte er vorher und auch nachher nie gehabt.«

»Ihm war kein Thema zu schwer, kein Dienst zu viel oder anstrengend. Im Gegenteil, das Krankenhaus hat ihn regelrecht bremsen müssen. Immer wollte er Schichten übernehmen, seine Kollegen entlasten«, ergänzte Ecki.

Frank nickte. »Das hatte offenbar nichts damit zu tun, dass die Zusatz- oder Nachtdienste gut bezahlt wurden. Er hat es aus Verantwortung den Menschen gegenüber getan. Zumindest war das seine Begründung, wenn er von der Stationsleitung oder Kollegen auf seinen Diensteifer angesprochen wurde.«

Ecki schüttelte den Kopf. »Er hat nur für seinen Job gelebt. Sonderlich gesellig sei er nicht gewesen. Immer nur: Job, Job, Job.«

»Vielleicht wollte er schnell Karriere machen«, mutmaßte Schrievers.

»Offenbar nicht. So richtig klug sind sie weder im Krankenhaus noch in der überbetrieblichen Ausbildung aus ihm geworden. Radermacher kam ihnen regelrecht unheimlich vor, hat eine frühere Kollegin ausgesagt.« Ecki suchte nach seinem Notizbuch, um den Namen der Krankenschwester nachzuschlagen. »Nina. Nina Pisters.«

»Das hat nichts zu sagen. Das kann auch Neid sein, dass man jemanden in seinem Eifer unheimlich findet.« Der Archivar schürzte abwägend die Lippen.

»Jedenfalls haben alle Befragten nahezu übereinstimmend ausgesagt, dass sie Radermacher zwar als Kollegen kannten, aber fast nichts über sein Privatleben wussten. Das ist doch merkwürdig, oder? Wenn man mit jemandem die Ausbildung macht, spricht man doch auch über private Dinge. Man geht zusammen weg, feiert Feten. Aber in diesem Fall – Fehlanzeige. Oder?«

Ecki nickte: »Klingt in der Tat nach einem Sonderling. Aber der Job ist auch stressig. Das lässt niemanden kalt, das nimmt man doch mit nach Hause.«

Schrievers drückte sich mit seinem Drehstuhl vom Schreibtisch weg und streckte wieder seine Beine aus. Er begann erneut mit der Massage seiner Beine. »Das ist in der Tat wenig aufschlussreich.«

»Franzbranntwein hilft übrigens auch.« Frank lächelte. »Das ist aber noch nicht alles. Radermacher hat irgendwann nach Ende der Ausbildung von einem Tag auf den anderen gekündigt.«

»Mit welcher Begründung?«

»Soweit der Personalchef des Krankenhauses den Akten entnehmen konnte, ist damals nichts vorgefallen. Radermacher hat lediglich um die Auflösung seines Arbeitsvertrages gebeten. Einen neuen Arbeitgeber hat er nicht genannt, lediglich davon gesprochen, sich verändern zu wollen. Die Viersener haben ihm einen besser dotierten Vertrag angeboten, mit der Aussicht auf eine Karriere im Pflegedienst, aber Radermacher ist nicht darauf eingegangen.«

»Das klingt schon ganz anders.« Schrievers änderte seine Sitzposition und ächzte dabei im Duett mit dem Drehstuhl, dem das Gewicht des Archivars vernehmlich zu schaffen machte. »Erst dieser fast manische Ehrgeiz. Und dann dieser abrupte Bruch. Habt ihr ihn schon dazu befragt?«

Ecki schüttelte den Kopf. »Wir wollen erst noch mehr Infos über ihn sammeln. Das hat noch ein bisschen Zeit.«

»Ist das alles?« Schrievers sah Frank an.

»Ich habe mit meinem Bassisten gesprochen. Du weißt doch, Wimo leitet die Werkstatt für Behinderte in Hemmerden. Er hat über seine Kontakte etwas über Radermacher erfahren.«

»Und?«

»Demnach ist der Krankenpfleger irgendwann bei der Gladbacher Initiative Schmetterling e. V. aufgetaucht und hat nach Arbeit gefragt. Sie haben ihn sofort genommen. Die Leiterin hat Wimo erklärt, dass sie damals einen Pfleger gesucht haben, der die Behinderten nicht nur krankenpflegerisch betreut, sondern auch den Alltag mit ihnen gestaltet. Sie sei beeindruckt gewesen von seinem Zeugnis und von seinem Verhalten in der Kennenlernphase.«

»Kennenlernphase?«

»Das übliche Verfahren in Heimen oder anderen sozialen Einrichtungen. Die Bewerber laufen ein oder zwei Tage mit, um zu merken, ob sie ins Team passen. Außerdem sollen sich danach auch die betreuten Personen zum Bewerber äußern.«

»Hm.« Schrievers hielt einen Moment in seinen massierenden Bewegungen inne und kratzte sich am Kinn.

»Interessant ist, dass zwischen Kündigung und neuem Arbeitsvertrag fast ein ganzes Jahr liegt. Was hat Radermacher in der Zwischenzeit gemacht?«, gab Ecki zu bedenken.

Schrievers rollte wieder an seinen Schreibtisch. »Trotzdem, ich kann nichts Ungewöhnliches an Radermachers Biografie erkennen.«

»Und das ist genau das Problem. Die Sache stinkt. Irgendwie klingt alles zu banal, und dennoch habe ich den Verdacht, dass hinter der Fassade des aufopferungsvollen Krankenpflegers noch irgendwas steckt.«

»Dann find's raus, Borsch.« Heinz-Jürgen Schrievers zog seine Schreibtischschublade auf und wieder zu.

»Hast du keine Idee?«

»Warte mal. Kann ich zaubern? Ich habe Muskelkater. Da dauert das Denken.« Der Archivar zog die Schublade erneut auf und schob sie sofort wieder zu.

»Möchtest du ins Café? Brauchst du Tapetenwechsel?« Ecki hatte die leise Hoffnung, Schrievers würde zustimmen.

»Nix da. Außerdem fahre ich nur ins Café in Kaldenkirchen.« Der Archivar sah auf den Steckkalender. »Aber heute ist Dienstag, da hat *Alt Bruch* sowieso zu.« Er seufzte bei dem Gedanken an die Grillagetorte.

»Radermacher ist nicht sauber, das weiß ich.«

»Dann lass ihn überwachen.«

»Wie soll das gehen? Du weißt, dass wir keine Leute haben.«

Der Archivar zuckte mit den Schultern. »Was anderes fällt mir nicht ein. Mit Muskelkater kann ich mich nicht richtig konzentrieren.«

»Dann solltest du lieber nicht walken.«

»Spar dir deine klugen Sprüche, Borsch. Du solltest lieber mal mitkommen. Sind wirklich nette Leute dabei.«

Frank winkte ab. »Nee, lass man. Wenn ich rausgehe, dann jogge ich. Walken ist was für –«

Schrievers »Ja?« klang rasiermesserscharf.

»Ach, nix. Ich mein ja bloß. Ich käme mit den Stöcken nicht klar.« Das war knapp, dachte Frank.

»Ist überhaupt kein Problem. Wir haben außerdem einen super Trainer, der bringt dir das ruckzuck bei. Und wenn du erst den Rhythmus gefunden hast, geht das wie geschmiert.«

»Nee, nix für mich. Außerdem will ich mich nicht unterhalten müssen.«

»Tut auch keiner. Die meisten hören eh Musik.«

»Oh, das ist ganz schlecht«, schaltete sich Ecki grinsend ein. »Bei der chaotischen Musik, die Frank hört, käme der keine zehn Meter weit.«

»Musst du gerade sagen. Deine WDR4-Sülze ist keinen Deut besser: Deine Spuren im Sand, die ich gestern noch fand.« Frank summte die Melodie. »Das können auch Schlurf- und Schleifspuren sein.«

»Hast du eine Ahnung. Weißt du überhaupt, wie anstrengend Walken ist? Man muss es natürlich richtig machen.«

Auf diese Diskussion wollte sich Frank nun aber doch nicht einlassen. Erstens ging ihm Radermacher nicht aus dem Kopf. Und zweitens war Ecki in der Tat ein echtes Sporttalent. Was man seinem breiten Kreuz auch ansah. Und das trotz seines immensen Konsums frischer Hefeteilchen.

Johanna Eßers blieb auf halber Treppe stehen und atmete die abgestandene Luft tief ein. Das Gehen machte ihr jeden Tag mehr zu schaffen. Sie hielt sich am Treppengeländer fest und stellte den Müllbeutel ab. Nur einen Augenblick, befahl sie sich. Nur einen winzigen Augenblick. Gleich würde es wieder gehen.

Sie hatte nicht viel für die Müllabfuhr, aber sie mochte keine Abfälle länger als nötig in ihrer Küche aufbewahren. Seufzend griff sie nach dem Beutel und straffte sich. Es waren ja nur noch ein paar Schritte, und die Müllmänner würden jeden Augenblick vor der Wohnanlage der Kreisbau auftauchen. Johanna Eßers stutzte. Heute war doch Hausmüll? Natürlich, schalt sie sich, dumme Gans. Die GEM kam immer pünktlich. Und immer mittwochs. Wie lange war Kurt jetzt tot? Im Herbst mussten es dreizehn Jahre sein.

Schwer atmend stand sie schließlich vor der Haustür. Sie tastete in ihrer Kitteltasche nach dem Wohnungsschlüssel.

Eine überflüssige Kontrolle. Natürlich war er dort! Und natürlich war sie noch lange nicht so vergesslich wie ihre Freundin Gerlinde, die schon zweimal den Weg zurück ins Altenheim nicht gefunden hatte.

Es sind nur noch ein paar Meter, machte sie sich Mut. Für den Weg zurück in ihre Wohnung würde sie sich Zeit lassen. Vielleicht traf sie ja die alte Corsten von nebenan, die zwar immer die gleiche geblümte Kittelschürze trug, aber stets den neuesten Klatsch kannte. Hier draußen vor der Tür war die Luft viel besser, außerdem gab es jede Menge zu sehen und zu hören. Viel mehr als oben, wo doch nur Radio und Fernseher auf sie warteten.

Mit jedem ihrer kleinen Schritte wurde das Geräusch lauter. Johanna Eßers wusste zunächst nicht, woher es kam und was es war. Nur dass es durchdringend und laut war, das konnte sie hören.

Irritiert legte sie die letzten Meter zum Müllcontainer zurück. Da musste wohl irgendwo der Fernseher auf voller Lautstärke laufen. Oder eine Mutter hatte mit ihrem plärrenden Kind zu kämpfen. Aber sie sah nirgendwo eine Mutter, geschweige denn einen Kinderwagen.

Gerade als sie den Müllcontainer erreichte, bog der Müllwagen mit lautem Motor um die Ecke. Trotzdem hatte Johanna Eßers noch hören können, woher das merkwürdige Geräusch kam: Im Container musste ein schreiendes Baby liegen! Johanna Eßers ließ den Müllbeutel fallen und ging schwerfällig und mit den Armen fuchtelnd dem Müllfahrzeug entgegen.

Torsten Linder reichte Frank die Pendeltasche. »Ich dachte, das solltest du wissen.«

»Sehr witzig.«

»Frank, der interne Bericht dazu ist das Spannende.«

Der Leiter des KK 11 runzelte die Stirn, während er las. Dann ließ er das Blatt sinken und sah Ecki an. »Unmittelbar neben der Puppe haben die Kollegen im Container eine Mundharmonika gefunden.«

»Du meinst …?«

Frank ließ Ecki nicht ausreden, sondern sah Linder an. »Wo ist sie?«

»Noch im Labor.«

»Und?«

»Was wir mit Bestimmtheit wissen: eine Hohner, fabrikneu, so wie es aussieht, in der Stimmung A.«

»In A?« Frank reichte den Schnellhefter an Ecki weiter.

»Yep.« Torsten Linder nickte. »Kann aber doch auch Zufall sein.«

Frank setzte sich und stützte den Kopf in die Hände. »Niemand wirft einfach eine fabrikneue Harp weg.«

»Wann wisst ihr mehr, Linder?« Ecki sah seinen Kollegen von der KTU an.

»Und was ist mit der Puppe? Woher könnte die stammen? Fabrikat?«

Babypuppen-Geschrei aus Container löst Polizeieinsatz aus

Giesenkirchen. Lautes Geschrei eines vermeintlichen Babys aus einem Müllcontainer hat für einen Polizeieinsatz gesorgt. Statt eines Säuglings fanden die sieben ausgerückten Einsatzkräfte jedoch eine lebensgroße Babypuppe in dem Container nicht weit vom Konstantinplatz, wie Jürgen Lützen, Sprecher der Mönchengladbacher Polizei, mitteilte. Als die erleichterten Beamten unter anderem mit einem Besen versuchten, die Puppe aus dem Container zu angeln, stellte sich der elektronische Mechanismus auf »lustiges, erfreutes Kichern« um, wie Lützen weiter berichtete. Die Puppe hat nun vorerst ein neues Zuhause auf der Polizeiwache gefunden. *ok*

»Das wird dauern. Wir versuchen gerade, DNA-Spuren zu finden.«

»Sie sieht ziemlich echt aus. Auf den ersten Blick kann man sie tatsächlich für ein Baby halten. Wir haben ein bisschen telefoniert. Diese Art Puppen wird genutzt, um zum Beispiel werdenden Müttern den richtigen Umgang mit ihrem Baby beizubringen.«

»Was sagt uns das?« Frank rieb sich die Augen. »Wo werden solche Dummys benutzt?«

»Hebammen haben solche Puppen. Kinderkrankenschwestern nutzen sie für Kurse in Familienbildungsstätten.«

»Das wäre doch eine Spur.« Ecki sah Frank an.

»Kann sein.« Frank nickte. »Zumindest gibt es eine Verbindung zur Krankenpflege. Und damit vielleicht zu Radermacher.«

»Ich wäre da nicht so optimistisch«, gab Torsten Linder zu bedenken. »Wir haben mit dem Hersteller gesprochen. Er verkauft seine Babys nicht nur an Fachpersonal. Du bekommst diese Dinger auch problemlos über das Internet oder in gut sortierten Spielwarengeschäften.«

»Ich will trotzdem wissen, wohin die Puppen gegangen sind. Wir brauchen Listen über die vergangenen zwölf Monate. Vielleicht bekommen wir Adressen, die uns weiterbringen.«

»Schafft ihr das?« Ecki sah Linder an.

»Wir arbeiten schon dran. Aber das dauert. Bis später.« Der Kriminaltechniker deutete einen Gruß an und verließ das Büro der beiden Ermittler.

»Eine Gummipuppe und schon wieder eine Bluesharp.« Ecki seufzte.

»Schaff Radermacher her.«

»Ist das nicht zu früh?«

»Sollen wir warten, bis der Typ einem echten Baby eine Mundharmonika in die Pampers steckt?«

»Wir sollten zunächst die Nachbarn befragen und was diese Rentnerin beobachtet hat.«

Frank nickte. »Niemand wirft eine Harp und eine Puppe in einen Müllcontainer, ohne sicher zu sein, dass sie gefunden werden, bevor der Müllwagen kommt.«

»Du meinst, der Container ist beobachtet worden?«

»Sicher. Aber: Warum ausgerechnet dieser Container? Und wo ist der Bezug zu den anderen Harps und dem Fundort der ersten Toten? Und warum diesmal eine Puppe und keine Leiche oder Körperteile?«

»Frau Eßers, wir haben nur ein paar Fragen.« Ecki sprach laut gegen die geschlossene Tür.

Frank musterte ungeduldig das Klingelschild. »Meine Güte, das kann doch jetzt nicht wahr sein.«

Von innen hörten sie die skeptische Stimme der Seniorin. »Ich lese erst Ihre Ausweise. Warten Sie, ich habe irgendwo meine Brille. Ich werde nicht auf Betrüger hereinfallen. Ich weiß, was ein Enkeltrick ist.«

»Frau Eßers, wir sind wirklich von der Polizei.«

Stille.

»Frau Eßers?«

»Schieben Sie die Ausweise durch den Briefschlitz, junger Mann.«

Frank wollte schon aufbrausen, aber Ecki hielt ihn zurück und nahm ihm den Ausweis aus den Fingern. Ergeben hob er die Schultern und schob seufzend beide Dokumente durch die schmale Öffnung.

»Und jetzt gehen Sie zwei Schritte zurück.« Johanna Eßers klang zu allem entschlossen.

Frank tippte sich an die Stirn, sagte aber nichts. Gehorsam traten sie von der Tür zurück.

Erwartungsvoll starrten Frank und Ecki auf das dunkle Furnier der Wohnungstür.

Es blieb lange still. Endlich hörten sie den Schlüssel und einen Riegel, der zurückgeschoben wurde.

Johanna Eßers musterte die beiden Beamten. »Sie sind von

der Polizei? Richtige Polizisten? Ich habe Sie mir anders vorgestellt.« Die Seniorin klang enttäuscht.

»Dürfen wir einen Augenblick hereinkommen?« Frank lächelte sie an. »Sie machen das sehr gut, Frau Eßers. Vorsicht ist die Mutter der Porzellankiste.«

»Halten Sie mich für senil? Oder warum reden Sie so betulich mit mir? Ich habe meine Sinne noch gut beisammen, darauf können Sie Gift nehmen, Herr –«, sie sah auf den Ausweis, »Herr Borsch.«

»Entschuldigen Sie bitte, Frau Eßers, wir wollen Ihnen natürlich nicht zu nahetreten.« Frank versuchte eine devote Verbeugung, die aber ins Lächerliche rutschte.

Johanna Eßers schüttelte nur den Kopf und ging voraus. Im Wohnzimmer blieb sie stehen. »Ich bin nicht auf Besuch eingerichtet. Wollen Sie Tee? Ich habe aber nur Blasen- und Nierentee. Wie gesagt, Sie hätten sich anmelden sollen.«

Ecki schüttelte lächelnd den Kopf. »Ich fürchte, wir müssen Ihr Angebot ablehnen. So viel Zeit haben wir nicht. Haben Sie vor dem Fund der Puppe irgendetwas beobachtet? Haben Sie jemanden gesehen, der nicht hierhingehört?« Ecki ging zum Fenster und deutete hinaus. »Fremde fallen in so einer Wohnsiedlung doch leicht auf.«

Johanna Eßers stemmte ihre dünnen Arme in die Hüften und reckte ihre geschätzten 1,65 Meter auf 1,68 Meter. Dabei sah sie Ecki streng an. »Hören Sie, junger Mann, ich bin nicht 82 Jahre alt geworden, um mir von Ihnen so einen Unsinn anzuhören. Was glauben Sie eigentlich? Dass alte Menschen den ganzen Tag nur im Fenster liegen und Leute beobachten? Meinen Sie wirklich, dass ich nichts Besseres zu tun habe, als meinen Nachbarn hinterherzuspionieren? Oder aufzupassen, dass ja niemand falsch parkt? Hören Sie, dieses Blockwartgetue hat uns schon einmal in den Untergang geschickt. Meine Beine wollen zwar schon lange nicht mehr so richtig, aber das heißt nicht, dass ich stundenlang aus dem Fenster sehe.«

Frank hob beschwichtigend die Hände. »Können wir vielleicht doch einen Tee bekommen? Dann redet es sich leichter.«

Ecki hob seine rechte Augenbraue, sagte aber nichts.

Frank folgte der Seniorin in ihre schmale Küche. »Mir fällt gerade etwas ein, Frau Eßers. Kennen Sie jemanden im Viertel, der Mundharmonika spielt? Oder ein anderes Instrument?«

Johanna Eßers stellte sich auf die Zehenspitzen und nahm wortlos drei an ihren Rändern schon etwas abgestoßene Becher aus dem Hängeschrank und hängte in jeden einen Teebeutel. Dann stellte sie den Wasserkessel auf den Herd.

»Woher soll ich das wissen?« Johanna Eßers legte ihre Hand kurz an den Kessel, um zu prüfen, ob er schon die Hitze annahm. »Ich spioniere niemandem hinterher. Sagte ich das nicht?«

Frank räusperte sich. »Natürlich.«

»Ich weiß zwar nicht, was die Frage mit dem Gummibaby zu tun hat, aber ich kann mich erinnern, dass der Kreuder aus dem Nebenhaus mal zu Weihnachten eine Heimorgel von seiner Tochter geschenkt bekommen hat. Beim Nachbarschaftsfest, ein Jahr drauf, hat er dann aufgespielt. Schrecklich falsch. Wenn der weiße Flieder wieder blüht, Wochenend und Sonnenschein, Que Sera und so Sachen. Auf dem Keyboard.«

»Kreuder?«

Johanna Eßers sah Franks fragenden Blick. »Peter Kreuder. Ist vor zwei Jahren gestorben. Lungenkrebs. Hat nie Sport gemacht, dafür aber geraucht wie ein Schlot. Na ja, Pech gehabt. Ich habe mich früher immer fit gehalten, mit Schwimmen, Wandern, noch heute gehe ich lieber die Treppen, als in den Aufzug zu steigen. Da drinnen ist sowieso immer nur schlechte Luft.«

Frank war sichtlich enttäuscht über Kreuders Tod. »Sie können sich aber noch gut erinnern.«

Der Blick der Seniorin sprach Bände. Frank ahnte, was sie von ihm hielt.

»Mein Mann hat Mundharmonika gespielt, als er noch lebte. Und gut hat er gespielt. Gesungen haben wir dazu, wenn sonntags sein Bruder Martin mit seiner Frau und seinem Schifferklavier kam.« Sie seufzte und prüfte erneut vorsichtig die Temperatur des Kessels. »Schmissige Melodien konnte Kurt auf seiner Mundharmonika spielen. Das war eine große, mit einem Schieber. Kennen Sie vermutlich nicht.«

Frank sagte nichts.

»Sein Bruder und er haben toll zusammengespielt. Sie waren ein gutes Duo. Wenn wir draußen in unserem Schrebergarten gesessen haben, damals, kamen alle zum Zuhören. Hermann hat ganz verrückte Sachen spielen können.«

»Ich finde es toll, wenn man Musik machen kann. Ich ...«

Johanna Eßers unterbrach ihn. »Er konnte sogar das Lied aus diesem Wildwestfilm. Wie hieß das noch gleich? Ich hatte jedes Mal eine richtige Gänsehaut.«

Das Gespräch mit Johanna Eßers brachte sie nicht weiter. Die alte Dame hatte in der Tat außer ihrem Erlebnis am Müllcontainer nichts zu berichten.

Trotzdem hatten die beiden Kriminalhauptkommissare mehr als eine Stunde in Johanna Eßers' Wohnung zugebracht. Die Seniorin hatte es sich nämlich nicht nehmen lassen, den unerwarteten Besuch zweier Gesetzeshüter zu nutzen, um sich einmal ausführlich über Sicherheitsfragen im Viertel und im Allgemeinen auszutauschen.

Als die beiden Kommissare endlich entlassen wurden, brummte ihnen der Schädel.

»Wer hatte eigentlich die Idee mit dieser Befragung?« Ecki ließ sich auf den Beifahrersitz fallen.

»Das ist erst der Anfang. Für mich ist klar, die Puppe ist bewusst hier abgelegt worden. Wir werden das ganze Viertel auf den Kopf stellen.« Frank deutete mit dem Kinn durch die Windschutzscheibe. »Ich will, dass sämtliche Rentner, Mütter mit Kindern, Hundebesitzer und wer sonst noch hier wohnt, befragt werden.«

Ecki sah einer Frau mit dunklem Kopftuch und langem Mantel nach, die mit zwei großen Tüten langsam an ihnen vorbeiging. »Das kann ewig dauern. Ich bin sicher, dass der Fundort der Puppe nichts mit dem oder der Unbekannten zu tun hat. Sieh dir doch das Viertel an. Hier wohnen doch nur Rentner und Arbeitslose. Und wir vergeuden unsere Zeit.«

Frank knurrte etwas Unverständliches und ließ den Motor an. Dann schaltete er den CD-Player ein.

»Bitte nicht«, flehte Ecki. »Keinen Blues!«

»Stell dich nicht so an. Ich bin dran mit Aussuchen.« Frank lächelte. »Kennst du eigentlich das Mundharmonika-Intro von *Spiel mir das Lied vom Tod*?«

Es gibt keinen Künstler, wenn er nicht immer seine Kindheit in der Tasche hat. – *Werner Schroeter*

Er betrachtete den gerahmten Spruch. Wie wahr er doch ist, dachte er vergnügt.

Beschwingt wandte er sich wieder seiner Arbeit zu. Bevor er aber den sauber ausgeschnittenen Zeitungsartikel mit Klebstoff bestrich, um ihn dann fein säuberlich auf das vorbereitete Papier zu drücken, drehte er die Hi-Fi-Anlage noch ein wenig lauter.

Neue Texte, Bilder, Zitate, Berichte, dazu Maria Callas. Diese göttliche, betörende und intensive Stimme! Er musste an das Zitat denken, das man Ingeborg Bachmann zuschrieb: »Maria Callas singt nicht, sie lebt auf der Rasierklinge.« Er seufzte. Besser hätte er diese Stimme und ihr Leben nicht beschreiben können.

Er sah zur Wand. Jede der drei Uhren zeigte eine exakte Zeit: 10.46 Uhr, 9.30 Uhr und 9.15 Uhr.

Die Zeiger standen nur für den unkundigen Betrachter wie zufällig still. Für ihn markierten sie das intensivste Gefühl, den wirklichen Höhepunkt, zu dem ein menschlicher Organismus fähig ist: die ekstatische Anspannung vor dem ersten Schuss und das vorausschauende Wissen um die kommenden Minuten; das Glücksgefühl, die Brücken abgebrochen zu haben und körperlich zu spüren, dass es keinen Weg zurück gibt, dass am Ende unweigerlich der eigene Tod stehen muss. Erfurt, Winnenden, Blacksburg.

Er schloss die Augen und hob den Kopf. Er ließ die atemberaubenden Koloratur[e] … [M]aria auf sich niederstürzen wie den harten Strahl …

Heinz-Jürgen Schr… …alkingstöcke leicht gegeneinan… … Stelle. »Von mir aus könnten w…

»Lass gut sein, … …z schadet nur. Wir stehen erst a… …anzen kommen noch, keine Sor… …e achten. Diese ungewohnte Be… …oß für sie.«

Der Archiva… …olizei sah seinen Kollegen Sven … Seine freiwillige Teilnahme am … …enlaub nicht das Recht, auf sei… …chon gar nicht vor versammelte…

»Wir sind … …e Gesundheit wichtig ist. Niem… …richt.« Sven Eichenlaub sah au… …s müsste gleich hier sein. Am b… …ein wenig, damit ihr nicht aus… …

»Ich d… noch eine Rund…« Heinz-Jürgen Schrievers straffte seine Schultern.

»Das lohnt nicht, bis der Bus kommt.«

»Gertrud ist in der Stadt. Ich ruf sie an und lass mich von ihr zum Präsidium bringen.«

»Heinz-Jürgen …«

Aber Schrievers war schon Richtung Rundweg um Schloss Rheydt unterwegs. Forschen Schrittes entschwand der gewichtige Archivar aus dem Blickfeld der verblüfft zurückbleibenden Sportgruppe der Mönchengladbacher Polizei.

»Radermacher ist weg.« Ecki ließ den Hörer sinken.

»Was heißt das?« Frank sah von seinem PC auf.

»Er ist nicht zum Dienst erschienen. Seine Kollegen haben sich gewundert und versucht, ihn auf dem Handy anzurufen. Nichts. Es war ausgeschaltet. Dann sind sie zu ihm nach Hause, aber dort hat niemand die Tür geöffnet. Er hat noch eine Mutter, aber die weiß auch nicht, wo ihr Sohn sein könnte.«

Frank sprang auf und griff nach seiner Lederjacke. »Wir müssen zur Wohngruppe. Vielleicht wissen die ja, wo er ist.«

»Lass gut sein, brauchst dich nicht so zu beeilen.« Ecki legte den Telefonhörer auf.

»Er ist schon seit drei Tagen verschwunden.«

»Und warum erfahren wir das erst jetzt?«

»He, nun komm mal wieder runter. Seine Mutter hat erst vorhin die Leitstelle angerufen.«

Frank kehrte an seinen Schreibtisch zurück und setzte sich wieder. »Und niemand weiß, wo er sein könnte?«

»Niemand. Selbst seine Frau hat keinen blassen Schimmer. Sagt sie.«

»Wir müssen die Wohnung durchsuchen. Vielleicht finden wir dort einen Hinweis: Reiseprospekte oder so.«

»Wenn er sich abgesetzt hat, werden wir nichts finden.«

»Du hast recht.« Frank sog die Luft hörbar ein. »Das Arschloch hat uns reingelegt. Scheiße.« Er schlug mit der flachen Hand auf die Schreibtischplatte.

»Wir werden ihn trotzdem schnappen. Er wird Spuren hinterlassen. Irgendwann wird er Geld abheben müssen. Ich gebe die Fahndung raus.«

»Und ich fahre zu seinem Arbeitgeber. Möglich, dass sie dort wissen, wo wir suchen müssen. Vielleicht hat Radermacher irgendwo in Deutschland Freunde oder eine besondere Vorliebe für Städtetouren. Vielleicht steckt er auch nur in einem Bungalowpark in Limburg oder in einer Ferienwohnung in den Ardennen.«

Franks Telefon klingelte. »Borsch?«

Ecki sah Frank fragend an, weil der das Gesicht verzog.

Frank legte die Hand über den Hörer. »*City-Vision*. Die wollen wissen, ob wir was Neues in Sachen Elvira haben.«

Woher hatte das Lokalfernsehen seine Durchwahl, und wofür hatten sie eigentlich eine Pressestelle?

»Nein, bitte wenden Sie sich an den Kollegen Lützen. Bitte? Die Staatsanwältin ist der Meinung, dass wir Ihnen Auskunft geben können? Das kann nicht sein, da müssen Sie sich verhört haben. Außerdem gibt es nichts Neues. Nein, wirklich nicht.« Frank verdrehte die Augen.

Ecki tippte sich an die Stirn.

»Wie? Sie wollen eine Story drehen? Ein Tag im Leben eines Mordermittlers? Ich glaube, da sind Sie bei uns an der falschen Adresse.«

Ecki tippte sich erneut an die Stirn und öffnete die Schreibtischschublade. Während Frank telefonierte, konnte er nach der Tüte Gummibärchen suchen, die er als Notration in seinem Schreibtisch vermutete.

»Vielen Dank für Ihr Interesse.« Frank legte auf. »Die ticken wohl nicht ganz sauber.«

»Lützen wird das schon regeln.« Ecki schob sich ein grünes Bärchen in den Mund und hielt Frank die Tüte hin.

»Nee danke.« Frank winkte ab.

»Was ist mit dir?« Lisa gab Frank im Vorbeigehen einen Kuss. Geschickt balancierte sie das Tablett mit den Weingläsern, Baguette und dem Teller mit den Käsestückchen ins Wohnzimmer.

Frank lehnte sich an den Herd und stützte sich mit den Händen auf. »Nichts ist los. Das ist ja das Problem.«

»Hast du was gesagt?«, rief Lisa aus dem Wohnzimmer.

Frank stieß sich vom Herd ab. Im Wohnzimmer suchte er nach der passenden Musik.

Lisa nippte an ihrem Rotwein. »Du und dein Blues.«

Clean Livin war jetzt genau das Richtige.

»Das ist aber nicht die Musik für einen gemütlichen Abend.« Lisa musste lauter sprechen, um die treibende Mischung aus Schlagzeug, funkiger Gitarre und souligem Gesang zu übertönen.

Frank drehte die Lautstärke zurück. »Die Gitarre von Greg Koch geht nicht leiser.«

»Ich fände was Ruhigeres schöner.«

Missmutig stoppte Frank die CD. »Schade.«

Lisa lächelte ihn an und griff nach einem Stückchen Käse. »Mein Tag war laut genug. Die 9b hat nur genervt, die 11. war auch nicht besser, und dann noch die Fachkonferenz. Hast du nichts Klassisches? Vielleicht was für Violine?«

»Violine?«

»Ja, warum nicht? Oder Cello.«

»Was hältst du von Paul Millns? Ist nicht direkt Klassik, dafür aber ruhige Klaviermusik.«

Lisa streckte die Arme nach ihm aus. »Nun komm schon her, und lass die blöde Musik.«

Frank ließ sich neben Lisa auf das Sofa sinken und griff nach dem Weinglas. »Erzähl von der Konferenz.«

Lisa seufzte. »Es gibt Kollegen, die immer in der Steinzeit anfangen, statt sofort zum Thema zu kommen. Aber egal, dafür war ich noch mal bei Jennes.«

»Ist das der mit den Stühlen?«

»Genau der.« Wieder verschwand ein Stück Käse in Lisas Mund. »Ich war in seinem Lager. Es ist in einem alten Bunker untergebracht. Du kannst dir nicht vorstellen, was der dort alles hat: komplette Einrichtungen. Schränke, Tische, Kommoden, Stühle, Keramik. Aber stockfinster. Ohne Taschenlampe bist du dort aufgeschmissen. Und kalt ist es dort.« Lisa schüttelte sich.

»Was machst du mit fremden Männern in Zimmern ohne Licht?« Frank fuhr Lisa zärtlich übers Haar und küsste sie sanft.

»Jennes wollte mir doch die Stühle zeigen, die zu meinem passen. Er hat erzählt, dass die Bunkermiete spottbillig ist.«

»Und?«

»Schöne Stühle, sie würden perfekt passen. Natürlich müssen sie aufgearbeitet werden. Das und das Flechten ist aber nicht teuer. Und wir hätten dann echte Unikate. So was kannst du in keinem Möbelhaus kaufen.«

»Wozu neue Stühle? Die Küchenstühle sind doch noch okay.« Frank wusste, worauf das Gespräch hinauslaufen würde, tat aber völlig unbeteiligt. Es war gut, sich einmal mit Dingen zu beschäftigen, die nichts mit Mord, häuslicher Gewalt oder Ähnlichem zu tun hatten.

»Du weißt doch genau, dass die alten Dinger mir noch nie gefallen haben. Das sind völlig unmoderne Kaufhausstühle, und außerdem …« Lisa zögerte weiterzusprechen.

»Außerdem?«

»Außerdem hat Ruth sie noch ausgesucht.«

Frank musste an seine erste Frau denken und hatte sofort das Bild vor Augen, wie sie beide im Möbelhaus standen. Das war Gott sei Dank lange her. Frank nahm Lisa in die Arme.

»Und sie passen zum Tisch?« Frank atmete den Duft ihres Haares ein.

»Das ist es ja gerade, der alte Küchentisch von deiner Oma, mit seinen gedrechselten Beinen, wäre die optimale Ergänzung zu den eher schlichten Stühlen.«

»So, findet das dein Jennes?«

»Warum sagst du das so spöttisch?«

»Er hat den Tisch doch gar nicht gesehen.«

»Aber er hat ein Gespür für Ästhetik. Und er hat einen ähnlichen Tisch in seinem Lager. Heutzutage kann man durchaus verschiedene Stilepochen mischen, sagt er. Das bringt eine gewisse Spannung in den Raum, die inspirierend ist.«

»Sagt er?«

»Sagt er.« Lisa nickte eifrig. »Wenn wir unsere Küche dann noch entsprechend dekorieren, mit Kerzen und viel Grün, wird das eine urgemütliche Wohnküche.«

Frank sagte nichts mehr. Da war es wieder, ihr Thema, das gemeinsame Zuhause. Sie hatten schon einmal Anzeigen durchgeschaut und sich auch das eine oder andere Objekt angesehen. Bis dann die Sache mit Viola passiert war und ihre Zukunftspläne erst einmal in den Hintergrund gerückt waren. Genau wie Lisas Fehlgeburt, die aber trotzdem immer präsent war.

»Frank?« Lisa sah ihren Freund an.

Frank wusste nicht, was er sagen sollte. Er wollte gerne mit Lisa zusammenziehen. Er wusste, dass sie im Grunde schon viel zu lange in getrennten Wohnungen lebten. Aber den entscheidenden Schritt mochte Frank noch nicht tun. Seine Wohnung aufzugeben war für ihn gleichbedeutend mit der Aufgabe seiner Selbstständigkeit. Und diese Vorstellung machte ihm Angst. Wobei er gleichzeitig wusste, dass er keine Angst haben musste. Schon gar nicht in Lisas Armen.

»Frank?«

»Wenn du von den Stühlen wirklich überzeugt bist, sollten wir die alten endlich entsorgen. Das war schon längst überfällig.«

Lisa küsste Frank auf den Mund. »Sie werden dir gefallen. Gleich morgen rufe ich Jennes an. Er arbeitet sie auf und übernimmt auch den Transport zu Hephata. Weißt du, was er gesagt hat? Jeder dieser Stühle hat eine Seele.«

»Hephata?«

»Die Behinderten dort sollen wahre Künstler im Beflechten von Stühlen sein.«

Franks Blick verdunkelte sich. *No Donkey Ride* war die Begleitmusik zu seinen Gedanken.

Ecki zog eine frische Nussschleife aus der Tüte. Sofort roch der ganze Innenraum des Dienst-Mondeos nach Hefeteilchen.

»Wir sind fast da, Ecki.«

»Ich will doch nur ein kleines Stückchen.«

»Sau nicht den Wagen voll.« Nach einem Seitenblick wusste Frank, dass seine Warnung zu spät kam.

»Frische Hefeteilchen von Achten. Ich liebe sie.« Ecki ließ den Rest der Nussschleife in die Tüte zurückgleiten und legte sie auf das Armaturenbrett. Dann suchte er in seiner Jeans nach einem Papiertaschentuch.

»Klebt's?«

»Nee, ich hab Schnupfen, du Blödmann.« Ecki versuchte, sich den Zuckerguss von den Fingern zu reiben. Stattdessen blieb das Papier an seiner Haut kleben.

»Ich hab dir doch gesagt, das lohnt nicht.« Frank hatte eine freie Parklücke entdeckt, nah bei der Geschäftsstelle von Schmetterling e. V.

Die Vorsitzende des Vereins sah die beiden Ermittler abwartend an. »Wir hatten bisher noch nicht mit der Polizei zu tun.« Sie spielte verlegen mit den dunklen Holzperlen ihrer dicken Halskette. »Obwohl, im vergangenen Jahr war Ihr Polizeipräsident mit seinen Lions-Brüdern hier und hat sich über unsere Arbeit informiert.« Sie lächelte. »Herr Büchsel war sehr angetan. Wir hatten ein kleines Programm vorbereitet. Die Wohngruppen hatten gebastelt. Andere hatten einen kleinen Tanz einstudiert und die Gäste zum Mitmachen aufgefordert. Ein richtig bunter Nachmittag. Zum Schluss haben wir einen beachtlichen Scheck bekommen. Wir finanzieren uns fast ausschließlich über Spenden und andere Zuwendungen. Auch die Gerichte bedenken uns bei der Ausschüttung der Bußgelder.«

Frank nickte. »Ich kann mir vorstellen, dass Sie jeden Euro gut gebrauchen können, Frau Kemmerling.«

Barbara Kemmerling fuhr sich durch ihr kurz geschnittenes rostrotes Haar. »Wissen Sie, im Grunde ist der Staat zuständig. Aber wenn wir nicht wären«, sie deutete vage in den mit Bücher- und Aktenregalen vollgestellten Büroraum, »würden unsere Bewohner in Heimen leben, ohne Perspektive und ohne die Möglichkeit, sich zu entwickeln.« Ihre Stimme wurde fester. Mit diesem Thema kam sie besser zurecht als mit dem Besuch der beiden Polizisten. Ihr mit Sommersprossen gesprenkeltes Gesicht rötete sich leicht.

Ecki wollte vorsichtig auf das eigentliche Thema ihres Besuchs kommen. »Und dazu brauchen Sie extrem gut geschultes Personal.«

Die Vorsitzende von Schmetterling e. V. warf Ecki einen missbilligenden Blick zu. »Sie meinen Volker Radermacher? Ja, er ist ein überaus engagierter und beliebter Kollege. Einen besseren werden Sie so schnell nicht finden. Mit seinem Einsatz geht er weit über das in diesem Beruf Normale hinaus. Ich halte ihn in der Tat für einen Berufenen.«

Ecki war diese Einschätzung deutlich zu hochtrabend.

»Sie brauchen gar nicht so skeptisch zu gucken. Volker ist der geborene Sozialarbeiter. Er ist nicht nur ein fachlich außerordentlich fähiger Betreuer, er ist in erster Linie immer Mensch.«

Barbara Kemmerling deutete auf einen rot lackierten Stuhl, der in einer Nische stand. Ecki war er schon beim Betreten des Büros aufgefallen, weil ein Stuhlbein durchgesägt und das Holz mit Verbandsstoff nur notdürftig miteinander verbunden worden war.

»So was hat er mit seinen Bewohnern gemacht. Er hat ihnen die unterschiedlichsten Stühle besorgt und sie dann aufgefordert, ihrer Phantasie freien Lauf zu lassen.«

»Stühle?« Frank verstand nicht ganz.

»Ja, unsere Menschen mit besonderen Bedürfnissen haben damit die Chance bekommen, über die künstlerische Auseinandersetzung mit ihnen scheinbar vertrauten Dingen einen ganz neuen Blick auf ihre Umwelt und ihr Leben zu gewinnen. Ich bin immer noch ganz fasziniert von den absolut einzigartigen Stücken, die bei dieser Aktion entstanden sind. Jeder einzelne Stuhl ist zu einer Persönlichkeit geworden, hat durch Farbe und Verfremdungen eine Seele bekommen. Dieser hier ist als Einziger übrig geblieben. Die anderen haben wir bei einer Kunstauktion zugunsten des Vereins versteigern können.«

Stühle haben eine Seele? Hatte Lisa nicht erzählt, dass ihr Trödelhändler so was Ähnliches behauptet hatte? Frank wollte zum Thema zurück. »Und das alles hat Volker Radermacher initiiert?«

»Ja, Herr Kommissar. Er ist unglaublich kreativ.«

»Wo ist Volker Radermacher?«, fragte Frank.

Die unvermittelte Frage ließ Barbara Kemmerlings Augen zucken.

»Woher soll ich das wissen?«

»Er hat keinen Urlaub genommen?«

Ihr »Nein« kam eine Spur zu zögerlich.

»Dann müssen Sie ihn doch vermissen?«

»Ich mache mir Sorgen, ja. Vor allem weil ich nicht weiß, wie ich die Lücke im Dienstplan schließen soll. Wir haben nämlich nur eine äußerst dünne Personaldecke.«

»Wann haben Sie ihn das letzte Mal gesprochen?«

»Verdächtigen Sie ihn etwa?«

»Wir haben ein paar Fragen an ihn. Das ist alles. Dass er verschwunden ist, wirft allerdings kein günstiges Licht auf ihn.«

»Volker hat mit dem Tod von Elvira nichts zu tun.«

»Wie können Sie sich da so sicher sein?«

Barbara Kemmerling ließ ihre Halskette los und legte die Hände in den Schoß. »Ich weiß es einfach.«

»Menschen haben oft eine zweite Identität hinter ihrem offiziellen Leben.« Ecki machte sich Notizen.

»Verschonen Sie mich mit Ihrer Küchenpsychologie! Wenn

Volker Probleme gehabt hätte, hätten wir das als Erste erfahren. Unsere Supervision ist ausgezeichnet. Wir lassen unsere Mitarbeiter bei Problemen nicht im Stich. Wir sind dazu verpflichtet, zuzuhören und zu helfen, allein schon aus Verantwortung unseren Bewohnern gegenüber.«

Frank stand auf. »Vielen Dank, dass Sie uns Ihre wertvolle Zeit geschenkt haben. Für heute haben wir genug erfahren.« Er deutete auf den roten Stuhl. »Sie sagten, er sei Teil eines Kunstprojekts, wer ist denn der Künstler?«

Die Vorsitzende des Vereins Schmetterling antwortete, ohne auf den Stuhl zu schauen. »Den hat Volker selbst gemacht. Nach der Finissage hat er ihn mir geschenkt. Er versteht ihn als Mahnung an die Zerbrechlichkeit allen Seins.«

Heinz-Jürgen Schrievers schnaufte. Schweiß lief ihm über das Gesicht und brannte in seinen Augen. Das rote T-Shirt klebte auf seiner Haut. Er war froh, dass er trotz des warmen Wetters eine lange Trainingshose trug und seine Oberschenkel nicht direkt gegeneinanderrieben. Er hätte sich sonst unweigerlich einen Wolf gelaufen.

An diesem Nachmittag waren nur wenige Jogger oder Walker am Schloss Rheydt unterwegs, dazu ein paar Rentner, die sich die Zeit bis zum Kaffeetrinken mit einer gemächlichen Runde um das Renaissanceschloss vertrieben.

Der Archivar war stolz auf sich: Zehn Kilo hatte er bereits abgespeckt. Der Betriebsarzt würde bei der nächsten Untersuchung beeindruckt sein. Deutlich unter hundert Kilo wollte er kommen. Ein beschwerlicher Weg, aber er war froh, dass Gertrud ihn jeden Tag lobte und animierte, nur ja nicht nachzulassen.

Schrievers passierte mit kräftigem Schritt eine jüngere Frau, die ihm mit wippendem Pferdeschwanz gemächlich joggend entgegenkam. Auch sie hatte Stöpsel in den Ohren, ihren weißen ipod hatte sie mit einem Klettband an ihren schlanken Oberarm befestigt. Sie nickte ihm lächelnd zu.

Er streckte sich und schwang seine Walkingstöcke die nächsten Meter noch ein bisschen kräftiger. Es tat gut, als ernst zu nehmender Sportler wahrgenommen zu werden. Er war versucht, sich nach der dunkelblonden Frau umzudrehen, ließ es aber. Vielleicht begegneten sie sich auf der nächsten Runde noch einmal.

Heinz-Jürgen Schrievers konzentrierte sich auf die Koordination seiner Arm- und Beinbewegungen. Er versuchte, die Walkingstöcke möglichst fließend einzusetzen. Die gleichmäßigen Bewegungen hatten zusammen mit der Entspannungsmusik aus seinem MP3-Player etwas Meditatives.

Es stimmte, was Gertrud ihm aus ihrer Apothekenzeitung vorgelesen hatte: Nordic Walking stimulierte und brachte Körper und Geist in Einklang. Zunächst hatte er über diesen Satz geschmunzelt. Aber jetzt fühlte er sich geradezu beschwingt und jung. Warum war er nicht schon eher auf die Idee gekommen, sich Walkingstöcke zu kaufen?

Ohne zu überlegen, änderte Heinz-Jürgen Schrievers an der Schutzhütte, die den Abzweig vom Niersweg zum Schloss markierte, die Richtung und bog mit ausholenden Schritten auf die erweiterte Runde um das Herrenhaus ein.

Nicht weit vor ihm waren drei kräftig gebaute Frauen in Regenjacken, Leggings und Turnschuhen unterwegs, die ihre Walkingstöcke mit hängenden Armen nachlässig über den Boden schleifen ließen, und sich angeregt unterhielten. Wieder drei, die sich mit ihren Stöcken die Lizenz zum Quatschen gekauft hatten, amüsierte sich Schrievers. Warum machte es sich das mobile Kaffeekränzchen bloß so schwer? Ohne die störenden Stöcke ließ es sich entspannter tratschen.

Betont stramm überholte er das Trio. In seinem Rücken hörte er ein lautes Kichern, das er aber ignorierte. Die sollten sich lieber ein Beispiel an ihm nehmen!

Er hatte die Gruppe noch nicht lange hinter sich gelassen, als er auf mehrere Eichen aufmerksam wurde, die auf dem Grünstreifen zwischen dem Waldweg und der träge fließenden Niers standen. Die noch jungen Bäume waren mit einer grauen Substanz eingepackt, die wie Gaze eng über Stämmen, Ästen und Blättern lag. Prozessionsspinnerraupen! Heinz-Jürgen Schrievers dachte an dicke Spinnweben in Kellern oder auf Dachböden von Abbruchhäusern, deren Berührung ihm in seiner Kindheit Angst gemacht hatte. Fäden und Netze, die an seinen nackten Armen kleben blieben und ihm den Atem nahmen.

Er hatte die Fotos von Elvira Theissen vor Augen. Wie krank musste ein Täter sein, um sein Opfer mit lebenden Raupen zu überschütten? Wohl wissend, dass die behinderte Frau nicht einmal begreifen konnte, was ihr zustieß.

Schrievers hatte in den vergangenen Minuten sein schnelles Tempo beibehalten. Er versuchte tief einzuatmen, aber seine Lungen füllten sich nicht richtig. Etwas riegelte seine Bronchien ab. Keuchend versuchte er, Luft in den Brustkorb zu pressen. War es wirklich nur die übermäßige Belastung, oder waren es die Gedanken an die Qualen der Toten, die ihm die Luft nahmen? Oder waren es die giftigen Härchen der Raupen, die in der Luft hingen? Einbildung, dachte er, alles Einbildung! Aber er wollte trotzdem so schnell wie möglich zum Parkplatz zurück.

»Geht Ihnen das auch so? Ich kann nicht verstehen, dass man sich eine Ausrüstung zum Walken kauft und dann nicht so nutzt, wie es sinnvoll und richtig ist. Das ist doch falsch verstandene Sportlichkeit und Geldverschwendung dazu.«

Schrievers fuhr herum. Er hatte nicht bemerkt, dass sich jemand von hinten genähert hatte.

»Ich wollte Sie nicht erschrecken.« Der Unbekannte nickte ihm freundlich zu.

Der Archivar verstand erst langsam. Der Mann musste die Frauen von vorhin meinen. Schrievers stellte seinen MP3-Player leiser.

»Kein Problem, aber mit Musik auf den Ohren ist man von der Außenwelt ein wenig abgeschnitten.«

Obwohl Schrievers immer noch schnell unterwegs war, hielt der Unbekannte Schritt. Er schätzte den Mann auf ungefähr gleichaltrig. Über seinem kurz geschnittenen Haar trug er ein weißes Schweißband. Übergewichtig schien er nicht zu sein.

Der Mann hatte Schrievers' prüfenden Blick bemerkt. »Ja ja, meine Frau ist der Meinung, ich könnte etwas für meine Figur tun. Ich sei in dem Alter, wo die Muskulatur schneller abbaut.« Er lachte ein dunkles, aber angenehmes Lachen. Dabei blieb er auf Schrievers' Höhe. »Darf ich Sie ein Stück begleiten? Wir haben offenbar denselben Weg. Ich bin der Dietmar. Dietmar Gilleßen.«

Warum nicht, dachte der Archivar. Er spürte mittlerweile jeden Muskel. Er hätte vorhin nicht auf die größere Runde abbiegen dürfen. Ein wenig Ablenkung würde ihm den Rückweg leichter machen. »Gern. Mein Name ist Schrievers. Heinz-Jürgen Schrievers.« Er stoppte den Player und nahm die Stöpsel aus den Ohren.

Ecki schüttelte den Kopf und warf den Zwischenbericht der MK auf den Schreibtisch. »Die Kollegen haben jeden Mieter kontrolliert, jeden Stein umgedreht. Nichts Auffälliges. Niemand hat eine Verbindung zu Elvira. Niemand ist auffällig. Wenn man mal davon absieht, dass in einer Seitenstraße ein 35-Jähriger wohnt, der wegen eBay-Betrugs eine Bewährungsstrafe hat, und dass ein Typ seiner Unterhaltspflicht nicht nachkommt. Niemand in der Nachbarschaft hat beruflich Kontakt zu Behinderten oder behinderte Verwandte.«

Heinz-Jürgen Schrievers ächzte leise, als er vorsichtig seine Position änderte. »Das war doch zu erwarten, oder?«

»Walken macht Muskelkater. Du brauchst mehr Magnesium.« Frank musste schmunzeln. Seit Heini Schrievers walkte, war sein rosiges Gesicht etwas schmaler geworden, und auch das Zopfmuster seiner Strickjacke saß mittlerweile ein bisschen lockerer.

»Grins nicht so blöd.« Schrievers zupfte beleidigt an der Knopfleiste seines Diensthemds.

»Könnt ihr euch mal konzentrieren?«, moserte Ecki.

Frank ging nicht darauf ein. »Die Auswertung der Lieferlisten der Harpfirma hat auch nichts ergeben. Wir wissen zwar, dass in Mönchengladbach in dem fraglichen Zeitraum rund 150 Harps verkauft wurden. Aber wir wissen nicht, an wen. Die Läden führen keine Kundenlisten.«

»Dann hilft nur die Fotoroadshow. Vielleicht erkennt jemand Radermacher«, meinte Schrievers.

»Das wäre immerhin ein Anfang.« Ecki seufzte.

»Ihr könnt auch einfach hier rumsitzen.« Schrievers ließ sich in seinen Bürostuhl zurückfallen. »Oder walken.«

Die Nächte. Es sind vor allem die Nächte. Sie machen Schmerzen: das Schwarz und die absolute Stille. Und das Wasser. Das Wasser, das so kalt ist.

Die Hände sind taub. Der Gürtel hat das Blut abgeschnürt. In den Nasenlöchern sammelt sich Staub. Die scharfen Kanten der Mundharmonika werden in die Mundwinkel gepresst. Die Decken der Harmonikas schmecken nach Metall. Das Klebeband verhindert zuverlässig das Ausspucken.

Nicht tief atmen. Nur ganz flach. Und nur durch die Nase. Immer nur durch die Nase.

Und nur ja nicht pinkeln.

Carolina Guttat war dem geteerten Weg Richtung »Bibelheim« gefolgt und kurz vor dem lang gestreckten Bau des »christlichen Gästehauses« auf den schmalen Fahrweg eingebogen, der hinunter nach Moosbach führte. Am Stein mit dem Wegkreuz und der Bank, über die ein Baum seine Krone ausgebreitet hatte, blieb die Staatsanwältin stehen, um den eingemeißelten Spruch zu lesen: »Im großen Tempel der Natur sieht man des großen Gottes Spur. Doch willst du ihn in voller Größe seh'n, dann bleib vor seinem Kreuze steh'n.«

Sie war nicht sonderlich religiös, obwohl sie ihre beiden Kinder hatte taufen lassen. Allerdings war ihr jede religiöse Schwärmerei suspekt. Das lag an ihrer Erziehung, die Religion unausgesprochen in die Nähe von Sektierertum gerückt hatte. Es lag aber sicher auch daran, dass sie in ihrem Beruf bisher keine göttlich gesteuerte Gerechtigkeit hatte entdecken können. Die Grausamkeit der Menschen ließ dem Glauben an eine höhere Instanz kaum Raum.

Carolina Guttat stützte die Hände in die Hüften und sah über von Löwenzahn gelb gepunktete Wiesen hinunter zum See. Dann schloss sie die Augen. Es waren die Stille, die ihr stets als Erstes einfiel, und der Geruch nach frisch gemähtem Gras, wenn sie im Büro saß und an das Allgäu und »ihr« Moosbach dachte.

Auch jetzt hörte sie nicht einmal eine Vogelstimme, geschweige denn ein Auto. Sie war versucht, die Ruhe als »himmlisch« zu bezeichnen.

Die Staatsanwältin öffnete die Augen. Zu ihren Füßen lagen die Wiesen wie grün-gelbe Matten rund um das kleine Dorf, in das sie schon seit vielen Jahren fuhr. Sie spürte ein wohliges Heimatgefühl, als sie an die Familien Böck, Bischlager, Mader und Vetter dachte, die über die Zeit Teil ihres Lebens geworden waren.

Moosbach war zu ihrem Fluchtpunkt geworden, immer wenn sie die Stadt und ihre Arbeit nicht mehr ertrug. Diesmal war sie ohne Mann und Kinder gefahren, schwer genug, aber sie hatte es in der Behörde nicht mehr ausgehalten. Für ein paar Tage, hatte sie gesagt, um den Kopf frei zu bekommen, neue Kraft zu tanken. Sie hatte sich im Gasthof *Zum Kreuz* eingemietet, deren Besitzern sie seit Langem freundschaftlich verbunden war.

»Müd schaust aus«, hatte Sieglinde bei der Begrüßung gesagt. Und Martin hatte auf seine unnachahmliche Art gelacht und seinen in eine speckige Lederhose gepackten Bauch durch den Gastraum geschoben, um ihr den besten Platz unter dem Bild des Bayernkönigs anzubieten. Gleich darauf hatte er ihr eine große Apfelschorle an den Tisch gebracht und sich für ein paar Minuten zu ihr gesetzt.

In Moosbach waren ihre Fälle weit weg. Hier war sie nicht die für Kapitaldelikte zuständige Staatsanwältin, in Moosbach war sie »die Caro«.

Sie schlief seit Tagen schlecht. Sie hatte gehofft, dass sich das in Moosbach ändern würde, aber die ersten beiden Nächte hatte sie lange wach gelegen und war nach kurzen Schlafphasen immer wieder aufgeschreckt. Die Bilder der Toten berührten etwas in ihrem Inneren, das sie nicht fassen und nicht benennen konnte. Die von den Raupen befallenen Bäume erinnerten sie an Horrorfilme oder an das Cover einer LP von *Uriah Heep*, auf dem ein von Spinnweben überzogenes Gesicht abgebildet ist. Ihr großer Bruder hatte sie damals mit der LP-Hülle schockiert, die er ihr eines Abends unvermittelt vor die Nase gehalten hatte.

Der Fall Elvira Theissen machte ihr Angst. Sie musste an die Mundharmonikas denken. Die Melodie aus *Spiel mir das Lied vom Tod* ging ihr durch den Kopf. Sie schaute auf den dunkelblau daliegenden Rottachsee und hatte die lang gezogenen Töne der Mundharmonika im Ohr. An den Inhalt des Italowestern konnte sie sich nicht mehr erinnern. Nur daran, dass eine Mundharmonika eine Rolle spielte. Sie würde Borsch anrufen und ihn danach fragen.

Vom Zwiebelturm von St. Johannes klangen jetzt die Glockenschläge zur Dreiviertelstunde zu ihr herauf.

Warum zum Teufel hatte sich der Täter ausgerechnet eine behinderte Frau ausgesucht? Weil er »unwertes Leben« auslöschen wollte? Weil er einen Menschen erniedrigen und vernichten wollte, der nach seinem kruden Weltbild noch weniger wert war als er selbst? Oder suchten sie jemanden, der aus purer Lust am Töten mordete? Warum gab es keine verwertbaren Spuren? Der Tod von Elvira Theissen schien so sinnlos.

Carolina Guttat setzte sich auf »ihre« Bank. Statt über ihren Fall nachzudenken, sollte sie lieber abschalten. Sie sah hinüber zum Grünten. An seinen Flanken lag noch Schnee. Im Mai. Ein Bild wie eine kitschige Postkarte. Aber schön.

Das Gesicht der Gewalt ist etwas Schönes. Ein gemordeter Mensch hat etwas Schönes. Er ist befreit von allen Zwängen seiner Welt. Sein Name reiht sich ein in das unendliche Archiv der Todesanzeigen in den Tageszeitungen. Die Namen lesen sich wie das *Who is Who* der Erlösten. Es gibt kein höheres Streben, als den Weg in das Nichts zu betreten.

Die Fotoarbeiten Antonia Barborics: Ausdruck höchster Ästhetik des Todes. Dagegen stehen die Effekthaschereien von Gothic- oder Metalmusikern. Wiewohl es genügend ästhetische Vorbilder in der Kunst und Literatur gibt, die eine Fundamentalität des Grauens nahelegen. Dazu zählt sicher das Werk von Bosch.

Das Grauen ist immer gleich auch Zukunft, nicht nur die Beschreibung von Vergangenheit und Gegenwart.

Und: Das Grausame in unserer frühesten Erfahrung ist zugleich die Heilung unserer größten Ängste.

Er ließ den Bleistift sinken, mit dem er die Sätze aufs Papier gebracht hatte. Das Schreiben strengte ihn an. Was hatte er vergessen?

Der Film! *Apocalypse Now* – es gab keinen passenderen Begriff als »Ästhetik des Grauens« für dieses opulente Werk. Diese Farbenpracht und diese grausam-grotesken Kriegsbilder! Perfektes Kino, das mit einer Reise in die Finsternis beginnt, an deren Ende das Grauen steht. Das Leben ist Krieg, und Krieg ist das Leben. Mord ist Leben, und Leben ist Mord. Blut ist die Farbe des Todes und die Farbe des Lebens.

Er keuchte. Er hatte sich zwingen müssen, die letzten Zeilen zu schreiben. Nicht, weil er das Grausame in Worte packte, sondern weil er wusste, dass er es nicht annähernd beschreiben konnte, sosehr er sich auch bemühte. Es blieb ein Versuch, Stückwerk am Rande der eigentlichen Genialität.

Er würde noch viel mehr erleben müssen, um seiner Sehnsucht auch nur ein kleines Stück näher kommen zu können. Er wusste: Ich bin da, um zu beschreiben … Und er spürte, dass der Satz schmerzte.

Seine Augen schmerzten, die Buchstaben verschwammen vor seinen Augen. Das Weiß des Blattes blendete ihn. Er hatte Durst. Sein Mund verlangte nach Wasser, sein Hirn nach mehr. Er musste aufhören, das Schreiben war in den vergangenen Minuten zur Qual geworden. Er hatte das Gefühl, an die Luft zu müssen, um nicht zu ersticken.

Er blickte auf das schwarz glänzende Metall der Pistole. Waffen sind der Ausdruck vollendeter Ästhetik. Waffen aus Stahl und menschliche Waffen. Waffen aus Fleisch und Blut.

Sie war fast so weit. Sie wollte ihre Schmetterlinge spüren. Er wartete nur noch auf die richtige Gelegenheit.

»Was hat Carolina sonst noch gesagt?« Ecki stoppte den CD-Player. Sie waren am Ziel. Krämer musste im Haus gegenüber wohnen.

»Sie hat von Ennio Morricone gesprochen. *Once Upon a Time in the West. Spiel mir das Lied vom Tod.*«

»Charles Bronson.« Ecki nickte.

»Sie klang merkwürdig. Irgendwie traurig, melancholisch. Das passt gar nicht zu ihr.«

»Hat sie vielleicht Ärger mit ihrem Mann?«

Frank zuckte mit den Schultern. »Nicht, dass ich wüsste. Sie sagt, sie fühle sich nicht gut, sie sei überarbeitet.«

»So kenne ich sie gar nicht.«

»Sie hat aber auch ganz begeistert vom Allgäu erzählt.«

»Ist ja auch schön dort.« Ecki war mit Marion und den beiden Kindern auch schon ein paarmal in Moosbach gewesen. Allerdings hatten er und Carolinas Familie sich bisher verpasst. Das fand er in Ordnung, denn er hatte sich nicht auch noch im Urlaub über seine Arbeit unterhalten wollen.

Frank öffnete die Fahrertür. »Sie hofft, dass wir in der Zwischenzeit weiterkommen.«

Horst Krämer war fünfundfünfzig, seit fast zehn Jahren arbeitslos und verdiente sich mit Mundharmonikaspielen in der Fußgängerzone etwas nebenbei. Er wusste, dass das Ordnungsamt das nicht gerne sah. Aber solange er keinen Ärger machte oder von genervten Ladenbesitzern angezeigt wurde, ließ man ihn weitgehend gewähren. Samstags stand er vor der alten Rathaustreppe und spielte für die Marktbeschicker und Einkaufsbummler, meist Volksmusik. Donnerstags war er entweder am Bahnhof zu finden oder am Brunnen auf dem Alten Markt. Dort spielte er Stücke, die an Creedence Clearwater Revival oder Bob Dylan erinnerten. Wenn genug Münzen in seiner alten Schlägerkappe gelandet waren, zog er freundlich grüßend ab.

Horst Krämer war kein begnadeter Musiker. Aber die Leute mochten ihn und sahen großzügig über seine musikalischen Schnitzer hinweg.

Der gelernte Großhandelskaufmann lebte schon lange in der Stadt, aber kaum jemand kannte ihn näher. Auch die Nachbarn in dem unscheinbaren Mehrfamilienhaus in der Rheydter Innenstadt wussten nicht viel von ihm zu berichten, außer dass er nur selten zu Hause war, nicht trank, zumindest nicht öffentlich, und dass er eines Tages einfach da gewesen war, mit seinen wenigen Möbeln und dem struppigen Mischlingshund. Man vermutete, dass er »aus der Gegend« kam, was immer das heißen mochte.

Polizeioberkommissar Gisbert Baltes hatte es besser gewusst. Er war es auch, der Frank und Ecki auf Horst Krämer aufmerksam gemacht hatte. Baltes wusste aus Gesprächen mit dem Mundharmonikaspieler, dass Krämer ursprünglich aus Emmerich kam und eine behinderte Schwester gehabt hatte, die vier Jahre zuvor gestorben war.

Das allein mache ihn noch nicht verdächtig, hatten die beiden Ermittler gemeint. Als Baltes ihnen dann aber berichtete, dass Krämer schon mal mit Behinderten am Brunnen oder auf den Rathausstufen saß und gemeinsam Musik machte, waren Frank und Ecki hellhörig geworden.

Bevor sie das Präsidium verließen, hatte Frank bei Barbara Kemmerling nachgefragt, ob ihr der Name Krämer etwas sage. Aber die Vorsitzende von Schmetterling e.V. wollte noch nie von ihm gehört haben.

»Dritter Stock.« Frank deutete auf den Eingang.

»Wo bleibt Baltes?« Ecki drehte sich um.

»Den brauchen wir jetzt nicht.«

Obwohl Frank mehrfach klingelte, öffnete niemand.

»Krämer ist bestimmt unterwegs.« Ecki gähnte.

»Dann werden wir ihn eben suchen.«

»Der kann jetzt doch überall sein. Es ist nicht Samstag und auch nicht Donnerstag.«

»Lass uns erst mal zum Rathaus fahren.«

In Ecki keimte die vage Hoffnung auf ein frisches Hefeteilchen auf. »Ich könnte jetzt einen Kaffee gebrauchen, sonst schlaf ich dir noch auf dem Bürgersteig ein.«

»Frühjahrsmüdigkeit?«

»Nee, ich komm einfach nicht zum Sport. Marion hat immer was für mich im Garten zu tun. Außerdem muss ich meinen Eltern mit den Pferden helfen.«

Das Café hatte seine Stühle und Tische weit auf den Marktplatz hinausgeschoben. Ein kluger Schachzug des Betreibers, denn die Tische des *Gregorys* waren fast alle besetzt.

»Und jetzt?« Ecki beobachtete durch seine Sonnenbrille die flanierenden Passanten.

»Freu dich über deinen Kaffee, der Rest wird sich ergeben.« Frank rührte in seinem Cappuccino und sah einem Pärchen hinterher, das sich im Gehen küsste. Er hatte in der Tat wenig Hoffnung, Krämer zu treffen. Aber man konnte ja nicht wissen. Baltes hatte ihnen erzählt, dass Krämer ständig in der Stadt unterwegs sei.

»Was machen eigentlich STIXS? Ich habe schon lange nix mehr von euch gehört.« Ecki sah der Kellnerin hinterher, die ein Tablett mit Kaffee und Kuchen durch die Tischreihen balancierte.

»Wir haben einen neuen Proberaum. Wir sind raus aus dem Braunkohlendorf. Das war uns am Ende nicht mehr geheuer. Wenn die Hausbesitzer wegziehen, kommen die Vandalen, brechen überall ein und schlagen alles kaputt.«

Ecki nickte geistesabwesend. Nicht nur die Kellnerin sah gut aus, auch das Stück Sahnetorte, das sie gerade vorbeitrug.

»Und unseren Namen müssen wir jetzt doch ändern.« Frank seufzte. Das war ja nicht mit anzusehen, fehlte nur noch, dass er anfing zu sabbern.

»Den Namen ändern?« Ecki hob die Hand und bestellte ein Stück Herrentorte.

»Ja, aus STIXS mit S machen wir STIXX mit zwei X. Eine Band aus dem Norden hat uns mit einem Urheberrechtsstreit gedroht.«

»Aha.«

»Hörst du mir eigentlich zu?«

»Aha.«

»Ecki?«

»Was? Ja, ihr seid die Urheber von STIXS.«

»Vergiss es.« Frank setzte seine Sonnenbrille auf.

»Ab wann?«

»Gib dir keine Mühe.« Frank streckte die Füße aus und lehnte sich im Sessel aus Korbimitat zurück.

»Ab wann?«

»Offiziell vor unserem nächsten Konzert«, knurrte Frank.

»Sicher, dass es mit zwei X keinen Ärger geben wird?«

Frank zuckte mit den Schultern. »Nö.«

Die Band hatte in den vergangenen Monaten einen Richter am Landgericht, mit dem Frank befreundet war, auf das Problem angesetzt. Es hatte zwar einige Wochen gedauert, schließlich hatte der Experte ihnen grünes Licht gegeben.

Ecki stupste seinen Freund an. »Hey, nicht pennen, du bist im Dienst.«

»Ja, und Beamter. Da werd ich doch mal die Füße langmachen dürfen.« Frank blinzelte hinter seiner Sonnenbrille. »Lass mich einfach hier zurück, Kamerad. Geh deiner Wege. Ich bin zu müde. Viel Glück und grüß mir die Heimat.«

»Die Nächte sind wohl etwas kurz im Augenblick, was?«, feixte Ecki.

Frank schloss erneut die Augen. »Iss du deine Herrentorte.«

Ecki grinste, sagte aber nichts mehr.

Frank nahm die Geräusche der Stadt in sich auf, die sich in seinem Kopf zu einem ganz eigenen Bild zusammensetzten: die Gesprächsfetzen von den Nachbartischen, das Scharren von Füßen, das Umblättern einer Zeitung, das leise Klappern mit Tellern und Tassen, eine Fahrradklingel, vorbeieilende Passanten, das Zischen der Kaffeemaschine.

Die Stadt machte ihn schläfrig. Die Welt konnte doch ein recht friedlicher Ort sein. Als Ecki zufrieden den Teller wegschob und noch einen Milchkaffee bestellte, begann Frank auf dem harten Kunststoffgeflecht seines Sessels herumzurutschen. Er saß doch eher unbequem.

Lisa hatte sich zu ihrem Fundstück vom Sperrmüll fünf passende Stühle ausgesucht und Jennes gleich zum Aufarbeiten dagelassen. Lisa war ganz vernarrt in die schlichten Sitzmöbel und malte sich schon aus, wie prächtig sie mit ihrem warmen Holzton und dem neuen Geflecht wohl aussehen würden.

Frank freute sich über ihre Euphorie, obwohl er die Begeisterung für Hendrik Jennes nicht ganz teilen konnte. Der Mann war ein Trödelhändler, der es geschickt verstand, Interessenten zu Kunden zu machen und an seinen Laden zu binden. Nun wollte Lisa ihn unbedingt in den Bunker schleppen, in dem Jennes sein Lager hatte, um ihm ein »total süßes Vertiko« zu zeigen.

Frank nahm die Hand vor den Mund, aber zum Gähnen kam er nicht, denn Ecki war aufgesprungen und hatte dabei fast den Tisch umgeworfen.

»Radermacher.«

Mehr sagte Ecki nicht, dazu war er zu sehr damit beschäftigt, sich einen Weg zwischen den eng stehenden Tischen und Stühlen hindurchzubahnen.

Frank zeigte der völlig verdutzten Kellnerin seinen Dienstausweis und folgte seinem Kollegen, der schon ein gutes Stück Vorsprung hatte. Frank hatte gerade noch Zeit, sich umzudrehen und der jungen Frau »Einsatz, sind im Dienst!« zuzurufen.

Kopfschüttelnd und ratlos sah die Kellnerin den beiden Ermittlern hinterher. Die anderen Gäste beobachteten die beiden Polizeibeamten wohl in der Hoffnung, Zeugen einer spektakulären Festnahme zu werden. Sie wurden allerdings enttäuscht, denn die beiden Fahnder verschwanden nahezu gleichzeitig um die Ecke des historischen Rathauses.

»Wo ist er?« Frank war außer Atem.

»Weiß nicht. Vielleicht auf dem Weg in die Wohngruppe. Dann haben wir ihn gleich.« Ecki sah sich suchend um. Er machte nicht den Eindruck, als hätte das Laufen ihn sonderlich angestrengt.

Frank deutete nach vorn. »Ist er das?«

»Das ist er.«

Auch Ecki hatte jetzt den Mann entdeckt, der im Strom der Passanten, die Richtung Marienplatz unterwegs waren, unauffällig mitschwamm. Er war groß und sehr kräftig, hatte kurzes mittelblondes Haar, bis auf ein dünnes geflochtenes Zöpfchen, das über seinen ansonsten fast frei rasierten Nacken bis auf den Hemdkragen reichte. Zu seinen ausgeblichenen Jeans trug er ein blau kariertes Wollhemd und eine Umhängetasche aus abgewetztem Leder.

Radermacher schien keine Eile zu haben. Er schlenderte an Geschäften vorbei und besah sich ausgiebig die Auslagen.

»Herr Radermacher.« Ecki erreichte ihn als Erster und tippte ihm auf die Schulter. Frank blieb keuchend einen Meter hinter den beiden stehen.

Der Mann drehte sich um und sah Ecki fragend an. »Ich heiße Holtappels.«

»Oh, Entschuldigung.« Ecki sah den Unbekannten irritiert an und zog seinen Dienstausweis. »Eine Verwechslung.«

Der Mann runzelte die Stirn, drehte sich wortlos um und ließ Ecki einfach stehen. Frank hatte er gar nicht bemerkt.

»Ich hätte schwören können, dass er es ist.« Ecki nickte verlegen einer älteren Frau zu, die interessiert stehen geblieben war.

»Und dafür hetzt du mich quer durch die Stadt? Den Kaffee zahlst du.« Frank kam nur langsam wieder zu Atem.

»Die Ähnlichkeit ist aber auch wirklich frappierend.« Ecki steckte seinen Dienstausweis wieder ein. »Du musst sowieso was für deine Fitness tun, mein Lieber. Heini hat da nicht ganz unrecht.«

»Blödmann.«

Frank und Ecki waren überrascht, als sie ihr Büro betraten. Dort warteten bereits Gisbert Baltes und ein unbekannter Mann.

»Na endlich. Bittner hat uns reingelassen. Kollegen, das ist Horst Krämer.« Der grauhaarige Bezirksbeamte stand auf. Dabei schaltete er sein knarzendes Funkgerät aus, das er am Gürtel trug.

Horst Kämer sah die beiden Fahnder unsicher an und erhob sich ebenfalls.

»Herr Baltes hat mich an der Bushaltestelle gebeten mitzukommen. Worum geht's denn?«

»Bitte, behalten Sie doch Platz.« Frank deutete auf Krämers Stuhl und ließ sich an seinem Schreibtisch nieder.

Krämer setzte sich zögernd wieder.

»Braucht ihr mich noch, Kollegen?«

»Im Augenblick nicht.« Frank zog einen Block zu sich.

Gisbert Baltes nahm seine Dienstmütze vom Tisch und setzte sie auf. »Dann wünsch ich euch einen schönen Feierabend.« Beim Hinausgehen nickte er Horst Krämer aufmunternd zu.

»Möchten Sie einen Kaffee?«

Krämer nickte, und Ecki verschwand mit der Glaskanne Richtung Teeküche.

»Sie spielen Harp?« Frank musterte Horst Krämer neugierig.

»Ja. Aber bis jetzt hat sich noch niemand beschwert.« Krämer sah auf seine Hände, dabei fiel ihm sein halblanges Haar ins Gesicht.

Der ehemalige Kaufmann wirkte nicht ungepflegt. Seine Jeans und sein Pullover waren abgetragen, aber sauber. Ebenso die Kappe mit dem Logo von Borussia Mönchengladbach.

»Es hat sich auch niemand über Sie beschwert.« Frank lächelte. »Haben Sie mal Unterricht genommen?« Warum wirkte Krämer nur so misstrauisch?

»Nein. Ich habe mir das Spielen selbst beigebracht, damals.«

»Damals?«

Krämer sah Frank an. »Damals, als ich arbeitslos wurde. Ich hatte auf einmal viel Zeit. Und irgendwann habe ich eine Mundharmonika auf einer Bank gefunden.«

»In Rheydt?«

Krämer schüttelte den Kopf. »Das war noch in Emmerich. Die Mundharmonika lag auf einer Bank am Rhein.«

»Sie kommen aus Emmerich?«

»Ich bin dort aufgewachsen, ja. Meine Eltern sind aus Krefeld nach Emmerich gezogen, Anfang der Sechzigerjahre.«

»Dort haben Sie auch gearbeitet?«

»Bis man mich entlassen hat.«

»Was haben Sie beruflich gemacht?«

»Hafen. Containerverkehr. Speditionsgewerbe. Aber das ist lange her.« Krämer senkte erneut seinen Blick.

Ecki kam mit einem Kaffeebecher zurück, den er mit einladender Geste vor Krämer auf den Schreibtisch stellte.

»Die Entlassung hat Sie hart getroffen.«

Krämer nickte und griff nach dem Becher.

In Krämers Blick lag Neugier, aber auch etwas Lauerndes, dachte Ecki. »Haben Sie keine neue Stelle antreten können?«

»Ich hab's versucht, aber keine Chance bekommen.« Krämer nahm vorsichtig einen Schluck.

»Üben Sie viel auf Ihrer Harp?«

»Geht so. Ist ja nur Zeitvertreib.«

»Hätten Sie keine Lust, in einer Band zu spielen?« Frank dachte an die Harps, die in seinem Schreibtisch lagen und die er manchmal spielte, wenn er spätabends alleine im Büro saß.

»Ich glaube, dazu reicht's dann doch nicht.«

»Aber es reicht auf jeden Fall, um in der Stadt zu spielen.« Ecki hatte sein Notizbuch aufgeschlagen.

»Wie meinen Sie das? Ich bettele ja nicht um Geld, wenn es das ist, worauf Sie hinauswollen.«

Krämers dunkle Augen wurden noch eine Spur dunkler.

»Keine Sorge, darum geht es nicht.«

»Was wollen Sie dann von mir?« Krämer stellte den Kaffeebecher zurück und verschränkte die Arme vor der Brust.

Frank blieb ungerührt. »Wann spielen Sie?«

»Wann immer ich Lust dazu habe. Meist donnerstags und samstags. Oder auch zwischendurch. Verschieden.«

»Am liebsten vor Publikum, nicht wahr?«

Horst Krämer antwortete nicht.

»Sie mögen es, wenn Ihnen die Behinderten zuhören, die Sie in der Stadt treffen.«

»Kann ich jetzt bitte gehen? Ich weiß nicht, was Sie von mir wollen.«

Krämer rückte seine Baseballkappe zurecht und wollte aufstehen.

»Setzen Sie sich bitte wieder. Ich spiele auch Mundharmonika.« Frank zog die Schreibtischschublade heraus und legte eine Harp auf die Unterlage.

Horst Krämer sah auf die Bluesharp, sagte aber nichts.

»Eine in d-Moll.«

Krämer verzog keine Miene.

»Ich spiele in einer Bluesband.«

»Und?« In Krämers Blick lag Abwehr.

»Wir sind sozusagen Kollegen.«

»Und?«

»Zu unseren Konzerten kommen oft auch Behinderte. Sie stehen immer vorne. Behinderte Menschen lieben Musik.«

»Kann sein.«

»Es ist toll zu sehen, wie sich manche von ihnen zur Musik bewegen können.«

»Keine Ahnung.«

»Wirklich nicht?« Ecki legte seinen Stift zur Seite.

Horst Krämer richtete sich auf. Die Unterhaltung schien ihm zusehends zu missfallen. »Hören Sie, was erzählen Sie mir da? Ich habe mit Ihrer Musik nichts zu tun. Schön, dass Sie auch Mundharmonika spielen. Aber ich möchte jetzt bitte gehen.«

»Wie gesagt, noch nicht.«

»Was wollen Sie denn von mir?«

»Wir ermitteln in einem Mordfall.« Franks Stimme klang hart.

Der Mundharmonikaspieler blieb ungerührt. Frank beobachtete Krämers Augen und Hände. Sie verrieten nichts. Krämer hielt sie gefaltet wie zu einem stummen Gebet.

»Und was habe ich damit zu tun?«

Du bist eine Spur zu gelassen, dachte Ecki.

»Sie haben sich regelmäßig mit Behinderten auf der Rathaustreppe in Rheydt getroffen.«

»Ist das verboten?«

»Kennen Sie Elvira Theissen?«

»Nein. Wer soll das sein?« Krämer blieb ruhig.

»Eine junge Frau mit Down-Syndrom.«

»Warum fragen Sie mich das?«

»Sie ist tot.«

»Ich kenne die Frau nicht.«

»War sie nicht regelmäßig am Rathaus?«

Horst Krämer verschränkte erneut die Arme. »Hören Sie, ich kenne die Frau nicht. Ja, ich treffe schon mal Behinderte. Sie sind harmlos und wollen mir nur zuhören. Ich habe sonst nichts mit ihnen zu tun. Wenn es mir zu viel wird, gehe ich. Fragen Sie die Leute im Rathaus oder im Café gegenüber, ich habe noch nie Probleme gehabt.«

»Sie hatten eine behinderte Schwester.«

Krämer öffnete verblüfft die Arme, um sie sofort wieder zu verschränken.

»Was? Woher?« Irritiert sah Krämer von Frank zu Ecki.

»Ja?«

»Was soll das? Meine Schwester ist schon lange tot.«

»Woran ist sie gestorben?«

»Behinderte leben nicht lange. Sie hatte Down.«

»Waren Sie froh, als sie starb? Behinderte können eine große Belastung für eine Familie sein.« Franks Stimme klang sanft. Er nahm die Bluesharp in die Hand und drehte sie zwischen den Fingern.

Horst Krämer sprang auf. Seine Stimme zitterte. »Was erlauben Sie sich? Ich habe meine Schwester geliebt. Sie hatte es nicht leicht. Meine Eltern hatten es nicht leicht. Mit den Fingern haben die Leute auf der Straße auf uns gezeigt. Menschen können so grausam sein. Deshalb sind wir fortgezogen, nach Emmerich. Aber auch da wurde es nicht besser. Früher ist man anders mit Behinderten umgegangen, hat sie in Heimen versteckt. Meine Eltern haben sich dagegen gewehrt. Aber am Ende haben sie keine Kraft mehr gehabt.«

Aufgeregt ruderte Krämer mit den Armen. Es sah aus, als wolle er sich jeden Augenblick auf Frank stürzen.

»Setzen Sie sich wieder«, befahl Frank mit leiser Stimme und legte die Mundharmonika zur Seite.

Krämer ließ sich wieder auf den Stuhl fallen. Er sah aus wie jemand, der es gewohnt war, herumgeschubst zu werden.

»Der Tod Ihrer Schwester, war das so etwas wie eine Erlösung für alle?«

Krämer antwortete nicht. Stattdessen fixierte er das blanke Metall der Mundharmonika.

»Waren Sie als Kind eifersüchtig auf Ihre Schwester, weil sie so viel mehr Aufmerksamkeit bekommen hat als Sie?«

Krämers Augen musterten weiterhin den Deckel der Harp.

»Warum sind Sie aus Emmerich weggezogen?«

Es dauerte lange, bis Krämer antwortete. Seine Sätze klangen spröde. »Meine Eltern tot, meine kleine Schwester Inge tot, mein Job weg: Was sollte ich noch dort? Ich wollte hier neu anfangen. Aber man hat mich nicht gelassen. Drei Monate bei einer japanischen Firma, dann war wieder Schluss. Die modernen Speditionen brauchen immer weniger Personal.«

Ecki hakte ungerührt nach. »Sie wollen wohl nicht mehr arbeiten?«

Horst Krämer schüttelte kraftlos den Kopf. »Schwer vermittelbar. Ich hab's versucht. Ich habe sogar bei Hephata angefragt und im Volksverein.«

»Haben Sie eine Waffe?«

Krämer schüttelte den Kopf und senkte seinen Blick.

»Sind Sie oft an der Niers oder in den Parks unterwegs?«

Horst Krämer war kaum zu verstehen.

»Ich kann nicht immer in der Stadt oder in meiner Wohnung sein. Draußen im Wald habe ich das Gefühl, atmen zu können.«

Frank stand auf und ging zum Fenster. Dort drehte er sich zu Krämer um.

»Ich glaube Ihnen nicht. Sie haben Elvira Theissen gekannt. Sie ist viel in der Stadt unterwegs gewesen. Wir werden beweisen, dass Sie sie gekannt haben.«

Horst Krämer blieb stumm.

»Wir werden uns Ihre Wohnung ansehen.«

»Ich habe keine Waffe. Was soll ich denn damit?«

»Auf Elvira ist geschossen worden.«

»Das war ich nicht.«

»Sie klingen wenig überzeugend. Sie haben Kontakt zu Behinderten. Möglicherweise war Elvira Theissen dabei, wenn Sie am Rathaus oder auf dem Alten Markt gespielt haben. Bei Elvira ist eine Harp gefunden worden, Herr Krämer.«

Krämer fixierte stumm die Mundharmonika.

Ecki versuchte einen anderen Weg. Er zeigt auf die Kappe. »Sie sind Borussen-Fan?«

Krämer sah stumm zu Ecki auf.

»Die Kappe.« Ecki deutete erneut auf die Baseballmütze.

Krämer schüttelte den Kopf. »Habe ich gefunden. Ich habe kein Geld für Fußball.«

»Aber für Mundharmonikas.« Frank war versucht, die Harp Krämers Blick zu entziehen.

»Ich habe mir in der ganzen Zeit erst eine gekauft. Die andere habe ich gefunden. Das habe ich doch schon gesagt.« Krämers Stimme klang brüchig.

»Ihr Kaffee wird kalt.« Frank nahm die Mundharmonika und legte sie in den Schreibtisch zurück.

Frank keuchte. Er war vom Parkplatz aus gestartet und das erste Stück am Schloss und dann an der Niers entlang locker getrabt. Aber jetzt schmerzten seine Fußgelenke und seine Leisten, die Schuhe drückten, und der Schweiß rann ihm in die Augen. Er musste den Kopf frei bekommen.

Früher war er regelmäßig und gerne gejoggt. Mit Kollegen,

mit seiner ersten Frau Ruth, lange auch alleine. Aber dann war er zunehmend bequemer geworden. Hatte sein Pensum von dreimal in der Woche auf zweimal, dann auf einmal reduziert, bis die Laufschuhe schließlich wochenlang unbenutzt im Schrank standen. Mit Lisa war er ein paarmal ums Schloss gelaufen, sonntagmorgens, aber dann hatten sie doch lieber ihr Frühstück bis zum Mittag ausgedehnt.

Seine Lungen schmerzten. Frank sah an sich herunter und befühlte beim Laufen seine Hüften. Jede Menge »Hüftgold«, hatte Lisa ihn geneckt und ihm nach dem Duschen in die deutlich sichtbaren Speckrollen gekniffen.

Die Arbeit ließ ihm immer weniger Zeit, sich um seine Gesundheit zu kümmern. Wenn er vom Dienst kam, war er oft zu müde, um sich noch auf den Weg ins Fitnessstudio oder auf die Laufstrecke zu machen. Er schaffte es gerade noch zu den Proben und Auftritten von STIXX.

Dafür bewunderte er Ecki, der scheinbar problemlos und regelmäßig vom Schreibtisch in den nahen Sportpark wechselte und an den Dienst noch eine Trainingseinheit dranhängte. Vor Kurzem hatte sein Kollege sich sogar einer Radsportgruppe angeschlossen, die auch Wettkämpfe fuhr. Das Grundtraining holte er sich, indem er möglichst oft mit seinem neuen Rennrad zum Dienst kam.

Frank kämpfte gegen den Impuls, einfach stehen zu bleiben. Er musste auch die dritte Runde um Schloss Rheydt schaffen. Das war er seinem Selbstwertgefühl schuldig. Verbissen lief er Meter um Meter.

»Guten Morgen!«

Leichtfüßig zog eine schlanke Frau an ihm vorüber. Ihr blonder Pferdeschwanz wippte im Lauftakt.

»Jasmin?« Frank war sich nicht ganz sicher, ob er seine Kollegin erkannt hatte, die in der Hundertschaft Dienst tat.

Die Angesprochene drehte sich im Laufen um und sah Frank fragend an. Dann breitete sich auf ihrem Gesicht ein breites Grinsen aus, und sie verlangsamte ihr Tempo.

»Ach, du bist's, Frank. Na, läufst du gegen deine Pfunde an oder gegen den Frust?« Sie hielt locker mit. Es sah sogar so aus, als könne sie auch mit schnellem Gehen sein Tempo halten.

»Beides«, brummte Frank, der sich ertappt fühlte.

Jasmin Köllges grinste. »Muss dir nicht peinlich sein.«

Du hast gut grinsen, dachte Frank, bist ja grade mal über zwanzig.

»Ist mir auch nicht peinlich«, schnaufte Frank. »Ich muss nur was tun, sonst rennt mir jeder Taschendieb davon.«

»Du machst beim Fitnessprojekt des Präsidenten mit?«

Seine Kollegin hüpfte jetzt mehr auf der Stelle.

»Nee, ich mach das aus freien Stücken.«

Jasmin sah sich um. »Ist Ecki nicht dabei?«

»Ecki ist mit seiner Frau einkaufen.«

Jasmin schien ein wenig enttäuscht zu sein. »Na, dann.«

Frank musste trotz der Anstrengung schmunzeln.

»Läufst du oft?«

»Fast jeden Tag.«

»Und wie weit?«

»Mindestens zehn Kilometer.«

»Ganz ordentlich.« Franks Lunge schmerzte. Er sollte beim Laufen nicht so viel reden.

Jasmin Köllges sah auf ihre Armbanduhr.

»Bist du gut in der Zeit?« Auch wenn Frank sich noch so sehr bemühte, seine Worte kamen nur stoßweise.

»Sei mir nicht böse, aber langsam laufen strengt mich zu sehr an.«

Seine Kollegin beschleunigte, drehte sich noch einmal kurz um und rief: »Grüß Ecki von mir.«

Frank hob betont lässig eine Hand. »Mach ich.«

Jasmin hätte ihn ruhig noch ein Stück begleiten können. So langsam war er ja nun doch nicht.

Frank lehnte kaum an seinem MGB und versuchte, wieder zu Atem zu kommen, als Jasmin um die Ecke bog.

»Ich hab noch eine Runde drangehängt.« Sie stellte sich neben Frank und begann, sich zu dehnen. »Dabei ist mir euer Fall durch den Kopf gegangen.«

»Aha?« Frank betrachtete Jasmins muskulöse Arme, die sie auf ihren Oberschenkel aufgestützt hatte, der in einer hellen Jogginghose steckte.

»Ihr habt doch die abgetrennten Finger gefunden.« Jasmin Köllges wechselte die Position.

»Richtig.« Frank streckte die Arme seitlich aus. Dehnen war noch nie seine Sache gewesen.

»Seid ihr schon ein Stück weiter?«

Er überstreckte mit einigen abrupten Bewegungen seine Oberarme. Sein Rücken schmerzte. »Eine Frau mit Down-Syndrom. Sie war schon tot, als man ihr die Finger abgeschnitten hat.«

»Das ist alles?«

»Mehr haben wir noch nicht.«

»Wenn niemand mit diesem Gendefekt vermisst wird, kommt sie sicher nicht aus der Gegend.« Jasmin Köllges richtete sich auf.

»Auch das haben wir schon überlegt.« Frank konnte sein linkes Knie nicht durchdrücken, ohne dass es schmerzte.

»Es kann doch sein, dass die Frau gar nicht aus Deutschland kommt. Vielleicht ist sie aus Osteuropa.«

»Wir haben eine Anfrage in den Niederlanden laufen.«

»Das kann doch dauern, oder nicht? Ich kann mich gerne mal darum kümmern.«

Aha, daher weht der Wind, dachte Frank. Sie will sich verändern und für eine Karriere bei der Kripo Punkte sammeln.

»Schrievers kümmert sich schon. Durch seine Arbeitsgruppe in der PER hat er ganz enge Kontakte. Aber trotzdem danke.«

Seine Kollegin ließ sich nicht so schnell entmutigen. »Die ›Polizeiliche Euregio Rhein-Maas-Nord‹ wird eines meiner Schwerpunktthemen im Studium sein. Ich bin sicher, dass man die Zusammenarbeit mit den niederländischen Kollegen noch deutlich verbessern kann. Aber was ich eigentlich meine: Auch eine behinderte Frau verschwindet nicht einfach so. Es muss Spuren geben.«

Frank lächelte. »Wenn dir etwas einfällt, melde dich. Ich bin für jeden Hinweis dankbar.«

»Es kann doch sein, dass die Frau vor der Öffentlichkeit versteckt worden ist und man sie irgendwann getötet hat. Oder sie ist in Osteuropa entführt worden. Es soll dort Heime geben, die Behinderte wie Vieh halten. Da fällt es nicht weiter auf, wenn jemand fehlt. Wer weiß, vielleicht ist die Frau dann hier für irgendwelche Experimente missbraucht worden. Und man hat sie anschließend als unbrauchbar weggeworfen.«

»Mal angenommen, du hast recht, warum schneidet man ihr dann die Finger ab und lässt sie uns finden? Nein, es muss etwas mit uns«, Frank unterbrach sich, »vermutlich sogar mit mir zu tun haben.«

»Ich werde auf jeden Fall mal die Vermisstenlisten aus Osteuropa durchgehen. Wenn man mich lässt. Wer weiß, vielleicht ist die Frau ja auch aus einem Heim abgehauen und von Lkw-Fahrern mitgenommen worden. Sex gegen Kilometer.«

»Sex mit einer behinderten Frau?«

»Wäre nicht das erste Mal.«

Gisbert Baltes nahm die Mütze ab und setzte sich.

»Der Artikel hier ist gerade in der *Neuen Rhein Zeitung* erschienen. Hat mich ziemlich nachdenklich gemacht.«

Frank nahm die Fotokopie in Empfang.

Frank reichte den Text an Ecki weiter, der ihn kurz überflog und dann leise durch die Zähne pfiff.

»Genau.« Baltes legte die Hände auf seine Knie. »Ich habe mich nach Krämers Schwester erkundigt. Ihr plötzlicher Tod ist nie richtig untersucht worden. Man hat das damals nicht für nötig gehalten. Sie ist am 18. Juli 1968 gestorben.«

Behinderte Tochter getötet

Sonsbeck. Ein 50 Jahre alter Mann aus Sonsbeck hat seine 19 Jahre alte behinderte Tochter getötet. Gegen den geständigen Mann wurde Haftbefehl wegen Mordes erlassen. Der chronisch kranke Frührentner sagte, er habe die Belastung durch sein behindertes Kind nicht mehr ertragen. Den Ermittlern der Mordkommission zufolge hatte der 50-Jährige am Donnerstag unter dem Vorwand, mit ihr spielen zu wollen, seine Tochter nicht zur Arbeit in eine Behindertenwerkstatt fahren lassen. Bei diesem ›Spiel‹ habe der Vater seine Tochter gefesselt und erstickt.
Nachbarn hatten die Leiche der 19-Jährigen gefunden.

»Du meinst, sie könnte von ihren Eltern getötet worden sein? Weil sie mit der Pflege überfordert waren?«

»Wir werden es nie erfahren.«

»Weil die Eltern längst tot sind.« Ecki ließ die Kopie auf den Schreibtisch fallen.

»Und weil Krämer nichts sagen wird«, ergänzte Baltes.

»Das werden wir noch sehen.« Frank öffnete die Schublade und holte die Bluesharp hervor. »Er weiß auf jeden Fall eine Menge mehr, als er zugeben will.« Er legte die Mundharmonika auf den Tisch.

»Krämer wird nicht reden.« Gisbert Baltes schüttelte den Kopf. »Schon gar nicht nach eurem Gespräch. Ihr solltet ihn eine Weile in Ruhe lassen.«

»Das können wir nicht. Erst recht nicht nach deiner Vermutung«, konterte Frank.

»Ich kenne ihn. Wenn ihr ihn zu sehr aufscheucht, wird er verschwinden.«

»Umso eher müssen wir reagieren.«

»Frank hat recht, wir dürfen Krämer nicht mehr ohne Aufsicht lassen«, pflichtete Ecki seinem Freund bei. Er merkte, dass Baltes nicht zufrieden war.

»Lasst ihm ein bisschen Zeit.«

Er kaute auf seinem Bleistift, dann setzte er ihn auf das Blatt. Ja, das war ein guter Satz, kommentierte er stumm seinen Einfall: »Wir brauchen eine Kultur des Todes, um leben zu können«, murmelte er. Das war der richtige Anfang für das nächste Kapitel.

Ihm blieb nicht mehr viel Zeit. Er musste mit seiner Schrift zum Ende kommen. Hastig blätterte er in seinen Unterlagen. Endlich fand er, was er gesucht hatte.

»Da ist es«, nickte er. Es war nur ein Satz: »Die Fähigkeit zu töten war die eigentliche und sehr persönlich gedachte Grundlage königlicher Macht.«

Ein kluger Kopf, dieser Andreas Fuchs. Er würde sich gleich morgen das Buch *Extreme Formen von Gewalt in Bild und Text des Altertums* besorgen. Darin schienen eine Menge Weisheiten und Anregungen zu stecken.

Er würde mit der Veröffentlichung Maßstäbe setzen. Wir brauchen eine Kultur des Todes, um leben zu können: Der Bleistift flog nur so über die Seiten. Er vergaß alles um sich herum. Bis auf die Schmetterlinge, die es noch zu befreien galt. Bald war die Zeit.

Aber erst wollte er Callas hören. »Seine« Callas, die über alles geliebte und verehrte Göttin. Er drehte seine Anlage auf maximale Lautstärke.

Heinz-Jürgen Schrievers hob einen Walkingstock zum Gruß. »Hallo, Dietmar, ich wäre beinahe schon ohne dich los.«

»Hatte noch zu tun. Tut mir leid.« Gilleßen nahm seine Stöcke vom Rücksitz und schloss seinen Wagen ab, dabei musterte er den Archivar, der wie immer in viel zu weiten Sporthosen und diesmal in einem ausgebleichten, ehemals roten T-Shirt steckte.

»Was ist?« Schrievers fühlte sich taxiert.

»Nichts. Sollen wir?« Auch Gilleßen hob einen Stock.

»Auf geht's.« Heinz-Jürgen Schrievers holte mit seinen Armen weit aus, um den nötigen Schwung zu bekommen.

»Wie immer?«, hörte er hinter sich.

Schrievers nickte vergnügt. »Wie immer.«

Der Archivar der Mönchengladbacher Polizei hatte tatsächlich Spaß am Walken gefunden. Wann immer er mit der Polizeisportgruppe trainieren konnte, war er dabei. Er fühlte sich von Tag zu Tag fitter, und seit er nicht mehr alleine seine Runden um Schloss Rheydt drehen musste, zog er sich auch nach Dienstschluss oder sogar vor Dienstbeginn seine Trainingssachen an, um gegen seine Pfunde »anzugehen«.

Anfangs hatte Gertrud zwischen leichtem Spott und echter Begeisterung geschwankt, sich in den vergangenen Wochen aber immer mehr zu einer wahren Motivationstrainerin entwickelt, die nicht nur aufmunternde Kommentare für seine neu entdeckte Leidenschaft parat hatte, sondern auch konsequent kalorienbewusst für ihn kochte. Selbst im Freundes- und Bekanntenkreis sorgte sie dafür, dass ihr Heinz-Jürgen nicht mit üppigen Kuchenstücken oder deftigen Haxen in Versuchung gebracht wurde.

So weit war bei Heinz-Jürgen Schrievers alles »in Butter«. Vielleicht bis auf die Tatsache, dass er auf seine geliebten Leberwurstbrote verzichten sollte. Das war ihm bisher nicht konsequent gelungen. Hin und wieder stand er deshalb in der Kantine vor dem Wirt, der ihm, fast wie einem Junkie, verstohlen ein in Silberfolie eingepacktes Päckchen zusteckte.

»Ist das nicht ein wunderschöner Morgen zum Walken?«

Sein Sportskamerad sog die Luft hörbar ein.

Schrievers tat es ihm gleich. »Es geht doch nichts über die

kühle Luft eines Frühlingsmorgens. Schade, dass ich mich mit Vogelstimmen nicht auskenne.«

»Geht mir genauso, aber ich habe mich auch nie sonderlich für die Natur interessiert.«

Schrievers begann leise zu schnaufen. »Mein Onkel war ganz begeistert von den Tieren des Waldes. Wenn wir unterwegs waren, konnte er alle Vögel bestimmen. Ich kann mich noch gut daran erinnern, dass er den Eichelhäher besonders schön fand. Ich weiß bis heute nicht, wie dieser Vogel aussieht.«

»Musst du in deinem Beruf ja auch nicht.« Dietmar Gilleßen wischte sich mit dem Schweißband über die Stirn.

»Sag das nicht. Solches Wissen kann manchmal entscheidend sein. Aber ich fürchte, so was lernen die Kinder heutzutage in der Schule nicht mehr.«

»Ich finde es eher bedauerlich, dass der Jugend so wenig Kultur vermittelt wird. Und fächerübergreifende Bildung gibt es leider schon lange nicht mehr. Erkunden, ›was die Welt im Innersten zusammenhält‹! In diesem Sinn sind sie bedauernswerte Geschöpfe.«

»Ich weiß nicht, ob man das so sagen kann.«

»Ich gehe sogar noch ein Stück weiter. Ich behaupte, dass sie regelrecht zu Behinderten erzogen werden, sie werden geistig dumm gehalten. Damit macht man sie zu einer gleichförmigen Masse, die leicht zu manipulieren ist.« Gilleßen fuhr sich mit dem Arm über das verschwitzte Gesicht.

Das wurde Schrievers dann doch zu extrem.

»Lass uns von was anderem reden, die Bildungsdiskussion ist mir zu anstrengend, zumindest beim Walken.«

Gilleßen lachte kurz auf. »Du hast recht. Ich bin nur darauf gekommen, weil ich in meinem Elternhaus durch eine harte Schule gegangen bin. Erzähl mir lieber, woran du gerade arbeitest.«

»Du weißt, dass ich über solche Dinge nicht sprechen darf. Das möchte ich beim Sport auch gar nicht, um ehrlich zu sein.«

»Schade.« Dietmar Gilleßen beschleunigte unmerklich. »Wir sollten ein wenig schneller werden, wir haben gar nicht aufs Tempo geachtet.«

Schrievers sah auf seinen Pulsfrequenzmesser. »Stimmt. Ein bisschen geht noch.«

Und dann erzählte er doch noch aus dem Alltag im Präsidium: vom Bürohengst Laumen und seinen gelben Pullundern; von Frank und Ecki und ihrem Streit um den einzig wahren Musikgeschmack; und davon, dass Laumen seit Jahren versuchte, den beiden den in ihren Dienstwagen angeblich illegal eingebauten CD-Player wieder abzujagen.

»Spannend. Ich mag diese Geschichten. Sie machen die Polizei so menschlich.«

»Also, was hast du denn gedacht, was wir sind?«

»Polizeibeamte sollen anderen Menschen helfen und andere Menschen schützen.«

»Na, und das macht sie unmenschlich? Verstehe ich jetzt nicht.«

In den folgenden Minuten waren nur das metallene Tacktack der Walkingstöcke und das Schnaufen von zwei gewichtigen Männern zu hören, die mit hochroten Köpfen offenbar versuchten, einander in Tempo und Taktfrequenz zu übertreffen.

In unregelmäßigen Abständen mussten sie Joggern und Radfahrern Platz machen, die an diesem sonnigen Vormittag den Niersweg ebenfalls als Fitnessstrecke nutzten.

»Sind 'ne Menge Leute unterwegs heute. Wie viel Zeit hast du?«

»Na, wenn du Lust hast, hängen wir noch eine Runde dran. Ich habe so viele Überstunden, dass ich das locker verantworten kann. Außerdem habe ich meine erste Besprechung erst nach Mittag.« Schrievers wischte sich den Schweiß von der Stirn.

»Gerne. Auf mich wartet sowieso nichts Bestimmtes.«

Der Archivar lachte. »Ihr Selbstständigen habt es gut. Ihr könnt euch eure Zeit einteilen, wie ihr wollt.«

»Na, so ganz stimmt das auch nicht.«

»Also, ich bin schon froh, dass ich meinen geregelten Dienst habe. Ich will ja abends bei meiner Gertrud sein.«

»Willst du mich nicht mal besuchen kommen? Dann könnten wir unser Gespräch über die Kultur und das Missverhältnis von Jugend und Universalbildung gerne vertiefen.«

Danach stand ihm zwar nicht der Sinn, trotzdem antwortete Schrievers höflich: »Bei nächster Gelegenheit gern, Dietmar.«

»Schön. Dann zeige ich dir auch meine Sammlungen.«

Schrievers schnaufte unverbindlich. Gertrud würde dazu sicher keine Lust haben. »Solange das keine abendfüllende Diashow wird, habe ich damit kein Problem.«

»Keine Sorge, ich bin sicher, es wird dir gefallen.«

»Wo wohnst du eigentlich?«

»Gar nicht weit von hier. Ich erklär's dir nachher.«

Danach waren beide wieder damit beschäftigt, das Tempo zu halten und nicht aus dem Tritt zu kommen.

Später standen beide erschöpft an ihren Autos.

Nachdem Schrievers sich schnell verabschiedet hatte, fuhr er ins Präsidium, um noch rechtzeitig zum Mittagessen in der Kantine zu sein. Auf dem Küchenplan standen »gesunde Grünkernlinge«. Ein durchaus ansprechendes Essen, dachte der Archivar voller Vorfreude, vor allem weil er mit einer Zusatzration Leberwurstbrote rechnen konnte.

Carolina Guttat atmete einmal kräftig durch, bevor sie das Büro der beiden Ermittler betrat. Sie war erst am Abend zuvor aus Moosbach zurückgekommen.

Der Aufenthalt hatte ihr diesmal nicht besonders gutgetan. Nachts hatte sie stundenlang wach gelegen, weil sie immerzu an ihre Familie und an ihre Arbeit hatte denken müssen. Die Abende an »ihrem« Tisch in der kleinen Gaststube, wenn die anderen Gäste schon gegangen waren, das üppige Essen, dazu einer der Südtiroler Weine, die nicht auf der Karte standen, und die unbeschwerten Gespräche mit Martin und Sieglinde über Gott und die Welt waren schön gewesen, doch dafür hatte sie das völlig überraschende Gefühl von Einsamkeit auf ihrem Zimmer umso härter getroffen.

Sie hatte die Bilder nicht loswerden können. Immerzu hatte sich dieses Gesicht vor die sanften grünen Hügel rund um Petersthal geschoben, die sie so gerne von ihrer Bank aus betrachtete.

Die aufgerissenen Augen, der leere Blick, der an ihr vorbei ins Nichts zu gehen schien. Carolina Guttat wusste nicht, wie sie damit jemals fertigwerden sollte.

Sie hatte den Bildern davonzulaufen versucht, beim Joggen um den Rottachsee. Knapp sechzehn Kilometer und zu dieser Jahreszeit total einsam. Bisher war sie die Strecke gelaufen, ohne sich großartig Gedanken um ihre Sicherheit zu machen. Diesmal hatte sie sich mehrfach umgesehen. Sie war das Gefühl nicht losgeworden, verfolgt zu werden. Obwohl sie keinen Menschen gesehen oder gehört hatte. Es war, als würde sie von einem höheren Punkt aus beobachtet.

Carolina Guttat atmete noch einmal tief durch und drückte dann die Klinke herunter. Der Alltag hatte sie wieder.

»Da ist ja unsere Urlauberin. Und, war's schön?« Ecki stand auf und räumte der Staatsanwältin einen Stuhl frei.

Carolina Guttat strich sich eine Haarsträhne aus dem Gesicht. Ohne auf die Frage einzugehen, kam sie gleich zum Thema: »Wir müssen diese Frau finden.«

»Du meinst die Frau ohne Finger.«

Carolina Guttat nickte Frank zu. »Wie weit seid ihr?«

Ecki räusperte sich. »Der Stand ist der gleiche wie vor deinem Urlaub. Wir haben keinen neuen Ansatz.«

»Das ist jetzt nicht euer Ernst, oder?«

Wenn Blicke töten könnten, dachte Frank und hob abwehrend die Hände.

»Ich will endlich ein Ergebnis. Ich will den Täter oder die Täterin.« Carolina Gutttat ärgerte sich über sich selbst, denn sie fühlte sich wie ein trotziges Kind.

»Die Presse kann warten«, meinte Ecki beschwichtigend.

»Die Presse ist mir scheißegal! Ich will den Fall abschließen! Das darf doch nicht wahr sein, wir haben zwei Tote und keinen einzigen brauchbaren Hinweis! Nur diese scheiß Mundharmonikas! Wir machen uns doch lächerlich! Irgendjemand spielt sein verdammtes Spiel mit uns. Bringt mir dieses Arschloch endlich!«

»Carolina.« Frank verstand ihren Wutausbruch nicht.

Carolina Guttat rückte ihr Jackett zurecht. Ihr Gefühlsausbruch war ihr sichtlich peinlich.

Frank erinnerte sich an seine Begegnung beim Joggen. »Jasmin Köllges hat eine interessante Idee.«

»Jasmin Köllges?«

»Sie ist in der Hundertschaft, möchte aber unbedingt zu uns, habe ich den Eindruck. Sie vermutet, dass die Frau, deren Finger wir gefunden haben, aus dem Ostblock stammt und illegal hier war.«

»Wie soll eine behinderte Frau illegal zu uns kommen?«

»Entweder ist sie von Schleusern hergebracht worden, vielleicht hat sie auch ein Lkw-Fahrer mitgebracht.«

»Interessante Theorie. Nur, wie sollen wir das klären? Wir haben ja noch nicht einmal ein Foto von ihr, das wir herumzeigen könnten.« Carolina Guttat sah sich suchend um. »Habt ihr keinen Kaffee für mich?«

Ecki stand auf. »Wollte eh gerade frischen machen.«

Frank gab sich sichtlich Mühe: »Wir könnten bei den Speditionen nachfragen, die in den Ostblock fahren.«

»Hm. Ich glaube nicht, dass jemand auspackt und uns erklärt, wie man Illegale einschleust, schon gar nicht, wenn es um eine behinderte Frau geht.«

Frank nickte nachdenklich. »Und was ist, wenn die Frau von polnischen oder rumänischen Erntehelfern mitgeschleppt worden ist?«

»In die Erntehelferszene gibt es ein paar Verbindungen«, kam Ecki ihm zu Hilfe.

»Dann solltet ihr nicht lange zögern. Ich werde mich mal bei meinen Kollegen umhören. Kann sein, dass wir doch einen Fuß in die Lkw- und Speditionsszene bekommen.«

»Soviel ich weiß, arbeitet einer aus Schrievers' Verwandtschaft in einer Spedition in Kaldenkirchen.« Ecki reichte ihr einen Kaffeebecher.

»Hm. Ist zwar nur eine dünne Chance, aber sicher besser als nichts.«

»Hauptsache, der Kaffee ist nicht dünn«, scherzte Frank versöhnlich.

Sie nippte vorsichtig. »Heiß ist er auf jeden Fall.«

»Kochen muss ich ihn schon«, bemühte Ecki den alten Kalauer und grinste.

»Darf ich Ihnen einen Kaffee anbieten?« Der Werkstattleiter lächelte.

Lisa nickte. »Ich möchte Sie aber nicht stören. Ich bin eigentlich nur gekommen, um meinen Stuhl abzuholen. Ich bin schon ganz gespannt.«

Friedhelm Claßen zeigte in den angrenzenden Raum. »Ich habe ihn schon bereitgestellt. Lassen Sie uns aber erst den Kaffee trinken. Kommen Sie, gehen wir in mein Büro.«

Neugierig folgte Lisa dem schlanken Mittfünfziger, der in seiner ausgewaschenen Jeans und seinem T-Shirt mit der markanten roten Zunge deutlich jünger aussah.

Claßen füllte zwei Kaffeetassen und setzte sich an seinen Schreibtisch, auf dem sich in und neben Schubkästen Durchschläge von Aufträgen, Rechnungen, Aktenmappen und einige staubige Werkstücke aus Holz türmten.

»Bitte, nehmen Sie doch Platz. Milch und Zucker?«

Lisa lehnte dankend ab. »Es riecht hier so herrlich nach Holz und Farbe.«

Friedhelm Claßen grinste. »Das war genau der Grund, warum ich diesen Beruf unbedingt machen wollte. Nur Sozialpädagoge sein und im Heim arbeiten, das wäre für mich nichts. Nein. Ich brauche den Werkstattgeruch. Und jedes Möbelstück ist anders, hat eine ganz eigene Geschichte. Heute ist ja vieles nur noch aus Pressspan oder Holzimitaten.«

»Ich wollte auch immer etwas Handwerkliches machen. Am liebsten wäre ich Schreinerin geworden, aber meine Eltern waren strikt dagegen. Kind, haben sie gesagt, das ist viel zu gefährlich. Bevor du dich einmal umdrehst, fehlt dir schon ein Finger.« Lisa imitierte den strengen Tonfall ihrer Mutter.

»Verstehe.« Claßen nickte amüsiert.

»Haben Sie viele Beschäftigte?«

»Also, zusammen sind wir schon ein gutes Dutzend. Und immer ausgelastet. Die Kunden schätzen die saubere Arbeit. Außerdem können wir preislich gut mithalten.« Claßen nickte wie zur Bestätigung.

»Ich freue mich schon auf den Stuhl.«

»Hendrik hat mir gesagt, dass er noch mehr bringt. Schöne Stücke haben Sie sich ausgesucht. Sie haben früher in einem Stadthaus gestanden, Sitzmöbel für die Bediensteten.«

»Sie kennen Herrn Jennes näher?« Lisa trank einen Schluck. Sie hatte zwar eigentlich keine Zeit, wollte aber nicht unhöflich sein.

»Wir haben irgendwann die gemeinsame Liebe zu alten Möbeln entdeckt.«

»Wie ist das eigentlich mit Ihren Behinderten? Fällt es ihnen schwer, das Flechten zu lernen?«

Der Werkstattleiter beugte sich vor. »Das lernen sie schnell. Aber sie müssen mehr können! Sie müssen diesen Stühlen ihr Gesicht zurückgeben. Das ist etwas geradezu Künstlerisches. Das lernen meine Jungs und Mädels nicht mal eben so. Es setzt jede Menge Verständnis voraus, und das muss sich erst bilden. So was kann dauern.«

Lisa nickte verständnisvoll. »Das ist bei meinen Schülern genauso.« Sie seufzte und stellte die Kaffeetasse zurück.

»Unsere Behinderten haben ein feines Gespür. Sie merken

schnell, wie man ihnen begegnet. Und sie brauchen immer Lob und Anerkennung. Das ist manchmal anstrengend, aber man bekommt auch viel zurück.« Claßen sah auf einen Punkt, der außerhalb seines Büros liegen musste.

»Ich würde mich überfordert fühlen, um ehrlich zu sein.«

»Es geht. Man kann alles lernen. Und es gibt auch Situationen, in denen man ihnen sagen muss, wo's langgeht. Eine gewisse Strenge brauchen sie schon.«

»Das gibt ihnen sicher auch Orientierung.«

»So ist es. Sie müssen zudem lernen, wo ihre Grenzen sind. Damit sie sich nicht selbst überfordern.«

Lisa stutzte.

Friedhelm Claßen fügte schnell hinzu: »Das dürfen Sie jetzt nicht falsch verstehen. Wir fördern die Behinderten, wo wir können. Aber wir dürfen gleichzeitig niemals vergessen, dass wir es mit Behinderten zu tun haben.«

Es klopfte an der offenen Tür.

Lisa sah sich um und bemerkte einen jungen Mann, der schüchtern am Rahmen lehnte.

»Tommy, komm rein. Was gibt's?« Claßen lächelte aufmunternd und wies auf Lisa. »Das ist eine neue Kundin.«

Tommy trat auf Lisa zu, lächelte sie fröhlich aus dicken Brillengläsern an, ergriff ihre Hand und machte einen tiefen Diener. »Ich heiße Tommy. Ich arbeite schon drei Jahre hier. Morgen kommt meine Mama mich besuchen.«

»Freut mich für dich, Tommy. Ich heiße Lisa. Du freust dich sicher auf ihren Besuch.«

Tommy sah erst zu Claßen, bevor er antwortete. »Wir gehen in den Zoo. Ich habe eine Zwillingsschwester. Die ist genauso alt wie ich. Hast du auch eine Schwester?«

Lisa schüttelte den Kopf. »Nein.«

»Aber du hast bestimmt einen Mann. Wie alt ist dein Mann?«

»Ich bin nicht verheiratet.«

Tommy strahlte über das ganze Gesicht. »Du bist schön. Lisa.« Er nickte und sah Claßen an.

»Tommy, was gibt's?« Friedhelm Claßen hatte seine Stimme um eine Nuance erhoben.

Tommy strich sich verlegen über sein grünes Sweatshirt, an dem Sägemehl hing. »Meine Mama kommt morgen.«

»Ich weiß, Tommy. Deshalb hast du ja auch morgen frei.«

Tommy strahlte wieder. »Im Zoo gibt es Bären.«

»Das ist schön. Bist du mit deinem Stuhl fertig?«

Tommy besann sich einen Augenblick. »Schon lange. Meine Mama kommt morgen.«

»Möchtest du mit einem neuen Stuhl beginnen?«

Tommy schüttelte den Kopf. »Meine Mama kommt morgen.«

»Das dauert noch eine Weile. Du musst noch warten, Tommy. Noch einmal schlafen.«

Tommy lächelte sein breites Lächeln, hob dabei den Kopf ein wenig und schob mit einem Finger seine Brille gegen die Nasenwurzel. »Auf Wiedersehen, schöne Frau Lisa.« Er verbeugte sich wieder formvollendet und verschwand.

Friedhelm Claßen lächelte ihm hinterher. »Das war Tommy. Ein echter Sonnenschein. Immer gut gelaunt. Und ein echter Fachmann beim Flechten. Wenn Sie einen seiner Stühle erwischen, haben Sie ein wahres Kunstwerk zu Hause.«

Lisa stand auf. »Danke, dass Sie sich Zeit für mich genommen haben, aber nun muss ich wirklich los. Ich muss meinen Unterricht für morgen noch vorbereiten.«

Claßen nickte. »Warten Sie, ich hole Ihren Stuhl. Er ist übrigens ein echter Tommy.«

Einen Augenblick später kam er mit ihrem nun fertig restaurierten Sitzmöbel zurück.

»Dann habe ich ja jetzt einen Stuhl, mit dem ich eine Geschichte verbinden kann.« Lisa schmunzelte.

»Es hat mich sehr gefreut, Sie kennenzulernen. Ich bin sicher, dass Ihnen auch die übrigen Stühle gefallen werden.«

Lisa reichte Claßen die Hand. Der Werkstattleiter hatte eine angenehm weiche Hand und doch einen festen Händedruck. »Ich höre dann von Ihnen?«

Claßen hielt Lisas Hand einen Augenblick länger fest als nötig. »Schon bald.«

Auf dem Weg zum Parkplatz schüttelte Lisa den Kopf. Hatte Claßen gerade versucht, sie anzubaggern? So ein unerwarteter Flirtversuch brachte ein wenig Farbe in ihren ansonsten nicht gerade erfreulichen Tag. Sie hatte nicht die geringste Lust, über ihre schwierige 10b nachzudenken.

Sie stellte den Stuhl ab und öffnete den Kofferraum. Ein kurzer Blick auf das darin befindliche Durcheinander machte ihr klar, dass sie das kostbare Möbelstück nicht so ohne Weiteres einpacken konnte. Etwas ratlos rieb sie sich den Nacken.

»Meine Mama kommt morgen.«

Lisa drehte sich um. Vor ihr stand Tommy und grinste sie neugierig an.

»Das ist schön.« Lisa überlegte, den Stuhl auf den Rücksitz zu legen. Das frisch lackierte Holz sollte nicht schon beim Transport verkratzt werden.

»Wie heißt dein Sohn?« Tommy sah ungeniert in den offenen Kofferraum.

»Ich habe keinen Sohn, Tommy.« Lisa öffnete die Tür zur hinteren Sitzbank. Das müsste gehen, dachte sie und stellte ihre Schultasche in den Fußraum.

»Und wie heißt das Mädchen?« Tommy zog hörbar die Nase hoch.

»Ich habe auch keine Tochter.« Lisa hob den Stuhl an und schob ihn mit der Lehne voran auf das Polster.

»Warum nicht?«

Lisa hielt abrupt in ihrem Packversuch inne und hob den Kopf. Fast wäre sie gegen den Türholm gestoßen. Ihr Herz zog sich zusammen. Immer wieder erlebte sie Momente, in denen sie vor Schmerz über die Totgeburt ihres Kindes hätte aufschreien können. Über den Verlust würde sie niemals hinwegkommen. Sie versuchte nur an den Stuhl zu denken.

Umständlich und mit fahrigen Händen schob Lisa den Stuhl weiter, bevor sie antwortete.

»Das ist eine lange Geschichte, Tommy.« Sie seufzte. Tommy würde sie nicht verstehen. Wie auch?

»Ich mag Geschichten. Erzähl mir eine Geschichte.« Tommy sah Lisa erwartungsvoll an. Sein Blick hatte etwas Schelmisches.

»Oh, das geht leider nicht, Tommy. Ich muss nach Hause und kochen.« Der Stuhl passte so gerade auf den Sitz.

»Horst erzählt auch immer Geschichten. Horst hat auch eine Schwester.«

Horst? Wer das wohl sein mochte? »Das ist doch schön, Tommy.«

»Aber die kommt nicht mehr.«

Lisa richtete sich auf. »Sie kommt nicht mehr?«

Tommy nickte.

»Haben sie Streit?«

Tommy schüttelte den Kopf, sagte aber nichts.

»Na, dann wirst du sie sicher bald wiedersehen.«

Er schüttelte erneut den Kopf.

»Nein?«

Tommy schob sich erneut die Brille auf die Nasenwurzel. »Horst sagt, Tote kommen nicht zurück. Sie sind im Traumland. Im Traumland ist es schön.«

Lisa legte ihre Hand auf Tommys Arm, zog sie aber sofort wieder zurück. »Das tut mir leid, Tommy.«

Tommy lachte. »Ich will auch ins Traumland. Meine Mama soll mich hinbringen. Im Traumland gibt es alles. Viele Tiere, große und kleine, Fische, Vögel, Pferde, Schmetterlinge. Schmetterlinge bringen Träume, sagt Horst.«

»Aha. Ich finde Schmetterlinge auch schön. Aber ich habe schon lange keine mehr gesehen.« Lisa war ratlos.

»Sie sind immer in den Träumen. Mama sagt das auch.«

»Arbeitet Horst auch hier?«

Tommy schüttelte entschieden den Kopf. »Horst macht Musik. Schöne Musik.« Er nickte. »Machst du auch Musik?«

»Leider nicht.«

»Wenn man Musik macht, kommen viele Schmetterlinge.«

Bei der Vorstellung musste Lisa lachen. »Das kommt auf die Musik an.«

»Bei Horst geht das.«

»Welches Instrument spielt er denn?«

»Harfe.«

»Harfe? So ein großes Instrument?«

»Nein, sie ist ganz klein.« Tommy zeigte mit den Fingern, was er mit »klein« meinte.

»So kleine Harfen gibt es aber nicht, Tommy. Sie sind viel größer.«

»Nein, man kann sie in den Mund stecken.« Er hielt seine Hände an den Mund und pustete durch sie hindurch.

Nun wusste Lisa, was Tommy meinte. »Mundharmonika.«

Tommy verneinte. »Eine Bluesharfe.«

»Eine Mundharmonika nennt man auch Bluesharfe. Mein Freund hat auch eine.«

»Macht er damit auch Schmetterlinge?«

Lisa lachte erneut. »Ja, das macht er.«

»Ich mag Harfenmusik. Vielleicht schenkt meine Mama mir eine Bluesharfe zu Weihnachten.«

»Wenn du sie dir wünschst, geht der Wunsch vielleicht in Erfüllung.«

Tommys Blick verdunkelte sich. »Mama kommt nicht.«

»Aber du hast doch gesagt, dass sie dich besucht.«

»Sie hat angerufen. Gestern.« Tommy stand jetzt mit hängenden Armen und gesenktem Kopf vor Lisa.

»Aber Herr Claßen ...?« Sie vollendete den Satz nicht.

Tommy schüttelte langsam den Kopf. »Mama hat gesagt, ich soll nichts sagen. Ich bin traurig.«

»Oh, das tut mir wirklich leid.« Lisa fühlte sich hilflos, Tommy stand vor ihr wie ein Häufchen Elend.

»Mama kommt fast nie.«

Lisa sah, dass Tommy weinte.

»Hast du den Stuhl beflochten?« Sie wollte ihn aufmuntern.

Tommy nickte stumm.

»Er ist sehr schön geworden. Das hast du gut gemacht, Tommy.«

Er nickte.

»Das ist bestimmt eine schwere Arbeit.«

Tommy wischte sich mit der Hand übers Gesicht und schniefte. »Geht ganz leicht.«

»Ich könnte das aber nicht.« Lisa lächelte Tommy an.

»Horst sagt, wenn man behindert ist, kann man viele Sachen gut.«

Lisa war verblüfft. So hatte sie das noch nicht gesehen. Der Satz hatte eine gewisse Logik. Sie nickte nachdenklich.

Tommy nickte auch. »Horst ist klug.«

»Wann siehst du Horst denn wieder?« Lisa war froh, dass Thema wechseln zu können.

Tommy zuckte ratlos mit den Schultern. »Horst ist weg. Und Elvira ist auch weg.«

Elvira? Der Name sagte Lisa etwas. Aber sie wusste nicht, in welchem Zusammenhang sie ihn schon gehört hatte.

»Tommy? Kommst du? Du hältst die Leute nur auf. Hast du die Werkstatt schon gekehrt?«

Lisa und Tommy schauten sich gleichzeitig um.

Hinter ihnen stand Friedhelm Claßen im Schatten des breiten Gebäudes und hatte die Hände in die Hüften gestemmt.

Ohne sich von Lisa zu verabschieden, trottete Tommy mit hängendem Kopf Richtung Werkstatt.

Es musste etwas passieren. Wie lange sollte das noch dauern? Er konnte und wollte nicht länger warten. Man nahm ihn nicht ernst. Er war angewidert. Er hätte es besser wissen müssen. Er würde nicht mehr lange zögern. Seine Versuchsreihe hatte gezeigt, dass es funktionierte. Nun ging es an die letzten Vorbereitungen auf das große Ereignis.

Er legte ihr den Gürtel an. Die Gewöhnungsphase hatte sie erfolgreich abgeschlossen. Sobald die Musik ertönte, ihre Musik, wollte sie ihn sich von allein umlegen.

Ihre unbekümmerte Unschuld war fatal. Nie zuvor hatte er dieses Lächeln gesehen. Es erinnerte ihn an ein unberührtes Schneefeld unter blauem Himmel, so rein.

»Komm, Liebes, komm«, lockte er sie mit leiser Stimme. Sie beugte sich ihm entgegen, bereit für den Tanz mit dem Gürtel. Sie ahnte seine Kraft nicht, aber sie spürte, dass er für sie wichtig war.

»Sprich nicht, wiege dich nur in dir selbst. Sieh in den Spiegel, denn du bist schön«, flüsterte er.

Sie strebte ihrem Bild entgegen, tastete es ab, gluckste vor Erregung und Freude, sagte aber kein einziges Wort.

Sie hatte gelernt, ihm zu gehorchen, sie wusste, dass hinter dem weichen Schmelz seiner Stimme eisige Kälte saß.

Sie hatte seine Härte zu spüren bekommen. Sie war erstaunt gewesen, geradezu erschrocken, hatte sich zu ihm umgesehen, mit ihren Augen um ein freundliches Wort gebettelt. War dann in sich zusammengesunken, damit er sie auffing und ihr von den Schmetterlingen erzählte. Den Schmetterlingen, die fliegen konnten, sogar in ihrem Bauch. Lange danach hatte sie ihren Bauch angesehen und die schönen zarten Schmetterlinge gesucht. Wie kamen sie nur in ihren Bauch?

»Siehst du, er tut nicht weh. Er gefällt dir. Ich sehe es doch. Sei unbesorgt, er ist nicht schwer. Du kannst ihn tragen, niemand sonst. Nur du bist so stark, ihn zu tragen. Sei stolz auf dich. Denn ich bin auch stolz auf dich.«

Er legte ihr den Finger auf den Mund.

»Sei still. Du wirst es spüren, wenn es so weit ist. Du wirst den Schnee sehen und die Wärme. Und du wirst die Sonne sehen, es wird warm sein in deinem Herzen, und du wirst selbst ein Schmetterling sein.«

Er schüttelte nachsichtig den Kopf und nahm ihr vorsichtig den Gürtel ab.

»Warte noch ein Weilchen. Es ist noch früh. Die Schmetterlinge schlafen noch.«

Der Wind des vorbeifahrenden Lkws, der auf die Straße Richtung Autobahn bog, fuhr durch ihr Haar. Jasmin Köllges trat einen Schritt zurück. Sie zögerte. Der weitläufige Betriebshof nahm ihr etwas von ihrem Mut.

Welcher Fahrer würde ihr Auskunft geben? Vielleicht der Schwarzhaarige mit dem dunklen Teint und dem düsteren Gesicht, der mit seinem gelben Gabelstapler zwischen einer offenen Ladefläche und einem Rolltor hin und her pendelte? Oder doch der Dicke im Flanellhemd, der kaum in seine Latzhose passte und gerade aus seinem Führerhaus kletterte? Jasmin seufzte. Irgendwo musste sie schließlich anfangen. Aus dem Branchenbuch und von Kollegen von der »Organisierten Kriminalität« hatte sie sich Adressen von Speditionen im Raum Mönchengladbach und dem Kreis Viersen geben lassen. Dabei hatten die Kollegen frotzelnd von der »Stecknadel im Heuhaufen« gesprochen.

»Tag, schöne Frau. Kann ich helfen? Gute Fahrerinnen können wir immer gebrauchen.« Der Mann hatte sie sofort entdeckt und schlenderte auf sie zu. »Ich sach immer: Lieber einmal Sidney Rome als Paris Dakar.« Er lachte dröhnend.

»Nee, ich suche jemanden, der mir ein bisschen was über den Job als Lkw-Fahrer erzählt.«

Der Dicke witterte seine Chance. »Da biste bei Jupp genau richtig.« Er hielt ihr seine Pranke hin. »Was willste denn wissen, Mädchen? Oder«, seine Augen wurden unstet, »suchst du eine Mitfahrgelegenheit?«

Jasmin Köllges setzte ihr strahlendstes Lächeln ein. »Man weiß nie, was der Tag bringt. Mal sehen, vielleicht.«

Der Dicke rückte vertraulich nahe an sie heran. Sie hatte keine Chance, dem strengen Geruch nach ungewaschener Arbeitskleidung und kaltem Kaffee auszuweichen.

»Ich fahr regelmäßig bis Schottland. Morgen habe ich meine nächste Tour. Irgendwas mit Textilien, ein paar Teile für Webstühle, ein bisschen Elektronik. Nix Wildes.«

Jasmin Köllges schüttelte den Kopf. »Nee, Schottland ist nicht so mein Ding. Außerdem kommt morgen mein Freund.«

Der Dicke legte einen Zeigefinger an sein Auge und nickte verschwörerisch. »Verstehe. Da habt ihr euch sicher eine Menge zu erzählen.«

Du Arschloch, dachte Jasmin und überlegte, wie sie Jupp möglichst schnell loswerden konnte. »Die Wiedersehensfreude ist immer groß. Nein, ich möchte mich ein bisschen über das Speditionsgewerbe informieren. Ich bin«, sie überlegte – was war sie denn? –, »ich bin Studentin und möchte eine Arbeit über Logistik schreiben.«

Der Dicke machte ein enttäuschtes Gesicht.

»Na, dann fragste mal besser den Chef. Der sitzt im Büro und schaukelt sich«, er korrigierte sich, »er sitzt in seinem Büro und schaukelt den ganzen Tag. Ist nämlich gerade Ebbe im Frachtgewerbe. Da hinten geht's lang.«

Er zeigte mit dem Daumen über seine Schulter. »Na ja, und wenn du doch mal nach Schottland willst, denk an Jupp. Der bringt dich überallhin.«

Die großen Buchstaben auf dem Dach der Spedition wiesen ihr den Weg: Sattler & Söhne.

Der weitläufige Betriebshof war asphaltiert. Es roch nach warmem Teer und Gummi. Auf markierten Flächen standen mehrere Auflieger. Im hinteren Bereich waren drei Lastzüge ordentlich nebeneinander geparkt. Ansonsten war der Hof bis auf einige Pkws leer.

An das verklinkerte Hauptgebäude mit den großen Rolltoren war ein kleiner Bürotrakt angebaut. Hinter einer der großen Fensterscheiben sah Jasmin Köllges einen Mann stehen, der sie offensichtlich schon die ganze Zeit beobachtet hatte. Entschlossen drückte sie die Metalltür auf, neben der das Schild ›Büro‹ an die Wand geschraubt war.

Sie wurde tatsächlich schon erwartet. Die Kommissarin trat an den langen Tresen, der die Schreibtische von der Kundschaft oder den Fahrern trennte, deren persönliche Ablagefächer in einem Holzkasten untergebracht waren, der auf einer Seite des offenen Schalters an der Wand stand. Jasmin Köllges warf einen schnellen Blick auf die Einrichtung, bevor sie an den Schalter trat. Das Büro wirkte schon etwas heruntergekommen, die Schreibtische waren alt, das Furnier an einigen Stellen abgerissen. Auf den Tapeten, den Bildschirmen der PCs und der Telefonanlage lag ein gelber Nikotinfilm. Irgendwo blubberte eine Kaffeemaschine.

»Womit kann ich Ihnen helfen, gnädige Frau?«

Jasmin Köllges zeigte ihren Dienstausweis. »Ich habe ein paar Fragen an Sie, Herr ...?«

Der Mann zog an seiner Zigarette und hob erstaunt die Augenbrauen. »Kuchenbauer, Franz Kuchenbauer. Ich bin der Geschäftsführer. Ich hoffe, Josef hat Sie nicht belästigt? Jupp neigt manchmal zu etwas derben Späßen. Aber er ist eine Seele von Mensch, völlig harmlos.«

»Wie heißt der Mann?« Jasmin Köllges zeigte sich unbeeindruckt. Kuchenbauer litt augenscheinlich unter dem gleichen Ich-bin-unwiderstehlich-Syndrom wie der Dicke. Jedenfalls versuchte er seine Zigarette wie Humphrey Bogart zu rauchen.

»Josef Heimes. Der Mann gehört quasi zum Inventar. Seit dreißig Jahren sitzt er auf dem Bock. Absolut zuverlässig.« Kuchenbauer lachte. Es klang unsicher.

»Fährt er nur die Schottlandtour?«

»Fast immer. Nur wenn einer der anderen Fahrer mal ausfällt, springt er ein.«

Sie nickte. »Sie fahren die nördlichen Routen?«

Franz Kuchenbauer streckte seine hagere Figur. »Unser Unternehmen Sattler & Sohn gibt es schon in der dritten Generation. Wir bieten unseren Kunden das ganze Portfolio. Europa und zurück. Außerdem sind wir stark im Überseehandel. Wir kooperieren mit allen führenden Speditionen weltweit. Unser Ruf ist untadelig.«

Aus der Nähe betrachtet, machte das Büro mit den vier Schreibtischen einen noch desolateren Eindruck.

Kuchenbauer hatte ihren Blick bemerkt. »Eine Kollegin ist krank, die anderen beiden sind in der Mittagspause. Ich bin sozusagen die Stallwache. Zum Glück ist gerade nicht viel los.«

Während er sprach, hatte er sich an seinen PC gesetzt und durch einige Anwendungen geklickt, die Jasmin Köllges von ihrem Standort aus nicht einsehen konnte.

Kuchenbauer runzelte die Stirn, drückte dann den Zigarettenrest in einem schmuddeligen Aschenbecher aus und deutete auf den Stuhl ihm gegenüber. »Nehmen Sie doch Platz, bitte. Kaffee?«

Jasmin Köllges setzte sich und schüttelte den Kopf.

Kuchenbauer lächelte. »Kann ich Ihnen auch nicht empfehlen, ist hammerstark und kohlschwarz. Das haut den stärksten Trucker um.«

»Sind Sie ausgebucht?« Der Satz war kaum über ihre Lippen, da wusste sie schon, dass sie einen Fehler gemacht hatte.

»Nö, ich hab noch nix vor heute Abend.« Kuchenbauer räusperte sich, als er den Blick der Polizistin bemerkte. Mit der Frau war nicht gut Kirschen essen, das war mal klar. Er versuchte ein überlegenes Lächeln. »Nein, im Ernst. Ich, das heißt wir haben volle Auftragsbücher. Keine Spur von Konjunktureinbruch. Das liegt an unseren guten Beziehungen. Wir fahren immer und überallhin. Toi, toi, toi.« Kuchenbauer klopfte dreimal auf die Tischplatte. »Man weiß ja nie, was nächstes Jahr ist. Jetzt sind alle Lastzüge auf der Straße und verdienen Geld.«

»Was fahren Sie?«

»Alles. Vom Scheißhaus bis zur Rakete.« Er schlug demonstrativ die Hand vor den Mund. »Oh, Verzeihung.«

Jasmin Köllges winkte ab. »Können Sie das ein bisschen präzisieren?«

Kuchenbauer lächelte verbindlich: »Wir haben für alle Waren das richtige Transportmittel. Wenn Sie Lachs aus Schottland haben wollen, kein Problem. Unsere Kühllaster sind alle zertifiziert. Baumwolle aus der Türkei? Auch gut. Wir haben Fahrer, die sprechen perfekt Türkisch. Oder wollen Sie Transformatoren nach Rotterdam bringen? Wir haben den passenden Schwertransporter für Sie. Wir erledigen auch alle Formalitäten, kein Problem.«

»Das klingt nach einem florierenden Unternehmen.«

Kuchenbauer verzog das Gesicht, als habe er gerade in eine Zitrone gebissen. »Wir arbeiten hart an der Grenze. Die Margen sind nicht mehr so üppig wie früher. Aber so ist der Markt. Wir haben uns schon immer behauptet. Wie gesagt, alle Züge sind auf der Straße. Und das allein zählt. Die Konkurrenz schläft nicht.«

Kuchenbauer hatte sich auf seinem Stuhl zurückgelehnt und die Hände über seinen nicht existierenden Bauch gelegt. Die Geste sollte wohl Souveränität signalisieren.

»Sie transportieren also alles?« Jasmin Köllges beugte sich vor und fixierte Kuchenbauer aus schmalen Augen. »Auch Menschen?«

Franz Kuchenbauer schwieg einen Augenblick verdutzt, dann lachte er auf, als habe er erst jetzt den Witz verstanden. »Menschen? Nee, für diese Fracht sind wir ausnahmsweise nicht zuständig. Wir sind ja kein Busunternehmen.« Das Lachen war mit einem Schlag aus seinem Gesicht verschwunden. »Warum fragen Sie?«

Wenn ich dir das erzähle, bricht dein Magengeschwür wieder auf, dachte Jasmin Köllges. »Sie haben Kontakte nach Rumänien?«

Sie konnte sehen,wie es in Kuchenbauer arbeitete.

»Wie meinen Sie das?«

»Wie ich es gesagt habe.«

»Rumänien, sagten Sie? Ja, klar.« Er suchte auf dem Schreibtisch nach seinen Zigaretten. »Seit vielen Jahren haben wir Kontakte da rüber. Da waren das alles noch stramme Sozialisten. Lang, lang ist's her.«

Kuchenbauer hatte gefunden, wonach er suchte, und begann sich eine Zigarette zu drehen. Bedächtig stopfte er den Tabak in das dünne Papier. Schließlich zündete er sich die Zigarette an und pflückte einen Krümel Tabak von seinen spröden Lippen. »Gehört ja jetzt zur EU. Ein schreckliches Land. Schlechte Straßen, die Kaufleute alles Verbrecher. Es ist nicht einfach. Aber ein Land mit Potenzial.« Kuchenbauer nickte selbstvergessen.

»Nehmen Sie von dort schon mal jemanden mit? Der einen ihrer Lkws sozusagen als billiges Taxi benutzt?« Sie wollte möglichst schnell raus aus dieser Räucherkammer.

Kuchenbauer schnellte mit einer Geschwindigkeit vor, die die Kommissarin zurückzucken ließ.

»Sind Sie wahnsinnig? Wollen Sie damit andeuten, dass wir Illegale einschmuggeln? Aus Nicht-EU-Staaten, die Rumänien als Transitweg nutzen?«

»Ich will gar nichts andeuten, Herr Kuchenbauer. Ich habe nur eine einfache Frage gestellt. Nehmen Sie Menschen aus Nicht-EU-Ländern mit nach Deutschland?«

Franz Kuchenbauer merkte, dass er auf dem besten Weg war, sich verdächtig zu machen. Er versuchte ein Lächeln. »Nein, Frau Kommissarin, wir halten uns an die Vorschriften. Sonst wären wir ruck, zuck weg vom Fenster. Wir sind sauber.« Er unterstrich seine Unschuld mit ausgebreiteten Armen.

»Ich möchte mit jedem Ihrer Fahrer sprechen. Und ich möchte Ihre Dispositionen sehen. Wie viele Lastzüge unterhalten Sie?«

Franz Kuchenbauer straffte die Schultern. »Seien Sie mir bitte nicht böse, gnädige Frau, aber überschreiten Sie jetzt nicht Ihre Befugnisse? Mir scheint, dass Sie vergessen, dass Sie ohne richterlichen Beschluss nicht davon ausgehen können, dass ich Ihnen Einblick in unsere Firma geben werde. Das werden Sie sicher verstehen.« Er grinste.

Jasmin Köllges wusste, dass sie auf dem besten Weg war, sich lächerlich zu machen. Sie versuchte es trotzdem. »Ich habe mittlerweile ganz stark das Gefühl, dass Sie etwas zu verbergen haben. Oder warum reagieren Sie so gereizt?«

Er stieß seine Computermaus an und begann erneut, sich durch irgendwelche Anwendungen zu klicken, als wäre die Kommissarin Luft für ihn.

Jasmin Köllges wurde wütend. »Schleuserbanden bringen jede Woche junge Frauen her, die dann in Puffs oder Klubs ihre angeblichen Schulden abbumsen müssen.«

»Das mag es geben, aber nicht mit unserer Hilfe.« Kuchenbauer blieb ruhig und sah Jasmin Köllges direkt in die Augen. »War's das? Ich muss arbeiten. Die Räder müssen rollen, sonst gibt's morgen bei Aldi und Lidl keine frischen Joghurts.«

»Und?« Frank sah seine Kollegin interessiert an.

»Sattler & Söhne sind nicht sauber. Das spüre ich.«

Frank nickte. »Und die anderen Speditionen?«

Jasmin Köllges räusperte sich verlegen. »Na ja, ich glaube tatsächlich, dass ich schon bei der ersten Adresse fündig geworden bin. Glück muss man haben.«

»Und jetzt?«

»Wir müssen eben sämtliche Unterlagen beschlagnahmen und nach Ungereimtheiten suchen. Ich bin sicher, dass wir etwas finden. Da gibt es diesen Fahrer, Heimes. Der weiß sicher etwas. Den müsste man als Erstes knacken. Der packt bestimmt aus.«

Frank lächelte. Er musste jetzt aufpassen, dass er nicht wie ein alter Besserwisser daherkam. »Und wie sollen wir den Beschluss bei Carolina begründen?«

»Gefahr im Verzug?«

Frank verzog die Mundwinkel. »Inwiefern?«

Sie zuckte mit den Schultern und ärgerte sich. Sie kam sich vor wie ein dummes Huhn. »Eigentlich habe ich mir das ja schon gedacht. Aber ich bleibe dran.«

Frank nickte. »Das ist die richtige Einstellung.«

»Er hat besonders heftig reagiert, als ich von Prostituierten gesprochen habe.«

»Wer weiß, vielleicht ist Sattler & Söhne ja eine Art Drehscheibe für den Niederrhein.«

»Du könntest mich ruhig ernst nehmen, Kollege Borsch.«

Frank musste schmunzeln. »Ich habe das durchaus ernst gemeint. Ich find's klasse, dass du dich so reinhängst.«

Jasmin Köllges stand auf. »Verarschen kann ich mich allein.«

»Hey. Das war doch nicht so gemeint. Du solltest mal die Kollegen von der OK informieren.« Dass die meisten Frauen mit Visa, wenn auch zweifelhafter Herkunft, ganz legal einreisten, sagte er Jasmin lieber nicht.

»Du hältst mich für ziemlich naiv, stimmt's?«

Frank zögerte. »Die Beweis- oder Indizienlage ist einfach dermaßen dünn, dass wir so nicht weiterkommen.«

»Und wie dann?« Jasmin Köllges wollte auf jeden Fall an der Sache mitarbeiten. Schließlich stand am Ende die mögliche Abordnung oder sogar Versetzung ins KK 11.

»Das Transportgewerbe«, begann Frank ungewollt zu dozieren, »ist eine geschlossene Gesellschaft mit eigenen Regeln und Moralvorstellungen. Da reinzukommen ist fast unmöglich. Die kennen sich alle und helfen sich gegenseitig, Streit oder Probleme werden untereinander ausgetragen. Da haben wir kaum eine Chance. Es sei denn, man schleust jemanden ein.«

Jasmin Köllges war sofort Feuer und Flamme. »Du meinst einen VE?«

Frank nickte.

Jasmin hatte das Bild schon vor Augen: ein Polizeibeamter als Trucker, der die Szene aufmischt.

»Ich glaube nicht, dass das LKA einen verdeckten Ermittler für so eine Sache ›verbrennt‹. Die Kollegen müssten sich da schon sicher sein, dass sich das wirklich lohnt.«

Sie war trotzdem Feuer und Flamme. »Und was ist mit einer Vertrauensperson?«

»Eine VP? Das müssen auch die Kollegen von der OK einschätzen. Ich kann mir nicht vorstellen, dass sie im Milieu eine Vertrauensperson sitzen haben. Aber man weiß nie. Frag Heithausen.«

»Kannst du das nicht für mich machen? Denen bin ich bestimmt zu grün.« Jasmin Köllges hatte keine Lust, auch von den Kollegen des KK 13 nicht ernst genommen zu werden.

Frank nickte gönnerhaft. »Mach ich gerne.«

Während Jasmin Köllges bei Frank Borsch saß, trank Carolina Guttat in ihrem Büro eine Tasse Tee. Sie hatte ihre Spezialmischung extra lange ziehen lassen, trotzdem zeigte sie diesmal keine beruhigende Wirkung. Immer wieder war sie von ihrem Platz aufgestanden und zum Fenster gegangen. Aber auch der Blick auf das sandfarbene wilhelminische Landgerichtsgebäude gegenüber konnte sie nicht ablenken.

Sie war der Mappe mit den Fotos von Elvira Theissen lange ausgewichen und hatte trotzdem die ganze Zeit gewusst, dass sie sie noch einmal sehen musste. Die Augen der Toten.

Ihre Hand, in der sie die Teetasse hielt, zitterte leicht. So konnte es nicht weitergehen. Entschlossen setzte sie die Tasse ab und griff nach der sperrigen Mappe. Fotos von Toten machten ihr in aller Regel nichts aus. Sie versuchte in ihnen nur das Produkt einer Tat zu sehen. Natürlich waren die Toten oft schrecklich zugerichtet, aber sie wollte den Begriff Opfer nicht zulassen. Er enthielt zu viel menschliches Schicksal, das sie an den Rand des Erträglichen bringen würde.

Mit dieser Haltung war sie bisher den Dämonen entkommen, die in ihr hockten und auf ihre Gelegenheit warteten. Bei Elvira klemmte ihr Selbstschutzmechanismus irgendwie.

Vorsichtig schlug sie die Aktendeckel auf.

Vom Gesicht der mongoloiden Frau war wenig geblieben. Nur die Augen: groß, grau, mandelförmig.

Carolina Guttat klappte den Aktendeckel wieder zu. Die übrigen Fotos ersparte sie sich. Die Augen genügten.

Die Bilder waren wieder da: dieses fragende Gesicht, das plötzlich aus dem Schatten der schwachen Lampe auftauchte, das scheue Lächeln, das unerwartete Zusammentreffen auf dem modrig riechenden Gang, das verlegene Sich-aneinander-vorbei-Drücken, als gäbe es diese Begegnung gar nicht, und dann doch der vorsichtige und neugierige Blick zurück.

Sie hatte nie nach dem Namen des Mädchens gefragt, niemandem von ihr erzählt. Es war so, als gäbe es dieses Kind nicht. Obwohl sie sich sicher war, dass das Mädchen im selben Haus wohnte, hatte sie immer gespürt, dass es in einer der Wohnungen einen blinden Fleck gab. Von dem sie außerdem wusste, dass man nicht darüber sprechen durfte.

Es waren die Augen, die sich tiefer in ihr Gedächtnis eingeprägt hatten, als sie dies für möglich gehalten hätte. Das gleiche runde Gesicht, graue Augen, der gleiche kindlich schüchterne, fragende Blick.

Die Augen der toten Elvira Theissen hatten sie deshalb so hart getroffen. Seither waren die Erinnerungen an ihre Kinderzeit, an den muffigen und düsteren Keller, in den sie oft geschickt worden war, um Kartoffeln zu holen, wieder präsent. Sie fühlte sich wieder wie die kleine Carolina, die sich vor dem Keller fürchtete.

Dazu kam jetzt das Gefühl, etwas gutmachen zu müssen an diesem zerbrechlichen Wesen aus der Vergangenheit, das ihr in der Gestalt von Elvira Theissen auf so unerwartete und grausame Weise wiederbegegnet zu sein schien.

Die Staatsanwältin strich sich durchs Haar. Sie fühlte sich hilflos, ein Zustand, der ihr völlig unbekannt war und der ihr Angst machte. Mit Alex hatte sie über ihre Albträume bisher nicht gesprochen. Er hätte sie wohl mit ein paar lockeren Sprüchen vom Tisch gewischt, aber das hätte ihr sicher nicht geholfen.

Carolina Guttat seufzte. Sie mussten endlich handeln, bevor

die wenigen Spuren sich ganz verloren. Doch wo sollten sie ansetzen? Die Staatsanwältin stand auf und nahm ihre Tasse mit zum Fenster. Sie kippte den Rest Tee in einen der beiden Töpfe mit dem üppig wuchernden Bogenhanf.

Unten auf dem Bürgersteig ging der Vorsitzende der Jugend- und der Schwurgerichtskammer vorbei. Sie hob die Hand, aber Lothar Beckers sah sie nicht.

Entschlossen kehrte sie vom Fenster an ihren Schreibtisch zurück und wählte Frank Borschs Nummer.

»Carolina.« Frank hatte schlagartig ein schlechtes Gewissen. Er hätte ihr schon längst den aktuellen Stand berichten müssen. »Nein, nichts Neues. – So ist es. – Leider.« Frank schilderte ihr kurz Köllges' »Ermittlungsergebnisse«. Carolina teilte seine Einschätzung, dass eine Überprüfung der Speditionen wenig Erfolgschancen hätte.

»Radermacher?« Franks Blick verdunkelte sich. »Das sehe ich genauso. Wir werden offiziell nach ihm fahnden. Theveßen soll eine Pressemitteilung fertigmachen. – Was? Natürlich wird das die Presse aufscheuchen. Richtig, sie werden uns vorwerfen, nichts zu tun. Aber das wird er denen schon verklickern.«

Nach dem Gespräch rief Frank gleich Theveßen an. »Warum wir nach ihm fahnden? Das muss die Presse nicht unbedingt wissen. Es reicht doch, dass wir ihn suchen.« Frank ärgerte sich. Theveßen musste wissen, dass die Ermittlungen sich in einem sensiblen Stadium befanden. Da musste man doch nicht mit Details hausieren gehen. »Natürlich weiß ich, wie die Presse arbeitet, Willy. Dann lass dir etwas einfallen. Du machst das schon.« Frank legte auf und fuhr seinen Rechner hoch.

Nach gut einer Stunde sah er auf die Uhr. Ecki war noch immer überfällig. Dabei hatte er sich »nur mal eben« mit Marion treffen wollen, um nebenan im größten Möbelhaus der Stadt nach einer neuen Esszimmereinrichtung zu gucken.

Ein neues Esszimmer! Frank seufzte. Ihm fiel ein, dass Lisa

auf seinen Anruf wartete. Wegen ihrer Stühle, eines neuen Tischs, eines Schranks, und was ihr sonst noch bei ihren Besuchen in Jennes' Lager begegnet war.

Frank wählte ihre Handynummer.

»Lisa? Du bist so schlecht zu verstehen. Wo bist du? Bei Jennes im Bunker?« Frank sprach lauter. »Ich kann hier nicht weg. Lass uns nachher –«

Bevor Frank das Gespräch beenden konnte, brach die Verbindung ab. Langsam gingen ihm Lisas Besuche bei dem smarten Trödelhändler auf den Wecker. Was sie bloß an diesem Typen fand. Er hatte Jennes erst ein Mal gesehen, aber der Eindruck hatte gereicht. Zumal er genug von Lisa hörte über diesen »äußerst charmanten und gebildeten Mann«.

Frank wollte sich gerade im Büro nebenan einen frischen Kaffee holen, als die Tür aufging und Susanne Gruyters hereinkam.

Die blonde Sachbearbeiterin war die »Vorzimmerdame« des Polizeipräsidenten. Susanne Gruyters besaß die Statur einer Walküre. Wenn sie auftrat, hatte die Xantenerin durchaus etwas von einer Schlacht- oder Schildjungfer, zumal sie meist einen Stapel Akten wie einen Panzer vor ihre Brust gepresst hielt.

»Oh, guten Tag. Was kann ich für Sie tun? Ich war gerade auf dem Weg, mir einen Kaffee zu holen, möchten Sie auch einen?« Wenn die Sekretärin des Alten aufkreuzte, hatte das meist wenig Gutes zu bedeuten.

»Gerne«, flötete Susanne Gruyters ungewohnt freundlich. Sie sah sich suchend um. »Ich war gerade in der Nähe, und da dachte ich, ich könnte mal eben vorbeischauen.«

Dabei war Susanne Gruyters nie nur »gerade in der Nähe«.

»Ich – warten Sie –, hier sieht es furchtbar aus. Die ganze Arbeit, wissen Sie.« Frank merkte, wie er rot wurde. Jetzt benahm er sich schon wie ein ertappter Schuljunge, dabei hatte er nichts verbrochen. Jedenfalls nichts, was Gruyters oder den PP betraf. Zumindest fiel ihm nichts ein.

»Nur keine Umstände.« Susanne Gruyters hob einen Aktenstapel von einem der Stühle und platzierte ihn mit einer schwungvollen Bewegung auf Franks Schreibtisch.

»Ähm, ich bin dann mal weg. Ich meine, ich hol uns mal Kaffee.«

Ohne weiter auf den sichtlich irritierten Fahnder zu achten, setzte Susanne Gruyters sich und schlug die Beine übereinander. Interessiert betrachtete sie das Poster.

»Falls Sie wegen des CD-Players kommen«, Frank balancierte zwei Kaffeebecher durch die Tür, »Laumen wird das nie kapieren. Der CD-Player bleibt natürlich im Dienstwagen.«

Susanne Gruyters beobachtete amüsiert Franks Bemühungen, die vollen Becher ohne Verluste bis zum Schreibtisch zu tragen. »Wer spricht von Laumen? Das Bild ist übrigens sehr schön.« Sie deutete auf die verschränkten Finger. »Endlich mal was anderes als immer nur die langweilige Sammlung von Polizeiabzeichen oder Wappentellern. Oder die hässlichen Kalender.« Sie sah zum Fenster. »Ihre Pflanzen könnten einen Tropfen Wasser vertragen.«

Frank setzte sich und konnte im letzten Augenblick verhindern, dass er Susanne Gruyters zuprostete.

»Es wird wärmer, nicht?« Frank räusperte sich. Was wollte dieses personifizierte Bollwerk der obersten Verwaltungsspitze nur von ihm?

»Sie arbeiten doch an diesem Fall, bei dem es um diese behinderte junge Frau geht.« Susanne Gruyters sah ihn über den Rand des Bechers aufmerksam an.

»Jaaa?« Frank war gespannt.

»In meiner Nachbarschaft gibt es eine Wohngruppe, in der leben Behinderte wie in einer großen Familie.«

Frank nickte. »Schön.«

»Das sagen Sie. Es hat massive Proteste gehagelt, als die Wohngruppe vor fünf Jahren eröffnet wurde. Sie glauben ja nicht, was da für Sprüche kamen. Der Wert der Grundstücke sei gesunken, die Behindis würden die Nachbarn ansabbern.

Die Mongos seien keine Menschen, sie würden nur lästig sein.« Susanne Gruyters holte tief Luft. »Das waren noch die harmlosen Sprüche. Ich habe mich so geschämt für meine Nachbarn und sogar daran gedacht wegzuziehen.«

»Menschen können mitunter grausam sein.«

Susanne Gruyters nickte und stellte den Kaffeebecher auf den Schreibtisch. »Behinderte sind viel offener und herzlicher. Sie reagieren sofort. Das macht es manchmal etwas unbequem und überraschend, aber das hat seinen Reiz. Ich freue mich immer, wenn ich meinen behinderten Nachbarn begegne. Mittlerweile nehme ich ihre Beeinträchtigungen gar nicht mehr wahr.«

»Ich empfinde ganz genauso. Ecki und die anderen natürlich auch.« Frank lächelte die Sekretärin an.

»Ich habe mir gedacht, vielleicht hat jemand Hass auf Behinderte und bringt sie deshalb um. Weil er es nicht ertragen kann, dass sie so sind, wie sie sind. Es muss jemand sein, der sich ihnen überlegen fühlt, in Wirklichkeit aber ein ganz kaputtes Selbstwertgefühl hat.«

»Daran haben wir auch schon gedacht, liebe Frau Gruyters.«

»Dann kann ich ja wieder gehen.« Die Sekretärin wollte schon aufstehen.

»Bitte, Sie haben das vielleicht missverstanden, Frau Gruyters. Ich habe nur gemeint, dass ich Ihre Theorie nachvollziehen kann. Wir sind dankbar für jeden, der mitdenkt. Die Sache ist ziemlich verfahren.«

»Ihre Fälle sind ja immer verfahren.«

Susanne Gruyters klang pikiert, aber sie blieb sitzen.

»Das ist wohl so, ja.« Frank machte eine ergebene Handbewegung. Wo Ecki nur blieb? Er würde den richtigen Ton finden.

»Ich werde das noch mal in der MK ansprechen.«

Susanne Gruyters nickte und nippte an dem Kaffee. »Scheußliches Zeug.«

Frank nickte. »Hält aber zumindest wach. Wie gehen Ihre Nachbarn denn heute mit der Wohngruppe um?«

»Die meisten haben sich an die Behinderten gewöhnt. Ich meine, unsere – ich sag jetzt mal ›unsere‹ – Behinderten fallen ja auch nicht weiter auf. Die meisten gehen in einer der Werkstätten in der Region arbeiten. Man sieht sie kaum auf der Straße, sie werden von Bussen abgeholt und gebracht. Nur ein paar sind öfter in der Stadt unterwegs.«

»Und wie gehen die Behinderten mit ihren Nachbarn um?«

Susanne Gruyters sah Frank erstaunt an. »Über diese Frage habe ich noch nicht nachgedacht. Ich denke, ganz«, sie zögerte, »ja, ganz normal. Sie lachen mich an, wenn sie mich sehen. Manche wollen mich auf der Straße in den Arm nehmen. Bei den ersten Malen musste ich schon die Luft anhalten, aber heute macht mir das nichts mehr aus. Im Gegenteil, im Sommer lade ich schon mal einige von ihnen zum Kaffee ein. Sie rufen schon Wochen vorher an: Susanne, wann können wir wieder kommen?« Susanne Gruyters musste lachen. »Sie sind so herzerfrischend.«

»Und genau das macht sie so verletzlich, wenn sie auf jemanden stoßen, der ihnen Böses will.«

Susanne Gruyters stand auf. »Bitte, finden Sie den Mörder der jungen Frau.«

Die Sekretärin drückte die beiden dünnen Akten, die sie bei sich hatte, fest an ihre Brust.

Frank war fast ein wenig gerührt.

»Wir werden den Fall klären.« Frank wusste keine andere Antwort.

Bevor Susanne Gruyters das Büro verließ, drehte sie sich noch einmal um.

»Und was den CD-Player betrifft: Sie wissen, dass Laumen recht hat, oder?«

Frank hob unsicher die Hände.

»Vorschriften sind dazu da, eingehalten zu werden. Das gilt auch und vor allem für das KK 11.«

Frank blickte ihr nach. Hatte er da ein winziges Lächeln um ihre Mundwinkel gesehen?

Ecki konnte er wohl für den Rest des Tages abschreiben. Dann würde er den Aktenberg eben alleine durchwühlen.

Frank angelte nach dem Bericht der Spurensicherung. Er hatte die Seiten schon x-mal durchgearbeitet, aber er war nirgendwo hängen geblieben. Die Spurenlage war völlig eindeutig.

Der Täter musste jemand sein, der sich mit Biologie auskannte. Es sei denn, er hatte nur aus bloßer Lust am Quälen die Raupen über Elvira Theissen ausgeschüttet.

Nein. Frank schüttelte unwillkürlich den Kopf. Es musste jemand sein, der einen gewissen Bildungsgrad hat. Frank dachte an die sauber abgetrennten Finger. Ein Mediziner möglicherweise, ein Akademiker. Jemand, der überlegt und planvoll vorgeht. Kein spontaner Täter. Es musste jemand sein, der ihm etwas mitteilen wollte. Dass er gemeint war, daran zweifelte er nicht mehr. Sonst hätten sie die Mundharmonikas nicht gefunden. Es war wie eine Art Spiel. Aber Frank kannte weder seinen Mitspieler noch die Spielregeln. Es gab einen Zusammenhang, aber er konnte ihn nicht sehen. Noch nicht.

Frank schreckte auf, als sein Handy klingelte. Das würde Ecki sein. Ohne auf das Display zu sehen, nahm er das Gespräch an.

Es war Jasmin Köllges.

»Was gibt's?« Frank hatte wenig Lust, mit der jungen Kommissarin noch einmal das Thema Speditionen durchzukauen. Aber ihre Idee machte ihn hellhörig. Warum waren sie nicht schon längst darauf gekommen?

»Ich kann dir keinen offiziellen Auftrag geben, Jasmin. Du gehörst nicht zur MK, verstehst du? Aber du kannst dich in deiner Freizeit natürlich umsehen. Nur immer schön im Rahmen bleiben.«

Jasmin Köllges sagte ihm zu, keine Alleingänge zu starten. Als Berufsanfänger, der Karriere machen will, hätte er es nicht anders gemacht. Er konnte nur hoffen, dass Jasmin ihre Grenzen kannte. Er hatte schon genug Ärger. Da konnte er nicht auch noch Eskapaden von ehrgeizigen Nachwuchsbeamten gebrauchen.

»Wie weit seid ihr?« Frank sah Ecki an.

Ecki deutete auf die offenen Schränke und ausgeräumten Bücherregale. »Wir sind gleich so weit.«

»Ist was dabei?« Frank trat in das Wohnzimmer des Sozialarbeiters und sah einer Kollegin zu, die Zeitschriften und Bücher in Kartons packte.

Ecki zuckte mit den Schultern. »Wir haben gebrannte CDs und DVDs gefunden. Jede Menge Schriftkram, Aufzeichnungen und handschriftliche Notizen. Wir werden sehen.«

»Nehmt auch den Rechner mit.«

»Es gibt keinen, Radermacher hat seinen Laptop mitgenommen.«

Frank sah sich in der Wohnung um. Ein paar alte Möbel, IKEA-Regale, eine schmale Küche, ein großer Schreibtisch im Wohnzimmer, das ansonsten dominiert wurde von zwei großen schwarzen Boxen und einer teuren Hi-Fi-Anlage. Die Regale waren vollgepackt mit CDs, Büchern und Ordnern. Frank trat an eines der Regale und las die Buchtitel. Das meiste waren Sachbücher. Er nahm eines der Bücher in die Hand: *Die Psychologie sexueller Leidenschaft.* Er blätterte durch die Seiten und stellte es an seinen Platz zurück. Das Buch gehörte nicht unbedingt zur typischen Fachliteratur eines Sozialarbeiters, eher zu jemandem, der auf der Suche nach sich selbst war.

Frank fiel auf, dass die grauen Ordner alle nach dem gleichen Muster beschriftet waren. Er zog einen Ordner heraus. In ihm waren Artikel aus Fachblättern abgeheftet, viele Seiten mit handschriftlichen Bemerkungen versehen, ganze Textteile akkurat unterstrichen. Radermacher schien großen Wert auf Ordnung zu legen.

»Verstehst du was von dem Zeug?« Ecki war Frank gefolgt und nahm ebenfalls einen Ordner aus dem Regal.

Frank blätterte in dem Ordner. »Unvollkommene Gerechtigkeit, oder hier: Das Unvollkommene und das Neue. Das Scheitern in der Kunst. Die Ästhetik des Kaputten.« Frank schüttelte den Kopf. »Darum sollen sich mal unsere Spezialisten kümmern.« Frank wandte sich an eine Kollegin in Uniform, die gerade mit einem leeren Karton den Raum betrat, und deutete auf das Regal. »Das Zeug kommt auch mit.«

Die Polizeikommissarin hob die Augenbrauen, als sie die Menge der Ordner sah. »Alles?«

Frank reichte ihr seinen Ordner. »Alles.«

Ecki grinste die Kollegin an. »Ich helfe gerne tragen.«

»Nee, nee. Geht schon. Wir sind fürs Grobe da, und ihr tragt die Verantwortung.«

»Ich habe bisher gedacht, Sozialarbeiter sind eher Typen mit einem gewissen Hang zur Unordnung. Wenn ich mich hier umsehe, habe ich eher das Gefühl, mich in einer keimfreien Zone zu bewegen. Unglaublich, hier gibt es ja noch nicht mal Wollmäuse unterm Bett. Das kann doch nicht gesund sein.«

Der frisch ernannte Leiter der KTU stand in der Tür und musterte interessiert die Rückenansicht der jungen Beamtin, die in gebückter Haltung Ordner für Ordner vom untersten Regalboden nahm.

»Dein ästhetisches Empfinden passt exakt zu Radermachers Themen.« Ecki deutete auf das Regal. »Du hast schon lange nicht mehr so geschwollen dahergeredet, Linder.«

Torsten Linder zuckte mit den Schultern und deutete in die Runde. »Wenn du dreifacher Familienvater wärst, dann würde dir so eine sterile Umgebung auch fremd vorkommen.«

Die junge Beamtin richtete sich auf. »Die Wohnung gehört doch einem Sozialarbeiter, oder?«

Frank und Ecki nickten.

»Also, wenn ich den ganzen Tag mit Behinderten zu tun hätte, ständig Stress und Chaos um mich rum hätte, dann wäre ich froh, wenn ich abends in meine Wohnung zurück könnte, in der es kein Chaos gibt. Ich kann total verstehen, dass es hier so aussieht.« Die dunkelhaarige Beamtin blies sich eine Haarsträhne aus dem Gesicht.

»Behinderte sind also Chaoten?« Frank runzelte die Stirn.

»Das ... das habe ich so nicht gesagt.« Sie stotterte. »Ich habe nichts gegen Behinderte, ehrlich. In meiner Verwandtschaft hatten, nein, haben wir auch zwei Behinderte, also körperlich Behinderte. Die müssen intensiv gepflegt werden. Also.«

»Sie brauchen sich nicht zu rechtfertigen.« Ecki sah, wie peinlich der jungen Frau Franks Frage war.

»Also, ich bring dann mal den Karton raus.«

Horst ist lieb. Horst ist mein Freund. Horst macht Musik. Ich mache auch Musik. Hörst du? Meine Mundharmonika ist mein Schatz. Ich bin traurig. Wo ist Mama? Mama muss mir helfen. Ich will den Gürtel nicht. Er tut weh. Ich will kein Schmetterling sein. Schmetterlinge tun weh. Sie haben so schöne Farben. Sie sind Musik. Sie schweben. Ich kann auch schweben. Wo ist meine Mama? Mama ist im Himmel. Wie sieht der Himmel aus? Was ist hinter den Wolken? Schmetterlinge können in den Wolken fliegen. Mama hat einen Schmetterling gemalt. Er ist schön. Aber er ist weggeflogen. Eine Mundharmonika kann Töne fliegen lassen. Töne sind auch Schmetterlinge. Sagt Horst. Der Gürtel ist so eng. Ich will Schmetterlinge fliegen lassen.

»Frau Kemmerling, warum haben Sie uns nicht gesagt, dass Sie ein Verhältnis mit Herrn Radermacher haben?« Ecki hatte sein ledernes Notizbuch aufgeschlagen.

Barbara Kemmerling hatte ihre Halskette in die Hand genommen und drehte aufgeregt die Perlen, Holzwürfel und bunten Glasstückchen hin und her. Sie sah Ecki an, sagte aber nichts.

»Frau Kemmerling, Sie verkennen die Situation. Sie sollten kooperieren. Wir gehen davon aus, dass Volker Radermacher auf der Flucht ist. Wenn das so ist, decken Sie einen Tatverdächtigen.« Frank sprach leise, aber bestimmt.

Die Vorsitzende des Vereins Schmetterling e. V. schien ihn nicht zu hören.

Ecki seufzte, aber sein Ton wurde schärfer. »Warum haben Sie uns nichts von Ihrem Verhältnis gesagt?«

»Ich habe kein Verhältnis, wie Sie es nennen.« Barbara Kemmerling stand abrupt auf, blieb aber stehen, als habe sie vergessen, wohin sie hatte gehen wollen.

»Sondern?«

»Volker und ich, wir lieben uns.«

»Warum haben Sie dann bei unserer ersten Begegnung so getan, als sei er nur einer Ihrer Angestellten?«

»Sie haben mich ja nicht danach gefragt.«

Frank schaltete sich ein. »Ich kann Ihnen nachfühlen, dass Sie Ihren Freund schützen wollen.«

Barbara Kemmerling setzte sich wieder und fuhr sich mit beiden Händen durch ihre rostroten Haare. »Was wissen Sie schon von unserer Liebe?«

»Dann erzählen Sie uns davon.«

»Warum sollte ich? Sie würden es sowieso nicht verstehen, Herr Borsch.«

Ecki ging das Gehabe der Frau auf die Nerven. »Wir können auch auf Ihre Angaben verzichten.«

Sie sah ihn unsicher an. »Was wollen Sie damit sagen?«

»Wir haben einen interessanten Mailverkehr gefunden, fein säuberlich auf einer CD archiviert.«

»Ich verstehe nicht.«

»Wenn Sie wollen, kann ich Ihnen gerne eine Kostprobe geben.« Ecki schlug einen dünnen Hefter auf. »Ich liege hier am Strand, der Wind streicht sanft über meine Haut und den dünnen Stoff meines Kleides, ich rieche das Salz des Meeres. Könntest du jetzt bei mir sein. Ich …«

»Hören Sie auf!« Barbara Kemmerling umklammerte die Lehnen ihres Bürostuhls. »Woher haben Sie das?«

»Wie gesagt: Wir haben eine CD gefunden.«

Sie schloss für einen Augenblick die Augen und presste ihre Lippen zusammen.

»Frau Kemmerling«, Franks Stimme war eindringlich, »es geht uns nicht um Ihre Gefühle für Volker Radermacher. Wir müssen ihn finden, weil wir Fragen an ihn haben.«

Ihre Stimme bebte. »Volker ist der liebste Mensch, den man sich vorstellen kann. Er hat niemanden umgebracht.«

»Wie lange kennen Sie ihn schon?«

»Seit einigen Jahren, warum?« Ihre Antwort kam stockend. Ihr Blick wanderte unruhig hin und her, glitt über die Bilder an der Wand und blieb an dem bunt lackierten Stuhl hängen. »Ich habe Volker eingestellt.«

»Seit wann sind Sie ein, äh, Paar?« Ecki sah von seinen Notizen auf.

»Seit einem Jahr.« Ihre verkrampfte Haltung löste sich.

»Wo ist er jetzt?«

»Das weiß ich nicht.« Sie klang verzweifelt. »Wie oft soll ich Ihnen das denn noch sagen?«

»Er muss Ihnen doch gesagt haben, wo er hinwill.«

»Nein. Ich frage mich selbst schon, wo er steckt. Er hat sich nicht mal verabschiedet. Er ist einfach nicht aufgetaucht, obwohl wir verabredet waren. Sein Handy ist ausgeschaltet. Ich mache mir große Sorgen, Herr Kommissar.« Sie sah Frank an.

»Kommt das vor, dass er einfach verschwindet?«

»Nein, es ist das erste Mal.«

»Sehen Sie, Frau Kemmerling«, Ecki legte seinen Stift beiseite, »Sie müssen doch zugeben, dass er sich damit verdächtig macht. Wenn er nichts zu verbergen hätte, würde er wohl nicht einfach so von der Bildfläche verschwinden.«

Barbara Kemmerling begann erneut, die Kette in ihrer Hand zu drehen. »Wir haben gestritten. Vor ein paar Tagen.«

»Was war der Grund?« Frank war davon überzeugt, dass Barbara Kemmerling ihnen eine Geschichte auftischen wollte, um sie abzulenken.

»Eigentlich war der Anlass nicht der Rede wert. Volker ist den ganzen Tag mit seinen Behinderten zusammen. Er arbeitet mehr mit ihnen, als er muss. Aber das habe ich ja mittlerweile verstanden, dass ihm das wichtig ist. Es ist nur, er nimmt sich überhaupt keine Zeit mehr für private Dinge. Das ist doch nicht gesund auf die Dauer.« Sie machte einen ratlosen Eindruck.

»Was meinen Sie genau?« Frank war bereit, das Spielchen für eine Weile mitzumachen.

»Er hat da dieses Manuskript. Er investiert unglaublich viel Zeit in diese fixe Idee. Sein Beruf leidet, unsere Beziehung leidet. Das kann nicht gut gehen auf die Dauer.«

»Was meinen Sie?« Frank dachte an die Aktenordner, die kartonweise in ihrer Dienststelle gelandet waren.

»Volker will so etwas wie ein Grundlagenwerk für die Forschung schreiben. Es geht ihm um eine wissenschaftliche Aufarbeitung des Phänomens Behinderung. Er ist davon überzeugt, dass es so etwas nicht gibt und dass es unbedingt geschrieben werden muss. Worum es da geht, weiß ich nicht genau. Ich glaube, dass Volker im Augenblick über Behinderung und Kunst schreibt. Jedenfalls hat er sich Unmengen Literatur über das Thema besorgt.«

»Ist doch toll, dass Ihr Freund sich so für die Wissenschaft einsetzt.« Für Frank klang das Ganze ziemlich abstrus.

»Schon, aber die halbe Nacht hockt er über seinen Texten, und am anderen Tag geht er arbeiten. Irgendwann bricht er zusammen. Damit ist dann niemandem geholfen. Das Thema ist sicher ganz wichtig. Aber Volker wird daran zerbrechen. Dabei muss er mir nichts beweisen. Ich liebe ihn doch auch so.«

Frank hatte genug. »Um ehrlich zu sein, das klingt alles ein wenig konstruiert. Sie müssten doch froh sein, wenn die Vereinsarbeit wissenschaftlich begleitet wird. Sie müssten ihn doch eher unterstützen, statt ihm abzuraten.«

»Ich bin davon überzeugt, dass er sich mit dem Thema übernimmt, Herr Borsch. Volker ist ein exzellenter Praktiker, ich wünschte, ich hätte so viel Begabung im Umgang mit unseren Behinderten. Aber er ist kein Wissenschaftler. Er überschätzt sich.«

Frank drängte sich das Bild des manischen Wissenschaftlers auf, der für seine Forschung über Leichen geht. »Ich frage Sie noch einmal, wo ist Volker Radermacher?«

»Ich weiß es nicht!« Barbara Kemmerling kämpfte mit den Tränen.

Frank ließ sich davon nicht beeindrucken. »Volker glaubt, dass die Kunst die einzige Brücke zwischen Menschen mit und Menschen ohne Behinderung ist.« Ihre Stimme bebte. »Wie viele Künstler sind über ihre Kunst verrückt geworden?«

»Es reicht, Frau Kemmerling, ich glaube Ihnen kein Wort. Wir kommen wieder. Darauf können Sie sich verlassen.«

»Was denkst du?« Ecki lehnte an ihrem Dienstwagen.

»Ich glaub ihr kein Wort.«

»Und die Aktenordner und Fachbücher, die wir bei Radermacher gefunden haben?«

Frank schüttelte den Kopf. »Mag ja alles sein. Aber deswegen haben sie nicht gestritten, und deswegen ist Radermacher sicher nicht abgetaucht.«

»Und was machen wir nun?«

»Sie wird uns zu Radermacher führen. Ich werde eine Telefonüberwachung beantragen.«

»Dafür bekommst du keine Genehmigung. Du kennst Carolina.«

»Abwarten.«

»Wetten?«

»Gewinne ich, schuldest du mir eine CD. Ich weiß auch schon, welche: Danny Bryant's Redeyeband, *Black and White.*«

Ecki seufzte. »Okay. Kriegst du die Genehmigung nicht, freue ich mich schon auf Andrea Bergs neue CD *Zwischen Himmel und Erde.* Nee, Augenblick, lieber *Splitternackt.* Von 2006, die fehlt mir noch.«

»Genau, das fehlte mir noch.« Frank stieg in den Wagen und drückte die Playtaste. *We can work it out:* die alte Beatles-Nummer, gesungen von Chris Farlowe. Gegen dessen kraftvoll soulige Interpretation konnte selbst KHK Michael Ecki Eckers nichts haben.

»Ich hab was für dich.« Schrievers schob Frank den aktuellen Pressespiegel über den Schreibtisch zu. Er hatte sich ungefragt auf Eckis Platz gesetzt, der überraschend einen Termin beim Orthopäden hatte.

Frank warf einen flüchtigen Blick auf die erste Seite.

»Dritte Seite«, sagte der Archivar und grinste.

Frank schlug die betreffende Meldung auf.

Übergewichtiger fällt auf Polizistin

Giesenkirchen. Bei einem Gerangel mit einem stark übergewichtigen Mann hat sich eine Polizistin in Giesenkirchen das Bein gebrochen. Mehrere Beamte hatten gestern früh vor der Gaststätte Kreuels versucht, dem betrunkenen 47-Jährigen den Schlüssel seines Motorrollers zu entreißen, um ihn an der Heimfahrt zu hindern. Dabei verlor der Mann das Gleichgewicht und fiel auf das Bein der Polizistin. *lnw*

»Ja, und? Kann passieren. Künstlerpech.« Frank hütete sich, das Gewicht des Mannes zum Thema zu machen. Schrievers wartete garantiert nur auf eine entsprechende Bemerkung.

Der Archivar wollte gerade antworten, als nach einem undefinierbaren Rumpeln auf dem Flur die Tür zum Büro aufflog.

»Scheiß Krücken.« Jasmin Köllges schob sich in das Büro.

Nun wusste Frank, wer dem Dicken in Giesenkirchen im wahrsten Sinne unterlegen gewesen war.

»Was hast du denn gemacht?« Frank schob den Pressespiegel unauffällig unter einen Stapel Akten und sah seine Kollegin bedauernd an, die, ungewöhnlich genug, im Rock und auf blaue Krücken gestützt vor ihm stand.

Die Polizeioberkommissarin war außer Atem. »Hör bloß auf, Borsch, das weißt du doch längst.« Suchend sah sie sich um.

Frank sprang auf, um ihr einen Stuhl freizuräumen.

Jasmin Köllges wehrte ab und wies mit dem Kinn auf ihr bis zum Oberschenkel eingegipstes Bein. »Schon gut. Ich brauch nur einen Platz zum Anlehnen. Sitzen ist im Augenblick nicht so gut.«

Frank musste sich ein Grinsen verkneifen. »Das tut mir leid, Jasmin. Wie lange wird der Gips dranbleiben müssen?«

»Brauchst gar nicht so ein bescheuertes Gesicht zu machen und Mitleid zu heucheln.« Sie sah von Frank zu Schrievers, in dessen Gesicht es ebenfalls verdächtig zuckte. »Vier Wochen, mindestens.«

»Und was machst du dann hier?« Frank hatte sich wieder im Griff.

»Dienst.«

»Bist du nicht krankgeschrieben?«

»Ich muss doch nicht das Bett hüten, da kann ich ja auch ermitteln.«

»Du glaubst doch nicht ernsthaft, dass der PP das toleriert?« Schrievers runzelte die Stirn.

»Ich habe schon mit Frau Gruyters gesprochen. Das geht klar.«

»Und? Was willst du tun? Im Stehen Akten sortieren?« Frank warf Schrievers einen verschwörerischen Blick zu.

»Ich werde weiter im Fall Theissen ermitteln. Das hatten wir doch schon besprochen.«

»Ja, aber da hattest du noch kein gebrochenes Bein.«

Jasmin Köllges stieß eine Krücke heftig auf den Boden. »Das ist meine Idee, und ich werde sie auch umsetzen.«

Schrievers verstand kein Wort, trotzdem versuchte er zu vermitteln. »Du kennst doch den Spruch: Nur in einem gesunden Körper wohnt ein gesunder Geist. Werde erst mal gesund. Danach kannst du wieder voll einsteigen.«

»Spar dir deine Weisheiten, Schrievers«, schnaubte die junge Polizeibeamtin. »Ich zieh die Sache jetzt durch.«

Jasmin drehte sich vorsichtig um. »Ich melde mich, sobald ich was rausbekommen habe.«

Ganz schön forsch, die Kollegin, dachte Schrievers und wollte sie zurückhalten. Doch Frank winkte ab. »Lass sie. Ich rede mit dem PP.«

»Sie ist dann nicht mal versichert. Laumen macht ihr die Hölle heiß.«

»Ich kann gut auf mich selbst aufpassen.« Mit einem lauten Knall warf Jasmin Köllges die Tür hinter sich zu.

Frank horchte auf das sich langsam entfernende Klacken der Krücken und wandte sich dann achselzuckend dem Archivar zu. »Was soll ich machen?«

»Du leitest die MK. Du wirst schon wissen, was zu tun ist.«

»Jasmin will den Busbahnhof am Hauptbahnhof beobachten. Dort kommen regelmäßig Busse aus Polen an. Sie meint, dass auch über diesen Weg Illegale nach Deutschland kommen. Sie fahren aus Weißrussland oder Moldawien nach Polen und steigen dann zum Beispiel in Warschau um.«

»Und du meinst, das bringt was?« Schrievers war skeptisch.

»Es kann zumindest nicht schaden, ein Auge auf die Szene zu werfen. Und Jasmin hat ja recht, warum soll sie zu Hause vor lauter Langeweile die Muster ihrer Tapeten auswendig lernen? Du weißt, wie dünn unsere Personaldecke ist.«

»Dünn ist gar kein Ausdruck.« Schrievers fuhr sich über seinen Bauch und zog seine Strickjacke zurecht.

»Und daran wird sich so schnell nichts ändern.«

»Woran?« Schrievers sah Frank herausfordernd an.

»An der dünnen Personaldecke natürlich.«

»Ja, was solltest du denn sonst gemeint haben, Borsch. Ich meine, dein Blick war eindeutig.«

»Bist du jetzt auch auf Krawall gebürstet, oder was?«

»Ich habe nur eine einfache Frage gestellt.« Heinz-Jürgen Schrievers fixierte Frank.

»Ich habe das Gefühl, seit du etwas gegen deine Pfunde tust, wirst du immer dünnhäutiger.«

Der Archivar machte ein missmutiges Gesicht. »Ach, Frank. Das hat meine Gertrud auch schon gesagt. Ich sei längst nicht mehr ihr kleiner Dicker. Ich würde ständig rumnörgeln. Ich weiß ja auch nicht. Vielleicht fehlt meinem Körper ganz einfach die gewohnte Nervennahrung.«

»Das kann ich gut verstehen, Heini, äh, ich meine natürlich, Heinz-Jürgen.«

Schrievers winkte müde ab. »Ich weiß ja, dass ich abspecken und mich gesünder ernähren muss. Aber wenn man wenig Fortschritte sieht, wie im Augenblick, dann wächst der Frust und der Heißhunger auch.«

Gut, dass Schrievers sein »Heini« überhört zu haben schien. Unter anderen Umständen wäre der Archivar über die ungeliebte Verkürzung seines Vornamens ausgerastet. »Aber du machst doch Fortschritte. Das kann man sehen.«

»Findest du?« Schrievers sah an sich herab.

»Deutlich. Jetzt nur nicht nachlassen.«

»Das meint mein Walkingpartner auch.« Schrievers beäugte seinen Bauchumfang und öffnete seine Strickjacke. »Die Diensthemden spannen jedenfalls nicht mehr. Wenigstens etwas.«

»Du wirst sehen, bald werden die Fortschritte größer. Du musst nur Geduld haben.«

»Wer muss Geduld haben?« Ecki stand unvermittelt im Büro. In der einen Hand trug er Akten, am anderen Arm eine hellblaue Bandage, kurz unter dem Ellenbogen.

»Was hast du denn gemacht?«

»Tennisarm.« Ecki nickte Schrievers zu und lud die Akten mit Schwung auf seinem Schreibtisch ab.

»Du spielst doch gar kein Tennis.«

»Blödmann.« Ecki setzte sich.

»Jetzt mal im Ernst, was ist los?« Frank sah seinen Freund verwundert an. Ecki war zwar der perfekte Hypochonder, wenn er meinte, sich erkältet zu haben. Aber ein »echtes« Leiden? Dafür machte Ecki viel zu viel Sport.

»Zu viel Bildschirmarbeit.« Ecki schüttelte den Kopf und schaltete seinen PC ein. »Ausgerechnet ich.«

»Dein Körper gibt dir das Signal, dass du kürzertreten sollst. Du bist eben auch keine zwanzig mehr.« Schrievers sah Ecki bekümmert an. »Ich kann dir nachfühlen, wie es dir geht. Du musst Geduld haben, das wird schon wieder.«

»Blablabla.« Ecki zog an der Bandage. »Scheiß Ding.«

»Ich wollte dich nur ein wenig aufmuntern, Ecki.« Heinz-Jürgen Schrievers war beleidigt.

»Schon gut, ich hab's nicht so gemeint, Heinz-Jürgen.«

»Ich bin sowieso schon wieder weg. Bin nur gekommen, um ein bisschen mit Frank zu quatschen.«

Jasmin Köllges stellte ihr Tablett auf den dünnbeinigen Tisch, dann wechselte sie eine Krücke umständlich in ihre freie Hand. Sie blieb einen Augenblick aufgestützt stehen und schob dann mit einer Krücke den Metallstuhl zur Seite, um sich setzen zu können. Am Nebentisch saßen zwei Jugendliche in viel zu weiten Hosen und mit Baseballkappen, deren Schirm sie in den Nacken gedreht hatten. Sie hatten sie interessiert beobachtet, aber keine Anstalten gemacht, ihr zu helfen. Sie ignorierte ihre Blicke. Vorsichtig ließ sie sich auf den Sitz sinken und rückte den Stuhl zurecht.

Jasmin nahm einen Schluck Cola aus ihrem Pappbecher und sah aus dem Fenster. Der Schnellimbiss beherrschte die gesamte Straßenecke, die dem Busbahnhof gegenüberlag. Von ihrem Platz aus konnte sie die Busbahnsteige bequem einsehen.

Sie hatte wenig Hoffnung, dass ihre »Mission« auf Anhieb Erfolg haben würde. Sie wusste, dass sie wiederkommen musste, denn für diesen Tag waren keine Abfahrten angekündigt, und es würde auch keiner der Überlandbusse aus Polen ankommen.

Aber darum ging es ihr auch gar nicht. Sie hatte Hunger, und sie wollte vor allem die Atmosphäre des Bahnhofsviertels in sich aufnehmen. Sie wollte ein Gespür dafür bekommen, was und wer sich auf dem Quadratkilometer rund um den Bus- und Hauptbahnhof bewegte.

Es war Mittagszeit und der Schnellimbiss voll. Vor allem mit Schülern und Müttern mit Kinderwagen, die an der Theke anstanden und ihre Bestellungen aufgaben. In dem ständigen Kommen und Gehen fiel sie nicht weiter auf, sah man einmal von ihrem eingegipsten Bein ab.

Jasmin Köllges versuchte in dem Durcheinander eine Struktur zu erkennen, versuchte sich Gesichter zu merken, aber es gelang ihr nicht. Es waren zu viele.

Draußen am Busbahnhof tat sich nichts. Die Haltestellen blieben von den eilig vorbeigehenden Passanten unbeachtet.

Jasmin Köllges malte sich aus, wie es zu den Ankunfts- und Abfahrtszeiten zugehen musste: dass sich vor den geöffneten Ladeklappen der Busse Koffer türmten, dass Elektrogeräte verstaut oder Handgepäck ausgeladen wurde, dass Menschen in Gruppen zusammenstanden, sich zur Begrüßung oder zum Abschied umarmten, dass mancher Blick vorsichtig über die unbekannte Umgebung wanderte.

Die Kommissarin warf einen Blick zum Nebentisch, die beiden Jugendlichen waren längst weg. Stattdessen hatte sich eine junge Mutter mit Kinderwagen an den kleinen Tisch gezwängt. Das Kind schlief, einen Schnuller im Mund. Die korpulente Frau in einem eng sitzenden T-Shirt schien auf jemanden zu warten. Sie sah ständig Richtung Tür und Richtung Theke.

Schließlich sah Jasmin den Grund für ihre Unruhe. Zwei kleine Jungen balancierten jeder ein Tablett zum Tisch und stellten es ab. Einer der beiden kam zu ihr an den Tisch und zeigte neugierig auf ihren Gips.

»Ist das kaputt?«

Jasmin Köllges musste lachen. In gewisser Weise hatte der Kleine recht. »Das Bein ist gebrochen. Damit es wieder heilt, steckt es in Gips.«

»Ich habe auch schon mal gebrochen. Da war mir schlecht. Meine Mama hat keinen Grips genommen.«

Jasmin Köllges musste erneut lachen. Die kurz geschnittenen blonden Haare standen nach allen Seiten vom Kopf und gaben dem Jungen ein pfiffiges Aussehen.

»›Gebrochen‹ sagt man auch, wenn der Knochen kaputt ist.«

»Auch kaputt, da.« Der Junge streckte Jasmin Köllges eine Faust entgegen, die er langsam öffnete. In seiner Hand lag ein kleines Lego-Männchen, dem der Kopf fehlte.

»Oh, wie schade. Jetzt bist du sicher traurig?« Jasmin beugte sich zu dem Jungen.

»Kevin, komm her.«

Der Junge schloss die Faust wieder, bevor er an seinen Platz trottete.

»Sie müssen schon entschuldigen, aber Kevin ist manchmal nicht ganz richtig im Kopf. Er spricht immer fremde Leute an. Egal, wo wir sind.« Die Mutter verzog ihr Gesicht, als wolle sie damit deutlich machen, wie unangenehm ihr das Verhalten ihres Sohnes war.

Jasmin schüttelte den Kopf. »Oh, das macht mir nichts. Kinder sind eben so.«

»Ich wollte Sie nur gewarnt haben. Sie werden Kevin nicht mehr los, wenn er einmal anfängt.« Die junge Frau biss ungerührt in ihren Hamburger und sortierte dabei mit der anderen Hand Kevins Pommes frites. Ihr anderer Sohn kaute derweil selbstvergessen und beobachtete dabei die Umgebung.

Jasmin Köllges wollte sich schon umdrehen, um sich wieder ihrer Observation des Busbahnhofs zu widmen, als sie registrierte, was sie die ganze Zeit in ihrem Unterbewusstsein beschäftigt hatte: Kevin war offenbar geistig behindert, ein »Mongo«, wie ihr erster Freund gesagt hätte.

Sie sah ihm beim Essen zu und musste lächeln, als er sie anstrahlte, während er sich eine Pommes nach der anderen in den Mund schob und ihr dann mit vollem Mund zurief: »Bein ist gebrochen. Ich bin auch gebrochen.«

Als die Mutter Kevin am Arm zog, wandte sich Jasmin ab. Sie war schließlich wegen des Busbahnhofs gekommen, was ging sie die Erziehung fremder Kinder an? Sie konzentrierte sich wieder auf die asphaltierte Fläche, die unmittelbar neben der Unterführung lag, die zum Berufskolleg führte. Aber das Gelände blieb verwaist.

Jasmin Köllges ließ ihren Blick schweifen und trank von ihrer Cola. Gegenüber reihte sich Dönerbude an Sexladen, Internetcafé an Kneipe, Reisebüro an Kiosk.

Reisende mit schmalen Trolleys stiegen in Taxis, Schüler eilten zu den Haltestellen, eine Frau schob ein Fahrrad vorbei, an dem ihre Habseligkeiten in Plastiktüten verpackt hingen. Im Eingang eines Kebabladens wartete der Betreiber im Kittel auf Kundschaft und sah dabei den vorbeieilenden Frauen hinterher. Der Polizeioberkommissarin fielen zwei leger gekleidete Afrikaner auf, die auf dem Bürgersteig miteinander sprachen und dabei heftig gestikulierten. Dann blieb ihr Blick an einem Mann hängen, den sie schon beim Betreten des Hamburgerladens gesehen hatte. Er war ihr aus Richtung Toilette entgegengekommen. Sie schätzte ihn auf Ende zwanzig, Anfang dreißig. Er konnte aber auch deutlich jünger sein. Der Mann sah ungepflegt aus. Er trug eine ausgeblichene Hose in Tarnfarben und dazu ein dunkles T-Shirt. Er ging mit krummem Rücken die Straße auf und ab, ohne auf die Passanten zu achten. Ein Junkie, dachte Jasmin, der auf seine Ration oder auf Kunden wartet.

Die vorbeifahrenden Autos waren unauffällig, Lieferwagen ortsansässiger Firmen, Paketdienste, keine Limousinen mit fremden Kennzeichen, niemand stand in Hauseingängen oder an Straßenecken und beobachtete wie sie das Treiben im Bahnhofsviertel.

Jasmin Köllges griff zu ihrem Pappbecher und trank den Rest schaler Cola. Den Cheeseburger hatte sie längst gegessen. Sie sah sich um. Vor der Theke drängten sich immer noch die Hungrigen. Sie überlegte kurz, ob sie sich noch einen Hamburger holen sollte, aber sie würde zu lange anstehen müssen. Ihr Bein schmerzte, außerdem begann die Haut unter dem Gips zu jucken.

Es war ihre erste größere Verletzung, sah man von gestauchten Knöcheln ab, die sie sich in ihrer Kindheit und während der Ausbildung zugezogen hatte.

Sie fühlte sich nicht nur körperlich behindert. Es ärgerte sie zunehmend, dass sie andauernd angestarrt wurde, als ob sie eine seltene Krankheit hätte oder einen deformierten Körper.

Jasmin seufzte. Sie würde am Wochenende wiederkommen, wenn am Busbahnhof Betrieb war. Sie wuchtete sich schwerfällig aus dem Sessel und griff nach ihren Krücken, die sie an den Stuhl neben sich gelehnt hatte. Dabei bekam sie sie nicht richtig zu fassen und sie fielen mit lautem Scheppern um. Sofort verstummten alle Gespräche. Jasmin Köllges fühlte sich wie auf dem Präsentierteller, als sie sich mühsam nach ihnen bückte und dann langsam zum Ausgang humpelte.

Frank zog den gelben Post-it-Zettel von seinem Bildschirm ab und sah Ecki an. »Warst du das?«

Ecki grinste. »Ich kann das auch. Nicht nur Lisa.«

Frank las laut. »Meine Lieder sind Zeremonien des Todes. Christa Päffgen.« Er sah seinen Freund an. »Das klingt ja ziemlich morbide. Woher hast du den Spruch? Und kennst du Christa Päffgen?«

»Hab ich vergessen. Irgend so eine durchgeknallte Musikerin, glaube ich, die schon lange tot ist. Der Spruch liegt schon ein paar Tage bei mir zu Hause. Ich habe ihn in einer Illustrierten beim Orthopäden gelesen.«

Frank wunderte sich, dass Ecki sich die Mühe gemacht hatte, das Zitat aufzuheben. Das war eigentlich nicht seine Art. »Und was willst du mir damit sagen?«

»Nix. Ich habe an unseren Fall gedacht und fand ihn irgendwie passend. Na ja, vielleicht ist er mir auch aufgefallen, weil ich denke, dass du mal deinen Musikgeschmack überprüfen solltest. Immer Blues, das ist doch deprimierend. Das hält doch kein normaler Mensch aus.«

Frank sparte sich die Frage, ob die Fans der Volksmusik eher in die Kategorie »normal« fielen.

»Warum sagst du nichts?« Ecki grinste.

»Nico. Päffgen nannte sich Nico. Ein Supermodel, Muse von Warhol, Geliebte von Jim Morrison, Heroin.«

»Zeremonien des Todes.« Ecki sah Frank fragend an. »Die muss ja ziemlich durchgeknallt gewesen sein.«

»Wie unser Täter. Kann sein, dass er ebenfalls Zeremonien des Todes für uns abhält, nur hören wir die Melodie dazu nicht.« Weiter kam Frank nicht, denn das Telefon klingelte.

»Wann, meinen Sie, kann ich die Stühle abholen? Heute in sechs Wochen? Hm. Ich hatte gehofft, dass es schneller geht. Ja, ich verstehe schon, dass Sie Ihre Arbeit sorgfältig ausführen. Ja, natürlich haben Sie auch noch andere Kunden.« Lisa legte auf und ging zum Fenster. Sie sah hinüber zum Schmölderpark, der ihr in unterschiedlichen Grüntönen entgegenleuchtete. Sie hatte sich so darauf gefreut, endlich die restaurierten Stühle aufstellen zu können.

Seufzend beobachtete sie eine junge Mutter, die mit zwei kleinen Kindern an der Hand in den Hauptweg des Parks einbog.

Lisa war sich nicht mehr sicher, dass Frank ihre Vorfreude wirklich teilte. Er war so mit seinem Fall beschäftigt, dass er sich kaum Zeit nahm, um mit ihr mehr als nur den Alltag zu besprechen. Dabei waren sie noch vor einigen Wochen voller Vorfreude gewesen und hatten sich intensiv um ein gemeinsames Zuhause gekümmert. Nun war die Euphorie wieder verflogen.

Nicht zum ersten Mal. Sie legte ihre Hand auf die Fensterscheibe, als könne sie das frische Frühlingsgrün mit ihren Händen greifen. Sie vermisste Frank, sein Lachen und seine Zärtlichkeit. Aber mehr noch vermisste sie sein klares Bekenntnis zu einer gemeinsamen Zukunft.

Entschlossen stieß sie sich vom Fensterbrett ab. Zeit für einen Tee. Frank hatte versprochen, nicht zu spät zu kommen. Sie würde ihm vorschlagen, zum Türken essen zu gehen. Auf neutralem Boden ließen sich manche Dinge einfacher besprechen.

Lisa ging in ihr Arbeitszimmer und fuhr den PC hoch. Sie wollte die Zeit nutzen und den Unterricht für den kommenden Tag vorbereiten. Außerdem musste sie sich Gedanken über die anstehenden Klausuren machen. Bevor sie jedoch mit ihrer Arbeit begann, legte sie *Easy Come Easy Go* von Marianne Faithfull auf.

Während sie in der Küche einen Tee aufbrühte, sang sie lauthals die Dolly-Parton-Nummer *Down from Dover* mit. Bei der letzten Strophe liefen ihr Tränen über die Wangen: *My body aches the time is here it's lonely in this place where I'm lyin'. Our baby has been born but something's wrong it's much too still I hear no cryin'. I guess in some strange way she knew she'd never have a father's arms to hold her. And dying was her way of telling me he wasn't coming down from Dover.*

Frank legte den Hörer auf. »Radermacher ist in Kaldenkirchen gesehen worden.«

»In Kaldenkirchen? Wir denken, er ist irgendwo im Ausland untergetaucht, dabei spaziert er quasi vor unserer Nase herum. Worauf warten wir noch?«

»Langsam, Ecki. Bisher weiß ich nur, was die Kollegin Janz aus Viersen gerade erzählt hat. Demnach soll Radermacher auf einer Art Gehöft leben, mitten in Kaldenkirchen. Eine Frau hat beim Bummel in Viersen das Fahndungsfoto in einem Beitrag von *City-Vision* erkannt.«

»Und die kennt Radermacher?«

»Sie lebt in der Nachbarschaft des Anwesens.«

»Was macht Radermacher denn in Kaldenkirchen?«

»Ecki, woher soll ich das wissen?« Frank nahm erneut den Hörer in die Hand.

»Was hast du vor?«

»Ich will nicht, dass wir ihn verlieren. Ich will wissen, was er macht, und wenn wir wissen, wem das Anwesen gehört, werden wir ihn überwachen lassen.«

»Ist das nicht ein klein wenig übertrieben? So gefährlich ist Radermacher nun auch wieder nicht.«

»Wir werden es genau so machen.«

Im Verlauf des späten Abends war endlich die erlösende Nachricht gekommen. Die Kollegen hatten um die umgebaute Scheune herum Position beziehen können.

Das Anwesen gehörte einer Großtante Radermachers, die längst von Kaldenkirchen nach Düsseldorf gezogen und völlig erschrocken gewesen war, als plötzlich die Polizei vor ihrer Tür in Kaiserswerth gestanden hatte.

Sie hatte ihren Besitz vor gut einem Jahr an eine kleine Speditions- und Kurierfirma vermietet, die von Kaldenkirchen aus den Niederrhein und die benachbarte Provinz Limburg mit Stückgut verschiedenster Art belieferte. Ein kleineres Apartment hatte sie Radermacher überlassen, damit »der Junge auch mal ungestört arbeiten kann«, wie sie den Beamten gesagt hatte. Anlass zur Klage hatte sie nicht gehabt. Die zugegebenermaßen geringe Miete sei jeden Monat pünktlich überwiesen worden.

Frank und Lisa waren gerade vom Essen zurückgekommen, als die Leitstelle anrief.

Lisa hatte nur wenig gesagt, als er sich im Flur fertiggemacht hatte. Lediglich an ihrer Umarmung zum Abschied hatte er gemerkt, dass Lisa sich Sorgen machte.

»Sind alle Kollegen auf ihren Positionen?« Frank sah Ecki an, der früher eingetroffen war und neben ihm im engen Laderaum des Kleintransporters saß, der vor der grün und gelb gestrichenen Fassade des *Tach!* geparkt war, in der sie vor nicht allzu langer Zeit noch beim Bier gesessen hatten.

Ecki gähnte. Er hatte schon geschlafen, als ihn der Anruf erreicht hatte. »Klar.«

»Wo ist Schrievers? Ist er auch hier?«

»Keine Ahnung. Ich habe ihn noch nicht gesehen.«

»Wo ist das SEK?«

»Sie sind in Alarmbereitschaft.«

Frank schniefte. »Mir ist kalt.« Vor Aufregung, fügte er in Gedanken hinzu.

»Mehr gibt die Heizung nicht her.« Ecki blickte mit stoischer Gelassenheit auf die Monitore, die in den Transporter eingebaut waren.

»Was ist bisher passiert?«

»Wenig. Im Haus und in der Halle ist alles ruhig.«

»Kein Licht?«

»Kein Licht.«

»Und die Richtmikrofone?«

»Nichts. Außer ein paar undefinierbaren Geräuschen.«

»Was meinst du, Ecki?«

»Na ja, die Gebäude liegen geradezu ideal. Etwas verdeckt in zweiter Reihe, das Apartment liegt absolut verkehrsgünstig. Von hier aus bist du ruck, zuck auf der Autobahn; ob du nun in den Süden willst oder in die Niederlande beziehungsweise nach Belgien oder Frankreich.«

»Du meinst also, ideal für Radermachers Zwecke?«

»Ideal für jemanden, der ungestört sein will.« Ecki nickte. »Nettes Anwesen und außerdem völlig unauffällig.«

»Mich wundert nur diese Stille.«

»Vielleicht ist der Vogel ausgeflogen.«

Ich weiß ganz genau, was ich ihm sagen werde. Nämlich: Mich hat Politik bisher nur mittelbar interessiert, nur wenn sie im direkten Zusammenhang mit meiner Leidenschaft stand. Etwa beim Thema Hinrichtungen. Sie können sicher sein, dass ich sorgfältig jeden Bericht dazu aus den Zeitungen ausschneide, mit Anmerkungen versehe, die zu meinem umfassenden Werk passen, um sie dann fein säuberlich, nach Schlagworten katalogisiert, auf säurefreies Papier zu kleben und anschließend, in dokumentenechte Kunststoffhüllen gesteckt, abhefte. So ist im Laufe der Jahre eine immer feinere und tiefgreifendere Ästhetik der Gewalt und des Todes gewachsen. Sie können kaum ermessen, welches Glück es mir bereitet, stundenlang die Berichte anzusehen, die Bilder zu betrachten und sich in die Opfer und die Täter zum Zeitpunkt des abgebildeten Geschehens hineinzuversetzen. Diese Art Empathie ist es, für die es sich zu leben lohnt. Diese Schönheit der elementaren Handlungen, präzise und mit Bedacht ausgeführt.

In diesem Sinne bin ich ein Bewahrer der echten und einzigen Kunst, die zu betrachten es sich lohnt. Es gibt Glücksmomente in meinem Archivarleben, in denen ich tanzen könnte vor Freude, allein angesichts der unendlich scheinenden Reihen sorgsam beschrifteter und in ihrem ewig gleichförmigen Aussehen den mannigfaltigen Schrecken der Menschheit bewahrender Aktenordner. In ihnen steckt die wahre Mensch-

****

D ü n e 1 7

****

Zedeliusstr. 39 * [illegible] Wangerooge
Telef[illegible]n 044[illegible]-1840
St.-Nr. [illegible]:70232697[illegible]4

Rechnung 1008 [illegible]
Tisch #20

1 x Becher Cappuccino	à 3,00	3,00
1 x Ge[illegible]einer Sprudel	à 2,30	2,30
1 x Ap[illegible]strudel	à 4,80	4,80

Total	€ 10,10
Umsatz 19% exkl.	€ 8,49
MWST 19%	€ 1,61
Bar	**€ 10,10**

Vielen Dank
Es bediente Sie Lars

_______________ €

Ort	Datum	Unterschrift

Angaben zum Nachweis der Höhe und der betrieblichen Veranlassung von Bewirtungsaufwendungen (§ 4 Abs. 5 Ziff. 2 EStG)

Tag der Bewirtung	Ort der Bewirtung

Bewirtete Person(en)

____

____

____

____

____

____

Anlass der Bewirtung

____

____

Höhe der Aufwendungen lt. umseitiger/beigefügter Rechnung

_______________ €

Ort	Datum	Unterschrift

Angaben zum Nachweis der Höhe und der betrieblichen Veranlassung von Bewirtungsaufwendungen (§ 4 Abs. 5 Ziff. 2 EStG) heitsgeschichte. Es ist nicht nur die vollendete Ästhetik dieser Welt, sondern auch das allein gültige Gedächtnis der Menschheit. Und ich bin Motor und Bewahrer dieses heiligen Universums, das das Attribut »schön« nur mit »rein« in Verbindung bringen kann. Und einzig allein die Callas ist in der Lage, mit ihrer Musik dieser Reinheit nahezukommen.

Er wird mich verstehen, denn er ist der Einzige, der kraft seines Lebens und seiner Arbeit begreifen kann, welches Vermächtnis ich für diese Erde bereithalte.

»Frank?«

Ecki hatte sich über sein Sprechfunkgerät gemeldet.

»Wo bist du?«

»Ganz in deiner Nähe, auf dem Turm von St. Clemens. Bisher haben die Kollegen von hier oben keine Bewegungen im Haus festgestellt. Das heißt, es scheint niemand dort zu sein. Soweit die Nachbarn befragt werden konnten, kann sich niemand an Auffälligkeiten erinnern. Sie meinen nur, dass seit Tagen kein Wagen gekommen ist oder das Gelände verlassen hat.«

»Also, worauf warten wir dann noch?«

»Das SEK ist auf dem Weg. Die Kollegen müssten gleich hier sein. Bereitstellungsraum ist das *Tach!*. Ich komm jetzt von dem verdammten Turm herunter. Ich habe mit dem Wirt schon gesprochen. Er müsste auch gleich hier sein.«

Dort, wo sonst die Musiker der überregionalen Blues- und Rockszene ihre Gitarrenkoffer abstellten und ihre Fender oder Marshall-Verstärker aufbauten, lehnten unförmige Taschen, in denen sich Präzisionswaffen verbargen. Dunkel gekleidete Männer, zum Teil mit Gesichtsmasken, saßen oder standen an den Kneipentischen.

Es roch nach verschüttetem Bier und dem Zigarettenrauch

der letzten Besucher. Statt Bier wurde jetzt Kaffee ausgeschenkt. Und statt der Musik aus der umfangreichen Bluessammlung des *Tach!* zu lauschen, folgten die Männer des SEK den Ausführungen von Frank und Ecki.

»Dass wir nicht das ganze Anwesen einsehen können, ist ein Problem.« Hendrik Faust sah die beiden Ermittler an.

»Wir können nicht länger warten.« Franks Stimme klang bestimmt.

»Wenn ich mir den Bauplan ansehe, kann ich nur warnen. Was sagen die Richtmikrofone?«

»Undefinierbare Geräusche. Das könnte Radermacher sein, das können aber auch Ratten sein.«

»Mit wie vielen Personen müssen wir rechnen?« Faust runzelte die Stirn.

»Vermutlich nur mit einer.«

»Was heißt das?«

»Dass Radermacher unter Umständen jemanden oder mehrere Personen bei sich hat. Behindert, möglicherweise.«

»Ihr Kollege meint, dass er unberechenbar und gefährlich ist. Diese Einschätzung gefällt mir gar nicht. Ich muss an meine Männer denken. Ich will nichts riskieren.«

»Hören Sie, wir können nicht länger warten und zusehen, wie Radermacher womöglich einen weiteren Mord begeht.«

»Ich muss mich erst mit meinem Vorgesetzten besprechen.«

Hendrik Faust verließ den Schankraum Richtung Küche.

Carolina Guttat hatte die ganze Zeit über schweigend zugehört. Sie sah übernächtigt aus und hatte dunkle Schatten unter den Augen. »Faust hat recht. Die Situation ist vertrackt. Wir können nicht einfach da reinmarschieren, Radermacher festnehmen und wieder rausmarschieren.«

»Wenn nicht bald eine Entscheidung fällt, gehe ich auf eigene Faust rein.«

Die Staatsanwältin sah Frank verblüfft an. »Hör zu, Frank, solange ich hier die zuständige Staatsanwältin bin, wirst du,

zum Teufel noch mal, nichts tun. Wir werden zusammen eine Lösung finden. Ich halte es ohnehin, gelinde gesagt, für eine Schnapsidee, das SEK auf den Weg zu schicken. Das Ganze muss auch anders zu handhaben sein.«

»Wir sind so nah dran. Denk dran, was Radermacher getan haben könnte.« Franks Stimme war nur noch ein Flüstern.

Faust kam mit ernstem Gesicht aus dem Nebenraum zurück.

»Ich habe mit meinem Vorgesetzten gesprochen.« Faust sah Carolina Guttat an. »Er hat mir grünes Licht gegeben.«

»Gott sei Dank.« Frank war erleichtert.

»Dann los.« Ecki ging zu den beiden zusammengeschobenen Tischen, auf denen die Pläne des Anwesens lagen.

»Ich werde meine Männer zunächst auf die Gebäude rund um das Objekt verteilen. Außerdem werden wir über das Dach Zugang bekommen. Wenn wir die Ziegel anheben, müssten wir Glück haben.« Faust deutete auf mehrere Punkte.

Ecki und Frank nickten.

»Unsere Überwachungssysteme sind negativ geblieben. Ich gehe davon aus, dass wir nicht auf Sprengfallen treffen.«

»Wir brauchen Radermacher lebend.«

»Wir tun unser Möglichstes.«

»Wie weit sind sie?« Frank flüsterte, obwohl er in dem Transporter saß und ihn niemand draußen hören konnte.

»Es ist gleich so weit. Das Dach ist an vier Stellen offen. Es kann jetzt alles sehr schnell gehen.« Eckis Stimme klang am anderen Ende der Leitung ebenfalls gedämpft.

Frank starrte auf den Monitor. Die Überwachungskamera war so positioniert, dass sie die Zufahrt zum Zielobjekt im Blick hatte. Die Männer auf dem Dach konnte er nicht erkennen. Das Anwesen lag da wie ausgestorben. Und auch die umliegenden Straßen waren wie leer gefegt.

Eine ruhige Nacht in Kaldenkirchen. Wie das so zu sein hat in einem kleinen Städtchen, in dem rechtschaffene Bürger ihren wohlverdienten Schlaf schlafen, dachte Frank mit einem Anflug von Sarkasmus.

Keine fünf Minuten später war es mit der Ruhe vorbei. Zunächst hörte Frank über seinen Kopfhörer laute Kommandostimmen. Nahezu gleichzeitig blitzte es auf dem Bildschirm vor ihm hell auf. Aber er wartete vergeblich auf den Knall einer Blendgranate. Erst auf den zweiten Blick konnte er erkennen, dass das Außenlicht des Anwesens eingeschaltet worden war.

Frank warf den Kopfhörer auf das kleine Pult und riss die Tür des Transporters auf. Mit langen Schritten rannte er an den dunklen Fassaden vorbei und bog in die Zufahrt zum Parkplatz. Von dort waren es nur wenige Meter bis zum Einsatzort.

Ecki kam Frank winkend entgegen.

»Wo ist Radermacher?«, fragte Frank außer Atem.

»Leer. Alles leer.«

Die Durchsuchung des gesamten Geländes blieb ohne Ergebnis.

Als Frank endlich nach Hause fahren konnte, um noch ein paar Stunden zu schlafen, fand er einen von Lisas gelben Zetteln auf dem Küchentisch. Sie war zu ihm gekommen, damit hatte er nicht gerechnet.

Er hielt den Zettel dicht vor seine Augen, denn er war so müde, dass er ihre Handschrift kaum lesen konnte: *I think it's better to burn out than to fade away. It's better to live out your days being very, very active – even it destroys you – than to quietly disappear. – Ahmet Ertegun.*

Ich habe ihn überschätzt. Er kann nicht annähernd meine Erwartungen erfüllen. Er braucht noch eine Lektion. Dann wird er endlich reagieren müssen. Das Warten lähmt meine Kreativität.

Komm, meine Kleine. Lass uns Modenschau machen. Willst du Schmetterlinge? Du willst doch Schmetterlinge! Ich habe einen Schmetterling für dich. Siehst du, die Worte formen einen Schmetterling auf deinem T-Shirt. Was da steht? Du wirst es nicht verstehen. Wein nicht. Du musst nicht alles verstehen. Das Leben ist viel zu kompliziert für dich. Du meinst, sterben? Ja, das Sterben ist leicht. Leichter als das Leben. Viel leichter.

Schon gut, ich erkläre es dir. Auf deinem T-Shirt steht: Butterfly Kisses. Was das heißt? Die Schmetterlinge küssen dich. Du wirst es bald spüren.

Ecki blätterte im Bericht der KTU, las ein paar Zeilen und blätterte dann weiter. »Ich versteh den Mist nicht. Radermacher ist völlig durchgeknallt.«

»Was meinst du?«, brummte Frank, der sich gerade eine Pause gönnte und in der jüngsten Ausgabe der *bluesnews* schmökerte.

»Hör dir das an: ›Ja, haben Sie denn da einen Zweifel? Dass in dieser angeblich zivilisierten Welt, zwischen Menschen, die sich scheinbar gut benehmen, ein permanenter Kriegszustand herrscht? Dass die Menschen einander umbringen, ganz langsam?‹« Ecki ließ den Bericht sinken.

»Klingt doch gar nicht so blöd.«

»Ist auch nicht von ihm, sondern von einer gewissen Ingeborg Bachmann.«

»Was schreiben die Kollegen sonst noch?«

Ecki begann erneut zu blättern. »Sie haben jede Menge Texte gefunden, die ähnlichen Kram enthalten. Sie gehen davon aus, dass Radermacher krankhaft bemüht ist, seiner Arbeit einen wissenschaftlichen Anstrich zu geben.«

»Was ist das nur für eine Type? Auf den ersten Blick wirkt er nett und harmlos. Ein wahrer Schauspieler!«

»Warum willst du ihm unbedingt den Mord an Elvira anhängen und auch die Tote ohne Finger? Ich fürchte, langsam wird das für dich zur fixen Idee.«

»Quatsch.« Auch wenn er es nicht wahrhaben wollte, Frank konnte sich die innere Unruhe auch nicht erklären, die ihn umtrieb, seit sie an dem Fall Elvira Theissen arbeiteten. Vielleicht wollte er den Fahndungserfolg um jeden Preis, um sich zu beweisen, dass er immer noch einer der erfolgreichsten Fahnder der Mönchengladbacher Polizei war.

Ecki deutete auf das Cover der *bluesnews*. »Was macht denn die Musik? Hattet ihr noch Ärger wegen eures Namens?«

Frank winkte ab. »Das Thema ist durch. Zuerst hatten wir die Sorge, dass das ein Nachteil für uns ist, aber es scheint eher eine Art Initialzündung gewesen zu sein. Seitdem häufen sich die Konzertanfragen.«

Ecki wollte gerade mit einer ironischen Bemerkung antworten, als die Tür aufging und Willy Theveßen das Büro betrat.

»Der Umschlag wurde vorne an der Wache abgegeben, mit dem Hinweis ›Borsch, Pressestelle‹.« Der Polizeisprecher warf Frank den wattierten DIN-A-5-Umschlag mit einem Grinsen zu und verschwand wieder.

Frank musterte das braune Kuvert.

»Erwartest du Post?«, fragte Ecki neugierig.

»Nee.« Frank drehte den Umschlag um. »International Peace Management, IPM.«

»IPM!?«

Frank riss den Verschluss auf. Der Inhalt fiel polternd auf die PC-Tastatur.

»Eine Mundharmonika.«

Wann tust du es endlich?, stand in krakeligen Buchstaben auf einem kleinen Zettel.

Ohne seinen Blick von der schmalen Pappschachtel zu lassen, griff Frank zum Telefon und informierte Torsten Linder von der KTU.

Es dauerte keine Stunde, bis Linder anrief, um ihnen sein vorläufiges Untersuchungsergebnis mitzuteilen.

»Ganz sicher?« Frank hatte auf Raumton gestellt.

»War nicht sonderlich schwer. Derselbe Hersteller wie bei den anderen Harps und ebenso ungebraucht. Natürlich auch ohne verwertbare Spuren. Ich bin sicher, dass wir maximal DNA-Material von den Mitarbeitern der Harmonikafirma finden werden. Ich lass euch die Dinger nachher vorbeibringen. Dann könnt ihr euch noch mal selbst ein Bild machen. Der Zettel ist auch nicht sonderlich gesprächig. Normales Kopierpapier. Die Schrift deutet auf einen männlichen Verfasser hin. Ungefähr und nur vielleicht, Anfang bis Mitte vierzig. Über Intelligenz und Schuhgröße habe ich noch nichts.«

Frank sah Ecki an, nachdem Linder lachend aufgelegt hatte. »Und jetzt?«

»Ich sprech mal mit meiner Bekannten beim LKA. Die ganze Sache wird mir allmählich eine Nummer zu groß, um ehrlich zu sein. Wir haben es offenbar mit jemandem zu tun, der uns genau beobachtet.« Ecki sah zum Fenster, als befürchte er, aus einem der Häuser gegenüber gesehen zu werden.

»Auf keinen Fall. Das kriegen wir schon allein hin.«

»Uns bricht doch kein Zacken aus der Krone, wenn ich mal mit Laura spreche.« Ecki wollte nicht vorschnell auf seine Chance auf ein Telefonat mit der brünetten und in vielen Bereichen kompetenten Expertin verzichten.

»Ich rede lieber mit Viola.«

Daher weht der Wind, dachte Ecki, hütete sich aber, Franks Ankündigung zu kommentieren.

»Wenn sie keine Idee hat, können wir ja noch einmal neu überlegen.«

»Wenn du meinst«, antwortete Ecki reserviert.

»Das meine ich.«

Ecki begann in den Unterlagen zu kramen. »Ich guck mir noch mal das wissenschaftliche Zeug an. Vielleicht haben wir einen Hinweis übersehen.«

»Es hat mit den Harps zu tun. Mit Musik. Mit Blues.«

»Vielleicht handelt es sich um jemanden, der Blues hasst.« Wäre nicht der Erste, dachte Ecki bei sich. »Mir will der Zusammenhang von Musik und Behinderten nicht in den Kopf. Wo ist denn da bitte die Verbindung?«

Frank räusperte sich. »Vielleicht hat Schrievers ja noch eine Idee.«

Ecki wollte schon antworten, dass er sich von einem Treffen mit dem Archivar nicht sonderlich viel verspreche, als ihm dämmerte, warum er das Büro verlassen sollte.

Kaum war er draußen, wählte Frank Violas Handynummer. Nach dem dritten Klingeln hob sie ab.

»Hi.« Franks Hals war so trocken, dass er fast krächzte. Er hatte lange überlegt, ob er sie anrufen sollte. Aber da sie wieder im Dienst war und er wusste, dass sie ihr Studium begonnen hatte, hoffte er auf ihre Professionalität.

Seit der Sache mit dem Niederländer vor mehreren Monaten hatten sie nichts mehr voneinander gehört. Viola ließ sich nicht anmerken, ob Franks Anruf sie überraschte oder verunsicherte. Ihre Stimme klang neutral und klar wie Bergwasser.

»Was kann ich für dich tun?«

Frank war enttäuscht. Was genau er erwartet hatte, wusste er zwar nicht in Worte zu fassen, aber auf ein bisschen mehr Wärme in ihrer Stimme hatte er doch gehofft.

Er räusperte sich verlegen und schilderte knapp ihre bisherigen Ermittlungen und Thesen. Das Ganze dauerte einige Minuten, in denen sie schweigend zuhörte.

Schließlich hatte er alles erzählt, was mit ihrem Fall zu tun hatte.

Nach einem kurzen Schweigen hörte Frank am anderen Ende der Leitung einen tiefen Atemzug. Er sah Viola vor sich. Ob ihr Haar wieder auberginefarben war oder rot?

»Also, rein aus dem Bauch heraus habe ich die Vermutung, dass euer Gegenüber euch etwas mitteilen, dass er mit euch Kontakt aufnehmen will. Eine Art Hilferuf. Er will, dass ihr seinem Treiben ein Ende macht. Also, die Psychologie kennt so ein Verhalten. Dass jemand unter seiner kriminellen Energie leidet, aber nicht aufhören kann. Er will, dass ihr ihn erlöst. Er hat sicher lichte Momente und weiß sehr genau, was er tut. Aber ansonsten überwiegt das kriminelle Potenzial. Das klingt jetzt sehr laienhaft. Ich kenne mich mit dem Thema noch nicht ganz genau aus. Wenn du mehr wissen willst, solltest du die Kollegen vom LKA einschalten. Die können dir den Kontakt zu einem Profiler herstellen.«

»Geht's dir gut?« Er hatte es nicht länger ausgehalten.

»Ich kann dir auch eine Telefonnummer geben. Von einem meiner Dozenten, der eng mit dem LKA zusammenarbeitet.«

»Ich habe so lange nichts von dir gehört. Ecki lässt dich auch grüßen.« Frank hatte das Gefühl, vergeblich gegen einen Gebirgsbach anzurudern. Er hatte in Violas Stimme nach einem Hinweis auf ihre Gemütsverfassung gesucht, doch ihre Stimme war dienstlich neutral geblieben.

»Frank, sei mir bitte nicht böse, aber ich habe jetzt meine nächste Vorlesung. Ich lass dir die Nummer zukommen.«

Damit legte sie auf.

Frank hatte verstanden.

Es war ein Spiel! Der treibende Rhythmus kam nicht von ihm. Blues war anders. Es ging nicht um zwölf Takte. Es ging um mehr, viel mehr. Und der Anfang und das Ende des Stückes wurden nicht von ihm bestimmt.

Frank ließ langsam den Hörer sinken und legte schließlich auf. Er hatte sich mehr versprochen. Allerdings war er sich nicht sicher, was. Gut, dass Ecki nicht im Zimmer war und er ein paar Minuten für sich alleine hatte.

Er betrachtete das Poster. Die Finger waren immer noch verschränkt, aber sie schienen sich nicht mehr zu berühren.

Viola Kaumanns war weit weg. Er würde allein klarkommen müssen. Frank starrte auf den leeren Bildschirm. Es gab noch eine Menge zu tun. Er sollte endlich mit der Arbeit beginnen. Der Rest würde sich finden. Vermutlich.

POK Anja Mertens nickte und nahm den Hamburger mit Pommes entgegen. Die Verkäuferin schickte ein geschäftsmäßiges Lächeln hinterher, das erkennen ließ, dass sie die Polizeibeamtin im gleichen Augenblick schon vergessen hatte. Anja Mertens war spät dran. Die Schlange an der Theke des Hamburgerladens war lang gewesen. Dabei hatte sie die hämischen Blicke der Kids zu ignorieren versucht, die ihr klarmachen sollten, dass auch ein »Bulle« in Uniform keine Extrawurst gebraten bekam und vor dem Hamburgergott alle gleich waren.

Die Polizeioberkommissarin biss schon auf dem Weg zum Ausgang in ihren Hamburger und balancierte dabei ihre kleine Tüte Pommes frites. Sie wollte ihr Mittagessen gegessen haben, bevor sie den Streifenwagen erreichte. Dieter war im Augenblick auf Diät. Er hatte sich für das Fitnessprogramm des Polizeipräsidenten eingeschrieben. Obwohl ihr Kollege einem Modellathleten ähnlicher sah als einem Polizeihauptkommissar nach zwanzig Jahren Dienst im Streifenwagen. Wie er die Figur angesichts der allgemein bekannten ungesunden Ernährung von Polizeibeamten hatte halten können, war ihr schleierhaft. Sie selbst schleppte nach gerade mal drei Jahren im Schichtdienst satte vier Kilo zu viel mit sich herum. Das passte ihr zwar nicht, aber sie hatte nicht die Energie, etwas für ihre Figur zu tun. Wobei sie sich in den vergangenen Wochen immer mal wieder vor dem Spiegel erwischt hatte, wie sie versuchte, ihre Diensthemden glatt zu ziehen.

Anja Mertens blieb einen Augenblick in der Tür stehen, um sich ein paar Fritten aus der Pappschachtel zu fischen, als sie mitten in der Bewegung innehielt. Was sie sah, ließ sie ihren Hunger vergessen. Ohne weiter nachzudenken, ließ sie sowohl den angebissenen Hamburger fallen als auch die Frittenschachtel. Mit fettigen Fingern und ohne auf eine grölende Gruppe Jugendlicher zu achten, angelte sie nach ihrem Sprechfunkgerät.

»Dieter? Hörst du mich? Verdammt, wo steckst du?«

Anja nahm das Sprechfunkgerät vom Ohr und sah es an, als könne sie am Zustand der kurzen Antenne erkennen, wo sich ihr Kollege aufhielt.

»Anja?«

Sie nahm das flache Gerät wieder an ihr Ohr.

»Was gibt's? Warum so aufgeregt? Haben sie dir zu wenig Pommes verkauft?«

Anja Mertens hatte keinen Sinn für Dieters Späße.

»Radermacher. Ich habe Volker Radermacher gesehen.«

»Sicher?« Seine Stimme klang besorgt. »Anja?«

Die Polizeioberkommissarin hatte längst die Straßenseite gewechselt. »Hör zu, dreh endlich den verdammten Zündschlüssel um, und setz dich in Bewegung. Radermacher ist offenbar auf dem Weg in die Wohngruppe. Das gibt's doch nicht, spaziert der hier in aller Öffentlichkeit herum! Er biegt gerade in die Harmoniestraße ein.«

Sie hörte, wie ein Motor gestartet wurde.

»Sei vorsichtig. Radermacher darf keinen Verdacht schöpfen. Und wer weiß, ob er nicht bewaffnet ist.«

»Die Leitstelle soll Borsch und Eckers informieren.«

»Wir sollten auf Verstärkung warten. Mach keinen Unsinn, Anja. Hörst du?«

Aber POK Anja Mertens hatte ihr Funkgerät an ihren Gürtel gehängt. Sie folgte Radermacher mit dem nötigen Abstand. Dieters Aufforderung, vorsichtig zu sein, tat ihr gut. Sie hatte zwar nie das Gefühl gehabt, dass er in den vergangenen Jahren etwas anderes in ihr gesehen hatte als eine Kollegin. Trotzdem war sie sich nicht sicher gewesen und hatte sich stattdessen eingebildet, sie könne für ihn zumindest eine attraktive Kollegin sein, der man hin und wieder schon mal den Hof machen könnte. Auf jeden Fall würde sie an ihren Ernährungsgewohnheiten arbeiten, nahm sie sich vor.

Radermacher schlenderte unbekümmert die Straße entlang. Außer einer schmalen Reisetasche hatte er nur einen Umhängebeutel dabei.

Bis zur Wohngruppe waren es nur noch wenige Meter. Er sah nicht aus, als sei er auf der Flucht. Aber das konnte durchaus zu seinem Plan gehören, dachte Anja Mertens. Sie war an der Straßenecke kurz stehen geblieben, um ihm den nötigen Vorsprung zu lassen, und hatte dann langsam ihren Weg fortgesetzt. Er würde ihr nicht entkommen. Die Leitstelle hatte sicher schon mehrere Streifenwagenbesatzungen losgeschickt, die das Viertel um Stadtsparkasse und Karstadt weiträumig absperren würden. Wenn Radermacher sich nicht in der Wohnung verschanzte, würde er ihnen früher oder später in die Arme laufen.

Der Sozialarbeiter schloss die Haustür auf und verschwand, ohne sich noch einmal umzusehen. Anja Mertens blieb stehen und drehte sich um. An der Einmündung zur Stresemannstraße hatte sich ihr Kollege mit ihrem Streifenwagen quergestellt. Sie sah, dass er ihr winkte.

Einen Moment lang blieb sie unschlüssig vor dem grauen Gebäude stehen. Dann drückte sie entschlossen auf die Klingel.

Sofort summte der Türöffner. Anja Mertens atmete tief durch und betrat den kühlen Flur. Es roch nach verkochtem Essen. Sie ignorierte Dieters eindringliche Aufforderung zu warten, die blechern an ihr Ohr drang.

Frank sah Lisa fragend an.

»Also, ich finde ihn schön.« Lisa ging langsam um den alten Küchenschrank herum, den Hendrik Jennes eigens aus dem Bunker in seine Werkstatt geschafft hatte.

»Ich weiß nicht. Für das Geld bekommen wir eine ganze neue Küchenzeile«, flüsterte Frank.

Seit einer Stunde waren sie jetzt schon in dem Laden, und seit einer Stunde fühlte Frank sich nicht wohl, da er Jennes' servile Haltung alles andere als verkaufsfördernd fand.

Lisa wandte sich an Jennes. »Woher stammt das gute Stück, sagten Sie?«

Jennes trat einen Schritt näher. »Ich habe diese handwerklich wirklich hervorragende Tischlerarbeit auf dem Speicher eines Bauernhofs in der Eifel gefunden. Stadtkyll. Der Name sagt Ihnen vermutlich nichts.«

»Wann bin ich schon mal in der Eifel«, brummte Frank wenig motiviert. Er nahm Lisas Hand. Sein Versuch, den Werkstattbesuch auf diese Weise zu beenden, schlug fehl.

»Nun sieh ihn dir doch mal genau an.« Lisa zog ihn näher zum Küchenschrank. »Er ist perfekt aufgearbeitet. Guck nur, die Profile, wie sauber sie sind. Kein Farbrest.« Sie fuhr mit der Hand über die Leisten des Unterteils. »Noch nicht einmal an den versteckten Stellen. Fühl mal.«

Frank hatte keine Lust auf eine eingehende Begutachtung. Er wollte weg. Sollte Lisa doch alleine mit diesem Jennes verhandeln. Wenn sie den Schrank unbedingt haben wollte, hatte er ohnehin keine Chance, den Kauf zu verhindern.

Lisa richtete sich auf. »Massive Kiefer. Und die Scheiben im Aufsatz: reiner Jugendstil.«

»Sie kennen sich aus.« Jennes nickte.

Arschloch, dachte Frank.

Lisa fühlte sich geschmeichelt. »Mit der Zeit kriegt man einen Blick dafür. Aber das ist natürlich nicht mit Ihrem Fachwissen zu vergleichen. Klasse, wie Sie den Schrank hergerichtet haben. Du hättest die Fotos von der Restaurierung sehen sollen, Frank.«

Er war froh, dass er sich diese Art Tatortfotos hatte ersparen können. »Ja, war sicher viel Arbeit.« Frank wollte viel lieber mit Lisa ins Bauerncafé, wie sie es ihm beim Frühstück versprochen hatte. Bestimmt hatte sie da schon gewusst, wie er in Jennes' Laden reagieren würde, und ihn vorsätzlich mit dem Bauerncafé gelockt.

»Was meinst du, Frank? Der Schrank würde doch auch gut ins Wohnzimmer passen, solange wir noch keine neue Wohnung haben. Ich weiß schon ganz genau, wo er später stehen soll.«

Lisa legte eine Hand auf das glatt geschliffene und gewachste Kiefernholz. Es war eine zärtliche Geste, die Frank irritierte. Ebenso wie der Gedanke, dass Lisa bereits ihr gemeinsames Zuhause einrichtete.

»Träumst du auch schon von unserer Burg?« Lisa hakte sich bei ihm unter und legte ihren Kopf an seine Schulter.

Er räusperte sich. »Um ehrlich zu sein, Lisa, ist der Schrank nicht eine Nummer zu groß für uns? Guck dir doch mal die Breite an und wie hoch er ist. Diese Zwischenablage oder wie man das nennt«, er deutete auf die grünen Jugendstilkacheln an der Rückwand, »das nimmt doch schon eine Menge Platz weg. Findest du nicht?«

»Das ist doch gerade das Schöne«, sagte Lisa und hielt ihren Kopf weiter an seine Schulter gelehnt. »Das ist doch der perfekte Platz für Dekorationen. Wir haben doch zum Beispiel von Tante Luise dieses wunderschöne alte Gallé-Väschen. Das passt doch prima.«

Hätte er nur den Mund gehalten, dachte Frank. Er wollte sich schon geschlagen geben, als sein Handy klingelte. Rettung naht, dachte er und meldete sich.

»Wo? Wann?«

Lisa erkannte an Franks Ton, dass es etwas Dienstliches sein musste. Sie seufzte, denn sie wusste, dass sie die Kaufverhandlungen für das Jugendstilbüfett auf später würden verschieben müssen. Sie nickte Jennes bedauernd zu und folgte Frank, der schon auf dem Weg nach draußen war.

Hendrik Jennes hob bedauernd die Schultern und lächelte verständnisvoll. »Ich lasse den Schrank noch ein paar Tage hier stehen. Es eilt ja nicht. Sie können sich die Sache in aller Ruhe überlegen.« Jennes tätschelte den Schrank mit seiner kräftigen Hand. »So ein Schmuckstück werde ich jederzeit los. Ich würde mich aber freuen, wenn es in Ihre Hände kommen würde. Der Schrank passt perfekt zu den Stühlen; auch wenn sie nicht ganz aus der Zeit sind. Sie haben wirklich einen erlesenen Geschmack.«

»Sehr freundlich, Herr Jennes. Ich bin sicher, dass wir uns wiedersehen.« Lisa nickte dem Trödelhändler freundlich zu und eilte Frank hinterher.

Frank hatte Lisa in der Stadt abgesetzt, weil sie noch ein wenig bummeln wollte, und war dann ins Präsidium gefahren. Auf dem Parkplatz der alten Polizeikaserne kam ihm Horst Laumen entgegen, der ein Klemmbrett in der Hand hielt.

»Wo ich dich gerade treffe.« Der Verwaltungsangestellte plusterte sich in seinem kanariengelben Pullunder auf und wollte sich Frank in den Weg stellen. »Du kannst dir sicher vorstellen, um was es geht, Borsch.« Laumen sah den Leiter des KK 11 triumphierend an. »Wir müssen reden. Über dein –«

Weiter kam er nicht.

»Lass mich bloß in Ruhe. Ich habe andere Dinge zu tun.« Ohne seine Geschwindigkeit zu verlangsamen, winkte Frank ab und bog um Laumen herum in Richtung Kantine und Aufgang zum KK 11 ab.

»Das lasse ich mir nicht gefallen, Borsch. So nicht. Das hat ein Nachspiel.«

Dass Laumen aufgeregt mit seinem Klemmbrett wedelte, sah Frank schon nicht mehr.

Ecki erwartete ihn bereits. »Wo bleibst du nur?«

Frank blieb vor dem Schreibtisch seines Freundes stehen und hob entschuldigend die Schultern. »Ich konnte Lisa doch nicht einfach in dem Laden dieses Trödelhändlers stehen lassen. Wo ist er?«

»Nebenan.«

Anja Mertens hatte Volker Radermacher mit ihrer Aufforderung überrascht, ihr aufs Präsidium zu folgen. Seine Festnahme hatte er selbst im Streifenwagen noch nicht recht begriffen. Es sei ganz leicht gewesen, hatte die Polizeioberkommissarin Ecki geschildert, als sie ihm den Sozialarbeiter übergeben hatte. Radermacher habe zu keiner Zeit eine

Gegenwehr, geschweige denn einen Fluchtversuch gewagt. Er habe im Gegenteil einen eher irritierten und verwirrten Eindruck gemacht und auf der Fahrt ins Präsidium mehrfach davon gesprochen, dass er pünktlich zu seiner Gruppensitzung zurück sein müsse. »Seine« Behinderten würden sonst auf ihn warten.

Ecki hatte daraufhin Barbara Kemmerling angerufen und sie gebeten, jemanden in die Wohngruppe in der Rheydter Innenstadt zu schicken. Die Leiterin des Vereins Schmetterling e. V. hatte nicht gefragt, warum.

Nun saßen Frank und Ecki Radermacher gegenüber.

Der Sozialarbeiter hatte einen Becher Mineralwasser vor sich stehen. Er hatte nichts dagegen, dass Frank das Tonbandgerät mitlaufen ließ.

»Sie wissen, warum Sie hier sind?« Ecki hatte sein Notizbuch aufgeschlagen, um entsprechende Laufwerksnummern notieren zu können, an denen er später wichtige Aussagen Radermachers würde finden können.

»Um ehrlich zu sein, nein.« Radermacher sah Ecki mit einem bemühten Lächeln an.

»Sie waren zur Fahndung ausgeschrieben.«

Volker Radermacher tat erstaunt. »Zur Fahndung? Soso. War ich denn auf der Flucht?«

»Sagen Sie es mir«, forderte Frank den Betreuer auf.

»Ob ich auf der Flucht war? – Das ist doch lächerlich.« Radermacher schüttelte ungläubig den Kopf.

»Wo waren Sie denn dann?«, hakte Frank nach.

»Wäre ich in die Wohnung nach Rheydt zurückgekehrt, wenn ich auf der Flucht gewesen wäre?«

»Wo waren Sie?«

»Ich war lediglich ein paar Tage weg. Ich musste mal raus. Abschalten.« Radermacher lehnte sich in seinem Stuhl zurück und verschränkte die Arme. Eindeutig eine Verteidigungshaltung, fand Frank.

»Passiert das öfter, dass Sie für ein paar Tage verreisen?«

Radermacher nickte selbstzufrieden. »Sie wissen ja, mein Job ist anstrengend. Da brauche ich ab und an mal eine kleine Auszeit, sonst komme ich mit der Belastung nicht klar.«

Ecki nickte. »Das glaube ich Ihnen gerne, Herr Radermacher. Aber lassen Sie dann immer Ihre Gruppe unangemeldet alleine? Eben haben Sie sich noch so um Ihre Schützlinge gesorgt. Das passt doch nicht zusammen.«

Volker Radermacher nahm die Arme herunter und beugte sich vor. »Wieso? Das verstehe ich nicht. Ich habe den Kollegen doch mitgeteilt, dass ich unterwegs bin. Konkret habe ich mit Clemens Dahl gesprochen, dass ich eine Auszeit brauche. Clemens hat sicher nur vergessen, das der Leitung mitzuteilen.« Radermacher legte seine Hände flach auf den Tisch. »Oh Gott, nicht, dass meine Leutchen die ganze Zeit alleine waren. Das wäre ja schrecklich. Ich muss dringend mit Frau Kemmerling sprechen. O Gott, o Gott.« Sein Gesicht verdunkelte sich.

»Sie können ganz beruhigt sein. Ich bin davon überzeugt, dass der Verein Ihr plötzliches Verschwinden perfekt gemanagt hat.« Frank nahm sich vor, Clemens Dahl zu befragen, um Radermachers Aussage zu überprüfen. Mit einem Seitenblick sah Frank, dass Ecki genauso dachte, denn sein Freund hatte sich vorgebeugt, um die entsprechende Nummer des Laufwerks zu notieren.

»Ich bin nicht abgehauen!« Radermacher strich eine imaginäre Decke auf dem Tisch im Vernehmungszimmer glatt.

»Wo warst du, Volker? Ich darf dich doch Volker nennen?«

Frank hatte Pech, der Sozialarbeiter verspürte offenbar kein Bedürfnis nach kumpelhafter Nähe. Oder er verstand sich zu gut auf diese Art Psychospielchen.

»Wenn Sie erlauben, Herr Borsch, würde ich lieber beim ›Sie‹ bleiben. Ich habe Ihnen doch schon gesagt, dass ich für ein paar Tage unterwegs war. Ich musste nachdenken. Ich schreibe an einer wissenschaftlichen Arbeit. Ich möchte promovieren. Dazu brauche ich Ruhe. Wenn ich in den Schichtdienst eingebunden bin, habe ich dazu keine Zeit. Ich muss mich konzentrieren können, sonst verliere ich den Faden und kann am Ende wieder von vorne beginnen. Aber das werden Sie sicher nicht verstehen.«

Radermacher war unversehens in einen abschätzigen Ton verfallen, der Ecki gar nicht gefiel. »Natürlich nicht«, bestätigte Ecki ironisch.

»Wo waren Sie?« Franks Geduld war ausgereizt.

»Muss ich Ihnen das sagen?«

Ihr Schweigen musste ihm Antwort genug sein.

Volker Radermacher war verunsichert. Deshalb schwieg auch er. Seine Augen verrieten mehr. Unruhig wanderten sie von Frank zu Ecki, dann betrachtete Radermacher die spärliche Einrichtung des Vernehmungsraums.

Frank wollte den Sozialarbeiter nicht zur Ruhe kommen lassen. »Sollen wir Frau Kemmerling fragen?«

Radermacher hatte mit gefalteten Händen am Tisch gesessen. Nun gingen sie für einen Augenblick auseinander, um sich dann wieder zu verschränken. Für Frank das Zeichen, dass er mit seiner Frage ins Schwarze getroffen hatte.

»Nun?«

»Ich war in einer kleinen Ferienwohnung im Siegerland. In Müsen, wenn Sie es genau wissen wollen.«

»Wir werden das überprüfen.« Ecki nickte.

»Waren Sie alleine dort?«

Radermachers flatternder Blick war Frank Antwort genug.

»Warum haben Sie uns nicht gesagt, dass Sie ein Verhältnis mit Frau Kemmerling haben?«

Volker Radermacher machte eine Faust und führte sie sich räuspernd zum Mund. »Barbara ist verheiratet. Sie verstehen.«

»Wir werden auch mit Frau Kemmerling sprechen. Waren Sie die ganze Zeit mit ihr zusammen?«

»Nein, Sie hat nur einmal bei mir übernachtet.«

»Die Adresse?« Frank blieb skeptisch.

»Mitten im Ort. Dorfstraße. Ich fahre regelmäßig dorthin. Die Wohnung gehört einem ehemaligen Studienkollegen.«

»Und Sie haben an Ihrer Dissertation gearbeitet?«

Volker Radermacher schien erleichtert. »So ist es.« Er zögerte, bevor er weitersprach. »Bitte, ich möchte vermeiden, dass Barbara Schwierigkeiten bekommt. Brauchen Sie mich noch? Ich würde jetzt gerne gehen, Herr Borsch.«

Frank musste fast lachen. »Wir stehen erst am Anfang. Sie verkennen Ihre Situation, Herr Radermacher, Sie sind hier, weil wir Fragen im Zusammenhang mit einem ungeklärten Mordfall haben. Möglicherweise zwei ungeklärten Mordfällen. Sie sind unser wichtigster Zeuge, vielleicht sogar mehr.«

Radermachers Zuversicht wich ebenso schnell, wie seine Gesichtsfarbe ins Graue wechselte. »Ich verstehe Sie nicht.« Der Sozialarbeiter begann seine Hände zu kneten.

»Dann will ich konkreter werden. Vielleicht verstehen Sie dann, worum es geht.« Frank nickte Ecki zu, der sich die aktuelle Laufwerksnummer notierte. »Wir schließen nicht aus, dass Sie für den Mord an Elvira Theissen verantwortlich sind.« Frank warf Ecki erneut einen Blick zu. »Außerdem möchten wir wissen, ob Sie Kontakt zu einer anderen Behinderten hatten, die ebenfalls nicht mehr leben dürfte.«

»Ich?« Radermacher versagte die Stimme.

»Haben Sie Elvira Theissen ermordet, Herr Radermacher?«

Das Gesicht des Sozialarbeiters war mittlerweile weiß wie die Wand. »Was soll das? Ich habe keinen Menschen ermordet, schon gar nicht Elvira. Wie kommen Sie auf eine solch absurde Idee?«

»Sagen Sie uns den Grund, Radermacher.« Frank beugte sich vor. »Sie haben selbst bestätigt, dass Sie einen sehr stressigen Job machen. Da kann es doch sein, dass Ihnen bei Elvira die Sicherung durchgebrannt ist. Das wäre sogar menschlich. Sie haben nur nicht die Notbremse gezogen. Sie haben sich quasi von einer Last befreit.«

Ecki beobachtete Radermachers Mienenspiel: Ungläubiges Staunen war professioneller Sachlichkeit gewichen. Seine Hände verrieten jedoch etwas anderes.

»Ich soll Elvira getötet haben, weil ich mich der Aufgabe nicht mehr gewachsen gefühlt habe? Das ist doch geradezu lächerlich. Fragen Sie doch unseren Supervisor. Er kennt mich in- und auswendig. Er wird Ihnen bestätigen, dass ich genauso viel und genauso wenig gestresst war und bin wie alle anderen auch. Ich morde nicht aus Überlastung.«

»Vielleicht liegt Ihr Motiv auch ganz woanders.« Ecki hatte den Satz nahezu beiläufig klingen lassen.

»Was wollen Sie von mir, Herr Eckers?«

»Vielleicht hatten Sie ein wissenschaftliches Interesse an der Ermordung von Elvira Theissen und einer weiteren Frau, deren Identität wir noch nicht kennen.« Frank wusste, worauf Ecki hinauswollte.

»Wissenschaftliches Interesse?«, echote Radermacher.

»So abwegig, wie Sie uns weismachen wollen, ist unsere Idee auch wieder nicht«, sponn Ecki den Faden weiter.

»Wir haben uns Ihre sogenannte wissenschaftliche Literatur genauer angesehen. Da ist von Gewalt, von einem Zusammenhang zwischen Schmerzen und Ästhetik die Rede. Wenn Sie so wollen, haben Sie sich die Rechtfertigung für Ihre Tat zusammengesucht und ins Regal gestellt. Was haben Sie dabei empfunden, als Sie Elvira Theissen umgebracht haben? Was haben das Überschütten der Frau mit Prozessionsspinnerraupen und die übrigen Quälereien mit Schönheit zu tun? Sie haben das arme Geschöpf gequält und dabei Lust empfunden. Lust, die Sie in Ihrem kranken Kopf mit der Suche nach der einzig wahren Ästhetik entschuldigen und erklären. Ist es nicht so?«

Der Sozialarbeiter war in seiner Bewegung erstarrt. Die Knöchel seiner geballten Hände waren weiß, Schweißperlen standen auf seiner Stirn. Er versuchte zu sprechen, aber seine Stimme versagte ihm den Dienst.

Frank hatte das ungute Gefühl, den Bogen überspannt zu haben. Er versuchte, die Schärfe aus seiner Stimme zu nehmen. »Ich weiß, dass es schlimm für Sie sein muss, mit diesen

Dingen konfrontiert zu werden. Wenn man Furchtbares laut ausspricht, öffnen sich beim Betroffenen oft neue, unerwartete Dimensionen. Schuldgefühl und Selbstverachtung sind nur zwei davon. – Wenn Sie eine Pause brauchen? Einen Kaffee vielleicht?«

Volker Radermacher sprang unvermittelt auf. Dabei fiel sein Stuhl polternd um. Schwitzend und keuchend stand der schwergewichtige Sozialarbeiter vor den beiden Ermittlern.

»Ich will hier raus! Das ist doch alles nicht wahr! Bin ich hier in einem Horrorfilm? Ich will gehen! Sofort! Sie unterstellen mir, pervers zu sein! *Sie* sind krank! Nicht ich! Sie sind ja von allen guten Geistern verlassen!«

Ecki war ebenfalls aufgesprungen und mit einem Satz bei Radermacher. Nachdem er den Stuhl wieder aufgestellt hatte, versuchte er, Radermacher zum Hinsetzen zu bringen. Vergeblich.

Radermacher schüttelte ihn ab wie ein lästiges Tier. Der Sozialarbeiter musste Bärenkräfte haben, die man ihm wegen seiner unsportlichen Figur niemals zugetraut hätte.

»Ich will hier weg!«

Frank kam seinem Freund zu Hilfe. Gemeinsam schafften sie es, Radermacher auf die Sitzfläche zu drücken. Im selben Augenblick schien seine Widerstandskraft gebrochen.

»Lassen Sie uns vernünftig miteinander reden.« Frank schlug einen beschwichtigenden Ton an.

»Lassen Sie mich gehen.« Radermacher klang matt.

»Das können wir nicht.«

»Ich habe Elvira nicht umgebracht. Und ich weiß auch nichts von einer anderen Frau. Ich bringe niemanden um, ich will Menschen helfen.« Er wimmerte mehr, als dass er sprach.

Ecki stand auf. »Während ich Ihnen einen Kaffee hole, können Sie ein bisschen zur Ruhe kommen.«

Ecki hatte kaum die Tür zum Vernehmungsraum hinter sich zugezogen, als Carolina Guttat auf ihn zutrat. Die Staatsanwältin hatte einen Teil der Vernehmung durch die verspiegelte Glasscheibe verfolgt.

»So kommt ihr nicht weiter. Radermacher so mit den Vorwürfen zu konfrontieren! Das grenzt an Nötigung. Wo hat Borsch sein Handwerk gelernt? Ich habe gedacht, er dreht gleich durch.«

Ecki versuchte abzuwiegeln. »Das war schon okay. Frank hat nur versucht, Radermacher aus der Reserve zu locken. Du darfst nicht vergessen, dass der Sozialarbeiter sämtliche Gesprächs- und Psychotricks draufhat. Der ist nicht so einfach zu knacken wie ein x-beliebiger Krimineller.«

Die Staatsanwältin schüttelte unwirsch ihr blondes Haar. »Das heißt noch lange nicht, dass er sich so gehen lassen kann.«

»Was Frank getan hat, war immer noch im Soll.« Ecki konnte die Staatsanwältin nicht verstehen. Carolina Guttat war doch sonst nicht so zimperlich.

»Ich habe nichts gesehen. Haben wir uns verstanden?« Sie legte ihre Hand auf Eckis Arm. »Wir dürfen uns keine Fehler erlauben. Gerade in diesem Fall nicht. Ich kann mich auf euch verlassen?«

»Keine Sorge. Wie lange können wir ihn hierbehalten?«

»Nur so lange wie nötig.«

Frank war erschöpft. Er fuhr sich mit den Händen über das Gesicht und rieb seine Augen. »Ein harter Hund.«

Ecki deutete auf die Kassette. »Wir gehen Satz für Satz noch einmal durch. Wir werden den Hebel finden, mit dem wir ihn von seinem Stuhl kippen können.«

»Wenn er unser Mann ist und sein Spiel mit uns spielen will, wird es hart werden.« Frank rieb sich die Wangen.

»Wir haben schon ganz andere geknackt.« Auch Ecki gähnte. Er würde gleich seinen PC herunterfahren und sich mit Marion treffen. Seine Frau wollte mit ihm nach Wassenberg. Dort gab es einen Werksverkauf für Polstermöbel.

»Ich bin mir da nicht so sicher. Ich muss die ganze Zeit daran denken, was Viola einmal gesagt hat.«

»Nämlich?« Ecki war jetzt hellwach. Viola war ein sensibles Thema, mehr denn je. Davon war er spätestens seit Franks Telefongespräch mit ihr überzeugt.

»Dass derart gestörte Täter nie aufhören zu töten. Sie nehmen sich höchstens eine Auszeit. Sie sind wie Minen, sie können jahrelang unentdeckt herumliegen und ihrer Umgebung das trügerische Gefühl von Sicherheit geben, doch dann gehen sie bei der kleinsten Berührung hoch.«

»Radermacher liegt noch warm und trocken. Und wir werden ihm den Zünder schon rausschrauben.«

»Und wenn er nicht der Täter ist?«

»Davon gehe ich nicht aus. So ziemlich alles spricht gegen ihn. Nicht mehr lange und wir haben ihn überführt.«

»Mal angenommen, es wäre jemand anderer. Dann hat derjenige uns in der Hand. Und das Schlimmste ist: Dieser Jemand kann der unscheinbare, nette Nachbar sein, ein liebenswerter Kollege, genauso wie der höfliche Unbekannte am Tresen. Diese Vorstellung macht mir Angst.«

»Es ist Radermacher«, sagte Ecki bestimmt. Vor allem weil er nicht wollte, dass Frank recht hatte.

»Ich hoffe, du irrst dich nicht.«

Das vorläufige Ergebnis der Vernehmungen konnte sich in gewisser Weise durchaus sehen lassen: auf der einen Seite mehrere geleerte Kannen Kaffee, zwei Schachteln Zigaretten der Staatsanwältin und eine nicht mehr genau zu beziffernde Menge Schokoriegel der Vernehmungsbeamten. Außerdem waren die Schatten um die Augen der beiden Hauptkommissare deutlich dunkler geworden. Selbst Schrievers, der nicht unmittelbar in die Vernehmungen eingebunden war, verspürte Müdigkeit, die er aber seinem intensiven Walking zuschrieb. Auf der anderen Seite gab es kaum greifbare Ergebnisse. Der Sozialarbeiter hatte sich, so gesehen, gut geschlagen.

Für jede Vorhaltung hatte Radermacher eine – zunächst jedenfalls – glaubhafte Erklärung. Seine Absicht, sich wissenschaftlich mit der Frage nach den ästhetischen Aspekten von Gewalt zu beschäftigen, ließ sich nicht widerlegen. So krude das Thema auch war, es gab in der Tat Forschungsprojekte, die sich dieser Thematik seit Jahren widmeten.

Frank und Ecki hatten lange mit Radermachers Doktorvater an der Heinrich-Heine-Universität in Düsseldorf gesprochen, der natürlich nichts Verwerfliches an dem Thema finden konnte. Seine nur grobe Durchsicht der sichergestellten Unterlagen hatte nichts Ungewöhnliches zutage gefördert. Im Gegenteil: Der angesichts der Ermittlungen gegen seinen Doktoranden höchst irritierte Professor war mehr als erfreut über die, wie er betonte, umfang- und kenntnisreiche Literatur- und Materialsammlung. Radermachers Arbeitseifer rechtfertige seine Überlegung, den Sozialarbeiter für ein Stipendium vorzuschlagen. Radermachers vielversprechende Thesen und theroretische Denkansätze müssten dringend der Wissenschaft erhalten bleiben, hatte er den nun ihrerseits irritierten Polizeibeamten nachdrücklich mitgeteilt.

Nur das Verhältnis zu Barbara Kemmerling konnten die Ermittler Radermacher nachweisen. Das lag aber daran, dass Kemmerling selbst die Ermittler aufgesucht und um Diskretion gebeten hatte. Zudem hatten die Recherchen der MK Elvira ihre Aussage bestätigt. Anhand von Tank- und Bewirtungsquittungen, die die Vorsitzende des Vereins Schmetterlinge e. V. vorgelegt hatte, konnte der Aufenthalt des Liebespaares zum Tatzeitpunkt im Hillesheimer Hotel *Augustiner-Kloster* nahezu lückenlos nachvollzogen werden. Die Vorlage eines Fotos von Radermacher an der Hotelrezeption tat ein Übriges.

Übrig war lediglich die vorerst vage Möglichkeit geblieben, dass Radermacher durchaus aus der Eifel nach Mönchengladbach hätte zurückfahren können, um Elvira zu töten, und anschließend in die Arme seiner Geliebten zurückgekehrt war.

Frank wollte einen letzten Versuch unternehmen, Radermacher zu einem Geständnis zu bewegen. Er hatte dafür extra die Harps in den Vernehmungsraum mitgebracht.

Auch der Sozialarbeiter sah übernächtigt aus. Aber seine Stimmung war ungebrochen zuversichtlich. Er wusste oder ahnte zumindest, dass er nicht mehr lange in der Obhut der Mönchengladbacher Polizei sein würde.

»Kaffee?« Frank legte die Harps auf den Tisch.

Radermacher schüttelte den Kopf und betrachtete interessiert die verschiedenen Mundharmonikas.

»Sie kennen sie?« Frank setzte sich Radermacher gegenüber.

Radermacher schüttelte erneut den Kopf. »Sollte ich?«

»Diese Mundharmonikas sind Teil unserer Ermittlungen.«

Frank legte die vier Bluesharps zu einer Reihe zusammen. Selbst durch die Beutel glänzten ihre verchromten Deckel im Deckenlicht des Vernehmungsraumes.

»Darf ich?«

»Nur zu.« Frank beobachtete, wie Radermacher einen Beutel nach dem anderen in die Hand nahm und die Harps von allen Seiten betrachtete.

»Ziemlich klein, oder?« Radermacher legte sie in der exakt gleichen Anordnung auf den Tisch zurück.

»Zu klein wozu?«

»Das sind doch keine Mordinstrumente, oder?«

Frank meinte einen spöttischen Unterton zu hören. Der Sozialarbeiter hatte die Augen halb geschlossen, als müsse er jedes einzelne Instrument genau fixieren.

»Mit einer Bluesharp kann man keinen Mord begehen, mir sind jedenfalls keine solchen Fälle bekannt.«

Volker Radermacher nickte. »Na ja, sieht man mal davon ab, dass man mit schiefen Tönen seine Zuhörer zum Wahnsinn treiben kann.«

»Hören Sie auf mit dem Blödsinn!« Frank schlug auf den Tisch, dass die Harps aus ihrer Ordnung sprangen.

Radermacher zuckte zusammen. Das Licht. Das grelle Deckenlicht machte ihn schier wahnsinnig.

»Wir werden beweisen, dass Sie diese Harps gekauft haben.«

»Wie soll das gehen?« Radermacher konzentrierte sich erneut auf die schmalen Instrumente. Ihre Deckel glitzerten.

»Wir werten derzeit die Daten der Hersteller aus. Ein aufwendiges Verfahren, aber ich bin sicher, dass wir in den Bestell-, Bestätigungs- und Liefermails Ihre Adresse finden werden oder die Kennnummer Ihres PCs. Wenn Sie Spuren im Netz hinterlassen haben, werden wir sie finden.«

»Ich habe keine Bluesharps im Internet bestellt. Ich kann gar nicht gut genug spielen, als dass ich mir diese Dinger anschaffen würde. Gut, ich habe vor Jahren mal versucht, auf einer Harp zu spielen, wie man das schon mal macht, wenn einen die Töne faszinieren, die richtige Bluesmusiker darauf spielen können. Aber ich habe das Ganze schnell aufgegeben. Ich habe wohl kein Talent.«

»Wir haben Beamte im Einsatz, die jede Musikalienhandlung mit einem Foto von Ihnen abklappern.«

»Zeitverschwendung.« Der Sozialarbeiter ordnete die Mundharmonikas neu und richtete sie exakt an einer imaginären Linie aus. »Ich könnte jetzt doch einen Kaffee vertragen.« Radermacher betrachtete zufrieden das Ergebnis seiner Bemühungen.

»Ein Kollege wird Ihnen gleich einen Becher bringen.« Frank nickte in Richtung der verspiegelten Glasscheibe. Er wusste Ecki auf der anderen Seite und dazu noch Rüdiger Bittner, der sich von der KTU zur MK hatte abordnen lassen.

»Hören Sie, Ihre Bemühungen in allen Ehren«, Radermacher versuchte einen ironischen Tonfall zu vermeiden und hielt seinen Blick auf die Mundharmonikas gerichtet, »ich habe mit der Sache nichts zu tun. Der Tod von Elvira ist schrecklich. Ich leide darunter wie ein Hund, das müssen Sie mir glauben. Sie war ein so liebenswerter Mensch.«

»Und warum können Sie mir das nicht ins Gesicht sagen?« Frank fühlte sich so müde und ausgelaugt wie nach einem Zehn-Kilometer-Lauf um Schloss Rheydt.

»Ich bin unschuldig.«

Radermachers Augen brannten sich in Franks Gesicht. Erstaunt musste er feststellen, dass er dem Blick nur mit Mühe standhalten konnte.

Die Tür wurde geöffnet, und Bittner stellte grußlos zwei Becher Kaffee auf den Tisch. Im Hinausgehen sah er Frank fragend an. Frank ließ den Blick unbeantwortet. Was hätte er seinem Kollegen auch sagen können?

»Wir sind mit der Befragung noch nicht fertig. Lassen wir die Bluesharps für einen Augenblick beiseite. Es gibt noch ein schwerwiegendes Indiz.«

Der Sozialarbeiter hob erstaunt eine Augenbraue.

»Das Skalpell.«

Radermacher lachte erstaunt auf. Mit diesem Themenwechsel hatte er nicht gerechnet. »Ein Skalpell? Welches Skalpell?«

»Wir haben die Finger einer noch unbekannten Frau mit Down-Syndrom. Sie wurden fachmännisch abgetrennt. Der Täter muss medizinische Fachkenntnisse haben, meint der Pathologe. Die Frau war bereits tot, als man ihre Finger amputierte.«

Volker Radermacher verstand nicht.

»Skalpell. Klingelt da nichts? Sie haben im Krankenhaus gearbeitet. Muss ich noch mehr sagen?«

Radermacher war entsetzt. »Also, ich weiß nicht, was ich sagen soll. Dass Sie sauber amputierte Finger in einem Kühlfach liegen haben, bringt Sie messerscharf auf die Idee, dass ich auch dafür verantwortlich bin? Ich fasse es nicht. Hören Sie«, er versuchte ruhig zu bleiben, »Skalpelle sind Massenware. Sie liegen in Krankenhäusern, in Arztpraxen und sonst wo rum. In allen möglichen Berufen werden Skalpelle gebraucht. Restauratoren brauchen scharfe Messer, die Dinger sind überall nützlich, zum Basteln, was weiß ich. Da wollen Sie mir doch nicht im Ernst unterschieben, dass nur ich Zugriff auf ein solches scharfes Messer gehabt haben kann.« Radermacher schüttelte ungläubig den Kopf, hob den Becher an den Mund und setzte ihn mit der gleichen Bewegung wieder ab. »Skalpelle werden in Kliniken zu Hunderten geklaut.«

»Wir warten noch auf das Ergebnis der DNA-Analyse, dann sehen wir weiter.«

»Sie werden keine Spuren finden. Ich habe niemandem die Finger abgeschnitten. Das Ganze ist doch krank.« Radermacher fasste sich an den Kopf und wandte seinen Blick ab.

»Wir haben uns übrigens nicht gewundert, bei Ihnen zu Hause kein Skalpell zu finden.«

Volker Radermacher richtete sich auf. »Ich möchte jetzt gerne gehen. Ich schätze, dass Sie keine weiteren Indizien haben, die es rechtfertigen würden, mich noch länger hier festzuhalten.«

»Radermacher hat alle Karten in der Hand. Wir haben nichts, nichts, das uns weiterbringt.«

Ecki nickte. »Wir werden ihn entlassen müssen.« Er sah Schrievers an, der in ihr Büro gekommen war, um ihnen mitzuteilen, dass die Recherche in Sachen Bluesharps schwieriger war als erwartet.

»Die Firma rückt die Verkaufszahlen zwar nicht heraus, will aber ihr System kontrollieren. Nur kann das Monate dauern.«

Frank nahm einen der Beutel in die Hand. »Was sollen uns die Harps bloß sagen?« Er warf ihn zurück auf den Schreibtisch.

Heinz-Jürgen Schrievers zuckte mit den Schultern. »Ich weiß jetzt alles über Herrn Richter und dass eine diatonische Mundharmonika in ihrer Richterausführung zehn Kanzellen, also Blasöffnungen, hat, dabei nicht chromatisch, sondern eben in Richterstimmung gestimmt ist, und dass durch Blasen und Ziehen an jeder Kanzelle zwei unterschiedliche Töne entstehen.«

Ecki nahm jeden Beutel in die Hand und legte ihn wieder auf den Tisch zurück. »Das ist mir alles zu hoch.«

Auch Schrievers nahm einen der Beutel in die Hand. »So kleine und doch so komplizierte Dinger. Und jede anders gestimmt.« Er deutete auf die Seite der Harp. »Die hier ist in A-Dur gestimmt. Und dann gibt es ja die ganzen Tonarten noch in Moll. Da blicke noch einer durch.«

Frank suchte auf den übrigen Mundharmonikas den Aufdruck der Stimmung. »Zweimal D, einmal A und einmal E.«

»Kann man damit ein Lied spielen?«, fragte Ecki.

»Mit allen vieren auf einmal?« Frank schüttelte den Kopf. »Du spielst, was die Band spielt. Wenn die Band in E spielt, brauchst du eine Harp in A. Spielt die Band in A, spielst du in D.«

»Wie jetzt?« Ecki verstand kein Wort.

»Ist so. Nimm's hin, ist zu kompliziert für dich.« Frank wog alle vier Harps in der Hand. »Erzählt mir eure Geschichte. Ich bin euer Herr und Meister.«

»Wird das jetzt eine Geisterbeschwörung, oder was?« Der Archivar sah Frank kopfschüttelnd an.

»Es gibt kein schöneres Musikinstrument. Weder von der Form her noch von der Handlichkeit oder der Ausdrucksstärke. Aber das geht wohl jedem Musiker mit seinem Instrument so.«

Schrievers pflichtete ihm bei: »Mein Schwager zum Beispiel, der hat früher Akkordeon gespielt. Wie ein junger Gott. Und gehegt und gepflegt hat er das Ding. Unglaublich. Ich kann mich noch genau erinnern: Weiß war das Akkordeon, mit kleinen Strasssteinchen.«

Frank wollte die Bluesharps zu einer Reihe legen, hielt aber inne. Eine Schrecksekunde später hatte er erkannt, was vor ihm lag: D-Dur, E-Dur, A-Dur, D-Dur.

»Was ist mit dir? Hast du den Unaussprechlichen gesehen?« Schrievers hatte bemerkt, dass Frank blass geworden war.

Auch Ecki war aufmerksam geworden. »Frank?«

Frank hatte Mühe zu sprechen. »Ich weiß jetzt, was die Bluesharps uns sagen wollen.«

»Was denn?« Schrievers und Ecki sahen sich an.

»Hier steht es.« Frank deutete auf die Mundharmonikas.

»Ich sehe nur Bluesharps.« Ecki hatte sich vorgebeugt.

»Die Stimmung. Die Stimmung der Harps ist es. Seht nur.«

Schrievers und Ecki beugten sich über die vier Harps – und sahen nichts.

»Die Harps sind in D-Dur, E-Dur, A-Dur und D-Dur gestimmt. Versteht ihr nicht? In D, E, A und D.«

»Ja, und?« Schrievers hatte Sorge, dass Frank dabei war, den Verstand zu verlieren.

»D, E, A und D. Hier steht: DEAD. Tot. Dieser Wichser hat uns genau diese Botschaft geschickt: Tot.«

»Dead?« Ecki dämmerte es erst allmählich. »Soll heißen?«

»Spiel mir das Lied vom Tod?«

»Sei nicht albern, Frank.« Schrievers begann zu schwitzen.

»Tag, Commissario. Ich hab sie schon bereitgelegt.« Cengiz klopfte auf die neue Ausgabe der *bluesnews*.

»Danke.« Frank zog seinen Geldbeutel hervor.

»Geht's heute nicht gut?« Der Kioskbesitzer hatte den Blick eines Internisten. »Ein Sixpack dazu?«

Frank winkte ab. »Nein. Ich bin mit Lisa verabredet. Ich will nur schnell einen Blick in die Zeitung werfen.«

»Verstehe.« Cengiz nickte. »Ich habe mir schon mal die CD-Kritiken angeschaut. Sind ein paar interessante Scheiben dabei.«

Frank musste lachen. »Seit wann interessierst du dich für Blues, Cengiz?«

»Ein guter Geschäftsmann ist nur so lange gut, wie er die Bedürfnisse seiner Kunden kennt. Sagt mein Vater.«

»Ein weiser Mann, dein Vater.«

»Ohne ihn wäre ich nichts.« Cengiz wies in die Runde.

Cengiz' Vater war einer der ersten türkischen Gastarbeiter gewesen, die vor langer Zeit nach Mönchengladbach gekommen waren. Irgendwann hatte er seinen anatolischen Traum wahr gemacht und den Kiosk in Eicken übernommen. Über die Jahre waren Cengiz' Vater und Frank Freunde geworden. Wobei Cengiz' Vater respektvoll Distanz zu dem Leiter der Mönchengladbacher Mordkommission hielt. Was seinen Sohn aber nicht davon abhielt, Frank gelegentlich um Rat und auch um Hilfe zu bitten.

»Wie gehen die Geschäfte, Commissario?« Cengiz strahlte über das ganze Gesicht.

Frank ahnte etwas. »Bist du wieder zu schnell gefahren?«

Cengiz hob seine gefalteten Hände. »Plötzlich war da so ein Blitz. Und kurz danach noch einer.«

»Die Starenkästen auf der Theodor-Heuss-Straße?«

Cengiz hob die Schultern. »Diese hellen Lichter. Darf man nachts auf der Straße einfach so fotografieren?«

»Cengiz! Gleich zweimal geblitzt werden!«

»Mein Vater darf nichts davon erfahren.«

»Und ich werde nicht mit meinen Kollegen reden.«

»Mein Vater bringt mich um, Commissario.«

»Spätestens dann bist du mein Fall.«

»Commissario«, schmollte Cengiz und zupfte an seinem gegelten Haar. »Gibt es keine Rettung?«

»Sei ehrlich und gesteh es deinem Vater. Das hilft und hält die Strafe gering.« Frank musste erneut lachen.

Cengiz breitete die Arme aus. »Papa wird mich rösten.«

»Wird schon nicht so schlimm werden. Die Kästen stehen ja nicht ohne Grund da. An der Stelle wird viel zu viel gerast. Du solltest dir die Unfallzahlen ansehen, dann würdest du ganz anders Auto fahren.«

Cengiz verzog das Gesicht, als hätte er in eine anatolische Zitrone gebissen.

Frank wollte Cengiz nicht länger hinhalten. »Ich rede mit deinem Vater. Aber das Bußgeld wirst du zahlen müssen.«

Die Miene des Kioskbesitzers hellte sich auf. »Moment, Commissario.« Er kramte in seinen Regalen.

»Ich habe alles, ich will nur meine Zeitung bezahlen.« Frank konnte sich schon denken, was jetzt kam.

»Eine Kleinigkeit für Lisa. Was Süßes. Moment.«

»Vergiss es. Du weißt, dass ich nichts annehme.«

Cengiz drehte sich um. »Schade.«

Frank zahlte die *bluesnews* und wollte gehen, als Cengiz ihn zurückhielt. »Ich habe doch noch etwas, Commissario.«

»Cengiz!«

Er hob die Hände. »Nein, nein, keine Bestechung. Ein Brief. Ich habe einen Brief. Der Brief lag vor ein paar Tagen mit der anderen Post unter meiner Tür. Einen Moment, Commissario.« Cengiz verschwand in dem winzigen Nebenraum, auf dessen Tür das Schild ›Büro‹ geklebt war.

»Hier.« Er hielt Frank einen weißen Umschlag hin.

»Für mich?« Der Brief war in der Tat an ihn adressiert. Allerdings fehlte die Marke.

»Als ich morgens vom Arzt zurückkam, lag die Post unter meiner Tür. Normalerweise bekomme ich ja nur Rechnungen.«

»Vom Arzt zurück?«

Cengiz verzog das Gesicht. »Ich hatte Zahnschmerzen und habe das Geschäft für eine Stunde schließen müssen. Warum sind die Schmerzen nicht erst am Abend gekommen? Dann hätte ich keinen Verdienstausfall gehabt.«

»Du weißt also nicht, wer den Brief abgegeben hat?«

»Commissario«, Cengiz lächelte überlegen, »der Postbote. Herr Bommels kommt jeden Tag. Er wird sich wohl ausnahmsweise mal vertan haben. Schließlich ist er ein deutscher Beamter.«

Frank wollte nicht weiter auf die Mentalität von Beamten eingehen. »Ich muss mich sputen. Ciao, Cengiz, und denk dran: in der Stadt immer schön fünfzig fahren.«

Noch im Gehen riss er den Umschlag auf.
Er erstarrte mitten in der Bewegung.
»9.11 Uhr. Schmetterlinge fliegen an einem Samstag.«

Rüdiger Bittner ärgerte sich über die Ignoranz seiner Kollegen. »Auch wenn ich mich wiederhole: Das ist Allerweltspapier, das ihr in jedem Drucker findet! Aber die Analysen laufen noch. Vielleicht gibt es doch noch Unterschiede in den Papierpartien, vielleicht können wir so rekonstruieren, wohin das Zeugs genau geliefert wurde, und die Region ein wenig einkreisen. Mehr aber auch nicht. Und wenn ich ›Region‹ sage, kann das den kompletten Niederrhein betreffen, wenn nicht sogar ganz NRW. Das Gleiche gilt übrigens auch für den Umschlag und die Tinte.«

»Wir haben dich schon verstanden, Kollege. Wie lange werden wir auf Ergebnisse warten müssen?«

Bittner hob die Schultern. »Das LKA arbeitet dran. Schwer zu sagen.«

Frank rieb sich die Schläfen. »Na, prima.«

Schrievers beugte sich vor. »Und das Papier wird überall benutzt, sagst du?«

Der Archivar war zufällig im Büro der beiden Ermittler. Gertrud hatte für Eckis Frau Marion ein Rezept für Grillage kopiert, und das hatte er mit entsprechenden Bemerkungen zum Kaloriengehalt der legendären Eistorte gerade auf Eckis Schreibtisch gelegt.

Bittner nickte.

»Also auch an Unis?«

Bittner nickte erneut. »Klar.«

Frank sah Schrievers an. »Worauf willst du hinaus?«

»Ich denke an Radermachers wissenschaftliche Arbeit.«

Ecki schüttelte den Kopf. »Der hat hier gesessen. Der kann den Brief nicht bei Cengiz hinterlassen haben.«

Nachdem Bittner gegangen war, stand Schrievers auf und wanderte im Büro auf und ab. »Ich habe keine Ruhe. Seit ich walke, habe ich sowieso das Gefühl, ich muss mich immer bewegen.«

»Was macht dich denn so nervös?«

»Ich kann meine Beine kaum stillhalten. Keine Ahnung. Aber das ist es jetzt nicht. Mich treibt um, was die Uhrzeit bedeutet und was der Satz mit den Schmetterlingen.«

»Das ist eine Warnung.« Frank hatte den Gedanken an diesem Nachmittag schon Hunderte Male gehabt und mehrfach ausgesprochen.

»Warnung, wovor?« Auch Ecki hatte seine Frage schon einige Male gestellt. »9.11 Uhr?«

»Klingt wie 9/11.«

»Flugzeuge über Mönchengladbach? Unsinn. Was wäre denn das Ziel?«

Frank musste sich ablenken, vielleicht kam dann die zündende Idee. Er schlug die *bluesnews* auf und las die Überschrift des Features über Louisiana Red: *A bluesman don't never retire.* Ein Bluesmusiker geht nie in Rente. Frank sog hörbar die Luft ein. Er fühlte sich eher wie jemand, der schon viel zu lange und mit der immer gleichen Geschichte unterwegs ist: Ein Mensch bringt einen anderen um.

»Ich brauch ein Hefeteilchen, besser zwei. Sonst geht bei mir gar nichts mehr.« Ecki gähnte laut.

»So kommen wir nicht weiter.« Frank schob die *bluesnews* zur Seite und sah den Archivar an. »Mensch, Schrievers, du machst mich mit deinem Gerenne noch wahnsinnig.«

Schrievers blieb abrupt stehen. »In der Computer-Steinzeit, zu den C64-Zeiten, da gab es das Spiel ›Tazz‹, wenn ich mich nicht irre. Da ging es um Schmetterlinge und Bomben. Muss so um 1984 gewesen sein.«

»Bomben und Schmetterlinge?« Ecki wurde hellhörig. »Ja, da gab's mal was. Kann mich schwach dran erinnern. Du meinst, es gibt eine Verbindung?«

Schrievers ging zwei Schritte und blieb wippend am Fenster stehen. »Mehr hab ich dazu nicht im Kopf.«

Draußen saß die halbe Stadt im täglichen Feierabendstau. Die Menschen in den Bussen und Autos sahen gelangweilt und müde aus. Einige sangen stumm zu einer stummen Musik oder klopften einen Rhythmus auf ihr Lenkrad. Andere betrachteten sich ausgiebig im Rückspiegel, andere telefonierten mit dem Handy am Ohr. Wäre er noch Streifenpolizist, könnte er bequem seinen Quittungsblock für Verwarngelder abarbeiten.

Heinz-Jürgen Schrievers drehte sich zu seinen Kollegen um. Sein Blick ging weit über das Büro hinaus. »Was soll 9.11 Uhr bedeuten? Warum ist diese Zeit so wichtig?«

»Keine Ahnung. Klingt wie eine Ankunfts- oder Abfahrtszeit.« Ecki suchte in seinem Schreibtisch nach Süßigkeiten.

»Ich finde den Bezug zu Ground Zero augenfällig«, beharrte Frank und betrachtete das Foto von Louisiana Red: Der Vater vom Ku-Klux-Klan ermordet, Zwangsarbeit, Koreakrieg, unehrenhafte Entlassung aus der Army.

»Mal angenommen, du hast recht. Heißt das, dass irgendwo in der Stadt eine Bombe hochgehen wird? Im Stadion? Am Bahnhof? Wir müssen die Bahnhöfe checken.« Ecki hatte die Suche aufgegeben und machte sich Notizen.

»Auf jeden Fall dort, wo viele Menschen sind. Um 9.11 Uhr.«

Schrievers streckte sich. »Wo gehen in Afghanistan oder im Irak Bomben hoch? Vor Polizeistationen und auf Märkten.«

Frank war entsetzt über seine eigene Schlussfolgerung. »Die meisten Menschen sind samstagsvormittags auf den Märkten in Rheydt und auf dem Alten Markt unterwegs.«

Keine Stunde später saß die MK im abgeschotteten Lageraum neben der Leitstelle. Auch die Staatsanwältin war gekommen. Frank war gerade dabei, noch einmal die Ermittlungen zu referieren, als die Tür geöffnet wurde und der Polizeipräsident sich einen freien Platz suchte.

»Wie soll das gehen, Frank?«

»Weiß ich auch nicht, Willy, deshalb sitzen wir ja hier. Wir brauchen jetzt Ideen. Und zwar möglichst schnell.«

Der Polizeisprecher hob die Hand. »Ich kann nur warnen, wir können nicht einfach die Wochenmärkte sperren. Das gibt ein Chaos in der Bevölkerung. Mit welcher Begründung sollen wir die Märkte absagen? Nein, das würde zu einer Panik führen. Allein das Medienspektakel. Das Thema bringt uns europaweit in die Schlagzeilen.«

»Willy hat recht, das geht auf keinen Fall.« Ecki nickte.

»Das hieße ja, dass wir sehenden Auges in die Katastrophe marschieren. Nein. Wir müssen verhindern, dass einer der Wochenmärkte zum Tatort wird.« Frank schrieb ein großes Fragezeichen auf das Flipchart. »Wir brauchen eine Lösung für 9.11 Uhr.«

Guido »Bremse« Bremes schob sich nach vorne. »Und wenn es doch international operierende Terroristen sind?«

Frank sah Ecki an.

Der schüttelte den Kopf. »Den Gedanken haben wir auch schon gehabt, Bremse, aber das schließen wir derzeit aus. Das Tatmuster, wenn es denn überhaupt eines ist, deutet nicht auf einen terroristischen Hintergrund. Wir haben weder vom BKA noch aus anderen Quellen entsprechende Hinweise bekommen.«

Schrievers meldete sich. »Für den Alten Markt hätte ich eine Idee. Wir haben doch dort Kameras installiert! Wir müssen die Überwachung ausdehnen, die Zugänge stärker überwachen, mit Kollegen in Zivil. Rund um die Uhr. Und bei der kleinsten Ungereimtheit pflücken wir jeden ab.«

Frank verzog die Mundwinkel. »Du kannst nicht gleichzeitig überall sein. Das Risiko bleibt, dass wir etwas übersehen.«

»Natürlich brauchen wir mehrere SEKs im Hintergrund, das LKA und auch das BKA müssen helfen«, meldete sich Technikexperte Ulrich Schumacher zu Wort.

»Und wer soll den ganzen Aufwand bezahlen? Wie lange

wollen wir die Märkte denn überwachen? Und ab wann? Und was ist, wenn wir in die falsche Richtung denken? Und 9.11 Uhr etwas völlig anderes bedeutet?« Frank war immer weniger davon überzeugt, dass sie auf dem richtigen Weg waren.

Schrievers meldete sich erneut. »Okay, denken wir in eine neue Richtung: Gibt es eine Verbindung zwischen dem Wort ›Schmetterling‹ und dem Verein Schmetterlinge e. V.? Ist doch auffällig, diese Parallele, oder?«

Frank sah ihn an. »Wir haben Radermacher gerade laufen gelassen.«

»Wer weiß, vielleicht gibt es auch noch eine andere Verbindung. Es muss ja nicht Radermacher sein, oder nicht er alleine.« Schrievers blickte in die Runde. »Ich werde noch mal mein Archiv bemühen. Mal sehen, ob ich nicht doch irgendetwas ausgraben kann. Vielleicht gibt es Notfallpläne für solche Szenarien schon in anderen Städten.«

Carolina Guttat stand auf. »Wir können nicht länger warten, wir müssen sofort handeln.« Sie warf einen Blick auf den Polizeipräsidenten, der zustimmend nickte. »Ich halte es für sinnvoll, wenn die Überwachung der Märkte sofort beginnt. Zur Not lassen wir auch in Rheydt Kameras installieren. Die weitgehend geschlossene Bebauung rund um den Markt müsste es möglich machen, dass wir die Kameras in Wohnungen oder auf Dächern platzieren. Die anderen Märkte können wir vernachlässigen. Samstags sind auf dem Alten Markt und in Rheydt die meisten Leute unterwegs.«

Sie sah, dass der Polizeipräsident den Raum ebenso leise verließ, wie er ihn betreten hatte.

Nach der Einsatzbesprechung hielt Carolina Frank am Arm zurück. »Von deiner Arbeit hängt viel ab«, raunte sie.

Frank war irritiert. »Das versteht sich von selbst. Wir tun unser Bestes. Oder soll das BKA den Fall übernehmen?«

»Das meine ich nicht, Frank.«

Er bemerkte die dunklen Schatten unter ihren Augen. »Was ist los, Carolina?«

»Ich sehe nachts immer dieses Gesicht. Diesen Blick, das wenige Licht. Das Gesicht, das so plötzlich auftaucht und wieder verschwindet. Ich kann nicht mehr richtig schlafen. Der Fall macht mich einfach fertig.«

Bald ist dein großer Tag. Verstehst du mich? Dein großer Tag. Ach, du bist dumm. Aber das macht nichts, meine Kleine, dass du mich nicht verstehst. Du musst nur genau aufpassen, was ich dir zeige. Nein, noch nicht drücken. Du musst noch ein bisschen warten. Sieh mal, so schwer sind die Schmetterlinge gar nicht. Und sie passen wie angegossen. Du lachst, du magst meine Schmetterlinge.

Willst du noch etwas essen? Du musst stark sein für deinen Auftritt. Danach kann ich mich nicht mehr um dich kümmern, dann musst du alleine weiter. Aber ich weiß, dass du das schaffst. Du bist ein braves Mädchen.

Konm, sing mit mir: *Butterfly, my butterfly, now I know you must be free.* So wie du es gelernt hast. Sing das schöne Lied von Danyel Gerard. Es macht dein Herz weit. Du hast eine schöne Stimme, und du lachst so schön. Du wirst bald frei sein, kleiner Schmetterling.

Jasmin Köllges hatte genug. Sie steckte ihren Ausweis zurück in ihre Jeansjacke. »Ihre Tachoscheibe, bitte.«

Schon gut zwei Stunden hatte die Polizeioberkommissarin im Gewühl aus ankommenden und abfahrenden Menschen zugebracht, hatte Fragen gestellt und als Anwort meist nur unverständige Blicke aus leeren Gesichtern geerntet. Sie hatte die Fahrer befragt, die ihre Fracht mit lauten Anweisungen aus ihren von der langen Fahrt schmutzigen Bussen hatten aussteigen lassen oder, mit Blick auf die Uhr, in die engen und staubigen Sitzreihen getrieben hatten. Auch sie hatten nicht viel mehr als müde Blicke für die junge Polizistin übrig.

Nun hatte Jasmin Köllges die Nase voll. Außerdem tat ihr Bein höllisch weh.

»Hören Sie«, der magenkrank wirkende Busfahrer war noch blasser geworden, »ich will keinen Ärger. Dürfen Sie das überhaupt? Sind Sie überhaupt im Dienst?« Er deutete mit seinem viel zu großen Kopf, der auf dürren Schultern saß, auf das Gipsbein der Kommissarin.

»Sie wollen gar nicht wissen, was ich noch alles kann.« Jasmin Köllges hob ihre Hand. »Die Tachoscheibe. Ich warte.«

»Ich will keinen Ärger. Ich habe nichts gemacht. Ich bin ordnungsgemäß gefahren. Außerdem muss ich wieder los. Ich muss meinen Fahrplan einhalten.«

Der Mann hatte Angst. Das spürte Jasmin Köllges deutlich.

»Dann haben Sie ja nichts zu befürchten. Also, wie steht es mit den Lenk- und Ruhezeiten? Alles im erlaubten Bereich? Oder haben Sie nicht so genau auf den Tacho geachtet? Herr ...?«

»Janowitz, Franz Janowitz. Aus Breyell. Warten Sie. Was haben Sie gefragt?« Der Fahrer strich sich nervös über seinen Pullover mit Collegemuster.

Der Typ will nur Zeit schinden, dachte Jasmin Köllges. Andererseits hatten sie beide das gleiche Ziel: so schnell wie möglich diesen Ort verlassen.

»Fahren Sie die Route regelmäßig?«

»Gladbach – Warschau und zurück, ja.«

»Und der Bus ist jedes Mal voll?«

»Muss er, sonst lohnt es sich nicht. Die Konkurrenz ist zu groß.« Der Busfahrer entspannte sich langsam.

»Nehmen Sie oft Behinderte mit?«

Der Fahrer war auf die Frage nicht vorbereitet. Nervös fingerte er nach seiner Zigarettenpackung, die auf dem Armaturenbrett lag, das offenbar auch als Esstisch und Getränkelager diente.

»Ich bin kein Krankentransport, wenn Sie das meinen.«

»Ich meine Behinderte. Fahren regelmäßig Behinderte mit?«

Janowitz schüttelte langsam den Kopf, als brauche er Zeit, um sich mit dem Thema zu beschäftigen.

»Nein. Ist mir noch nicht aufgefallen, jedenfalls nicht, dass ich regelmäßig welche mitnehme.«

Dein Blick sagt etwas anderes, dachte die Kommissarin.

»Aber es ist auch schon vorgekommen?« Ihr Nacken begann zu schmerzen, denn sie stand immer noch am Seitenfenster des Busses und musste zu Janowitz aufschauen.

Der Fahrer steckte sich eine Zigarette an und blies den Rauch gegen die Frontscheibe des Busses. »Warum nicht? Ich befördere jeden, der den Fahrpreis zahlen kann.«

Jasmin hakte nach. »Und wenn Sie Behinderte gefahren haben, waren die dann in Begleitung oder alleine unterwegs?«

Janowitz rieb sich einen störenden Tabakkrümel von der Unterlippe, bevor er antwortete. »Wer schickt schon Behinderte alleine auf die Reise?« Er sah die Beamtin jetzt direkt an. »Was ist, wenn die hier im Bus einen Anfall kriegen? Womöglich alles vollkotzen oder schreien? Würden Sie so etwas wollen? Nee, ich denke, dass die immer in Begleitung waren. Soweit ich überhaupt schon mal welche mitgenommen habe.« Er lachte meckernd und begann zu husten.

»Sie wissen es nicht?«

»Wie? Ja, ja.« Er hustete in seine Faust.

Jasmin Köllges hatte das gleiche Gefühl wie bei den übrigen Busfahrern: Für ihre Fracht interessierten sie sich nicht. Sie hatten nur einen Blick für das Fahrgeld. Und für eine möglichst schnelle Tour.

Eine letzte Frage noch. »Sie fahren nur nach Warschau?«

Janowitz schien erstaunt. »Seit mehr als fünfzehn Jahren.«

»Ihre Fahrgäste sind ausschließlich Polen?«

»Wo denken Sie hin, junge Frau. Warschau ist ein riesiges Drehkreuz! Dort laufen die Busrouten aus dem gesamten Ostblock zusammen. Wer ein Visum hat und zahlen kann, den nehme ich mit. Seine Herkunft spielt für mich dabei keine Rolle. Der Rubel muss schließlich rollen. Ich will auch leben.« Er lächelte selbstgefällig.

Die Polizeioberkommissarin nickte müde und reichte ihre Visitenkarte durch das Schiebefenster. »Sollte Ihnen doch noch etwas einfallen, rufen Sie mich an. Es ist wichtig.«

Nachdem die Kommissarin sich verabschiedet hatte, sah Franz Janowitz ihr nachdenklich hinterher, bis sie endlich in dem Fastfoodladen verschwand. Dann warf er die Visitenkarte auf das Armaturenbrett, den Zigarettenstummel aus dem Fenster und startete den Motor. Er war spät dran. Wenn die mit ihrem Hinkebein wirklich im Dienst ist, fress ich meinen Tabak, dachte er. Sein Rücken schmerzte jetzt noch mehr als vor einer Stunde.

Der vor der Altstadtwache geparkte Streifenwagen ließ nicht erkennen, dass sie an diesem Freitagmorgen unterbesetzt waren. Ein Beamter hatte sich überraschend krank gemeldet, und der zuständige Dienststellenleiter der Hauptwache telefonierte sich immer noch die Finger wund, um die Wochenendschichten neu zu organisieren.

Die Wache war in einem Sparkassengebäude aus der Zeit vor dem Ersten Weltkrieg untergebracht. Der hellgraue Klotz erhob mit seinen in Stein gehauenen allegorischen Darstellungen vom Sparen immer noch den Anspruch auf Seriosität, Macht und Respekt. Er eignete sich somit hervorragend als Arbeitsplatz für die Mitarbeiter der Schutzpolizei. Zumal sie im noch vorhandenen Tresorraum ihre Waffen und die Putzmittel sicher verwahren konnten.

Frank bog in die Zufahrtsstraße zum Rathaus und parkte seinen MGB vor dem grün-weißen VW-Bus. Das Verdeck seines Cabrios ließ er heruntergeklappt.

Frank klingelte an der markanten Eingangstür und nickte dem kleinen elektronischen Auge zu. »Ist schon ewig her, dass ich das letzte Mal hier war.«

Ecki anwortete nicht, er war mit Wichtigerem beschäftigt und biss gerade herzhaft in eine frische Nussschleife.

Rolf Fänger stand am Fenster. Er machte einen ungeduldigen Eindruck. »Ihr könnt so nicht parken, Kollegen. Wenn sie euch erwischen, ist 'ne fette Knolle fällig.«

»Wird schon gehen«, brummte Frank. Ihn ärgerte der Tonfall des Polizeioberkommissars.

»Ich bin alleine, Patzke fällt das komplette Wochenende aus, und ich warte auf einen Kollegen, der mich unterstützen soll. Ich habe, ehrlich gesagt, nicht viel Zeit für euch.«

»Darauf können wir leider keine Rücksicht nehmen.« Ecki deutete mit seinem Hefeteilchen auf die Kaffeemaschine, die er durch die offene Tür zum Aufenthaltsraum entdeckt hatte. »Ist der frisch?«

Fänger nickte. »Pass mit deinem Teilchen auf, ich will nicht, dass hier überall Krümel liegen.«

»Na, dann haben wir das Wichtigste ja schon mal geklärt. Wo finde ich denn eine Tasse?« Ecki überhörte Fängers Zurechtweisung.

Rolf Fänger öffnete eine Tür in dem breiten Tresen, der die Beamten von den Besuchern trennte. Laut Aufschrift sollten sich dahinter die Zutaten für Blutproben befinden, getrennt nach *BTM* und *Alkohol*. Stattdessen holte er drei Becher hervor. Ecki kommentierte Fängers Becherdepot mit dem erstaunten Anheben einer Augenbraue.

»Die Kollegen vom Bezirksdienst sind schon draußen. Der Kaffee sollte reichen. Worum geht es eigentlich? Ich weiß nur, dass ihr uns sprechen wollt.« Fänger machte sich auf den Weg zur Kaffeemaschine.

Frank und Ecki brauchten nur eine Becherfüllung, um den POK über die bevorstehende Aktion zu informieren. Rolf Fänger hörte konzentriert zu und stellte nur wenige Zwischenfragen.

»Das Gleiche machen wir in Rheydt.« Frank stellte den leeren Becher ab.

»Da habt ihr euch eine Menge vorgenommen. Wie könnt ihr sicher sein, dass ihr nicht am falschen Tag am falschen Ort seid? Und was ist mit den Stadtteilmärkten?« Fänger verschränkte die Arme vor der Brust. Er wirkte jetzt noch untersetzter.

»Dort werden an den Markttagen verstärkt Kolleginnen und Kollegen in Zivil unterwegs sein. Den technischen Aufwand für alle können wir einfach nicht leisten.«

Ecki sah ein ganz anderes Problem. Er deutete mit dem Daumen über die Schulter. »Sind die überhaupt einsatzfähig?«

»Die Kameras? Was für eine Frage. Natürlich sind die Kameras und die Bildschirme einsatzbereit.« Fänger nahm die Arme herunter und rutschte von der Ecke des Tisches, auf dem er gesessen hatte. »Die Anlage schaltet sich abends um achtzehn Uhr automatisch an und morgens um sieben Uhr automatisch wieder ab. Soll ich sie mal einschalten?«

Er war mit zwei Schritten an dem kleinen Regiepult.

Frank winkte ab. »Welche Bereiche decken sie ab?«

»Mit unseren sieben Kameras decken wir den Großteil vom Alten Markt ab.«

»Und die Auflösung?«

»Soll ich sie nicht doch einschalten?« Fänger hatte eine Hand schon auf dem Bedienpult liegen.

»Mir reicht, wenn ich weiß, dass ich alles erkennen kann. Wir werden am Nachmittag noch einmal mit der Staatsanwältin vorbeikommen. Und man sieht wirklich alles?«

Der Polizeioberkommissar lächelte. »Jeden Fliegenschiss, wenn es sein muss.« Sein Lächeln gefror. »Heute Nachmittag? Wann soll die ganze Sache denn starten?«

»Für euch morgen früh ab fünf Uhr. Vorher werden die Hunde den Platz absuchen.«

»Was? Morgen schon?« Fänger griff an den Knoten seiner Dienstkrawatte.

Die beiden nickten.

»Leute, Leute, das wird nicht gehen. Wir sind seit Wochen chronisch unterbesetzt. Wie stellt ihr euch das vor? Einige Kollegen machen schon seit fünf Wochen und länger am Stück Dienst. Die werden sich bedanken.«

»Es wird eine Lösung geben. Mach dir keine Sorgen. Zur Not müssen eben alle verfügbaren Kräfte aus dem ›Dienstfrei‹ zurück. Wir haben ›Große Lage‹.«

Beim Hinausgehen hörten sie noch, wie ihr Kollege hektisch in einem internen Telefonverzeichnis blätterte.

»Armer Kerl.«

»Wieso? Er hat schließlich seinen Dienst zu tun.«

»Ich meine nicht Fänger, Frank. Ich meine dich.«

»Mich?«

Als Antwort deutete Ecki auf das Cabrio.

»Oh, nee!« Hinter einem Scheibenwischer seines Cabrios steckte gut sichtbar ein Knöllchen.

Frank nahm die eingeschweißte Zahlungsaufforderung von der Windschutzscheibe und warf sie auf die Rückbank.

»Laumen wird toben.« Ecki stieg ein.

Diese Aussicht trieb unversehens ein Lächeln auf Franks Gesicht. Allein die Vorstellung eines aufgeregt auf und ab hüpfenden gelben Pullunders und einer Hornbrille, die vor Aufregung beschlug, ließ ihn vergnügt den CD-Spieler starten und die Lautstärke bis zum Anschlag aufdrehen.

Als der auberginefarbene MGB in die schmale Straße einbog, wurde *Highway to hell* in der Version von Jeff Healey vielfach von den Mauern des ehemaligen Benediktinerklosters zurückgeworfen, hinter denen die Stadtbediensteten seit vielen Monaten intensiv, aber mit nur bescheidenem Erfolg Wege aus der städtischen Haushaltskrise suchten. Die Stadt stand kurz vor dem Kollaps.

»Gott hab ihn selig.«

»Wen!? Laumen!?« Ecki musste brüllen.

»Quatsch. Jeff Healey.«

Jasmin Köllges stützte sich auf und beugte sich vorsichtig über den nackten Körper ihres Freundes. Mit schnellem Griff versuchte sie nach dem Telefon zu angeln, um Lars nicht aufzuwecken.

Polternd fiel das Mobiltelefon zurück auf das Laminat.

Leise fluchend reckte sie sich noch ein Stück weiter über den breiten Oberkörper neben ihr. Tastend fuhren ihre Finger über den Boden, bis sie schließlich vor lauter Schmerzen in ihrem Bein aufgab und mit ihrem ganzen Gewicht auf Lars landete.

»Was ist los?«, nuschelte es verschlafen unter ihr.

»Schlaf weiter, Bärchen.« Jasmin Köllges blieb noch einen Augenblick erschöpft auf ihrem Freund liegen und versuchte es ein zweites Mal. Diesmal hatte sie mehr Glück. Völlig außer Atem ließ sie sich auf ihre Bettseite zurücksinken.

»Hallo?«, flüsterte sie schließlich in das Telefon.

Es war der magenkranke Busfahrer.

»Wann, sagen Sie?«

Janowitz war auf irgendeiner Landstraße in Polen unterwegs.

»Nächsten Mittwoch? Und wo? *Café Bohne*. Kenne ich nicht, nie gehört.«

Entweder war die Verbindung schlecht, oder es lag an Jasmins verminderter Aufnahmefähigkeit zu dieser Nachtzeit.

»Von mir aus.«

Nun wollte sich Janowitz doch in einem anderen Café treffen.

»*Alt Bruch?* Habe ich schon mal gehört.« Jasmin Köllges zog vorsichtig an ihrem Gips. Zu allem Übel juckte die Haut unter der Schale. »Was? Gut, ja.« Janowitz hatte aufgelegt.

Also das Café *Alt Bruch*. Sie gähnte ausgiebig. War ihre Mutter nicht regelmäßig mit ihrem Turnklübchen dort? Waren die Kuchenstücke dort nicht überdimensional groß? Bevor sie den Gedanken weiterverfolgen konnte, war sie wieder eingeschlafen.

Frank starrte seit geschlagenen zwei Stunden angestrengt auf die drei Bildschirme. Bisher war nichts passiert, außer dass die Marktbeschicker nach und nach ihr frisches Obst und Gemüse aufgebaut hatten.

Zunächst hatte Ecki ausgiebig die Möglichkeiten ausprobiert, die die Kameras boten. Mit fast kindlichem Vergnügen hatte er den kleinen Joystick bedient, den einen oder anderen Stand herangezoomt, das Bild von einem Monitor auf den anderen gelegt, um dann anhand der Großaufnahme das Angebot und das Aussehen der Verkäuferin zu kommentieren.

Frank gähnte. Trotz der Arbeit hatte er am Vorabend mit STIXX geprobt. »Kannst du bitte mit der Spielerei aufhören? Du machst mich noch irre mit dem ständigen Hin und Her.«

»Keine Angst, ich habe alles im Blick.« Auch Ecki gähnte. »Ich glaube ja nicht, dass heute was passiert.«

»Wir haben noch keine neun Uhr.«

Ecki ließ den Joystick los. Die Kameras waren in der Tat kein Spielzeug.

»Wenn wir wenigstens wüssten, wonach wir suchen sollen.«

»Nach etwas, das mit einem Wochenmarkt nichts zu tun hat.«

Ecki gähnte erneut. »Ich habe Hunger.«

»Dein zweites Frühstück wird warten müssen. Und halt mal die Klappe. Ich verstehe kein Wort.«

Eine Fußstreife hatte sich über Funk gemeldet.

Frank ließ sich die Meldung noch einmal wiederholen.

Ecki sah Frank von der Seite an. »Und?«

»Die Seitenstraßen sind unauffällig, keine verdächtigen Lieferwagen. Die Kollegen durchsuchen gerade noch einmal die Parkhäuser. Derzeit auch hier negativ.«

Ecki griff zum Telefon. Er wollte mit der Einsatzstelle im Rheydter Rathaus sprechen. Auch von dort gab es bisher nichts Ungewöhnliches zu berichten.

»Frank, ich spring kurz beim Bäcker rein und hol mir ein Brötchen. Ich pack's sonst wirklich nicht.« Ecki versuchte einen ausgehungerten Gesichtsausdruck.

»Hau schon ab«, brummte Frank, »aber beeil dich.«

Das helle Sonnenlicht blendete Ecki. Er blieb kurz vor der Altstadtwache stehen. Es war ein warmer Tag, der Himmel blau und wolkenlos. Perfekt, um ans Meer zu fahren, dachte er seufzend. Es wär mal wieder Zeit für ein *Koffie is klar* am Strand von Renesse, einen langen Tag am Meer mit Marion und den Kindern.

Mit langen Schritten eilte er durch die Seitenstraße, an deren Ende die Bäckerei *Ö* lag. Dort versorgte er sich mit einer Tüte Vollkornbrötchen und einer Tüte Teilchen, die er mit Frank und den übrigen Kollegen teilen wollte. Er musste sich beherrschen, nicht im Café noch einen schnellen Milchkaffee zu trinken. Verlockend duftete es nach frisch gebrühtem Kaffee und noch warmen Backwaren.

Je näher er dem Alten Markt kam, umso langsamer wurden seine Schritte. Ein Bummel durch die schmalen Budengassen konnte nicht schaden. Vielleicht konnte er mitten im unübersichtlichen Markttreiben sogar eher Auffälliges entdecken als auf der Wache.

Ecki schlenderte an den überbordenden Auslagen vorbei und hörte den Gesprächen zwischen den schlagfertigen Marktfrauen und den Kunden zu. Viele kannten sich offenbar bereits seit Jahren.

Der Rundgang hatte eine beruhigende Wirkung auf Ecki. Er fühlte sich fast wie im Urlaub.

Das Durcheinander der Wochenmarktbesucher war beeindruckend: Da war der alte Herr mit breitkrempigem Panamahut, der mit geradem Rücken das Angebot an Möhren und Tomaten prüfte. Daneben die genervte Mutter, an deren Hosenbein zwei Kinder zogen, die lieber ins nahe Eiscafé wollten. Stoisch trugen türkische Frauen ihre Einkaufskörbe über den Markt. Pärchen ließen sich Arm in Arm im Strom der

Passanten treiben, Rentner zogen karierte Trolleys hinter sich her, Gemüsebauern mit wettergegerbtem Gesicht und junge Verkäuferinnen in engen T-Shirts boten Rosen oder Blumenkohl feil.

Ein friedliches Bild, dachte Ecki, als er an der Ecke zum Kapuzinerplatz einen Augenblick innehielt. Saß der Täter hinter ihm im *Cannape*, um die Wirkung seiner Tat zu beobachten? Wartete er darauf, losschlagen zu können?

Ecki sah sich um. Im Wintergarten des Bistros saßen frühe Flaneure ebenso wie Hausfrauen beim ausgiebigen Frühstück, neben sich ihre Einkäufe.

Was sollte hier passieren? Ein Attentat? Mit Gift? Säure? Vielleicht sogar Sprengstoff? Ein absurder Gedanke. Unmöglich. Nicht an diesem Ort.

Sein Blick folgte einer jungen Frau, die in dem Gewirr der Gassen, Sprachfetzen, dem Gedränge, den Farben und Gerüchen zu baden schien. Ihr Lächeln drückte eine kindliche Freude aus, die sich auf die Umstehenden zu übertragen schien. Ecki folgte ihr ein Stück. Ihr rundes Gesicht drückte naives Staunen und schelmischen Übermut aus, als sie an einem Gemüsestand eine Tomate in die Hand nahm und ihr Rot mit dem Weiß eines Rettichs verglich, den sie ebenfalls vor ihre Augen hob, um dann beide Früchte stolz den Umstehenden zu zeigen, die freundlich nickten.

Auch Ecki musste schmunzeln. Die Frau war augenscheinlich nicht zum Einkaufen unterwegs. Sie blieb mal hier, mal dort stehen, immer auf der Suche nach neuen Tomaten und neuen Vergleichen.

Kein Zweifel, die Frau hatte das Down-Syndrom. Sie war nicht sehr groß, ihr blondes Haar zu einem Bubikopf geschnitten. Sie trug ein älteres Brillenmodell, durch das ihre wasserhellen Augen unnatürlich groß wirkten. Ihre stämmige Figur steckte in ausgewaschenen Jeans und einem Anorak, dessen Reißverschluss sie trotz des warmen Wetters bis zum Hals zugezogen hatte.

Sie zog Ecki derart in ihren Bann, dass er ihr einfach folgen musste. Alle paar Schritte blieb sie stehen, um die Passanten mit Gesten auf die Auslagen der Stände aufmerksam zu machen, dabei sprach sie kein Wort. Ecki meinte aber eine Melodie zu hören, die sie unablässig summte. Sie genoss sichtlich die Aufmerksamkeit, die ihr von vielen Seiten entgegengebracht wurde.

»Wo steckst du?«, quäkte es aus dem Funkgerät, das innen in Eckis Lederjacke steckte.

Ecki zuckte zusammen, so sehr hatte er sich auf die junge Frau konzentriert, die gerade mit ausgebreiteten Armen vor einem Wagen mit Käse stand und leise zu singen begann.

»Bin unterwegs.« Ecki fühlte sich ertappt. Er warf einen letzten Blick auf die etwas unförmige Frau, die sich langsam im Kreis drehte wie eine Eiskunstläuferin, die Arme wie Flügel ausgebreitet.

Schmunzelnd strebte Ecki der Wache zu.

Jasmin Köllges sah Janowitz zu, wie er seine Gabel in einem großen Stück Käsesahnetorte versenkte. Sie selbst hatte nicht widerstehen können und ein Stück Grillage bestellt. Nun saß sie etwas ratlos vor dem halb gefrorenen Berg aus Sahne, Baiser, Schoko- und Nussstückchen. Wie konnte das Klübchen Rentnerinnen, das einen Tisch weiter saß, nur solche Stücke verdrücken? Das musste schon allein wegen des Altersdiabetes höchst gesundheitsgefährlich sein.

Bislang war sie nicht weit gekommen. Janowitz hatte darauf bestanden, erst seinen Kuchen zu essen und dann zu reden.

Der Busfahrer hatte sich keine Mühe mit seinem Äußeren gegeben. Die graue Hose passte zwar zu den dunkelgrauen Gesundheitsschuhen, machte aber einen ungebügelten Eindruck. Sein bunt gemusterter Pullover roch wie ein übervoller Aschenbecher. Jasmin musste sich abwenden, um nicht ständig auf die gelben Nikotinfinger zu starren.

Das Hofcafé *Alt Bruch* war gut besucht. An diesem Nachmittag schienen besonders viele Niederländer das kurze Stück über die alte Grenze gekommen zu sein, denn Jasmin hatte auf dem Parkplatz eine ganze Reihe gelber Nummernschilder gesehen.

»So.« Janowitz schob den Teller zufrieden von sich und sah sich um. »Die sind doch auf Kaffeefahrt«, bewertete er mit Kennerblick den Altersdurchschnitt der Gäste. »Aber ich habe keinen Bus gesehen. Wird sicher gleich vorfahren.«

Jasmin Köllges schob ihre Kuchengabel über den oberen Teil des Kuchenstückchens. Zumindest die erste Lage Sahne war nun so weit geschmolzen, dass sie sie auf ihre Gabel bekam. Sie freute sich auf die Spezialität, obwohl sie eigentlich nur einen Tee hätte bestellen sollen. Seit sie auf Krücken unterwegs war, hatte sie deutlich zugelegt.

»Schmeckt's?« Janowitz klopfte seine Hosentaschen ab. »Ich geh schnell eine rauchen.« Ohne ihre Antwort abzuwarten, stand er auf und verschwand in Richtung Ausgang.

Auch gut, dachte Jasmin, dann kann ich den Kuchen in Ruhe essen.

Die Polizeioberkommissarin hatte gerade ihren zweiten Kaffee bestellt und mit einer der Schwestern, die *Alt Bruch* bewirtschafteten und von denen eine einen Knieschaden auskurieren musste, über das Leben auf Krücken diskutiert, als Janowitz sich wieder an den Tisch setzte.

»Was wollen Sie wissen?«

Er roch nun noch stärker nach Nikotin.

»Was haben Sie mir zu erzählen?«

Franz Janowitz blinzelte gegen das Sonnenlicht, das durch das große Fenster an der Längsseite des Cafés fiel, und schwieg. Die Kommissarin sollte erst sagen, was sie wollte. Dann würde er die richtige Antwort parat haben.

»Nun?« Jasmin Köllges trank vorsichtig einen Schluck. »Sie wollen doch was wissen.«

»Okay, lassen wir die Spielchen.« Jasmin Köllges hatte es

geschafft, ein größeres Stück Grillage aufzugabeln. Die kalte Süßigkeit ließ einen ihrer Zähne rebellieren. Sie verzog kurz das Gesicht. »Sie wissen, was mich interessiert: Gibt es einen vielleicht sogar regelmäßigen Transport von Illegalen aus dem Osten an den Niederrhein?«

Janowitz musste husten. »Wir fahren nur, wenn alle legale Papiere haben. Das habe ich schon gesagt.«

»Es gibt aber auch Papiere, die nur scheinbar legal sind.« Jasmin Köllges fühlte mit ihrer kalten Zunge über ihren Zahn. Sie würde zum Arzt müssen.

Janowitz spielte mit der Zigarettenpackung. »Ich kenne nur Papiere mit offiziellen Stempeln.«

»Die man so oder so besorgen kann. In Moldawien zum Beispiel.«

»Davon weiß ich nichts. Wenn die Visa in Ordnung sind, nehme ich die Leute mit. Ich habe keine Lust, an der Grenze Scherereien zu bekommen. Bisher ist immer alles glatt gegangen. Also sind die Papiere auch in Ordnung gewesen.«

»Sie kennen die Beamten an den Grenzen?«

»Meinen Sie, ich schmiere?« Als Janowitz sich vorbeugte, zeichneten sich seine Schultern spitz unter seinem Pullover ab.

»Und? Wie ist die Antwort?«

»Unsinn. Ich kann es mir nicht leisten aufzufallen. Ich brauche diesen Job.« Die Sonne irritierte ihn.

»Okay«, Jasmin Köllges hatte ihr Stück nun zur Hälfte geschafft, »haben Sie mir jetzt etwas zu sagen oder nicht? Ich habe keine Lust, den ganzen Nachmittag hier zu verbringen.«

»Also, wenn Sie es genau wissen wollen, ja.«

»Ja?« Jasmin hätte sich fast verschluckt.

»Ich kenne Fahrer, die arbeiten aber nicht bei uns, die nehmen schon mal Behinderte mit.«

»So?«

»Es waren immer die gleichen Begleiter im Bus, aber immer andere Behinderte.« Janowitz lehnte sich zufrieden zurück, als habe er gerade das letzte große Geheimnis aus der Welt des Verbrechens gelüftet.

»Und weiter?«

»Nichts weiter.«

»Das ist alles?«

»Die Kollegen kriegen schon mal ein paar Euro extra, weil die Behinderten manchmal Ärger machen. Sie kotzen den Bus voll, weil sie die Fahrt nicht vertragen, und so.«

»Und so?«

»Genau.«

»Wie heißt das Unternehmen? Wie heißen die Fahrer? Ich brauche Namen.« Jasmin versuchte vor lauter Aufregung ihr Bein zu beugen. Der Schmerz ließ sie zusammenzucken.

»Ich bin doch nicht lebensmüde.«

»Hören Sie«, Jasmin Köllges streckte ihr Bein vorsichtig, »was soll das Getue? Sie machen einen auf Wichtig, zitieren mich hierher, und dann kommen Sie mit dieser dünnen Story. Ich kann Sie auch ins Präsidium bestellen, dann wird's ungemütlich. Das verspreche ich Ihnen.«

Janowitz' Gesicht wurde noch grauer. »Hören Sie, ich will keinen Ärger. Ich«, er unterbrach sich, »bin nicht gesund, wissen Sie. Ich brauche das Geld. Die Touren sind schon beschissen genug. Wenn ich auf der Straße sitze, kann ich mich gleich aufhängen.«

Welches Spiel spielte Janowitz, oder war er wirklich die arme Sau, die er vorgab zu sein? Jasmin Köllges sah den Busfahrer argwöhnisch an. »Sie können sicher sein, dass wir Ihre Informationen äußerst sorgfältig behandeln. Niemand wird erfahren, dass wir die Hinweise von Ihnen haben.«

Janowitz schwieg und winkte stattdessen der Bedienung, bei der er ein Glas Leitungswasser bestellte. Ohne auf die Polizeibeamtin zu achten, zog er ein weißes Briefchen aus einer Hosentasche und schüttete den pulverartigen Inhalt in das Glas. Nachdem er umgerührt hatte, trank er in großen Schlucken. Erst dann sprach er weiter.

»Transalleuro. Die fahren regelmäßig die Polentour, aber auch Ungarn und Tschechien. Ein großer Laden, zwanzig Busse. Graublaues Logo. Die Fahrer sind fast alle Subs.«

»Scheinselbstständige?«

Janowitz' Schweigen war beredt.

»Transalleuro. Und die sitzen wo?«

»Nicht weit von hier. In Birth.«

»Namen?«

»Muss das sein?« Janowitz unterdrückte ein Aufstoßen.

»Keine Sorge, Sie werden nicht ins Spiel gebracht.« Jasmin versuchte ein Lächeln. Sie wollte endlich gehen.

»Hören Sie, ich habe mit alldem nichts zu tun. Ich will nur meine Ruhe. Verstehen Sie?«

Der Busfahrer nannte zögernd drei Namen, die sie auf ihrer Serviette notierte. Danach wollte sie nur noch das Lokal verlassen. Es erschien ihr wie eine Ewigkeit, bis endlich jemand zum Kassieren kam. Es war die Frau mit dem Knieleiden.

Die Auswertung der Videos hatte das ganze Wochenende über gedauert. Frank und Ecki hatten sich mit Bittner und Torsten Linder sowie zwei weiteren Kollegen abgewechselt. Die Arbeit in dem winzigen Verschlag hinter dem Pult mit den drei Monitoren war mehr als ermüdend gewesen. Gefunden hatten sie lediglich Menschen in Wochenendstimmung, es gab nur wenige, die missmutig auf dem Markt unterwegs gewesen waren. Mit Interesse und Schmunzeln hatten sie die behinderte junge Frau beobachtet, wie sie sich mit großer Freude über den Markt treiben ließ, an dem einen oder anderen Stand stehen blieb, das Angebot begutachtete, zwischendurch anscheinend selbstvergessen den Kopf in den Nacken legte und in den Himmel schaute; ein Mensch ganz bei sich. Keine Spur von Radermacher.

Die Kollegen, die den Rheydter Markt überwacht hatten, hatten ebenfalls das Wochenende über Dienst getan. Aber auch ihnen war nichts aufgefallen.

»Liebe Jasmin«, Frank versuchte nicht verletzend zu wirken, »du hast diesen Busfahrer getroffen. Gut. Und er hat dir Namen genannt. Auch gut. Aber was beweist das?«

Die Polizeioberkommissarin stützte sich auf ihre Krücken. »Wir haben endlich einen Ermittlungsansatz. Jetzt müssen wir das Busunternehmen durchsuchen.« Was wollte Frank nur? Sie brauchten doch nur loszufahren und die Fahrer zu überprüfen. Sie verstand Franks und Eckis Zurückhaltung nicht.

Ecki schüttelte den Kopf. »Das Einzige, was wir tun können, ist, der Firma einen Besuch abzustatten. Wir können sie nach ihren Erfahrungen fragen, aber wir können den Leuten ja nicht mal ein Foto zeigen.«

»Dann gehe ich eben alleine und frage nach.« Ihre Antwort klang patzig und enttäuscht.

»Wie soll das funktionieren? Du bist doch nicht mal im Dienst! Das lasse ich nicht zu.« Frank sah Jasmin eindringlich an. »Haben wir uns verstanden? Von jetzt an keine Alleingänge mehr.«

Jasmin wollte wütend etwas erwidern, als Rainer Rostek ihr die Bürotür in den Rücken schlug.

»Oh, sorry.« Der Leitstellenbeamte sah seine Kollegin entschuldigend an und reichte Ecki mit ernstem Nicken eine CD. »Hört euch das mal an. Das haben wir vorhin aufgezeichnet.«

Stirnrunzelnd schob Ecki die CD in seinen PC.

Eine Telefonstimme. Männlich. Sie klang verstellt.

»Wer Schmetterlinge lachen hört, der weiß, wie Wolken schmecken, der wird im Mondschein, ungestört von Furcht, die Nacht entdecken. Der wird zur Pflanze, wenn er will, zum Tier, zum Narren, zum Weisen, und kann in einer Stunde durchs ganze Weltall reisen. Er weiß, dass er nichts weiß, wie alle andern auch nichts wissen, nur weiß er, was die anderen und er noch lernen müssen.«

Ecki stoppte die Aufnahme. »Was soll das?«

»Wir haben zuerst gedacht, ein Spinner. Aber dann kam der Anruf immer wieder. Insgesamt sechs Mal. Immer derselbe

Text. Da wollte jemand sichergehen, dass wir die Botschaft auch aufzeichnen. Es geht aber noch weiter.« Diesmal rezitierte der Mann nicht. »Um es deutlich zu sagen, Ecki – ich darf doch Ecki sagen? –, Ihre Versuche, eine neue Sitzgarnitur zu kaufen, sind ja durchaus nachvollziehbar. Aber ich habe bisher gedacht, dass Sie einen besseren Geschmack hätten. Wollen Sie das Aussuchen wirklich Ihrer Frau überlassen? Sie sollten ein bisschen mehr Engagement zeigen, bringen Sie Ihrer Frau den nötigen Respekt entgegen. Sie hat es verdient. Das Gleiche gilt übrigens auch für Sie, Frank. Kümmern Sie sich mehr um Ihre Frau. ›Meine Heimat ist meine Frau. Da, wo sie lebt, möchte ich sein.‹ Ein neuer Satz für Lisas Zitatensammlung. Hübsch, nicht? Hat Peter Alexander einmal gesagt. Wie auch immer, einzig Ihr Kollege Schrievers lebt im Einklang der Geschlechter. Er hat verstanden, was Frauen wichtig ist.«

»Was soll das Gesülze?« Frank war an den Schreibtisch seines Freundes getreten.

Rostek hob die Hand. »Es ist noch nicht zu Ende.«

Ecki drehte den Lautsprecher ein wenig weiter auf.

»Ich werde ein Exempel statuieren. Sie sind nämlich nicht in der Lage, Ihre Arbeit zu machen. Sie enttäuschen mich zutiefst. Ich hatte mehr von Ihnen erwartet. Sie werden von mir hören. Schon bald. Grüßen Sie Heinz-Jürgen von mir. Und nicht vergessen: immer wieder samstags.«

Rainer Rostek nickte. »Das war's.«

Für einen Augenblick herrschte Sprachlosigkeit. Man hörte nur das Geräusch von Krücken auf dem Flur, denn Jasmin Köllges hatte wortlos das Büro verlassen.

»Woher kennt der unsere Namen?« Frank sah Rostek an.

»Das kann ein Trick sein. Das muss nichts bedeuten.« Rainer Rostek suchte nach einem Stuhl. Er wollte dabei sein, wenn die Kollegen des KK 11 mit den Ermittlungen begannen.

»Wir stehen nicht im Telefonbuch.« Ecki schüttelte den Kopf.

»Der Typ kann die Kollegen in der Telefonzentrale ausgefragt haben. Eure Vornamen sind schließlich nicht geheim. Außerdem steht ihr alle naselang in der Zeitung.«

»Rainer hat recht.« Ecki nickte.

»Lass noch mal laufen.« Frank deutete auf Eckis PC.

Die Ermittler hörten sich die CD noch ein halbes Dutzend Mal an, ohne dass ihnen etwas aufgefallen wäre.

»Außer dem Typ ist nix zu hören, oder?« Ecki sah von Frank zu Rainer Rostek.

»Linder soll das mal durch seine Maschinen laufen lassen. Vielleicht kann er Geräusche herausfiltern, die wir hier auf deiner alten Gurke nicht hören können.«

»Auf jeden Fall.«

»Also«, Rostek reckte seinen untersetzten Körper, »wenn ihr mich fragt, eiert das Band.«

»Das Band?« Frank runzelte die Stirn.

»Ich habe das Zeugs ja nun doch ein paarmal öfter gehört als ihr. Und ich finde, dass das Band eiert. Auf alle Fälle hat der Typ nicht live ins Telefon gesprochen. Er hat unsere Nummer angewählt und dann das Band abgefahren.«

»Du meinst ...?« Auch Ecki wurde jetzt aufmerksam.

»Genau. Der Text kam nicht aus dem Computer, sondern von einem Tonbandgerät. Dass es so etwas heute überhaupt noch gibt.« Rainer Rostek überlegte kurz. »Eine Revox-Bandmaschine oder ein altes Uher-Tonbandgerät. Vielleicht auch Grundig. Jedenfalls leiert das Band ein bisschen und schleift.«

Frank nickte. »Ich erinnere mich. Ich hatte auch so ein Grundig TK irgendwas. Stundenlang habe ich damals Musik aus dem Radio aufgenommen, meist Hilversum III. In unserem kleinen Badezimmer, denn da war die Akustik besser. Trotzdem klang das Ganze ziemlich scheiße. Aber ich hatte immer die beste Musik. Livin' Blues zum Beispiel.«

»Könnt ihr die Verbindung prüfen?« Ecki sah Rostek an.

»Läuft schon. Wenn ein Handy im Spiel war, können wir

maximal den Sendemast orten, in dessen Umfeld sich das Handy eingeloggt hat. Und wenn der Typ clever war, hat er ein Prepaidtelefon genommen.«

»Aber vielleicht hat er einen Fehler gemacht.«

»Vielleicht sind es auch zwei?«

»Was meinst du, Rainer?«

»Es könnte doch auch ein Pärchen hinter der Sache stecken.«

Frank sah den Leitstellenbeamten überrascht an. »Daran habe ich noch gar nicht gedacht.«

Rainer Rostek straffte sich erneut. »Ist nur so eine Idee. Aber ich bin dann mal weg.«

»Viel zu tun?« Ecki lächelte seinen Kollegen an.

»Nee. Das war gerade meine letzte Amtshandlung. Ich bin die nächsten zehn Tage nicht da. Muss noch packen.«

»Frankreich?«

Rostek nickte. »Frankreich.«

Frank und Ecki seufzten hörbar.

Nachdem Rostek gegangen war, hackte Ecki Buchstaben in seine Tastatur. »Carlo Karges. Der Text ist von Carlo Karges, die Musik von der Band Novalis.«

Frank war die ganze Botschaft ein Rätsel.

»Er muss im Präsidium einen Informanten sitzen haben.« Ecki hob den Kopf und sah Frank über den Rand seines Bildschirms an.

»Und wer soll das sein?«

»Keine Ahnung.«

Olivia Neuhausen, geborene Möller, raffte ihr Brautkleid zusammen und sah nach unten. Die Basaltstufen der Rathaustreppe konnten tückisch sein, und sie wollte auf dem Weg zur Limousine weder mit ihren Pumps ausrutschen noch im Stoff hängen bleiben.

»Gib mir deine Hand, Christian.« Die frisch gebackene Frau Neuhausen ergriff die Hand ihres Mannes und schritt langsam die Stufen hinunter und der Hochzeitsgesellschaft entgegen.

Auf der untersten Stufe blieb das Brautpaar stehen, um seinen Gästen die Gelegenheit für ein Foto zu geben.

Olivia schmiegte sich eng an Christian, um dem Reis zu entgehen, der in einem dichten Schauer auf sie niederging.

»Tante Olli, Tante Olli.« Aus der Gruppe der Hochzeitsgäste löste sich eines der beiden Blumenmädchen.

»Antonia!« Olivia Neuhausen beugte sich zu ihrer Nichte, so weit das Brautkleid dies zuließ.

»Das ist für dich.« Die kleine Antonia hielt ihr mit ernstem Gesicht eine ältere Tasche entgegen, in der früher einmal Babys oder größere Puppen getragen worden waren.

»Die ist aber schwer.« Olivia Neuhausen nahm ihr die Tasche ab. »Was ist denn da drin?«

Antonia zuckte mit den Schultern. »Ein Baby.«

Die Umstehenden lachten. Vereinzelt war ein »Jetzt schon?« zu hören.

Olivia Neuhausen winkte ab. »Was ihr immer gleich denkt, typisch Neuhausener Getratsche. Das hört mir auf!«

»Aufmachen, aufmachen.« Die Gäste ließen keinen Zweifel, sie wollten den »geheim gehaltenen ›Fehltritt‹« sofort sehen.

Die frisch getraute Frau Neuhausen löste sich aus dem Arm ihres Mannes und schlug neugierig das Moltontuch zurück, mit dem das »Neugeborene« zugedeckt war.

Ihr gellender Schrei übertönte jeden Laut der Hochzeitsgäste. Der entsetzte Blick der Braut ließ sie unwillkürlich einen Schritt zurücktreten.

Die Tasche lag jetzt zu Füßen der Brautleute.

Olivias Schwiegervater hatte sich als Erster gefangen. Entschlossen zupfte er an seinen Manschetten und ging auf seine Schwiegertochter zu, die wie erstarrt dastand, und hob die Tasche vom Boden auf. Allerdings hatte er in seiner Aufregung nur einen der beiden Henkel zu fassen bekommen. Beim schwungvollen Aufnehmen fiel etwas zu Boden, das die Hochzeit von Olivia und Christian Neuhausen nachhaltig beeinflussen sollte.

So ist es genau recht. Endlich werden sie uns nicht länger ignorieren. Und du, du hörst jetzt auf zu jammern. Es wird bald vorbei sein.

Rüdiger Bittner gab Frank seinen Bericht. »Viel ist es nicht. Das Ding ist durch alle möglichen Hände gegangen. Die Hochzeitstruppe hat alles haarklein in Augenschein genommen. Du willst gar nicht wissen, wie viele Fingerabdrücke wir gefunden haben, aber es war keiner unserer Kunden dabei.«

»Gut, dass der Rathaus-Hausmeister die Tasche überhaupt weitergegeben hat.«

Bittner nickte.

Ecki nahm die Fotos aus der Mappe und legte sie nebeneinander. »Auch wenn es nur eine Puppe ist, ich find's gruselig.«

»Die Braut hat den ganzen Marktplatz zusammengeschrien. Im *Gregorys* ist der Bedienung vor Schreck Kaffee und Kuchen vom Tablett gefallen.«

»Wer war am Rathaus?«

»›Patte‹ Wilms und eine Kollegin. Der ist glatt übel geworden.«

»Diese Baby-Born-Dinger sehen wirklich echt aus. Man kann im ersten Augenblick schon meinen, dass einem echten Baby die Hände abgeschnitten wurden.«

»Was mag der rot verschmierte Mund zu bedeuten haben? Sieht ja grässlich aus.«

Rüdiger Bittner verzog den Mund. »Ich kann nur spekulieren. Vielleicht lebt da einer seine Phantasien aus. Die Bluesharp ist jedenfalls noch im Labor. Ich kann euch nur die Tonart schon sagen: F-Dur.«

»F?«

»Du bist der Bluesexperte.«

Ecki schob die Fotos zusammen. »Möchte wissen, warum der Kerl die Puppe regelrecht zerfetzt hat, bevor er die Harp in ihren Bauch gesteckt hat.«

»Psychopath.«

»Die Antwort ist mir zu einfach.«

Bittner zuckte mit den Schultern. »Euer Job. Ich halte mich an das, was ich sehe.«

»Jedenfalls danke für deine schnelle Arbeit.«

Frank fiel etwas ein. »Was gibt's Neues in Sachen Tonband?«

Rüdiger Bittner hatte die Frage befürchtet. »Weißt du, jedes Modell hat seine Eigenarten. Es ist ein altes Gerät, ein Grundig TK 248. Jedenfalls nach den Geräuschen zu urteilen, die wir auf der CD gefunden haben. Wir haben zwar das Profil der Stimme herausfiltern können, aber auch in den LKA- und BKA-Dateien kein Pendant gefunden. Auch Radermacher musste eine Stimmprobe abgeben. Er ist sauber.«

»Also suchen wir einen Technikfreak?«, warf Ecki ein.

»Möglich. Aber das kann heute jeder, ein Handy bedienen und ein Tonbandgerät abspielen. Der Typ hat ein Prepaidhandy benutzt. Wir haben seinen Standort einigermaßen lokalisieren können: Nähe Großmarkt, Krefeld.«

Frank nickte nachdenklich. »In dem Szeneviertel fällt niemand so leicht auf. Ihr solltet die Gegend trotzdem mal unter die Lupe nehmen.«

Bittner grinste zufrieden. »Ich war so frei, ist schon veranlasst.«

»Warte.« Heinz-Jürgen Schrievers stützte sich auf seine Walkingstöcke. »Mach 'ne Doppelschleife, die hält.«

Dietmar Gilleßen sah ihn überrascht an. »Das hat mir das letzte Mal mein Vater geraten.«

»Dein Vater?«

»Als ich noch ein Kind war. So, fertig. Können wir?«

Der Archivar wunderte sich über die kurze, fast schnippische Antwort. Hatte er etwas Falsches gesagt?

»Stress?«

»Geht so.«

Heinz-Jürgen Schrievers zog es vor, vorerst nicht weiter auf die angespannte Laune seines Sportpartners einzugehen. Die klare Luft tat ihm gut, das junge Laub der Eichen und das frische Grün der Sträucher beruhigten seine Augen. Schon nach wenigen Hundert Metern hatte er das Gefühl, sich trotz seiner noch immer gut hundert Kilogramm fast schwerelos zu bewegen. Der vom Morgendunst noch feuchte Waldboden gab unter seinen Füßen federnd nach, der kühle Wald versprach einen unbeschwerten Marsch ohne Gedanken an sein Archiv, das es aufzuräumen galt, an Leid und Tod. Die Sorgen um den ausbleibenden Erfolg seiner Kollegen schienen für kurze Zeit verflogen, er spürte nur seinen Körper.

An diesem Morgen waren erst wenige Radfahrer unterwegs, das leise Knirschen ihrer Reifen hatte etwas Vertrautes. Ein paar Jogger zogen an ihnen vorbei. Ihre drahtigen Körper ließen vermuten, dass sie schon größere Distanzen bewältigt hatten als der Archivar und sein schweigsamer Begleiter.

»Hast du nachher noch Zeit für eine Apfelschorle?« Schrievers mochte das Schweigen nicht länger ertragen.

»Du weißt doch, dass ich ins Geschäft muss.«

Heinz-Jürgen Schrievers sah Dietmar von der Seite an. Sein Begleiter schien das Walken diesmal nicht zu genießen. Dietmars Kopf war rot, und er wischte sich mehrfach mit dem Schweißband die Stirn.

»Du musst heute richtig kämpfen, was?«

»Hm.« Dietmar Gilleßen wischte sich erneut die Stirn.

»Geht's dir nicht gut?«

»Hm.« Verbissen setzte Gilleßen einen Fuß vor den anderen.

»Sollen wir abbrechen? Wir können hier schon einbiegen.« Er deutete auf den Weg, der von der Schutzhütte abging, die die Weggabelung markierte.

Gilleßen schüttelte den Kopf. »Geht schon.«

»Bist du dir sicher?«

»Ganz sicher.«

Heinz-Jürgen Schrievers hatte trotzdem den Eindruck, dass sein Begleiter sich überforderte.

»Vielleicht sollten wir doch eine Apfelschorle trinken.«

Heinz-Jürgen Schrievers nickte erstaunt. »Wenn die Terrasse aufhat, können wir uns raussetzen.«

Dietmar Gilleßen schien einen Entschluss gefasst zu haben, denn er beschleunigte seinen Schritt. Wieder fuhr er sich mit seinem Schweißband über die Stirn.

Der Archivar musterte Gilleßens Handgelenk. »Interessantes Schweißband, das du da trägst.«

Gilleßen nickte und erhöhte noch einmal die Geschwindigkeit.

»Kannst du morgen früh kurz in der Werkstatt vorbeifahren? Der letzte Stuhl müsste heute fertig sein.« Lisa strich Frank über den Arm.

»Das kann ich dir nicht versprechen.« Frank gab ihr einen Kuss auf die Wange.

»Sind doch nur fünf Minuten. Nur kurz rein, und schon bist du wieder draußen. Der Stuhl wird bestimmt in deinen Wagen passen. Und grüß Tommy von mir.« Lisa bog ihren Kopf zurück und sah Frank mit lockendem Blick tief in die Augen.

Frank musste lachen. »Lass das, du machst mich nervös.«

Lisa strich ihm erneut leicht über den Arm.

»Na gut. Ich fahr vorbei. Und wer ist Tommy?« Frank zog Lisa an sich.

Sie küsste ihn sanft und löschte dabei das Licht.

Ecki deutete auf den Bildschirm. »Da ist sie wieder.«

Frank rückte näher an den Monitor heran. »Wen meinst du denn?«

»Die behinderte Frau. Sie war auch letzten Samstag auf dem Markt.« Ecki lächelte bei dem Gedanken.

Frank bat die diensthabende Kollegin, das Bild auf einen der anderen Bildschirme zu legen.

Er blickte in das Gesicht einer blonden jungen Frau, die neugierig vor dem Stand mit Socken und T-Shirts stand. Eine Hand ließ sie durch die aufgehängten Tops und Hemden gleiten. Die andere hielt sie fest vor ihren Bauch gedrückt.

Die Marktstände standen wieder dicht gedrängt, und noch dichter war diesmal der Strom aus Kunden, Müßiggängern und Neugierigen. Wie eine Woche zuvor hatte sich auch diesmal eine gelassene, heitere Stimmung über die engen Gassen zwischen den mobilen Läden gelegt, die sich zu Füßen der Altstadtfassaden ausgebreitet hatten. Beflügelt wurde das Treiben durch die frühsommerlichen Temperaturen an diesem Samstagvormittag.

Ecki deutete auf die Aufnahme. »Sie sieht lange nicht so unbeschwert aus wie in der vergangenen Woche. Was sie wohl hat?«

»Aber sie lächelt doch. Außerdem, warum soll es behinderten Menschen anders gehen als uns? Die Tagesform entscheidet«, wandte Frank ein. Seine Gedanken waren bei Lisa, die ihn nur ungern hatte gehen lassen. Bis zur letzten Sekunde hatte sie ihn bei sich im Bett festgehalten. Nur zum Schein schmollend hatte sie ihn schließlich freigegeben und ihn mit dem Hinweis verabschiedet, dass sie sich mit einer Bekannten zu einem späten Frühstück am Alten Markt verabredet habe.

»Für die Temperaturen heute ist sie warm angezogen, findest du nicht?«, meinte Frank eher beiläufig als interessiert zu Ecki.

»Was weiß ich, was in den Köpfen dieser Menschen vorgeht.« Ecki beobachtete konzentriert die beiden übrigen Bildschirme, auf die die Bilder der sieben Kameras projiziert wurden.

Frank richtete sich auf. Die junge Frau war aus dem Radius der Kamera verschwunden. »Lisa kommt nachher auch.«

»Trefft ihr euch?«

Frank schüttelte den Kopf. »Sie ist mit einer Freundin verabredet. Da will ich nicht stören. Und wer weiß, wie lange wir hier noch zu tun haben.«

»Ich habe sie jedenfalls noch nicht gesehen.«

»Wen?« Frank sah aus dem Fenster. Auf der Terrasse des *St. Vith* saßen bereits die ersten Frühstücksgäste.

»Na, Lisa.« Ecki deutete auf die Monitore.

Frank sah auf seine Armbanduhr. »Sie wird sicher noch bei ihrer Nachbarin Frau Maaßen sein.«

»Wie geht es der alten Dame denn?«

»Sie kann kaum noch richtig gehen und ist froh, dass Lisa ihr ein wenig im Haushalt hilft und einkauft.«

»Da ist sie.«

Frank drehte sich um und sah die Polizeioberkommissarin an. »Sie kennen Lisa?«

POK Franziska Sperber schüttelte den Kopf. »Die Behinderte. Sie sieht aus, als habe sie höllische Bauchschmerzen. Schaut mal, wie sie sich den Bauch hält.«

Frank ließ sich das Bild vergrößern.

»Du hast recht.« Frank bat die Kollegin wieder um eine Totale. »Sie scheint allein unterwegs zu sein.«

»Wer weiß, was sie zum Frühstück hatte.« Ecki hatte die anderen Monitore im Blick.

Frank nickte und wandte seinen Blick ab. Mit den Augen suchte er nach seinem Kaffeebecher, den er schließlich auf dem Fenstersims entdeckte. Dieser Samstag würde vermutlich ebenso verlaufen wie der letzte. Er wollte seinen Kaffee nicht kalt werden lassen.

Sein Job war manchmal nicht gerade ein Traumberuf, dachte er, während er sich an das Fensterbrett lehnte und seinen Blick über die samstägliche Geschäftigkeit in der Altstadtwache schweifen ließ. Ein uniformierter Kollege nahm gerade gelassen die Beschwerde einer Frau entgegen, die ihren Wagen nicht mehr aus der Parklücke bekam, weil irgendjemand sie zugestellt hatte. Außerdem wartete ein Mann mit einem behördlich aussehenden Schreiben am Tresen darauf, »bedient« zu werden. Frank war froh, dass für ihn die Zeit des Streifendienstes schon lange vorbei war.

Andererseits rannten er und Ecki mal wieder der bloßen Idee einer möglichen Bedrohung hinterher, ohne die Laufstrecke zu kennen, ohne die Konkurrenz zu kennen und vor allem ohne das Ziel zu kennen. Jemand hatte eine Behinderte getötet, jemand hatte einer toten Frau Finger abgeschnitten, und jemand hatte eine Aktion angekündigt, von der er nur wusste, dass sie an einem Samstag um 9.11 Uhr stattfinden sollte.

Mit einer Behinderten? Schwungvoll stieß er sich vom Fenster ab und war mit einem Satz bei Ecki.

»Mach mir die Behinderte noch einmal groß, aber diesmal nicht nur ihr Gesicht. Ich will sie von allen Seiten sehen.«

»Mann, kannst du einen erschrecken! Bist du bekloppt?« Ecki war erschrocken herumgefahren.

»Habt ihr sie noch?« Frank überhörte Eckis Protest.

»Ich müsste sie gleich auf der Drei haben.« Zielgerichtet veränderte Franziska Sperber den Blickwinkel der Kamera. Sie nickte schließlich und legte das Bild auf den Monitor, auf dem die Vergrößerung möglich war. »Da ist sie.«

Die stämmige Behinderte war an einen großen Stand getreten, der etwas abseits der Gemüsebuden die unterschiedlichsten Textilien im Angebot hatte, und griff mit einer Hand in die T-Shirts, die dicht an dicht auf einem Kleiderständer hingen.

»Heute mal keine Tomaten«, murmelte Ecki.

»Was?«

»Vergangene Woche hatte sie Spaß an Tomaten und Gurken.«

»Kannst du mir noch andere Einstellungen anbieten?« Frank war gedanklich schon einen Schritt weiter.

»Schwierig. Es gibt zwar Überlappungen, aber recht wenige. Das kommt auch auf die Position der Zielperson an.« Der kurze Pferdeschwanz der jungen Beamtin wippte bedächtig hin und her. »Ich fürchte, wir haben keine Chance. Die Zeltbahnen der Stände verstellen uns den Blick.«

»Versuch's trotzdem.«

Franziska Sperber nickte und schaltete konzentriert zwischen den Kameras hin und her, dabei bewegte sie langsam den Joystick.

»Sie scheint ein T-Shirt gefunden zu haben, das ihr gefällt.« Ecki rückte näher an den Monitor heran. »Geh mal näher ran, bitte.«

»Eins nach dem anderen. Ich kann immer nur eine Einstellung bearbeiten.«

Ecki hob entschuldigend die Hände.

»Nee, ich bekomme sie nur von der Seite.« Franziska Sperber sah Frank bedauernd an. »Wie gesagt, die Zeltbahnen und Marktschirme.« Sie schwenkte wieder zurück auf den Stand mit den Textilien.

»Schade.« Franks Unruhe wuchs.

»Sieh mal, Frank. Sie kann doch wieder lachen.« Ecki schmunzelte. »Das Hemd scheint ihr zu gefallen.«

Frank sah ebenfalls genauer hin. Die junge Frau hielt sich das T-Shirt mit prüfendem Blick vor ihr Sweatshirt, ohne die linke Hand von ihrem Bauch zu nehmen. Sie drehte sich vor einem imaginären Spiegel hin und her.

»Geh bitte näher ran.« Frank beschlich eine Ahnung.

»So, näher geht's nicht.« Die Beamtin der Altstadtwache fuhr ein Stück mit ihrem Bürostuhl zurück.

»Schmetterlinge. Auf dem T-Shirt sind Schmetterlinge.« Frank sah Ecki ungläubig an.

»Sie sieht aus, als halte sie eine Schnur in der Hand, so eine Art Fernbedienung, wie bei einem ferngesteuerten Auto.«

Franziska Sperber versuchte, den Ausschnitt noch ein Stück größer zu machen.

»Schmetterlinge?« Ecki versuchte seine Gedanken zu sortieren.

»Mensch, Ecki, verstehst du nicht? Die Frau ist eine tickende Zeitbombe. Die Schmetterlinge, von denen der Anrufer gefaselt hat! Das sind Splitter! Die Splitter eines Sprengstoffgürtels! Die Frau soll sich auf dem Alten Markt in die Luft sprengen! Sie hat den Zündmechanismus in der Hand! Wir müssen raus und sie aufhalten, sonst gibt es ein Blutbad! Sie wird sich auf dem Alten Markt in die Luft jagen! Deshalb ist sie hier! Deshalb das ausgebeulte Sweatshirt! Sie trägt einen Sprengstoffgürtel!« Frank war schon fast an der Tür. Nicht nur die Frau, die immer noch wegen ihres zugeparkten Autos lamentierte, und der Mann mit der Vorladung starrten Frank verständnislos an, sondern auch Franziska Sperber und Ecki.

»Sie ist weg.«

Frank stoppte mitten in der Bewegung und drehte sich wie in Zeitlupe zu der Kollegin um.

»Ich habe sie verloren. Sie muss irgendwo im toten Winkel stecken.«

Die Polizeioberkommissarin fuhr mit dem Joystick hin und her und schüttelte dann den Kopf.

»Warte, Frank. Lass uns in Ruhe überlegen.«

Frank stand wieder hinter Franziska Sperber. »Wir dürfen sie nicht verlieren.« Seine Stimme überschlug sich fast.

Schlagartig war ihm der Sinn des Novalis-Songs klar geworden. Der Unbekannte benutzte einen arglosen Menschen für sein Verbrechen. Wer Schmetterlinge lachen hört, der weiß, wie Wolken schmecken: Eine perfidere Umschreibung seiner Pläne hätte der Unbekannte nicht finden können.

»Der PP muss informiert werden, das Innenministerium. Wir müssen den Markt abriegeln.« Ecki griff zum Telefon.

»Warte!« Frank deutete auf die blonde Frau. »Siehst du die

weißen Kabel? Sie trägt Ohrstöpsel. Vielleicht bekommt sie Anweisungen. Wir dürfen kein Risiko eingehen.«

»Das ist bloß ein iPod«, warf Franziska Sperber ein.

»Wer sagt denn, dass sie die Anweisungen live bekommt?! Kann sein, dass sie ein Band abhört und jeden Schritt erklärt bekommt. Ich gehe raus.«

»Spinnst du?« Ecki sah Frank entsetzt an.

»Sollen wir warten, bis sie sich in die Luft sprengt? Sie kann jede Sekunde den Knopf drücken! Siehst du die vielen Menschen da draußen? Sie wird Dutzende Unschuldige mit in den Tod reißen!« Franks Entschluss stand fest. Er würde da rausgehen und versuchen, diese lebende Bombe zu entschärfen.

»Du bist kein Sprengstoffexperte, geschweige dass du wüsstest, wie du mit einer Behinderten umgehen musst. Frank!«

Aber Frank winkte nur ab, griff sich ein Funkgerät und war bereits an den beiden unfreiwilligen Zeugen vorbei.

»Sie bleiben hier«, rief er dem Mann und der Frau zu, die immer noch nicht begriffen hatten, was in diesem Augenblick um sie herum passierte.

»Ruft mich an, und gebt mir ihre Position durch. Und verständigt die anderen.«

Bevor Ecki etwas sagen konnte, hatte Frank die Tür aufgestoßen und lief schon die Eingangsstufen hinunter.

Die Helligkeit blendete ihn für einen Augenblick. Ein Pärchen schlenderte händchenhaltend an Frank vorbei Richtung Rathaus Abtei, im Vorbeigehen legte die junge Frau eine Hand auf den steinernen Mantel des Balderich, der seit eh und je stolz die Zufahrt zum ehemaligen Benediktinerkloster bewachte.

Frank musste einen Augenblick warten und mehrere Linienbusse passieren lassen, ehe er die Straße überqueren konnte. Sein Blick ging nach oben, wo er auf der Ecke des Modehauses eine der Kameras sehen konnte. Er wusste, dass ihn die Kollegen im Blick hatten. Er eilte an den offenen Türen der Kneipen vorbei und hielt dabei nach der Frau Ausschau, die Tod und Verderben unter ihrem dunklen Sweatshirt trug.

Was er tun würde, wenn er sie entdeckt hätte, wusste er noch nicht. Erst musste er sie finden. Ein Lachen in seinem Rücken elektrisierte ihn. Lisa! Er drehte sich um, aber er hatte sich getäuscht. Es war nicht Lisa. Er sah eine Frau, die sich eng an ihren Freund drückte und ihn dabei anlachte.

Lisa! Wie angewurzelt blieb er stehen. Seine Freundin durfte auf keinen Fall in die Stadt kommen!

»Ecki!«

»Ja?« Eckis Stimme kam kratzend aus dem Funkgerät.

»Ruf Lisa an! Sie darf auf keinen Fall auf den Alten Markt kommen.«

»Ich versuch's.«

Mehr konnte Frank im Augenblick nicht tun. Er musste sich auf seinen Freund verlassen.

»Ecki?«

»Ich höre.«

»Wo ist sie?«

Es dauerte einen Augenblick, bis Ecki sich meldete. »Sie ist immer noch im Bereich des Textilstandes. Dein Standort?«

»Cannape.«

»Dann müsstest du sie schon sehen. Geh einfach weiter.«

Frank schob das Funkgerät in die Gesäßtasche seiner Jeans und versuchte, im Gedränge vor sich etwas zu erkennen. Vor ihm markierten üppig gestapelte Salat- und Gemüsekisten den Eingang zu einer schmalen Gasse. Langsam schoben sich die Menschen an den frischen Auslagen vorbei. Frank hatte keine Chance. Er musste in die Gasse hinein und dort nach ihr suchen.

Seit sie ihr vergrößertes Bild auf dem Monitor gesehen hatten, nagte ein Gedanke an ihm, der ihm erst jetzt deutlich wurde: Warum hatte sie den Zünder noch nicht betätigt? Hatte der Unbekannte etwa genau auf seine Reaktion gesetzt, würde der Sprengsatz erst dann detonieren, wenn er vor ihr stand? War er vielleicht sogar das eigentliche Ziel des Anschlags?

»Frank?«

Er nahm das Funkgerät an sein Ohr. »Ja?«

»Ich kann Lisa nicht erreichen. Sie hat ihr Handy nicht eingeschaltet. Ich habe einen Kollegen zum Schmölderpark geschickt, aber es macht niemand auf.«

»Ihr müsst sie finden!«

»Wir tun, was wir können, Frank, bitte beruhige dich.«

»Ende.« Frank steckte das Funkgerät weg und atmete tief ein und aus. Er musste sich konzentrieren. Aus den Augenwinkeln sah er, wie eine alte Frau, die einen Trolley hinter sich her zog, ihn anstarrte.

Wo war die blonde Behinderte? Was hatte Ecki vorhin gesagt? Frank konnte nicht mehr klar denken.

Hastig bog er in die Gasse ein, die von den breiten Dächern der Marktstände nahezu vollständig beschirmt wurde. Hier war es kühl und roch nach frischen Kartoffeln. Stimmengewirr von allen Seiten. Hastig drängte er sich an den Menschen vorbei, die ihm flanierend den Weg versperrten. Er sah die aufgebrachten Blicke nicht und wich nur knapp einem Kinderwagen aus.

Er verlangsamte seinen Schritt. Was, wenn er sich das alles nur einbildete? Dass hier eine Frau unterwegs war, die den Tod um ihren Bauch trug? Er hatte keinen Beweis, nur eine Ahnung. Das Tonband, die Schmetterlinge! Vor seinem inneren Auge tauchten Bilder aus Afghanistan auf. Kinder, die als Spielzeug getarnte Schmetterlingsbomben aufheben, Streubomben, die den Tod über ein Dorf brachten.

Sein Atem ging keuchend. Er musste diese Frau finden! Sein Funkgerät knarzte, aber er reagierte nicht.

Er hatte sie schon gefunden.

Frank blieb stehen. Vor ihm hatte sich wie von Geisterhand die Menge geteilt. Die Frau stand nur wenige Schritte von ihm entfernt und sah ihn an. Ihre Hand ruhte auf ihrem Bauch.

Deutlich konnte Frank die schmale Vorrichtung sehen, die den Zünder auslösen musste.

Er zwang sich zur Ruhe. Was sollte er tun? Die Menschen um ihn herum schienen noch weiter zurückzuweichen. War es still um ihn herum geworden? Er hörte keine Geräusche mehr, oder bildete er sich das nur ein?

Die Frau mochte nicht älter als fünfundzwanzig Jahre sein. Ihre stämmigen kurzen Beine steckten in engen Jeans. Das Sweatshirt war mehrere Nummern zu groß und verstärkte so den Eindruck, dass ihr Oberkörper unförmig war und nahezu übergangslos in einen fleischigen kurzen Hals überging. Ihr Haar war kurz, der Pony reichte fast bis an ihre Brille.

Sie sah ihn aus hellen Augen neugierig an. Komm her, lockte ihr Blick. Sie lächelte, als habe sie auf ihn gewartet.

Sie ging einen Schritt auf ihn zu und blieb dann wieder stehen. Ihre Hand, von der aus ein dünnes Kabel unter ihrem Sweatshirt verschwand, blieb dabei auf ihrem Bauch liegen. Sie wiegte ihren Kopf hin und her, als folge sie dem Takt eines lautlosen Songs.

Sie hörte offenbar Musik. Natürlich, der iPod! Also keine Anweisungen über Kopfhörer.

Die Unbekannte kam erneut einen Schritt auf Frank zu.

Bleib stehen, dachte er unwillkürlich.

Die Umstehenden waren in unendliche Ferne gerückt. Es gab nur noch sie und ihn.

Was sollte er tun? Ihr die Fernbedienung entreißen? Und dabei den Kontakt auslösen? Wie konnte er an den Zünder kommen, ohne das Leben Unschuldiger zu gefährden?

Bleib stehen!

Franks Gedanken wirbelten durcheinander. Wo war Lisa? Es durfte keine Katastrophe geben! Was war mit dem Funkgerät?

Zwischen ihr und ihm lagen nicht mehr als fünf Meter. Frank konnte nicht mehr klar denken. Er griff nach links und bekam Stoff zu fassen, dabei ließ er den Blick nur für einen

Augenblick von der Frau. Ein bunt bedrucktes T-Shirt. Tiere. Ohne nachzudenken, riss er das Kleidungsstück vom Bügel und hielt es ihr entgegen.

»Magst du Tiere?« Er lächelte sie an.

Die Frau legte den Kopf leicht schräg, ihr Lächeln blieb. Sie hielt nun beide Hände vor den Bauch. Sie schien einer inneren Stimme zu lauschen. Oder waren es doch Anweisungen, die sie über ihre Ohrstöpsel empfing?

»Es ist schön. Gefällt dir das T-Shirt?« Frank betrachtete das Hemd näher: Vögel, Blumen, Schmetterlinge. »Gefallen dir die Vögel, magst du Schmetterlinge?«

Die Frau reagierte nicht.

»Schmetterlinge sind so schön und zart, sie flattern lustig um die Welt, von Blüte zu Blüte, und bringen den Menschen Freude. Willst du das T-Shirt haben?«

Das Lächeln blieb und auch die Haltung der Hände. Sie schien nachzudenken.

»Ich schenke es dir.«

»Schmetterlinge?« Ihre Stimme klang dunkel und rau. Die Laute kamen tief aus ihrer Kehle, und sie hatten eine Färbung, die Frank nicht zuordnen konnte.

»Ja, Schmetterlinge. Ich schenke sie dir.« Frank ließ die Hände der Frau nicht aus den Augen und schwenkte das T-Shirt. Es sah aus, als taumelten die aufgedruckten Schmetterlinge im aufkommenden Wind.

Sie lachte glucksend. »Schmetterlinge! Schmetterlinge!«

Frank machte einen Schritt vorwärts. »Komm doch mal her.«

»Schmetterlinge!«

Frank stockte der Atem. Die junge Frau begann sich im Kreis zu drehen und »Schmetterlinge, Schmetterlinge!« zu rufen.

»Es gehört dir.« Frank bewegte sich langsam auf sie zu. Bloß nicht erschrecken! Sie durfte keinesfalls in Panik geraten.

Es dauerte schier endlos lange, bis er sie endlich erreicht hatte. Sie drehte sich immer noch im Kreis.

Mit verzücktem Gesicht kam sie genau vor ihm zum Stehen.

»Schmetterlinge.«

Mit ihren kleinen Händen griff sie nach dem T-Shirt und hielt es vor ihr Gesicht. Das Kabel hatte sie anscheinend vergessen.

Frank nahm ihre Hände, die das T-Shirt hielten.

»Tanzen?«

»Nein. Wie ist dein Name?«

»Name?«

»Wie heißt du?«

»Wie heißt du?«

»Frank.«

»Frank? Tanzen, Frank?«

Frank schüttelte den Kopf. »Ruh dich ein bisschen aus.«

»Silvia.«

»Du heißt Silvia?«

Sie nickte und wiegte wieder ihren Kopf hin und her.

»Hörst du Musik?«

Sie nickte eifrig. »Jenny, Jenny.«

»Jenny?« Frank ließ eine Hand los und nahm vorsichtig die Fernbedienung auf, die lose an Silvias Körper baumelte. Er musste die Frau dazu bringen, absolut still zu stehen. Jede Bewegung konnte tödliche Folgen haben.

Silvia zog sich die Stöpsel aus den Ohren und hielt ihm einen hin. »Jenny.«

Frank schüttelte sanft den Kopf. »Bleib ganz ruhig stehen, Silvia. Wir hören Jenny gleich.«

Frank war an sie gekettet. Er konnte Silvia nicht loslassen und musste darauf hoffen, dass sie ihn nicht plötzlich als Fremden erkannte und in Panik geriet.

Mit leiser Stimme sprach er auf sie ein. »Ich mag Schmetterlinge auch. Sie fliegen von Blume zu Blume, leicht wie der

Wind. Wir werden noch ganz viele Schmetterlinge sehen. Ich zeige dir ganz viele Schmetterlinge.«

Sie schloss die Augen und begann, sich in den Hüften zu wiegen.

Die Fernbedienung in Franks Hand glühte. Er musste aus der Situation raus. Aber wie? Er steckte in einer Sackgasse. Von links und rechts rückten graue Wände unaufhörlich zusammen.

»Es ist vorbei.«

Frank verstand nicht und fühlte auch nicht gleich die Hand, die sich auf seine Schultern gelegt hatte.

»Ist gut, Frank.«

Erst jetzt spürte Frank, dass er zitterte. Er sah Silvia in die Augen und ließ zu, dass eine warme Hand seine öffnete und die Fernbedienung aus seinem Griff löste. Gleichzeitig registrierte er, wie Silvia eine Decke umgelegt wurde. Ihn wunderte, dass sie das zuließ, ohne sich zu wehren. Aber sie lächelte weiter ihr seliges Lächeln.

»Es ist vorbei, Frank.«

Es war Ecki.

Der warme Klang seiner Stimme ließ Frank aus dunkler Tiefe zurück an die Oberfläche tauchen. Er konnte wieder atmen, doch seine Brust schmerzte.

»Wie geht es ihr?«

»Körperlich ist sie gesund. Die Ärzte haben nichts Auffälliges gefunden. Keine Spuren körperlicher Gewalt, keine Anzeichen für Missbrauch. Über ihren seelischen Zustand können sie derzeit aber nur spekulieren. Derzeit deutet nichts darauf hin, dass sie traumatisiert ist.«

»Wo ist sie jetzt?« Frank sah Ecki über den Rand seines Kaffeebechers hinweg an.

Ecki nickte, damit Lisa ihm nachgoss. »Hephata hat sie aufgenommen. Die Spezialisten dort haben die meiste Erfahrung.«

»Woher kommt sie?« Lisa hatte sich zu ihnen gesetzt.

Nachdem Ecki sie endlich erreicht hatte, war sie zu Franks Wohnung gefahren und hatte dort das Wochenende mit ihm verbracht.

»Die Ärzte wissen es nicht. Silvia kann ihnen auch nicht helfen. Sie versteht und spricht nur wenig. Ihr Akzent lässt darauf schließen, dass sie aus dem Ostblock stammt. Sie haben alle möglichen Sprachen ausprobiert. Auf Ukrainisch hat sie am besten angesprochen. Aber das heißt noch nichts.«

»Dann hat Jasmin also doch recht?«

»Vielleicht. Sie kann auch schon vor längerer Zeit zu uns gekommen sein.«

»Macht ein Foto von ihr.« Frank wusste, dass die Anweisung überflüssig war.

»Die Suche läuft schon. Vielleicht gibt es ein Heim oder eine Einrichtung in Deutschland, wo man Silvia kennt.« Ecki griff bereits nach der zweiten Nussschleife.

»Jasmin soll mit dem Foto noch einmal ihre Kontakte abklappern.« Frank stützte seinen Arm auf die Tischplatte und rieb sich übers Gesicht. Er hatte Kopfschmerzen.

»Müde?« Lisa strich ihm durchs Haar.

Frank nickte.

»Silvias Kleidung ist noch in der KTU. Bittner meint, dass die Sachen neu sind und irgendwo in Deutschland gekauft wurden. Sie könnte neu eingekleidet worden sein, um Spuren zu verwischen.« Ecki musterte erwartungsvoll den Zuckerguss des Teilchens.

»Habt ihr den iPod schon ausgewertet?«

Ecki biss ein Stück von der Nussschleife ab und nickte. »Ist eine merkwürdige Mischung drauf: klassische Musik, Brahms, Haydn, Chopin und Volksmusik. Jede Menge Schlager. Und Maria Callas.«

»Und was hatte ›Jenny, Jenny‹ zu bedeuten?«

Nun musste Ecki grinsen. »Ganz mein Fall.«

»Nämlich?«

»*Jenny, Jenny* heißt ein Song des Nockalm-Quintetts. Er ist auf dem Album *Aus Tränen wird ein Schmetterling.*«

»Das ist alles?«

»Soll ich dir die CD besorgen?«

»Bloß nicht. Es sei denn, es ergäbe sich ein Bezug zu Silvia.«

»Nee, nicht wirklich.« Ecki kaute konzentriert.

»Hm, klassische Musik.« Frank zog die Stirn kraus. »Eine behinderte Frau hört klassische Musik. Was hat das zu bedeuten?« Er sah Lisa an.

»Geistig Behinderte haben eine ganz eigene Art, Musik zu erleben. Sie empfinden sie anders als wir, nicht selten viel intensiver. Sie erleben Musik zum Beispiel durch Bewegung. Klassik und Behinderung schließen sich also nicht aus. Im Gegenteil. Die Literatur ist voller Beispiele dafür.«

Frank nickte nachdenklich. »Was ist mit dem Gürtel?« Er hatte sich die Frage bewusst bis zuletzt aufgespart.

Ecki räusperte sich. »Du hast Glück gehabt. Silvia hatte zehn Kilo Sprengstoff auf den Bauch gebunden, gemischt mit Nägeln und Metallresten.« Er wich Franks Blick aus.

»Wo kommt der Sprengstoff her?« Frank hatte das Bild vor Augen, wie sein Körper in Stücke gerissen wird. Er versuchte vergeblich, das Zittern zu unterdrücken. »Warum hat sie nicht auf den Knopf gedrückt?«

Ecki hob die Schultern. »Wir haben versucht, mit ihr darüber zu sprechen. Aber das hat keinen Zweck, sagen die Ärzte. Sie wird Zeit brauchen. Ich bezweifle, dass sie weiß, was sie hätte tun sollen. Ich glaube, wir werden nie erfahren, warum sie nicht auf den Knopf gedrückt hat.«

»Sie muss uns sagen, wer sie präpariert hat.«

»Ich glaube nicht, dass sie begreift, was um sie herum passiert ist.«

»Wir müssen es wenigstens versuchen!«

Lisa legte eine Hand auf seinen Arm. »Du musst ihr Zeit geben – und dir.«

»Wir haben aber keine Zeit. Wer weiß, wann die nächste lebende Bombe durch die Stadt läuft!«

»Das BKA prüft gerade die Qualität des Sprengstoffs und die Bauart des Gürtels.«

»Dann suchen wir also doch einen Technikfreak.«

»Mit ein bisschen Geschick findest du die Bauanleitung für solche Gürtel im Internet. Ich habe Fotos gesehen: dicke Stangen nebeneinander, verdrahtet und mit Klebeband fest verbunden, dazu Bauch- und Schulterriemen für den perfekten Sitz; unter einem weiten Umhang oder einem großen Sweatshirt leicht zu verstecken.«

Lisa bekam eine Gänsehaut. Sie spürte förmlich das Gewicht so eines todbringenden Gürtels auf ihrem Körper. »Wie kann man so etwas nur erfinden?«

»Es geht noch schlimmer.« Ecki räusperte sich. »In Afghanistan werden sogar Kinder als lebende Sprengfallen benutzt. Die Taliban schicken mit Vorliebe geistig Behinderte in den Tod.«

»Diese Menschen werden benutzt, ohne dass sie etwas ahnen? Ist das widerlich.« Lisas Gänsehaut wurde stärker.

Ecki nickte und legte den Rest der Nussschleife beiseite. Ihm war der Appetit vergangen.

»Vielleicht suchen wir ja einen durchgeknallten Soldaten. Jemanden, den die Erlebnisse an der Front traumatisiert haben.« Frank legte seine Hand auf Lisas. Er wollte den Gedanken nicht weiterdenken, der sich ihm aufdrängte.

»Ich habe dazu eine Anfrage nach Berlin geschickt. Noch hat das Verteidigungsministerium nicht darauf reagiert.«

»Die werden kein Interesse daran haben, dass so etwas öffentlich wird.« Frank bezweifelte, dass die Behörde sonderlich kooperativ sein würde.

Lisa stand auf. »Das macht mich ganz nervös. – Möchte noch jemand einen Kaffee?«

Das Wasser ist kalt. Die Füße schmerzen. Es hilft nichts, von einem Bein auf das andere zu treten, das Wasser steht zu hoch, bis über die Waden. Ich darf nicht laut atmen. Er wird es hören. Die harten Kanten der Mundharmonika schneiden in meine Mundwinkel. Ich muss tief atmen, aber ich darf nicht. Darf nicht. Warum tut er das? Ich war doch artig!? Ich tue immer das, was er will. Ich muss pinkeln. Aber ich darf nicht. Wenn meine Hose nass wird, wird es nur noch schlimmer. Bitte binde mich los, bitte. Meine Arme schmerzen. Ich will auch immer artig sein. Bitte, komm und hol mich hier raus. Es ist so dunkel und riecht nach feuchten Briketts. Was ist das an meinen Beinen? Eine Spinne! Ich habe Angst. Ich will nicht, dass sie an mir hochklettert. Ich will Licht. Mir ist so kalt. Ich friere. Der Boden der Blechwanne ist so rau. Ich muss mal! Ich kann nicht mehr. Ich muss atmen! Schrill ziehen die Töne durch den dunklen Keller. Hässlich und laut. Gleich wird die Tür aufgehen, und er wird seinen Gürtel ziehen. Ich muss pinkeln. Ich ... Es läuft und es ist warm.

Als die Tür aufgeschoben wird, fällt der schmale Lichtstrahl auf das vertrocknete Pfauenauge, das an der Kellerwand gegenüber klebt. Es hängt schon lange dort. Sein einziger Freund, den er hier unten hat.

Er schreckt hoch und ist schweißgebadet.

Schrievers schmunzelte. »Hier kommt so schnell keiner rein.«

»Es ist nicht die erste Adresse, dafür aber unschlagbar billig.«

»Keine Frage.« Der Archivar war neugierig auf das, was ihn hinter der schweren Eisentür erwartete.

Dietmar Gilleßen suchte den passenden Schlüssel aus dem klirrenden Bund und schloss auf. Seine Stimme hallte, als er in den dunklen Vorraum trat. »Ich habe lange nach etwas Passendem gesucht.«

Der Archivar folgte Gilleßen durch die schmalen Flure, in denen die Wandlampen nur ein schwaches Licht abgaben. Es war kühl und roch muffig nach Staub und feuchtem Beton.

Gilleßen bemerkte Schrievers' verhaltene Neugierde. »Zuerst habe ich ihn fast nicht ausgehalten, diesen Geruch. Aber jetzt habe ich mich daran gewöhnt. Ich fühle mich fast schon wie zu Hause hier. Hier kann ich ungestört in meinem Lager kramen und meine Schätze sortieren. Ich habe nämlich eine Menge Durchlaufposten. Das Geschäft geht im Augenblick ganz gut.« Im Vorübergehen schaltete er weitere Lampen ein.

Schrievers fror ein wenig. »Du hast den ganzen Bunker gemietet? Das müssen doch Dutzende Räume sein.«

»Nur ein paar. Die anderen stehen leer. Macht aber keinen Unterschied. Ich könnte mich auch dort ausbreiten. Würde eh keiner kontrollieren.«

Schrievers nickte und blieb stehen. »Ich suche für meine Gertrud ein altes Nähtischchen, möglichst in Kirschholz oder Rüster. Hast du so etwas da?«

Gilleßen deutete den Gang entlang. »Sieh dich doch einfach mal in aller Ruhe um.«

Neugierig betrat Heinz-Jürgen Schrievers den ersten Raum. Im schwachen Licht der Deckenbeleuchtung stapelten sich Weichholzschränke, Kommoden und Tische. Dazwischen standen mit Spinnweben überzogene Spiegel, Bilderrahmen, Truhen, aus denen Holzmehl rieselte, und immer wieder Stühle.

Der Archivar sah Gilleßen an, der ihn selbstzufrieden anlächelte. »Unglaublich! Woher hast du all die Sachen?«

»Oh, da muss man schon ein Stück fahren. Der Niederrhein ist weitgehend abgegrast. Bis auf wenige Ausnahmen sind die guten Sachen längst weg, die Niederländer haben vieles weggekauft. Ich habe jahrelang die neuen Bundesländer abgeklappert. Die haben in ihrem Vereinigungswahn alles weggeworfen, was nach DDR und alt aussah.« Gilleßen grinste bei dem Gedanken. »Ich habe Schränke für zehn Mark gekauft, die bei uns zweitausend und mehr gebracht haben. Oft war ich schneller als die Holländer.«

»Donnerwetter.« Schrievers musste an die Dachböden seiner Verwandtschaft denken, die er mit Gertrud über die Jahre durchforstet hatte. Echte Schätze hatte er nie gefunden, dafür aber jede Menge Erinnerungsstücke an Onkel und Tanten, die sie liebevoll aufgearbeitet und in ihrem Haus aufgestellt hatten.

»Die goldenen Zeiten sind längst vorbei. Heutzutage musst du weit fahren, bis tief in den Osten. Manchmal bin ich wochenlang unterwegs. Aber ich habe mittlerweile auch Leute dort, die mir ausgesuchte Sachen bringen.«

»Kann ich die übrigen Räume auch sehen? Ich glaube, dass ich in dem hier nicht fündig werde.«

Gilleßen gab Schrievers den Weg frei. »Kein Problem.«

Neugierig wanderte Schrievers durch alle Räume. Schon bald hatte er den feinen Staub des Holzwurmmehls in der Nase und Spinnwebenfetzen im Haar. Seine Hände waren grau und stumpf vom Staub, aber ein Tischchen, wie er es suchte, war nicht unter den Möbeln, die Gilleßen hortete. Schließlich hatte er auch den letzten Raum des Möbellagers durchstöbert.

»Schade.«

»Nächste Woche soll neue Ware kommen. Ich warte noch auf einen Anruf von Sergej. Vielleicht hast du ja Glück.«

»Wäre schön. Gertrud wünscht sich schon so lange so ein Tischchen mit gedrechselter Säule.«

»Kann ich gut verstehen.« Gilleßen nickte. »Alte Möbel haben Charakter. Mit ihnen kauft man ihre Geschichte. Und jede ist anders. Ich möchte niemals in neuen Möbeln leben.« Er schüttelte entschieden den Kopf.

»Und hier drüber ist wirklich alles leer?« Heinz-Jürgen Schrievers deutete auf die Betondecke über ihren Köpfen.

Gilleßen lachte. »Du willst wohl unbedingt etwas für deine

Gertrud finden. Leider muss ich dich enttäuschen. Dort oben ist nichts mehr. Alles leer. Nur Staub und Spinnen.«

»Dafür sieht der Aufgang aber gut gefegt aus.« Der Archivar deutete auf die Treppenstufen, die am Ende des Ganges in die nächste Etage führten.

»Gut beobachtet, Herr Kommissar. Aber da ist wirklich nichts.«

»Dann werde ich mich wohl gedulden müssen.« Schrievers seufzte.

»Möchtest du vielleicht einen Kaffee?«

Der Archivar sah auf die Uhr. »Eigentlich ja. Aber um ehrlich zu sein, bin ich schon viel zu lange hier. Ich muss noch einmal ins Präsidium. Zwei Kollegen feiern Geburtstag.«

Gilleßens Lächeln war verschwunden. »Dann ein anderes Mal, oder? Ich hatte gedacht, wir würden noch ein wenig plaudern. Über Möbel oder über deine Arbeit. Die interessiert mich wirklich.«

»Mein Job ist auch nicht aufregender als andere. Polizeiarbeit ist meist langweiliger Kram.«

»Das sagst du so, aber für mich ist das wirklich spannend.«

»Sehen wir uns morgen beim Walken? Dann können wir ja ein neues Treffen vereinbaren. Magst du vielleicht mal zu uns kommen?«

»Mal sehen.«

Jasmin Köllges stellte ihre Krücken an die Bürowand und humpelte die wenigen Schritte zum Schreibtisch. »Niemand will Silvia jemals gesehen haben. Viele meinen, Downies sähen doch alle gleich aus. Die Busfahrer können oder wollen sich nicht erinnern. Hier ist die Liste aller Unternehmen, die Mönchengladbach als Busbahnhof nutzen. Ihr Foto ist schon zu ihnen unterwegs. Aber«, sie setzte sich vorsichtig, »ich glaube nicht, dass sich da noch was ergibt. Wer weiß, auf welchem Weg Silvia zu uns gekommen ist.«

Ecki bedauerte seine Kollegin. Sie hatte sich zwar aufgedrängt, aber er hätte ihr den Erfolg ihrer Puzzelei gegönnt. »Warten wir es ab. Was macht dein Bein?«

»Der Gips soll bald runter, dann geht's los mit der Reha. Ich fühl mich total behindert.«

»Bevor ich es vergesse, wir haben eine Anfrage beim Verteidigungsministerium laufen. Silvia könnte von einem durchgeknallten ehemaligen Soldaten präpariert worden sein.«

Jasmin sah ihn irritiert an.

Ecki hob die Hände. »Ist nur eine Vermutung. Aber dann wäre immer noch nicht geklärt, woher Silvia kommt.«

»Wie weit seid ihr mit ihr?«

»Versuch und Irrtum. Wir haben schon mehrere Dolmetscher osteuropäischer Dialekte und Sprachen durch. Bisher ohne eindeutiges Ergebnis.«

»Und der Gürtel?«

»Die ›Zutaten‹ stammen fast ausschließlich aus dem Baumarkt. Der Stoff für die Halterungen der Sprengsätze ist vermutlich Moleskin.«

»Daraus lässt die Bundeswehr Kampfanzüge machen.« Jasmin Köllges wurde hellhörig.

Ecki winkte ab. »Militärklamotten kriegste in jedem Nato-Shop.«

»Aber Silvia kann doch nicht vom Himmel gefallen sein.«

»Das kriegen wir schon noch raus. Jedenfalls danke für deinen Einsatz.«

»Der ja wohl nichts gebracht hat außer Ärger und Spott.«

»Spott?«

»Frank nimmt mich doch überhaupt nicht ernst.«

»Das stimmt so nicht. Er wollte nur, dass du dich schonst. Immerhin ist ein Beinbruch keine Kleinigkeit.«

»Aber auch nichts, das mich völlig außer Gefecht setzt«, antwortete Jasmin bissiger, als sie wollte.

»Okay, ich weiß, du steckst voller Ehrgeiz. Aber du musst

wissen, wann du ihn einsetzt. Es bringt nichts, wenn du einfach losrennst und dich verzettelst.«

»Du meinst also auch, dass ich schlechte Arbeit leiste.« Jasmin reckte das Kinn.

»Nein, das meine ich nicht!« Ecki ärgerte sich. Er hatte Besseres zu tun, als das angekratzte Ego einer Kollegin aufzupolieren. »Aber krankgeschrieben ist nun mal krankgeschrieben.«

»Ich habe verstanden.« Die Kommissarin stand abrupt auf und humpelte zu ihren Krücken.

»Jasmin!« Bevor Ecki mehr sagen konnte, hatte sie die Tür schon wütend hinter sich zugeschlagen.

Augenblicke später betrat Frank das Büro. »Was war das denn gerade? Ein Tornado auf Krücken?«

»Die künftige Polizeipräsidentin.«

»Ich hab uns ein paar Hefeteilchen mitgebracht.«

Ecki begutachtete die Tüte, die Frank auf den Tisch gelegt hatte. »Im Moment ist mir der Appetit vergangen.« Lustlos referierte er Köllges' Ermittlungsergebnisse.

»Ich muss selbst mit Silvia sprechen.«

»Du weißt doch, was die Ärzte sagen. Silvia ist nicht nur geistig behindert, sie ist traumatisiert. Eine denkbar schlechte Kombination.«

»Sie ist unsere einzige Verbindung zum Täter.«

Ecki nickte. »Er hat sich gut abgeschirmt. Zwischen uns und ihm steht ein Mensch, der sich nicht mitteilen kann. Besser geht es nicht.«

»Ich muss es zumindest versuchen.«

»Wie soll das gehen?«

»Ein paar Brocken Deutsch spricht sie immerhin. Und Schmetterlinge sind offenbar wichtig für sie.«

»Wie willst du mit jemandem Kontakt aufnehmen, der dich intellektuell und sprachlich nicht versteht?«

»Durch Bilder?«

»Selbst wenn sie etwas erkennt, was sagt uns das?«

»Musik. Wir müssen es über die Musik versuchen.« Frank sah Ecki hoffnungsvoll an. »Wir spielen ihr Klassik vor.«

»Das haben die Ärzte bereits gemacht.«

»Dann machen wir es eben noch einmal. Die Bilder und die Musik müssen etwas in ihr auslösen. Davon bin ich überzeugt.«

»Ich glaube, du verrennst dich da. Lass die Ärzte ihre Arbeit machen. Misch du dich jetzt nicht ein. Das verwirrt Silvia höchstens noch mehr.«

»Wir haben gar keine Wahl.« Frank griff nach der Tüte mit den Teilchen. »Sie wird etwas aussagen können. Auch geistig behinderte Menschen haben ihre Möglichkeiten. Meinetwegen fahre ich auch tagelang mit ihr durch die Stadt. Sie wird am Ende etwas wiedererkennen, und das wird uns dann weiterbringen, verlass dich drauf.«

»Irgendwo bei Koblenz gibt es einen Schmetterlingspark. Marion will schon lange mit den Kindern dorthin. Muss toll sein, hat sie in einer ihrer Frauenzeitungen gelesen.«

»Bendorf, Garten der Schmetterlinge.« Frank nickte. »Habe ich auch schon recherchiert. Ich besorge mir erst mal in der Stadtbücherei ein paar Bildbände. Möglicherweise reichen die schon aus.«

Ich ertrage diese Unfähigkeit nicht länger. Wie lange soll ich das Elend noch aushalten? Das mit Silvia – na ja, das war ein Anfängerfehler. Ich hätte sie zu mehr Gehorsam erziehen müssen! Ich war zu voreilig. Ich hätte noch ein Quäntchen mehr Geduld haben müssen. Nun ist der Sprengstoff weg. Und mein Schmetterling. Ich muss auf die nächste Lieferung warten. Das wird nicht einfach sein. Es stimmt also, was er immer gesagt hat – ich bin nicht geduldig, nicht gelehrig und brauche meine Strafe. Ich habe es nicht besser verdient. Ich bin der Schmetterling an der Wand. Ich bin der Dreck im Keller. Ich kann nicht einmal Mundharmonika spielen. Ich werde dafür Buße tun. Und zwar jetzt. Die alte Wanne ist noch da. Ich muss nur den Stuhl hineinstellen.

Carolina Guttat strich, seit sie in dem kleinen Lokal saß, unablässig ihren Rock glatt. Sie wartete ungeduldig auf ihre Verabredung. Mehrfach hatte sie den Impuls unterdrücken müssen, aufzustehen und das *Antik-Café* zu verlassen.

Eine Schnapsidee. Wie hatte sie sich nur auf das Treffen einlassen können? Welcher Teufel hatte sie geritten, sich ausgerechnet hier, in aller Öffentlichkeit, mit ihm zu treffen? Was wollte sie von ihm? Die Absolution oder die klare Aussage, dass sie dabei war, verrückt zu werden?

Sie hatte Bernd seit Jahren nicht gesehen. Zufällig war ihr sein Name auf einer Schöffenliste ins Auge gesprungen. Auf einem der ersten Klassentreffen hatte sie ihn flüchtig gesprochen und erstaunt gehört, dass er nach seinem Lehramtsstudium noch eine Ausbildung zum Psychotherapeuten gemacht hatte. Ausgerechnet Bernd, der Mathe und Physik studiert hatte, der keine Freunde gehabt hatte, sondern nur seine Logarithmentafel. Bernd, der nur das hatte akzeptieren wollen, was sich beweisen ließ, mit Naturgesetzen, Formeln und Zahlenkolonnen.

Die Staatsanwältin sah sich zum wiederholten Male um. *Nostalgia*, der Name war in der Tat Programm. Eigentlich war ihr die Umgebung zu plüschig, aber Bernd hatte ihr bei ihrem Telefongespräch derart von dem kleinen Café vorgeschwärmt, dass sie schließlich dem ungewöhnlichen Treffpunkt für ihre gleichermaßen ungewöhnliche Verabredung zugestimmt hatte.

Die Geschäftsidee war nicht schlecht, dachte Carolina Guttat. Immerhin sorgte sie für Abwechslung, denn jeden Einrichtungsgegenstand konnte man auch kaufen. Jedes Bild, jeden Nippes, jeden alten Stuhl, jedes Sofa, jeden Tisch, ja selbst das

Geschirr. Die Betreiberin des schlauchartigen Cafés erkundigte sich gerade, ob Carolina Guttat noch einen Wunsch hätte, als die Glastür aufging.

Bernd war mittelgroß und unscheinbar gekleidet, sein Haar trug er, anders als damals, kurz. Carolina bemerkte einen deutlichen Bauchansatz und das braune Herrentäschchen, das Bernd an einer Schlaufe an seinem Handgelenk trug.

Die Staatsanwältin musste einen neuerlichen Fluchtimpuls unterdrücken. Du bleibst schön hier sitzen, trinkst einen Milchkaffee und verschwindest dann mit dem Verweis auf »dringende Ermittlungen«, schärfte sie sich ein.

Ohne näher auf den Grund für sein Zuspätkommen einzugehen, stellte Bernd seine Handtasche auf den Stuhl neben sich und bestellte bei der Frau, die er vertraulich Monika nannte, einen »Schonkaffee« und ein Glas Wasser.

»Was kann ich für dich tun?« Bernd Pohle legte seine Fingerspitzen aneinander. Seine wasserblauen Augen warteten geduldig auf Carolina Guttats Antwort.

Wie dämlich, dachte sie. Du Abziehbild eines Psychologen. Sie schaffte es dennoch nicht, seinem Blick standzuhalten.

»Dein Mann? Hast du Eheprobleme? Geht er fremd? Gehst du fremd? Was ist es?« Pohle ließ seine Fingerspitzen gegeneinanderklopfen.

Carolina Guttat meinte einen spöttischen Unterton zu hören. Konnte er nicht wenigstens so tun und ein bisschen Small Talk machen, bevor sie zur Sache kamen? Sie wollte schon protestieren, hielt aber inne. Provozieren lassen wollte sie sich nicht.

»Hör zu, Bernd, es war ein Fehler, dich anzurufen. Ich brauche deine Hilfe doch nicht. Lass uns einfach einen Kaffee trinken, von den alten Zeiten erzählen und dann wieder getrennter Wege gehen. Das ist das Beste, glaube ich.«

»Für wen? Für dich? Für dein Problem? Ich habe mir extra Zeit genommen. Wenn ich dir helfen kann, dann gerne.« Pohle beugte sich vor. »Du bist immer noch ganz die Alte, nur keine

Schwäche zeigen. Du hast den richtigen Beruf gewählt, Caro.« Er lehnte sich zurück.

Carolina Guttat kniff die Augen zusammen und schwieg. Ihre Hände suchten eine Serviette oder zumindest das leere Zuckertütchen, aber da war nichts Passendes auf dem Tisch.

»Nach allem, was ich über dich gehört habe, machst du deine Sache ausgezeichnet.«

»Du hast dich nach mir erkundigt?« Ihre Finger fanden endlich den Kaffeelöffel.

»Ich muss schließlich wissen, mit wem ich es zu tun habe.« Pohle lächelte. »Menschen ändern sich, aber du bist immer noch die alte Caro.«

Carolina Guttat rührte in den Resten ihres Kaffees. Was hätte sie auch sagen sollen? Dass er ihr tief in die Seele sah, ohne dass sie eine Chance auf Gegenwehr hatte?

»Was ist es? Mit deinem Job hat es nichts zu tun. Zumindest nicht direkt. Oder etwa doch?« Bernd Pohle legte erneut die Fingerspitzen aneinander.

Carolina fühlte sich mit einem Mal nackt. Sie musste sich zwingen, nicht den Kragen ihrer Bluse zusammenzuraffen. Sie versuchte ihre Beine übereinanderzuschlagen, aber der niedrige Tisch ließ das nicht zu.

»Möchtest du vielleicht in meine Praxis kommen? Wäre dir das lieber als die Umgebung hier?« Seine Stimme klang so sanft, als würde die Staatsanwältin bereits auf seiner Couch liegen.

»Bernd, ich weiß nicht.« Carolina Guttat zögerte. »Es ist nur so, dass ich kaum noch eine Nacht schlafe.«

»Dagegen gibt es Medikamente.« Pohle bedankte sich für den Kaffee, den die Cafébesitzerin gebracht hatte.

»Darum geht es nicht.« Sie legte das Löffelchen zurück auf die Untertasse.

»Das denke ich mir.«

»Ich habe immer den gleichen Traum.« Sie schluckte.

»Schuldgefühle?« Mehr sagte Pohle nicht.

»Wieso?«

»Die meisten Menschen träumen schlecht, weil sie Schuldgefühle haben.«

Die Staatsanwältin fixierte das Ölgemälde an der Wand gegenüber. Zwei Pferde zogen mit gebeugten Köpfen einen Pflug durch den Acker.

»Was quält dich?«

»Ich hätte nicht herkommen sollen.« Die Pferde bewegten sich keinen Millimeter, sosehr sie es sich auch vorzustellen versuchte. Aber sie meinte ihr Schnauben zu hören und den aufgebrochenen Boden zu riechen.

»Zahlen wir?« Pohle griff nach seinem Täschchen.

»Ich sehe immer nur dieses Gesicht.«

Pohle zog die Hand zurück, sein Gesicht ließ nicht erkennen, was er dachte.

»Ich war noch ein Kind, damals. Und da war dieses andere Kind.« Carolina Guttat schien sich in ein unsichtbares Geschirr zu stemmen.

Pohle nickte bloß.

»Das Gesicht war rund und groß, und das Kellerlicht flackerte andauernd.«

»Du hattest Angst?«

Die Staatsanwältin nickte.

»Vor dem Keller?«

»Ich hatte Angst, dass das Licht ausgeht. Und ich hatte Angst vor diesen Augen. Das Mädchen hat nie etwas gesagt. Sie hat nur dagestanden und mich angestarrt. Sie war immer da. Immer wenn ich in den Keller meiner Großeltern musste, um Kartoffeln oder eingemachtes Obst zu holen.«

»Kanntest du ihren Namen?«

»Nein.«

»Hast du mit deinen Großeltern mal über das Mädchen im Keller gesprochen?«

»Nein. Ich wusste, dass ich sie nicht erwähnen durfte. Ich weiß bis heute nicht, warum ich das wusste. Es war nur so, dass sie nicht existieren durfte.« Das Geschirr rieb ihre Schultern wund.

»Das verstehe ich nicht.«

»Heute weiß ich, dass das Mädchen behindert war.«

»Was ist aus ihr geworden?«

»Ich weiß es nicht.« Ein Zittern lief durch ihren Körper. Der Pflug wog so schwer.

»Schämst du dich?«

»Ich fühle mich schuldig, weil ich nichts getan habe.«

»Was hättest du denn tun sollen?«

»Ich habe damals geglaubt, dass sie dort unten haust. Alleine. Dass sie eingesperrt war und und ich ihr hätte helfen müssen. Ich habe sie niemals bei Tageslicht gesehen. Immer nur unter dieser flackernden Lampe. Ich weiß nicht, was sie dort unten gemacht hat. Bis heute nicht. Ich bin vor einiger Zeit wieder an dem Haus gewesen. Ich weiß nicht, was ich dort gesucht oder erwartet habe. Es war alles so anders. Sie muss damals etwa so alt wie ich gewesen sein.«

»Dieses Gefühl von Schuld lastet schwer auf dir.«

Carolina hob den Kopf. Sie spürte, dass sie keinen Schritt vorankommen würde. »Ich hätte ihr helfen müssen.«

»Du warst selbst noch ein Kind.«

»Das zählt nicht.«

»Du hättest nichts tun können.«

»Ich sehe diese Augen wieder. Seit dem Mord an der behinderten jungen Frau.«

Bernd Pohle nickte. Er sah seiner Schulfreundin in die Augen und wusste, dass sich die Tür zwischen ihnen wieder geschlossen hatte. »Ihr werdet den Mörder finden.«

»Du hast ja keine Ahnung.« Carolina Guttat straffte sich. Ihre Schultern schmerzten. Das Ölbild war nichts als Kitsch. Nichts, was sie sich aufhängen würde.

»Ich hätte dir gerne geholfen.«

»Sei mir bitte nicht böse, Bernd, aber ich habe gleich noch eine wichtige Besprechung.«

Bernd Pohle nickte. »Geh nur. Du wirst deinen Weg schon finden.« Er deutete auf das Ölbild. »Viele Dinge hier sind ja wirklich schön, aber dieser alte Schinken ist wirklich purer Kitsch. Findest du nicht?«

»Froia arme!«

Heinz-Jürgen Schrievers wendete das Blatt erneut.

»Froia arme. Keine Ahnung, was das heißen soll. Klingt nach Latein. Vielleicht auch Griechisch.«

Frank seufzte. »Dann muss das LKA ran. Ich kann mir keinen Reim auf den Spruch machen. Und die Papierqualität sagt auch nix aus. Kopierpapier, würde ich sagen.«

»Tut mir leid, aber hier bin ich mit meinem Latein buchstäblich am Ende.« Schrievers runzelte immer noch die Stirn. »Froia arme! Nie gehört.«

Ecki nahm den Zettel an sich. »Das Ausrufezeichen deutet auf eine Aufforderung oder Erkenntnis hin.«

Schrievers deutete auf das gefaltete Blatt. »Sonst war nichts dabei?«

»Nichts.«

»Dann werden wir bald wissen, was es bedeutet.«

»Wie kommst du darauf?«

»Es ist eine Ankündigung. Sonst wäre eine Erklärung beigefügt. Da bin ich mir sicher.« Schrievers nickte.

»Das klingt nicht beruhigend.« Frank sah Ecki an.

»Ich glaube, Schrievers hat recht. Aber bis dahin mach ich mir keinen Kopf über den Zettel. Abwarten und Tee trinken. Oder Teilchen essen.«

Heinzi Plaetzken war immer noch leichenblass im Gesicht. Der Baggerfahrer hatte schon viel erlebt, aber das war selbst einem erfahrenen und durch allerlei Funde abgebrühten Abbrucharbeiter wie ihm, der auch schon ein komplettes Fußballstadion, seinen geliebten Bökelberg, abgerissen hatte, zuviel.

»Was passiert denn jetzt?« Plaetzken schniefte und stapfte aufgeregt durch den Matsch. Das ganze Areal war schlammig wegen der sturzbachartigen Regenfälle der vergangenen Tage und wegen des Baggers, mit dem Plaetzken seit Stunden im Gelände unterwegs war.

»Wir werden Ihre Aussage noch einmal durchgehen, und dann sind Sie auch schon entlassen.« Ecki deutete auf den Polizeibus, der am Rand des Hofes stand.

Plaetzken linste misstrauisch durch seine dicken Brillengläser. »Ich habe nur meine Arbeit getan. Ich sollte nur den Keller zuschütten, wegen der Unfallgefahr.«

»Das bestreitet ja auch niemand.« Ecki hatte nicht länger Zeit für den Baggerfahrer und schob ihn sanft Richtung Bus. »Die Kollegen kümmern sich um Sie. Sagen Sie, kennen wir uns nicht?« Ecki hielt kurz inne, dann erinnerte er sich wieder. »Haben Sie vor ein paar Jahren nicht auch das Bökelbergstadion abgerissen?«

Plaetzken nickte.

Der Fundort war weiträumig abgesperrt. Eine überflüssige Maßnahme, denn wegen des Gestanks, der aus der alten Güllegrube zog, kam niemand dem Loch näher als unbedingt nötig. Alle trugen freiwillig ihren Mundschutz. Selbst der Kollege am Streifenwagen vorne an der Einfahrt hatte nach einem gefragt.

Man konnte den Eindruck haben, dass die Ermittler des KK 11, die Kollegen der Spurensicherung und die Hundertschaft einen plötzlichen Angriff von Schweinegrippeviren erwarteten.

Frank trat zu Ecki, der ohne Mundschutz am Rand der Güllegrube stand und Leenders zusah, der in der halb gefüllten Grube trotz des bestialischen Gestanks seine Arbeit tat.

»Leenders wühlt echt mal in der Scheiße.« Ecki grinste.

»Und es scheint ihm sogar Spaß zu machen.« Frank konnte den Geruch trotz Mundschutz kaum ertragen. Er trat drei Schritte zurück. »Was hat er bislang für uns?«

Ecki folgte Frank. »Wenig. Es ist ein junger Mann. Down-Syndrom. So wie es aussieht, wurde er auf einen Stuhl gefesselt und dann an einem Seil in die Grube runtergelassen. Er hatte keine Chance.«

Frank spürte einen Würgereiz.

»Aber das ist noch nicht alles.«

»Was denn noch?« Frank versuchte flach zu atmen.

»Reicht das nicht?«

»Er hatte eine Mundharmonika im Mund. Stell dir vor: Er konnte nur durch dieses kleine Instrument Luft holen. Es muss tierisch laut gewesen sein, als er in Todesangst geatmet hat. Und dann ist er ertrunken.«

»Das muss aufhören, Ecki, hörst du?« Frank hatte Ecki an den Schultern gepackt und schüttelte ihn.

»Schon gut, Frank.« Ecki sah an seinem Freund vorbei zu den offenen Stalltüren. »Der Hof steht schon ein paar Monate leer. Die Nachbarn haben immer wieder Unbekannte bemerkt, die in die Gebäude eingestiegen sind. Sie haben jedes Mal die Leitstelle alarmiert, aber die Diebe und Vandalen waren längst weg, wenn die Kollegen kamen.«

»Warum steht der Hof leer?«

»Die letzte Besitzerin ist gestorben. Und die Erben haben kein Interesse. Wie so oft.« Ecki seufzte. »Da arbeiten sich die Menschen kaputt, um ihr Erbe weitergeben zu können. Und dann, na ja, so ist das halt heutzutage. Die Nachbarn sagen, dass unser Opfer nicht von hier ist.«

»Wer ersäuft einen Menschen in einer Güllegrube?«

Ecki stieß Frank an. »Was will die denn hier?«

Frank drehte sich um. »Die Kook, auch das noch.«

»Das habe ich gehört.« Die Redakteurin der *Westdeutschen Zeitung* versuchte den Pfützen auszuweichen und dabei gefährlich schlingernd ihren Körper auf Kurs zu halten. Als sie schließlich Frank und Ecki erreichte, sah sie bedauernd auf ihre lehmverschmierten Schuhe und raffte sich dann zu einem Lächeln auf.

»Ich bin quasi gerade in der Nähe, sozusagen«, schnarrte sie. »Wie weit sind Sie in Ihren Ermittlungen, wenn ich die bescheidene Frage stellen darf?«

Sie hatten nichts. Die Identität des Toten war unklar. Zeugen gab es nicht. Die Spurenlage war für den Moment »mehr als beschissen«, wie Leenders grinsend gemeint hatte.

Frank hatte die Fotos der beiden Toten und das Foto von Silvia nebeneinander auf die Pinnwand geheftet. Daneben hingen die Fotos der Harps und der beiden Puppen.

»Drei Behinderte: eine Frau verstümmelt und an Schock gestorben, Silvia, wenn sie denn so heißt, mit einem Sprengstoffgürtel aufgegriffen, einer in Gülle ertrunken. Die Finger und die Harps. Das ergibt doch alles keinen Sinn.«

»Auf den ersten Blick sicher nicht.« Viola Kaumanns trank von ihrem Kaffee und trat nachdenklich ganz nah an die Fotos heran. »Ich bin mir sicher, dass es eine Verbindung gibt. Der Täter, und ich gehe ganz fest davon aus, dass wir es mit einem einzigen zu tun haben, ist männlich. Er will uns eine Geschichte erzählen. Die Harps, aber auch die Todesarten haben Gemeinsamkeiten. Auch die Puppen passen ins Bild.«

»Schön, dass du doch gekommen bist.« Mehr brachte er nicht heraus. Seine Stimme hatte eine Spur zu vertraut geklungen, denn er hatte gesehen, dass Violas Rücken sich bei seinen wenigen Worten gestrafft hatte.

Sie schwieg, studierte die Fotos und trank ihren Kaffee.

Frank war versucht, ihre Schultern zu berühren. Er war so froh, dass sie da war. Nicht nur, weil sie ihm als angehende Profilerin bei ihren Ermittlungen helfen konnte. Aber diesen Gedanken schob er ganz weit von sich.

Viola drehte sich um. »Es gibt kein Zurück.«

Frank wusste, was sie meinte. »Ich wollte dich nicht anstarren.« Er meinte um ihre Augen hauchfeine spöttische Falten zu sehen.

»Er will dir sagen, dass es kein Zurück gibt. Er will, dass du ihn findest, und zwar bald. Er trägt eine große Last, die er im wahrsten Sinne nicht länger ertragen kann.«

»Wie kommst du darauf?« Frank war enttäuscht und erleichtert zugleich. Sie half ihm über das hinweg, was zwischen ihnen stand und noch zu sagen wäre. Er bewunderte sie dafür.

»Allein die Harps sprechen eine deutliche Sprache, ebenso wie die Schreiben. Aber das wisst ihr sicher längst, dafür hätte ich nicht zu kommen brauchen.«

Frank nickte. Der spöttische Zug um ihre Augen war geblieben, oder bildete er sich das nur ein?

»Was mir auffällt, wenn ich mir die Bilder ansehe? Klar, zunächst, dass er Behinderte benutzt. Er muss jemand sein, der nicht nur Kontakt zu behinderten Menschen hat. Er ist jemand, für den Menschen mit Behinderungen keine gleichwertigen Partner sind, um das mal vorsichtig auszudrücken. Oder sie sind das Symbol für seinen eigenen Seelenzustand. Er fühlt sich ebenfalls behindert.« Viola trank wieder einen Schluck, bevor sie weitersprach. »Die grausame Art der Missachtung ihrer Menschenwürde ist auffällig. Die aufgerissene Puppe symbolisiert, dass er selbst zerrissen ist. Vielleicht ist er schon als kleines Kind zutiefst verletzt worden.«

»Ein Psychopath also?«

»Nein, ihr müsst einen Menschen suchen, der krank ist. Dieser Jemand kann seinen Alltag bewältigen, in seinen dunklen Stunden versucht er aber, aus seiner Existenz auszubrechen, schafft es nicht und sucht deshalb deine Hilfe.«

»Jemand, der krank ist? Das sind doch die meisten von uns.« Frank biss sich auf die Lippen. Er war zu weit gegangen.

Viola nickte nur. »Das macht es ja so schwer.«

Er bewunderte sie nur noch mehr.

»Es ist jemand, der nach außen rechtschaffen und bieder wirkt, in seinen Träumen aber mit Dämonen kämpft, die er nicht besiegen kann. Es könnte wirklich jeder sein.« Sie schüttelte den Kopf. »Nein. Dieser Jemand ist überaus intelligent, hat womöglich einen verantwortungsvollen Beruf.«

Frank musste an den Güllekeller denken. »Jemand, der viel herumkommt und sein Leben ›beschissen‹ findet?«

»Ich weiß, ich bin dir nicht wirklich eine Hilfe, aber so könnte man es sagen.« Viola sah einen Augenblick lang in ihren leeren Becher. »Ich bin noch nicht so weit.«

»Viola.«

»Ich stehe erst am Anfang meiner Ausbildung.« Sie seufzte. »Es könnte natürlich auch alles ganz anders sein.«

»Du hilfst mir sehr. Und das meine ich von ganzem Herzen.«

Viola Kaumanns sah Frank mit festem Blick an. »Es gibt kein Zurück, Frank. Denk daran.«

Die Nacht verbrachte Frank alleine in seiner Wohnung in Eicken. Nach einem ausgiebigen Bad hatte er sich ins Wohnzimmer gesetzt und das neue Live-Album von Leonard Cohen eingelegt. *I tried to leave you*, *Suzanne*, *No way to say goodbye*. Die Musik und die Texte hatten ihn fast um den Verstand gebracht. Ruhe hatte er erst bei den harten Riffs von Bugs Hendersons *Heartbroke Again* gefunden.

Heinz-Jürgen Schrievers konnte seine Genugtuung kaum verbergen. »Ich weiß nun, was diese zwei Wörter bedeuten.« Seine immer noch gut hundert Kilogramm bebten vor Anspannung.

»Was meinst du? Schrievers schwitzt?« Ecki feixte, denn Schrievers stand der Schweiß auf der Stirn.

»Spinner.« Der Archivar hielt den beiden Kollegen eine Kopie hin. »Hier: Froia arme! Das ist Vandalisch. ›Froia arme!‹ heißt: ›Herr, erbarme dich!‹ Das muss man sich mal vorstellen: Der einzige vollständig erhaltene Satz eines untergegangenen Volkes! Das letzte Zeugnis des Glaubens der Vandalen. Zwei Wörter! Das habe ich mir von einem Wissenschaftler der Uni Düsseldorf bestätigen lassen.«

»Du bist ja völlig von der Rolle.« Frank schmunzelte. »Setz dich erst mal.«

Schrievers ließ sich auf einen Stuhl fallen. »Die Vandalen sind längst ausgestorben, und trotzdem gibt es noch dieses Zeugnis ihrer Existenz. Unglaublich.«

So etwas konnte auch nur aus dem Mund eines Archivars kommen, dachte Frank. »Und was sagen uns die Vandalen nun?«

Schrievers wischte sich mit seinem groß karierten Taschentuch über die Stirn. »Keine Ahnung. Das ist euer Job. Unser Mann muss belesen sein, jemand, der nicht den ganzen Tag vor der Glotze hockt. Er muss sich in Geschichte auskennen, seinen ganz eigenen Blick auf unsere Welt haben. Und«, Schrievers sah Ecki an, der sich Stichworte gemacht hatte, »unser Mann muss große Probleme mit sich und seinem Leben haben. Dieser Zettel ist ein Hilfeschrei.«

»So was Ähnliches hat Viola auch gemeint.«

Der Archivar wollte etwas sagen, besann sich dann aber. Viola Kaumanns war ein ganz eigenes Thema, das er nicht ausgerechnet jetzt ansprechen wollte.

»Er lebt in dieser Stadt und hat Zugang zu Behinderten. Wir haben alle Behinderteneinrichtungen im Umkreis von hundert Kilometern überprüft. Niemand ist verschwunden, keiner der Betreuer hat dunkle Flecken auf seiner Weste. Bis auf zwei Ausnahmen, aber die sind längst aus dem Verkehr gezogen und sitzen ihre Strafen ab.«

»Und die Kulturschickeria?«

»Wie willst du das anstellen? Du kannst doch nicht jeden Professor, Lehrer, Galeristen, Künstler beschatten.«

»Vor allem Galeristen«, knurrte Ecki.

»Du hast eben keinen Sinn für Kunst.« Frank wusste, welchen Galeristen Ecki meinte. Der Gladbacher war längst wegen sexuellen Missbrauchs von Kindern verurteilt.

»Wie auch immer, der Zettel bleibt mystisch bis mysteriös«, dozierte Schrievers und fixierte dabei Ecki.

»Willst du eine Lakritzschnecke?« Ecki wusste, was Schrievers wollte, und zog seine Schreibtischschublade auf.

»Nee, lass man.« Das klang nicht sehr überzeugend.

Ecki warf Schrievers eine Schnecke zu und lächelte dabei unschuldig. »Du musst wissen, dass da viele Kalorien drinstecken.«

Schrievers ließ die eingepackte Lakritzschnecke an seinem Bauch abprallen, ohne sie zu fangen. »Ich habe das nicht nötig, mich von dir so behandeln zu lassen. Ich mache eine Diät, na und? Dafür muss ich mich nicht rechtfertigen und auch nicht dafür, dass ich auch mal eine Süßigkeit zwischendurch nasche. Ach was, was rede ich da? Ich muss mich vor euch doch nicht erklären.« Er stand auf und faltete die Kopie mit dem frommen Spruch.

Frank schüttelte den Kopf. »Es stimmt also doch, Abnehmen macht schlechte Laune. Bleib doch sitzen.«

»Ich habe zu tun.«

Schrievers klang wie eine zickige Gouvernante, fand Ecki und klappte sein Notizbuch zu. Der Tag konnte unangenehm enden, wenn Schrievers sich ungerecht behandelt fühlte.

»Was ist denn hier los? Zickenalarm im Männerpuff?« Rüdiger Bittner hatte den Kopf durch die Tür gesteckt.

»Lass deine Witze. Was gibt's?«

Noch bevor Frank zu Ende gesprochen hatte, flog ein dünner Schnellhefter auf seinen Schreibtisch.

»Nie mehr steige ich in so einen scheiß Güllekeller. Nie mehr werde ich diese stinkenden Klamotten anpacken. Das ist ja widerlich.« Bittner verschränkte die Arme vor der Brust. In Lederhose und T-Shirt sah er eher aus wie das Mitglied einer Furcht einflößenden Motorradgang und nicht wie der Experte von Erkennungsdienst und KTU.

»Schon gut, Bittner. Was hast du für uns?«

»Lest den Bericht, dann wisst ihr's.«

»Die Kurzfassung, Bittner.«

»Auch der Junge aus der Grube hatte neue Klamotten an.

Die Mundharmonika war nicht neu und hat Aussetzer im sechsten und neunten Kanal.«

»Igitt, du hast sie ausprobiert?«

Bittner fuhr ungerührt fort. »Du wolltest die Kurzfassung? Zum Zahnstatus gibt's wenig zu sagen. Zwei Füllungen, eine Brücke, keine besonders gelungene Arbeit.«

»Keine Etiketten in der Kleidung?«

»Sauber rausgetrennt.« Rüdiger Bittner schüttelte den Kopf. »Wir werden sie trotzdem identifizieren.« Er räusperte sich und sah in die Runde. Er wartete auf die Aufforderung weiterzusprechen.

»Was ist heute los? Erst kommt Heinz-Jürgen und verkündet uns seine Weltsensation, und jetzt stehst du hier, als hättest du auch ein Weltwunder ausgegraben.« Ecki gähnte.

»Wir haben etwas gefunden, das ich sehr interessant finde: ein Schweißband, schwarz mit weißem Totenkopf.«

»Heißt?« Frank wurde ungeduldig.

»Frottee. Billigkram aus dem Osten. Gibt's auf jedem Flohmarkt.«

»Ich versteh nur Bahnhof«, warf Schrievers ein, der auf Flohmärkten tatsächlich schon solche Schweißbänder gesehen hatte, an Ständen mit Südstaatenflaggen, T-Shirts mit Che-Guevara-Porträts oder stilisierten Marihuanapflanzen. Die Händler waren meist Vietnamesen.

»Die Tote, die halb verbrannt war. Bei ihr haben wir damals am rechten Handgelenk Frotteefasern gefunden beziehungsweise Reste eines schwarzen Schweißbandes. Und nun kommt's: Unsere Analysen haben ergeben, dass die beiden Schweißbänder aus der gleichen Partie stammen müssen.«

Bittner sah die Ermittler des KK 11 erwartungsvoll an.

»Ja?«, fragte Ecki zögernd.

»Es gibt tatsächlich eine Verbindung zwischen den Leichen.« Rüdiger Bittner lächelte triumphierend.

»Und was bringt uns diese Erkenntnis?« Franks Reaktion blieb verhalten.

»Ich habe mit ein wenig mehr Begeisterung gerechnet oder auch mit ›Danke schön, Rüdiger, bist uns eine große Hilfe. Wir kommen erst jetzt wirklich weiter. Ohne dich wären wir aufgeschmissen‹.« Rüdiger Bittner war enttäuscht. Seit Tagen tat er alles, um die MK voranzubringen, und es war wieder wie immer: Seine Arbeit war offenbar für die Kollegen eine reine Selbstverständlichkeit.

Während sich im Büro betretenes Schweigen breitmachte, weil man mal wieder vergessen hatte, wie empfindlich die Kollegen vom Erkennungsdienst und der KTU sein können, verdunkelte sich Schrievers' Blick zusehends.

»Ist etwas nicht in Ordnung?« Lisa hatte bemerkt, wie lustlos Frank in seinen Spaghetti herumstocherte.

»Schmeckt wirklich lecker. Ich frage mich nur gerade, wie es in der MK weitergehen soll.«

Lisa sah Frank lange an und schüttelte ihre Locken. »Kannst du nicht wenigstens beim Essen mal nicht an deine Arbeit denken?« Sie legte ihr Besteck hin und griff nach ihrem Rotweinglas. »Es macht keinen Spaß mit dir, Bulle.«

»Was?« Frank war in Gedanken bei Heini und dem Zettel.

Lisa trank einen Schluck. »Es macht keinen Spaß, Bulle.«

»Herr, erbarme dich.«

»Wie bitte?« Heftig stellte sie ihr Glas auf den Tisch zurück. Sie fühlte sich nicht ernst genommen.

»Von den Vandalen sind nur zwei Worte überliefert. Sie heißen übersetzt: Herr, erbarme dich.«

»Was hat das denn jetzt mit uns zu tun? Frank, seit Tagen versuche ich, mit dir ins Gespräch zu kommen. Wie sich das anhört: ins Gespräch kommen. Ich möchte, dass du mich wahrnimmst, wenigstens ein bisschen. Wenn du zu Hause bist, bist du nicht da. Du bist mit deinen Gedanken im Präsidium, bei Ecki, eurem Fall, was weiß ich, wo. Aber du bist nicht hier, nicht hier in meiner Wohnung, und auch nicht bei mir. Frank, so geht das nicht weiter.«

»In der Stadt läuft jemand Amok, der Behinderte umbringt, damit er von uns erlöst wird.«

»Du hörst mir nicht zu. Der Mann hört mir einfach nicht zu.«

»Was?«

»Vergiss es.« Lisa schob ihren Teller von sich.

»Und die einzige Verbindung zumindest zwischen zwei der Opfer ist ein Schweißband. Ein schwarzes Schweißband aus Frottee mit Totenkopf.«

Lisa wollte gerade aufstehen, weil sie Franks Ignoranz nicht länger ertrug, als sie sich unvermittelt wieder setzte. »Tommy.«

»Was?« Frank sah Lisa an, als tauche er aus einer Unterwasserwelt zurück an die Oberfläche.

»Der junge Mann aus der Werkstatt. Er hat so ein Band.«

Frank hatte seine Spaghetti vollends vergessen. »Woher weißt du das?«

»Ich habe doch die Stühle zum Beflechten gebracht.« Lisa spürte, dass sie unruhig wurde. »Frank.«

»Wie sieht das Schweißband aus?« Er griff unwillkürlich nach Lisas Handgelenk, als könne er den Beweis so festhalten.

Lisa zeigte mit den Fingern die Breite des Bandes an. »Etwa so. Und darauf ist ein Totenkopf mit gekreuzten Knochen. Wie eine Piratenflagge, nur eben als Armband. So, und nun lass los, du tust mir weh.«

Frank zog seine Hand zurück, als hätte er versehentlich an eine heiße Herdplatte gegriffen. »Wie spät ist es?«

»Zu spät. In der Werkstatt wird niemand mehr sein.«

Das vierstöckige Gebäude lag in der Sonne. Wilder Wein rankte an der Fassade bis fast zum Flachdach. In den Parkbuchten standen mehrere Fahrzeuge. Ecki vermutete, dass es sich bei dem Volvo, dem VW Passat und dem roten Renault-Kombi um die Autos der Betreuer handelte. Gerade wurden mehrere Stühle aus einem Mercedes Sprinter auf ein Rollbrett geladen.

Das große Lamellentor stand offen. Von drinnen war das hohe Singen einer Kreissäge zu hören.

Im Eingang zur Werkstatt stapelten sich Kisten und Kartons. Aus einem großen Behälter quollen Reste von Flechtrohr.

In einem hallenartigen Raum, der den eigentlichen Therapie- und Werkstatträumen vorgelagert war, standen reihenweise Stühle und Sessel mit und ohne Geflecht, an Tischchen, deren Geflecht zum Teil erheblich zerstört war, lehnten schadhafte Heizungsabdeckungen. Das Flechtgeschäft schien zu boomen.

Frank ging zielstrebig auf das staubige Büro zu, in dem er schon einmal auf den Werkstattleiter gewartet hatte. Aber diesmal war er nicht gekommen, um Stühle abzuholen. Es roch wieder nach Leim, Holz und Kaffee.

Auf einem Regal spielte ein Radio leise WDR4-Musik.

»Cool. Udo Jürgens.« Ecki sog die Luft tief in seine Lungen. »Und wie das riecht.«

»Was kann ich für Sie tun?« Friedhelm Claßen kam aus einem Raum, der hinter dem Büro lag, und zog die Tür hinter sich zu. Er runzelte die Stirn. »Haben Sie noch Stühle hier?«

Frank verneinte und stellte Ecki vor.

»Ist Tommy da? Wir möchten ihn gerne sprechen.«

Claßen setzte sich hinter seinen Schreibtisch und ordnete erst einige Papiere, bevor er antwortete. »Sie sind von der Polizei? Was wollen Sie von Tommy?«

»Können Sie ihn bitte holen? Wir haben nur ein paar Fragen.«

Friedhelm Claßen schüttelte den Kopf. »Hören Sie, das geht so nicht.« Er sah Frank misstrauisch an. »Sie wissen, dass Tommy behindert ist? Sie können ihn nicht einfach befragen. Worum geht es überhaupt?«

Ecki räusperte sich. »Wir ermitteln in mehreren Mordfällen.«

»Mord? Du heiliger Strohsack!« Der schmale Werkstattleiter nahm seine Brille ab und begann, sie umständlich zu putzen. Dabei wiederholte er noch einmal: »Mord?« Umständlich setzte er die Brille wieder auf. »Was hat Tommy damit zu tun?«

»Können wir Tommy jetzt sprechen? Bitte.«

»Tommy ist nicht hier.«

Claßen war nervös. Dass die Ermittlungen in Mordfällen bis an seine Werkstatttür reichten, behagte ihm nicht. Fahrig begann er erneut, Unterlagen zusammenzuschieben.

»Er ist nicht hier?« Frank war irritiert.

»Er ist krank. Schon seit ein paar Tagen.«

»Krank?« Ecki zückte sein Notizbuch.

»Ja, eine starke Erkältung. Er ist bis kommende Woche krankgeschrieben.«

»Sind Sie sicher?« Frank glaubte Claßen kein Wort.

»Warten Sie, ich habe hier die Krankmeldung.« Claßen begann hektisch auf seinem Schreibtisch zu suchen. Erfolglos stapelte er Rechnungen, Ordner und Kladden von einer Seite auf die andere. »Sie muss hier irgendwo sein. Ich habe sie gestern noch gesehen.«

»Kann es sein, dass es gar keine Krankmeldung gibt?« Frank wechselte unwillkürlich seine Position. Von seinem neuen Standort aus konnte er einen Fluchtversuch Claßens verhindern. Auch Ecki hatte sich unmerklich bewegt.

»Was soll das heißen? Hören Sie, Tommy ist krank. Rufen Sie doch im Haus Emmaus an. Dort wird man Ihnen das bestätigen. Was soll das Ganze überhaupt?« Friedhelm Claßen sah irritiert von Frank zu Ecki.

»Wie ist die Nummer?« Ecki zückte sein Mobiltelefon.

Eine halbe Stunde später zog Frank vor einem hellen Gebäude, das in einer Seitenstraße nahe Schloss Wickrath stand, den Zündschlüssel. Gott sei Dank, dachte er, als dabei die letzten Töne von *Drob'n auf'm Berg* der Jungen Zillertaler verklangen. Wurde Zeit, dass er wieder die Musik aussuchen durfte. Er hatte schon die einzig wahre Alternative zum Zwergenlied parat: *Hellbound Train* von Savoy Brown.

»Was grinst du so blöd?«, fragte Ecki, während er umständlich aus dem Mondeo stieg.

»Ich stell mir gerade dich mit roter Zipfelmütze vor.«

»Ja, und?«

»Ein KHK mit roter Zwergenzipfelmütze. ›Drob'n auf'm Berg‹.«

Ecki überhörte den Spott. »Ich fahre gerne ins Allgäu.«

Frank grinste nur.

Der Eingangsbereich des Wohnheims war großzügig und hell. Aus der Tiefe des Hauses erklang laute Musik.

»Gott«, murmelte Frank kopfschüttelnd.

Ecki grinste zufrieden. Er mochte Die Jungen Zillertaler.

Aus einem Seitenflur kam eine schlanke Frau auf die beiden zu. Sie trug ein enges türkisfarbenes T-Shirt, dazu eine weit geschnittene Sporthose, ihr weißblondes Haar war kurz geschnitten. Eine stolze Friesin, dachte Ecki.

»Was kann ich für Sie tun?« Ihre Stimme klang angenehm und unerwartet dunkel.

Sie erklärten der Betreuerin den Grund ihres Besuches. Je mehr sie von den Beamten erfuhr, umso mehr verdunkelte sich der Blick hinter ihrer Brille.

»Tommy ist auf seinem Zimmer. Er fühlt sich nicht wohl. Er hat eine starke Erkältung. Ich möchte Sie bitten, auf einen Besuch bei ihm zu verzichten.«

Frank sah sich suchend im Foyer um. Zwei Rollstühle standen in einer Ecke, in einem lag eine Rolle oder Schlange aus Stoff, an einer Wand hingen bunte Bilder.

»Kommen Sie doch bitte mit in die Küche. Dort können wir reden. Sie haben Glück, die meisten unserer Bewohner sind noch in den Werkstätten. Ich habe ein bisschen Zeit für Sie, bevor ich mich um das Essen und die Wäsche kümmern muss. – Tee?«

Christiane Tenelsen führte sie in die geräumige Küche und

brühte Tee auf. Frank und Ecki warteten mit ihren Fragen, bis der grüne Tee vor ihnen stand. Beide genossen die Ruhe, mit der die Betreuerin arbeitete. Ihre unaufgeregte Art, mit der sie die Polizeibeamten bediente, übertrug sich in kürzester Zeit auf Frank und Ecki. Beide spürten eine wohlige Gelassenheit.

»Wie kann ich Ihnen helfen?« Christiane Tenelsen trank vorsichtig schlürfend einen Schluck.

»Wie lange ist Tommy schon bei Ihnen?« Ecki legte seine Hände um den heißen Becher und zog sie sofort wieder weg.

»Seit vier Jahren. Soll ich das Datum nachsehen?«

Frank schüttelte den Kopf. »Hat Tommy Familie? Bekommt er Besuch, oder verbringt er seine freie Zeit oder seine Wochenenden außerhalb von Haus Emmaus?«

»Sie wissen, dass ich Ihnen das nicht so einfach sagen darf?«

Sie nickten.

Für Christiane Tenelsen war das Zustimmung genug. »Sie müssen mir versprechen, dass Sie beim Träger offiziell die Erlaubnis für dieses Gespräch einholen.«

Erneutes Nicken.

»Also gut. Tommy ist die meiste Zeit in der Werkstatt oder hier. Er geht nur selten in die Stadt. Er sitzt lieber in seinem Zimmer und hört Musik. Ab und zu geht er zum VFL.«

»Sie kennen die Menschen, zu denen er Kontakt hat?«

»Sie meinen, alle? Die meisten. Er kennt vielleicht auch Leute, die ansonsten keinen Kontakt zu uns haben.«

»Hält er sich auch schon mal am Rathaus in Rheydt auf?«

Christiane Tenelsen runzelte die Stirn. Ihr »Nein« klang eher fragend als bestimmt.

»Ausschließen können Sie es also nicht.«

Die Betreuerin trank einen Schluck und verneinte.

»Ist er für Geschenke empfänglich?«

»Wer ist das nicht? Möchten Sie Kekse zum Tee?«

»Ist er?« Frank hob ablehnend die Hand.

»Er bekommt gerne etwas geschenkt, ja. Aber das ist nichts Ungewöhnliches, oder?« Die Betreuerin sah unsicher zwischen den beiden hin und her. »Hat Tommy etwas angestellt?«

Ecki schüttelte den Kopf. »Keine Sorge. Es geht um ein Schweißband. Schwarz.«

Christiane Tenelsen dachte einen Augenblick nach, dann hellte sich ihr Blick auf, und sie lachte. »Das mit dem Totenkopf, meinen Sie? Das trägt Tommy schon seit Wochen mit Stolz. Die anderen sind regelrecht neidisch.«

»Woher hat er das?«

»Ich glaube, ein Werkstattkunde hat es ihm geschenkt.«

»Wissen Sie, wer dieser Kunde ist?«

Sie zuckte mit den Schultern. »Nein. Ist das wichtig?«

»Können wir Tommy bitte danach fragen?«

Christiane Tenelsen stand auf. »Ich frage ihn.« Ohne eine Antwort abzuwarten, verließ sie die Küche.

»Was denkt die sich eigentlich?« Frank war irritiert.

»Du hast doch gehört, dass Tommy krank ist.«

»Tach«, klang es mit dunkler Stimme in Franks Rücken.

Ein junger Mann stand in Jeans und buntem T-Shirt in der Küche und lächelte die beiden Ermittler neugierig an. Christiane Tenelsen war in der Tür stehen geblieben.

»Wo sind die Räuber?« Tommy hob seine Arme und zeigte seine Muskeln. Dabei grinste er fröhlich. »Fühl mal.« Stolz drehte sich Tommy wie ein Bodybuilder vor Ecki.

Ecki nickte, blieb aber sitzen. »Toll.«

»Tommy?« Frank wusste nicht so recht, wie er mit dem jungen Mann ins Gespräch kommen sollte.

»Ich gehe zu Borussia. Die gewinnen wieder.«

Frank drehte den Becher in seiner Hand. »Du magst Fußball?«

Tommy nickte und sah sich nach seiner Betreuerin um.

»Tommy, du hast ein schönes Band um dein Handgelenk.«

»Jaha.« Tommy ließ die Betreuerin nicht aus dem Blick.

»Setz dich doch.«

»Willst du mal meine Muskeln fühlen?« Tommy baute sich nun vor Frank auf.

»Ja, ich, nein. Toll.« Frank begann zu schwitzen.

Christiane Tenelsen bemerkte Franks Unbeholfenheit. »Sie können ganz normal mit Tommy sprechen. Wenn er etwas nicht versteht, zeigt er Ihnen das schon.«

Frank fühlte sich ertappt. »Es ist nur ...« Er musste an *Communication Breakdown* von Led Zeppelin denken.

»Warum haben Sie Angst vor dem Gespräch?«

Frank hatte das Gefühl, Tenelsen könne tief in seine Seele sehen.

»Warum bist du hier?« Tommy setzte sich zu Frank und Ecki. »Ich mag auch Tee.«

»Es ist nur, ich habe keine Erfahrung im Umgang mit, ähm, behinderten Menschen.«

»Tommy ist ein sehr liebevoller Mensch.«

Ecki kam Frank zu Hilfe. Er zeigte auf das Schweißband. »Tommy, woher hast du das Band?«

Tommy hielt den Arm in die Höhe. »Ein Totenkopf.«

Frank und Ecki nickten.

Tommy zog den Arm zurück. »Das ist meins.«

»Wer hat dir den Totenkopf geschenkt?« Frank widerstand der Versuchung, Tommys Arm zu nehmen, um sich das Band genauer anzusehen.

»Guck mal.« Tommy nahm das Band vom Handgelenk und hielt es Frank gönnerhaft hin. »Du musst es mir aber zurückgeben.«

Frank nickte. »Ich will es mir nur kurz ansehen.«

Das Band glich tatsächlich den beiden anderen.

Tommy hielt seine Hand auf. »Gib es zurück.«

Frank gab es mit einem Lächeln zurück. »Es ist sehr schön.«

Tommy zögerte einen Augenblick, sah seine Betreuerin an und schob das Band Frank wieder hin. »Schenk ich dir.«

»Das ... das kann ich nicht annehmen.« Frank war beschämt.

»Ich schenk dir auch was.« Tommy sah Ecki an, stand auf und verschwand in Richtung Treppenhaus.

»Er mag Sie.«

Frank sah die Betreuerin an. »Das kann ich nicht annehmen, Frau Tenelsen.«

»Warum nicht? Tommy ist das sehr wichtig, sonst würde er Ihnen nicht dieses Geschenk machen.«

»Ich darf keine Geschenke annehmen.« Ein schwacher Versuch, musste Frank sich eingestehen.

»Ich bitte Sie!«

Frank spürte, dass er rot wurde. »Sie haben ja recht.«

»Hier.« Tommy kam regelrecht in die Küche gestürzt. Er hielt Ecki stolz ein kleines Plastikauto hin, das augenscheinlich aus einem Überraschungsei stammte.

Ecki nahm das grüne Gefährt in die Hand. »Danke, Tommy, das Auto ist auch sehr schön.«

»Tommy, wer hat dir das Band geschenkt?«

Tommy schwieg und sah Christiane Tenelsen fragend an.

Die Betreuerin nickte. »Hast du das vergessen?«

Tommy schob seine Brille auf der Nase hoch und warf sich in die Brust. »Das war der Mann, der immer die Stühle bringt. Mit dem blauen Auto. Er hat ganz viele Bänder.«

»Wie heißt der Mann, Tommy?« Frank nahm das Band in die Hand und legte es sich um das Handgelenk.

Tommy sagte nichts, sondern strahlte stattdessen die beiden Ermittler und seine Betreuerin an.

»Er weiß den Namen sicher nicht«, schaltete sie sich ein. »Warum ist das so wichtig?«

Frank sah zu Ecki, der ihm unmerklich zunickte.

»Also, gut, Frau Tenelsen. Es wäre gut, wenn Tommy die nächsten Tage nicht in die Werkstatt gehen würde.« Frank strich über den Totenkopf und sah Tommy an. »Hast du noch mehr von diesen schönen Autos?«

Tommy nickte zufrieden und stand auf. »Warte.«

Nachdem Tommy die Küche verlassen hatte, stand Christiane Tenelsen auf und goss Tee nach.

»Wollen Sie mir nicht endlich sagen, was los ist?«

»Bitte erschrecken Sie nicht, aber Tommy könnte das nächste Opfer sein.« Ecki wollte ihr die Hand auf den Arm legen, aber er spürte, dass sie das nicht zulassen würde.

»Wir haben Grund zu der Annahme«, begann Frank seine grobe Schilderung der bisherigen Geschehnisse. Christiane Tenelsen hörte aufmerksam zu und trank dabei nachdenklich ihren Tee. Sie unterbrach Frank mit keinem Wort.

Er war mit seiner Zusammenfassung kaum zu Ende, als Tommy mit bekümmertem Gesicht in die Küche zurückkam. »Keine Autos mehr.«

An der Haustür hielt Tenelsen die beiden Ermittler einen Augenblick zurück. »Wissen Sie, wir haben einen besonderen Grundsatz für den Umgang mit den Menschen, die uns anvertraut sind. Es gibt ein Zitat von Sean Penn, das den genau auf den Punkt bringt: Du darfst scheitern, so viel du willst. Aber du musst es, verdammt noch mal, versuchen.«

»Hat einer von euch Schrievers gesehen? Ich muss ihn unbedingt sprechen.«

Ecki sah Horst Laumen nicht eben freundlich an. »Wir essen gerade. Du hast das Feingefühl einer Küchenschabe.«

Der Verwaltungsbeamte schob unbeeindruckt seine Brille auf die Nasenwurzel zurück. »Wenn man euch sonst nicht erwischt. Schrievers muss noch den Nachweis über seine Sportstunden einreichen. Und du könntest deine Aufstellung auch endlich machen, Eckers. Das gilt übrigens für dich genauso, Borsch.«

Ecki spießte zwei Pommes auf und zog sie durch die Mayonnaise. »1984 ist lange vorbei.«

»Was meinst du?« Laumen zwinkerte nervös mit den Augen.

»Schon gut, Laumen, ich kann dir Schrievers nicht backen.

Keine Ahnung, wo er steckt. Wenn er nicht in seinem Archiv ist, dann sitzt er im Bauerncafé, oder er walkt.«

Frank wartete darauf, dass Laumen verschwand. Nicht mal beim Essen hatte man Ruhe vor dem Bürohengst.

»Du hast da einen Fleck.« Ecki deutete auf Laumens kanariengelben Pullunder.

»Wo? Wo?« Horst Laumen zog seinen Pullunder glatt und beäugte ihn dabei von allen Seiten.

Frank musste grinsen.

»Ich sehe nichts.« Laumen warf Ecki einen Blick zu, der furchterregend wirken sollte. »Mach nur deine Späße, Eckers. Du wirst dich noch wundern.«

»Mann, Laumen, du verstehst wirklich keinen Spaß.« Ecki knüllte seine Serviette zusammen. Die restlichen Pommes waren schon kalt. »Keine Ahnung, wo Heini ist.«

Laumen wollte schon gehen, hielt dann aber inne. »Was ich noch sagen wollte.«

Weiter ließ Frank ihn nicht kommen. »Lass uns mit deinem Geseiere über den CD-Player in Ruhe, Laumen. Kümmer dich um die wirklich wichtigen Dinge im Leben. Zum Beispiel: Finde Schrievers.«

Der Angriff war von hinten und für Heinz-Jürgen Schrievers völlig überraschend gekommen. Nun lag der Archivar auf der Seite und fror. Seine Hände waren auf den Rücken gebunden und seine Beine mit Paketklebeband zusammengebunden.

Wie konnte er nur so blöd gewesen sein? Schrievers war wütend auf sich. Sein Ärger ließ ihn seine Schmerzen vergessen. Er hatte das Gefühl, dass sein Kopf geschwollen war, so hart hatte ihn der Schlag getroffen.

Womit er geschlagen worden war, hatte er nicht mitbekommen. Es konnte ein Stück Rohr gewesen sein, aber auch ein Rundholz. Er war kurz ohnmächtig gewesen. Zeit genug für den Angreifer, ihn zu verschnüren. Die Fesseln schnitten ihm ins Fleisch, seine Hände waren bereits wie abgestorben.

Was hatte er übersehen? Welchen Fehler hatte er gemacht?

Heinz-Jürgen Schrievers sorgte sich um seine Frau. Was mochte Gertrud in diesem Augenblick tun? Wie lange er schon in der Dunkelheit lag, wusste er nicht. Es konnten zwei Stunden sein, aber auch acht.

Die Kollegen würden ihn sicher schon vermissen und nach ihm suchen. Das hoffte er jedenfalls. Schrievers' Augen hatten sich in der Zwischenzeit an die Dunkelheit gewöhnt. Trotzdem erkannte er nichts. Sein Verlies war absolut dunkel. Die Eingangstür musste perfekt isoliert sein. Das war sicher auch der Grund, warum er nicht geknebelt worden war. Schreien würde ihm wohl nichts nützen.

Das Atmen machte ihm Mühe. Die Luft war verbraucht, Staub hatte sich in seine Nase gesetzt.

Ich muss mit meinen Kräften haushalten, befahl sich Schrievers. Er hatte Hunger, und er hatte Durst. Seine Zunge klebte am Gaumen. Er hatte seit dem Morgen nichts mehr getrunken. Er versuchte den Gedanken an Wasser zu verdrängen. Die Vorstellung, langsam zu verdursten, war beängstigend. Das kann nicht sein, versuchte er sich zu beruhigen. So lange liegst du hier noch nicht.

Zunächst hatte er gehofft, dass man ihn nicht allzu lange gefangen halten würde, denn er wusste, dass seine Kollegen Spezialisten waren. Mittlerweile schlich sich aber immer mehr Skepsis in seine Gedanken. Frank und Ecki müssen kommen. Sie werden kommen! Nur wann?

»Welche Ihrer Kunden nutzen einen blauen Lieferwagen?«

Friedhelm Claßen fühlte sich sichtlich unwohl.

»Denken Sie nach!« Frank sah, dass Claßen am liebsten den Raum verlassen hätte.

Claßen wollte mit der Polizei nichts zu tun haben. Spätestens seit Wackersdorf und der Startbahn West war er mit den Bullen fertig. Schnüffler waren sie und Erfüllungsgehilfen korrupter Politiker. Jahrelang hatte er sich von ihnen fernhalten können. Und nun das.

»Herr Claßen?« Ecki nahm seine Hände aus den Jackentaschen.

Betont lässig ging der Leiter der Holz- und Flechtwerkstatt zu seinem Bürostuhl, setzte sich und begann, eine Zigarette zu drehen. Er wusste, dass er damit die Polizeibeamten provozierte, aber er musste Zeit gewinnen. Was erwartete ihn, wenn er Auskunft gab? Nur jede Menge Scherereien mit einem verhassten Polizeiapparat. Sollten die Bullen doch anderswo ermitteln.

»Herr Claßen, man könnte den Eindruck bekommen, dass Sie uns nicht helfen wollen.« Frank ahnte, was hinter Claßens zögerlichem Verhalten steckte. Es würde ihn nicht wundern, wenn Claßen früher Aktivist in der Anti-Atom-Bewegung gewesen wäre. Den spöttisch-abweisenden Blick kannte Frank noch von seinen Einsätzen in Brokdorf. Er hatte damals schnell gelernt, dass dieser Blick unvermittelt in Hass umschlagen konnte. Er spürte dieselbe Anspannung wie damals. Er war auf der Hut.

»Keine Ahnung, wer so einen Wagen fährt. Darauf achte ich nicht.« Claßen legte seine Füße auf den Schreibtisch.

Frank zählte still bis zehn. Ecki hatte weniger Geduld.

»Jetzt hören Sie mal zu, Claßen, ich weiß nicht, welches Bild Sie von der Polizei haben, und es ist mir auch völlig egal. Ich will nur, dass Sie, verdammt noch mal, Ihr Gehirn anstrengen und nachdenken. Es geht um sehr viel. Nämlich um Mord. Wir können Sie auch aufs Präsidium mitnehmen und Ihnen Ihren Laden hier auf links drehen.«

»Drohen, das könnt ihr. Herzlichen Glückwunsch! Darin seid ihr groß. Ich hab's doch gewusst.« Claßen schnaubte verächtlich. Er zwang sich, die Füße auf dem Tisch zu lassen. Er spürte, dass er zu zittern begann. Allein die bloße Anwesenheit der Polizei machte ihm schon Angst. Er faltete seine Hände und sah die Beamten an.

»Hören Sie«, Frank hatte seine Ruhe wiedergefunden, »wir wollen lediglich, dass Sie uns helfen. Ich frage Sie noch einmal: Fährt einer Ihrer Kunden einen blauen Lieferwagen?«

Bevor Claßen etwas sagen konnte, hob Ecki seine Hand. Mit der anderen drückte er sein Mobiltelefon ans Ohr.

Erstaunt sahen der Werkstattleiter und Frank zu, wie sich Eckis Miene verdüsterte. Nachdem er aufgelegt hatte, gab er zu verstehen, dass Claßen endlich antworten sollte.

Während der Werkstattleiter sich räusperte, forschte Frank in Eckis Gesicht nach einem Hinweis auf den Inhalt des Telefonats. Allerdings zeigte Ecki keine Regung. Das verhieß nichts Gutes.

»Wenn es Sie glücklich macht: Einer der Antiquitätenhändler fährt einen blauen Lieferwagen.«

»Beruhige dich, Heini kann nicht verschwunden sein.«

»Er wollte zum Mittagessen zu Hause sein. Und nun ist fast Dienstschluss. Ihm ist was passiert. Ich spüre das.«

Schrievers' »bessere Hälfte« saß bereits seit einer halben Stunde händeringend im Büro. Frank und Ecki fühlten sich ratlos und auch hilflos. Zeit, um sich um die besorgte Ehefrau des Archivars zu kümmern, hatten sie nicht. Sie hatten von Claßen die Adresse des Antiquitätenhändlers bekommen, und Frank hatte seither ein mehr als ungutes Gefühl.

»Was soll ihm schon passiert sein? Vielleicht hat er in der Stadt jemanden getroffen. Oder er ist unterwegs, um dir ein Geburtstagsgeschenk zu kaufen.« Frank zwinkerte ihr zu.

»Heinz-Jürgen hat noch nie ohne Not ein Mittagessen versäumt.« Resolut setzte sie hinzu: »Noch nie. Und hör auf, mir Geschichten zu erzählen, Frank. Ich weiß, was ich weiß. Er ist in Gefahr.« Gertrud Schrievers rückte ihren Stuhl zurecht, als wollte sie sagen: »Ich mach keinen Schritt aus eurem Büro, bevor Heini nicht um die Ecke kommt.«

Ecki versuchte es auf die offizielle Tour. »Liebe Gertrud,

wir können deine Sorge verstehen, und schön, dass du zu uns gekommen bist, aber du weißt, dass wir nicht sofort alles liegen und stehen lassen können, um Heinz-Jürgen zu suchen. Und du kennst die Regeln: Wenn Heinz-Jürgen morgen immer noch nicht aufgetaucht ist, setzen wir die ganze Maschinerie in Gang, darauf kannst du dich verlassen, Gertrud.«

»Hast du eigentlich noch alle Tassen im Schrank, Ecki?« Gertrud bebte mit allen ihr zur Verfügung stehenden Kilos. Ihr Busen wogte bedrohlich. »Heini ist doch kein ausgebüxter Teenager. Er hat auch keine Geliebte und ist ausgezogen. Verdammt, er ist Polizist, und er ist in Gefahr. Ich bin seine Frau, ich spüre das. Tut endlich was.«

Frank hob beschwichtigend die Hände. »Wir informieren die Kollegen draußen. Sie sollen mal die Augen offen halten. Vermutlich hat Heini nur die Zeit vergessen und sitzt selig in einem Café. Heute Abend ist er wieder bei dir.«

Gertrud Schrievers stand auf, strich ihren geblümten Rock glatt, zog ihre Strickjacke zurecht und fuhr sich über ihre Dauerwelle. Während sie sich wieder setzte, fasste sie ihre Handtasche fester. »Ich gehe hier erst weg, wenn mein Mann vor mir steht.« Ihre Stimme duldete keinen Widerspruch.

»Gertrud, bitte.« Zu mehr war Frank nicht fähig.

»Oh, lasst euch nicht stören.«

Alle drei drehten die Köpfe zur Tür.

»Da guckt ihr, was?! Ich brauche die Krücken nicht mehr. Der Arzt meint, ich müsste klarkommen. Muss nur ein bisschen aufpassen.« Jasmin Köllges schloss etwas steifbeinig die Tür hinter sich. »Ich will wirklich nicht stören, aber es ist wichtig.« Sie spürte die Spannung, die in der Luft lag. »Ich ...« Sie sprach nicht weiter, sondern sah erst Gertrud Schrievers an und dann die beiden Kollegen.

»Die Frau eines Kollegen«, nickte Ecki.

»Wir haben endlich eine Spur. Es sind tatsächlich Behinderte über Warschau nach Gladbach gekommen. Ich kenne die Namen von ein paar Fahrern, die die Hand aufgehalten haben. Wenn ich ein paar Mann zur Verstärkung bekommen kann, haben wir ruck, zuck die Aussagen, die wir brauchen.«

Frank nickte. Jetzt nur keine falsche Antwort, dachte er. »Klasse, Jasmin, wirklich toll. Es ist allerdings so, dass wir im Augenblick eine größere Operation vorbereiten. Dein Einsatz in allen Ehren, aber wir haben im Augenblick andere Sorgen.«

»Andere Sorgen?«

Scheiße, hätte er nur den Mund gehalten. »›Sorgen‹ ist das falsche Wort. Ich wollte sagen, dass wir im Aufbruch sind. Deine Fahrer werden noch warten müssen. Aber sie laufen uns ja nicht weg.«

»Denkst du.« Jasmin Köllges wollte ihre Enttäuschung nicht verbergen. »Sie sind in einen internationalen Fahrplan eingebunden. Wenn sie weg sind, sind sie erst mal weg.«

»Okay, aber wir können sie auf ihrer Route verfolgen wie den Versandstatus bei Päckchen. Ist ja heute kein Kunststück mehr.« Ecki versuchte ein Lächeln.

»Kindchen, ich weiß, wie Sie sich jetzt fühlen. Mir geht es genauso. Die beiden Herren hier haben keine Zeit. Weder für die Frau eines Kollegen, die vor Angst um ihren Mann fast vergeht, noch für die wirklich wichtigen Dinge im Leben. Letzteres war schon immer so.« Triumphierend sah sie die beiden Freunde ihres Mannes an.

»Könntest du dich einen Augenblick um Frau Schrievers kümmern, Jasmin? Besprich doch mit ihr, was die Kollegen auf der Leitstelle für sie tun können.« Er sah auf seine Armbanduhr. »Die Staatsanwältin erwartet uns.«

Frank und Ecki drängten sich wie ertappte Sünder an den beiden Frauen vorbei, die ihnen sprachlos hinterhersahen.

»Haben Sie einen Kaffee für mich, meine Liebe?« Gertrud hatte zuerst die Sprache wiedergefunden.

»Wollen wir in die Kantine gehen?« Jasmin Köllges lächelte die Frau an, die ihr auf Anhieb sympathisch war.

»Kommen Sie, haken Sie sich bei mir ein. Sie scheinen noch nicht ganz so stabil auf den Beinen zu sein. Wenn Sie wollen, gebe ich Ihnen die Adresse von einem Heilpraktiker in Breyell. Hubert Heuts kann wahre Wunder vollbringen, sage ich Ihnen. Er hat das Talent von seinem Vater geerbt. Der war Schmied und hatte trotzdem ein sensibles Händchen für seine Patienten.« Gertrud Schrievers lächelte. Sie war in ihrem Element und froh, für die Dauer eines Kaffees die Sorge um ihren Mann vergessen zu können.

»Wie viele Leute braucht ihr?«

»Wir machen das allein.«

»Ich will dabei sein.« Carolina Guttat blieb vor den beiden stehen.

»Carolina!«

»Mein Entschluss steht fest.«

»Das ist keine gute Idee.« Frank schüttelte den Kopf.

Carolina Guttat wusste, dass Frank recht hatte. Sie wusste aber auch, dass sie diese Begegnung brauchte. Sie wollte endlich die Dämonen aus ihrer Seele vertreiben. Eine »Katharsis« der ganz besonderen Art. Aber das verschwieg sie den beiden lieber.

»Ist dir nicht gut? Du siehst müde aus.«

Na, prima, nun fing Frank auch noch an, sich Gedanken um sie zu machen. »Ach was, allenfalls ein bisschen wenig Schlaf. Die Sache mit dem Wegberger Klinikchef, die kostet schon eine Menge Zeit. Ihr solltet mal die vielen Meter Akten sehen. Aber ich bin mir mit meinen Kollegen sehr sicher, dass wir ihn wegen Kunstfehlern und Totschlag anklagen können. Wie kann man nur auf die Idee kommen, Zitronensaft als Desinfektionsmittel einzusetzen.« Sie schüttelte heftig den Kopf.

»Verstehe. Die Kollegen haben ganze Arbeit geleistet.« In Eckis Stimme schwang echte Hochachtung mit.

»Wann geht es los?«

»Steingröver und Schmitz observieren das Objekt. Zurzeit scheint alles ruhig zu sein.«

»Also heißt es warten?«

Die beiden nickten.

»Ich habe gehört, dass Schrievers verschwunden sein soll?«

»Wir können uns nicht wirklich einen Reim auf die Sache machen. Nach allem, was wir wissen, war er am Vormittag mit seinem Kumpel walken. Anschließend wollte er zum Mittagessen zu Hause sein. Überstunden abfeiern.«

»Wir müssen uns also Sorgen machen?«

»So langsam gehen uns die Ideen aus.« Ecki nickte.

»Vorerst kein Wort an die Presse.«

»Logisch.« Frank ging in Gedanken die Redakteure durch. Seit sein »Spezi« Bert Becks in die Mantelredaktion nach Düsseldorf gewechselt war, herrschte relative Ruhe in der lokalen Medienlandschaft. Einzig *City-Vision* war umtriebig. Polizeimeldungen standen beim Lokalfernsehen hoch im Kurs.

»Worüber grübelst du?«, fragte Carolina Guttat.

»Nichts Konkretes. Ich bin einfach auch ziemlich geschlaucht.«

»Wir laufen alle auf Sparflamme im Augenblick. Dazu gibt es ständig Neuerungen, Absprachen zählen nicht mehr, alles soll schlanker, effektiver und damit für die Kollegen angenehmer ablaufen. Das Gegenteil ist der Fall.« Ecki ereiferte sich. Obwohl er nie in den Personalrat wollte, setzte er sich für bessere Arbeitsbedingungen ein, wo er nur konnte.

»Schon gut. Ecki, ich weiß.« Die Staatsanwältin wollte das Thema wechseln. »Gibt es Neues aus der Kriminaltechnik? Ich habe mittlerweile das Gefühl, dass ich alles als Letzte erfahre. Hat Köllges etwas Bahnbrechendes herausgefunden? Sie hat hier einen ziemlichen Wirbel veranstaltet. Wollte mit einer Hundertschaft mehrere Busunternehmen hochnehmen und Fahrer verhaften lassen.«

Ecki musste unwillkürlich schmunzeln. »Wir tun ihr, glaube ich, etwas unrecht. Jasmin ist eine sehr engagierte junge Kollegin, die unbedingt ins KK 11 möchte.«

Und dir auf dem Weg dahin den Kopf verdreht, ergänzte Frank in Gedanken.

»Sie muss noch einiges lernen.« Carolina Guttat ging zu ihrem Schreibtisch zurück und setzte sich. »Wenn wir schon darauf warten müssen, dass Steingröver und Schmitz sich melden, können wir inzwischen vielleicht in Sachen Schrievers etwas tun?« Sie legte ihre Handflächen auf die Schreibtischunterlage. Ihre Kopfschmerzen meldeten sich, wie so oft in den vergangenen Tagen. Und mit ihnen das »Kellerbild«, wie sie die Szene unter der schwankenden Kellerlampe für sich nannte. Sie hatte das Wort erfunden, um die Wahrheit nicht aussprechen zu müssen.

»Vor allem Gertrud beruhigen. Sie bringt noch das ganze Präsidium durcheinander.«

»Ich kann sie verstehen. Wie heißt Schrievers' Walkingkumpel denn?«

»Weiß nicht. Er nennt ihn immer nur ›Sportsfreund‹.«

»Und Schrievers' Frau? Kennt sie den Namen?«

»Nee. Sie weiß nur den Vornamen: Dietmar.«

»Personenbeschreibung?« Guttat drückte ihre Fingerspitzen vorsichtig gegen die Schläfen. Vorsichtig, damit die beiden Ermittler nicht aufmerksam wurden.

»Keine. Wir wissen nur, dass Schrievers mit ihm walkt.«

»Dann lasst Fotos von Schrievers ausdrucken und fragt auf seiner Joggingstrecke nach ihm und seinem Begleiter. Irgendwer wird die beiden schon gesehen haben.«

»Geht es dir nicht gut?« Frank hatte das Gefühl, dass die Staatsanwältin mit ihren Gedanken ganz woanders war.

»Ich bin okay. Sucht ihr lieber mal Schrievers.«

Ecki lächelte freundlich. »Sie joggen regelmäßig hier?«

Die Joggerin machte ein paar Lockerungsübungen, bevor sie antwortete. »Seit mehr als zehn Jahren. Und immer zur gleichen Zeit. Aber den Mann auf dem Foto habe ich hier noch nie gesehen.«

»Sie müssen sich ihn ohne Uniform und nicht ganz so beleibt vorstellen. Wie gesagt, es ist ein Kollege von uns, und er ist meist mit einem Mann unterwegs.«

»Mir wird langsam kalt. Darf ich bitte in mein Auto steigen? Ich kann Ihnen wirklich nicht helfen.« Die schlanke, kurzhaarige Brünette verschwendete keinen weiteren Blick auf Schrievers' Foto und begann auf der Stelle zu hüpfen.

Ecki nickte. »Selbstverständlich.«

Frank und Ecki sahen der Frau hinterher, die mit ihrem Kleinwagen den Parkplatz vor Schloss Rheydt verließ.

»Das bringt doch nichts.« Frank schüttelte den Kopf. »Zwei Männer, die walken – wer achtet denn schon darauf?«

»Na ja, Männer walken eher seltener. Das hat schon was Exotisches. Meist sind Frauen unterwegs. Von daher könnten die beiden aufgefallen sein. Ich will noch nicht aufgeben.«

»Lass gut sein, Ecki«, Frank sah zum Schloss, »das ist wie die Stecknadel im Heuhaufen. Wir können hier noch bis heute Abend stehen. Lass uns einen Kaffee trinken gehen.«

»Heini ist jetzt seit mehr als vierundzwanzig Stunden verschwunden. Da können wir doch nicht einfach gemütlich ins Café gehen, Frank.«

»Und wenn Heini und Gertrud Krach hatten und er sich einfach eine Auszeit nimmt?«

»Das sieht ihm aber überhaupt nicht ähnlich, geschweige denn Gertrud, dass sie im Streit auseinandergehen.« Wie konnte Frank nur so denken? Eigentlich typisch.

»Einmal ist immer das erste Mal.« Frank beobachtete ein paar Wildgänse, die durch die Wiese am Schloss watschelten.

»Einen Kaffee. Vielleicht hat ja der Wirt die beiden schon mal gesehen.« Ecki seufzte.

Der Wirt des Schlossrestaurants *Purino* konnte sich aber auch nicht an Schrievers und seinen Begleiter erinnern. »Normale« Walker? Dafür kamen tagtäglich zu viele an seinem Restaurant vorbei, als dass er sich jemanden merken könnte.

Zumal, wie der Wirt pikiert meinte, seine Gäste nicht in Sportkleidung bei ihm einzukehren pflegten.

Frank nippte an seinem Milchkaffee und sah durch die große Glasfront nach draußen. Gerade sammelte sich auf dem Kopfsteinpflaster eine Schulklasse, um das Schlossmuseum zu besuchen. So, wie die Jugendlichen auf die Displays ihrer Handys starrten oder an den Stöpseln ihrer iPods fummelten, stand ihnen der Sinn kaum nach Stadtgeschichte.

»Das ist unsere Zukunft.«

»Was?«

Frank deutete auf eine Gruppe Mädchen, die entweder in ihren billigen Handtäschchen oder den Jackentaschen ihrer engen Blousons kramten, telefonierten oder mit ihren dünnen Schühchen unsichtbare Linien auf das Pflaster zeichneten, statt ihrer Lehrerin zuzuhören, die sichtlich genervt Anweisungen zu geben schien.

»Ich fürchte, so ist es.«

Frank musterte Ecki. »Du hast doch auch zwei.«

»Was meinst du, was das jeden Tag aufs Neue für ein Kampf ist. Und zwar ohne das Ergebnis zu kennen.«

»Du meinst ...?«

»Genau. Als Eltern haben wir doch nur bedingt Einfluss auf die lieben Kleinen.«

»Schöne Aussichten.« Frank rührte in seinem Kaffee.

»Krieg du erst mal selbst Nachwuchs.« Er biss sich auf die Zunge. Zu spät war ihm klar geworden, was er da gesagt hatte.

»Wir arbeiten dran.«

Frank ließ nicht erkennen, wie er das meinte.

Ecki wollte schon einen lockeren Spruch hinterherschicken, verkniff ihn sich dann aber doch lieber.

»Wir denken immer intensiver über eine Adoption nach.«

»Heißt?« Ecki war nicht sonderlich überrascht. Er hatte mit Marion schon mal über dieses Thema gesprochen. Seine Frau hatte, was ihre Freunde betraf, wahrlich ein Näschen.

»Wir wollen uns einen Termin im Jugendamt besorgen.«

»Das klingt aber nicht sonderlich engagiert.«

»Ich habe keine Lust, mich vor irgendwelchen Sozialfuzzis quasi auszuziehen. Was geht die mein Privatleben an, Ecki?«

»Das sind Spezialisten, die wissen ganz genau, was sie tun. Ich glaube, du hast nur Angst, über dich zu reden.«

»Quatsch. Du siehst doch, womit wir es zu tun haben. Denk doch mal an die Blonde im Haus Emmaus oder an die Vorsitzende von Schmetterling e. V. oder an Radermacher.«

»Sei nicht so negativ, sonst klappt das mit der Adoption nicht.«

»Wusstest du, dass es jedes Jahr Tausende Bewerber um eine Handvoll Babys gibt? Behinderte oder ältere Kinder kannst du sofort haben. Aber Babys?«

»Das klingt ja ganz so, als suchtest du nach Argumenten, um ja keine Adoption zu versuchen. Was sagt Lisa denn dazu?«

»Moment«, brummte Frank. Sein Mobiltelefon hatte sich gemeldet. Beim Sprechen drehte er sich von den Jugendlichen, die noch immer vor dem Café standen, weg, als würden sie ihn in seiner Konzentration stören.

Frank trennte die Verbindung. »Sie haben ihn.«

Eine halbe Stunde später standen Frank und Ecki vor dem Ladenlokal. Torsten Linder und sein Team waren damit beschäftigt, den Verkaufsraum und die kleine Werkstatt auf Spuren zu untersuchen.

Hendrik Jennes war schon zum Präsidium gebracht worden. Der Trödel- und Antiquitätenhändler hatte überrascht reagiert, als Schmitz und Steingröver plötzlich vor ihm standen. Die beiden Zivilfahnder hatten ihn zunächst höflich gebeten, sie aufs Präsidium zu begleiten. Erst hatte Jennes heftig protestiert. Er hatte von »Willkür« gesprochen, davon, »als Unschuldiger belästigt« zu werden.

Auf Nina Steingrövers Frage nach Jennes' Kontakt zu behinderten Menschen und deren Verbleib hatte Jennes geschwiegen und sich widerstandslos mitnehmen lassen.

»Der Laden ist das reinste Chaos.« Torsten Linder fuhr sich über sein kurz geschnittenes Haar. Der hochgewachsene Leiter der KTU hatte für eine kurze Verschnaufpause das Geschäft verlassen und nieste mehrmals kurz hintereinander. »Holzstaub. Das Zeug bringt mich noch um.«

»Wollen wir nicht hoffen.« Frank deutete auf das Geschäft. »Vor einiger Zeit war ich selbst in dem Laden.«

»Ihr wusstet schon von der Adresse?« Linder suchte mit den Augen seinen Kollegen Schumacher, der sich angeboten hatte, Kaffee zu besorgen.

»Nee. Lisa hat den Typ aufgetan und bei ihm Stühle gekauft.«

»Und er hat die Behinderten auf dem Gewissen? Dann wart ihr ja ganz nah dran, ohne es zu wissen.«

»Wird sich zeigen.« Frank winkte ab, als Ulrich Schumacher ihm einen Pappbecher mit Kaffee anbot.

Auch Ecki hatte keinen Bedarf.

Achselzuckend drehte sich der ehemalige Wasserballer um und tauchte unter der Polizeiabsperrung durch. »Die Kollegen drinnen werden sich freuen.«

»So sieht man sich wieder.«

Hendrik Jennes sah Frank schweigend an.

»Sie wissen, warum Sie hier sind?«

Jennes schwieg weiter. Stattdessen berührte er leicht einen der sich drehenden Splinte, die die Tonbandkassette im Aufnahmegerät fixierten.

»Gut. Dann frage ich andersherum: Sie haben eine Vorliebe für Schweißbänder? Schwarz und mit Totenkopf?«

Jennes zuckte für einen Sekundenbruchteil mit den Augen. Für Frank der Beweis, auf dem richtigen Weg zu sein.

»Sie haben nicht nur ein Faible für Totenköpfe, sondern auch für Behinderte. Stimmt's?«

Jennes hatte das Interesse an der sich drehenden Spule verloren. Stattdessen sprach er am Mikrofon vorbei Ecki an, der an der Wand ihres Büros lehnte. »Was wollen Sie von mir?« Er sprach die Worte langsam und betont.

»Das hat Ihnen mein Kollege doch schon gesagt, Herr Jennes. Sie fahren einen blauen Transporter, und Sie haben Schweißbänder mit Totenkopf an Behinderte verteilt.«

»Kann sein, kann nicht sein.« Jennes ließ sich gegen die Lehne seines Stuhls fallen und sah auf seine kräftigen Hände.

Frank schätzte Jennes auf nahezu neunzig Kilogramm. In der JVA würde Jennes Zeit genug für Sport haben.

»Die Stühle sind schön geworden, nicht?«

Frank war im ersten Augenblick verblüfft über Jennes' Bemerkung. Umso schärfer fiel seine Antwort aus. »Es geht hier nicht um Stühle, Herr Jennes. Es geht um Mord. Um zweifachen Mord und um einen versuchten Bombenanschlag. Was hatten Sie sonst noch auf Ihrer Liste? Und woher stammen die Opfer? Ich will es Ihnen sagen: Sie haben sie irgendwo im Osten aufgegabelt. Wir sind Ihnen ganz dicht auf den Fersen, Jennes. Wir haben Zeugen, die bestätigen können, dass es so gelaufen ist. Jennes, Sie sind am Ende.«

Hendrik Jennes versuchte seine Halbglatze in Form zu bringen. Er machte einen amüsierten Eindruck. »Welches Spiel wollen Sie mit mir spielen, Herr Borsch? Wie geht es Ihrer Freundin? Ich habe übrigens auch den Jugendstilblumenständer gefunden, den sie gesucht hat. Ich wollte ihn gerade ausladen, als Ihre ›Kollegen‹ kamen. Nun wird sie doch noch etwas warten müssen. Ich kann Ihnen aber einen guten Preis machen.«

Woher nahm Jennes bloß diese Kaltschnäuzigkeit?

»Ihr Transporter ist auf den Bildern der Kameras auf dem Alten Markt.« Ecki setzte sich zu Jennes an den Tisch.

Der Händler nickte. »Kann schon sein. Vermutlich habe ich Möbel ausgeliefert. Wann, sagen Sie, haben die Kameras die Bilder gemacht? Kann ich sonst noch was für Sie tun?«

Frank wusste, dass es noch eine lange Nacht werden konnte, und von Schrievers gab es immer noch keine Spur.

Jennes sah ihn an. »Wie lange wollen Sie mich festhalten? Ich habe Termine, und die möchte ich gerne einhalten. Ich bin bekannt für meine Zuverlässigkeit.«

»Wir haben einen Zeugen. Er kann bestätigen, dass Sie mit Vorliebe Schweißbänder verteilen.«

»Ach ja? Wer soll das sein?«

Genau da lag das Problem. Tommy war behindert. Seine Aussage würde vor Gericht vermutlich kaum Bestand haben.

»Für jetzt muss es genügen, dass es einen Zeugen gibt.«

»Selbst wenn, was sagt das schon?«

Jennes wirkte ausgesprochen abgebrüht, oder er war tatsächlich unschuldig.

»Ich bin sicher, wir werden in Ihrem Laden fündig.«

Jennes lächelte gönnerhaft, wobei sein Mund zunehmend spöttische Züge annahm. »Das hoffe ich doch. Bei mir hat noch kein Kunde unzufrieden das Geschäft verlassen.«

»Wir werden Ihren Transporter auseinandernehmen. Und wir werden DNA-Spuren finden, garantiert.«

»So?« Jennes' Spott war nun unverhohlen. »Hören Sie, was wollen Sie wirklich von mir? Sie haben doch nichts in der Hand. Sie wollen sich doch nur wichtig machen. Nur zu, machen Sie sich ruhig weiter lächerlich.« In seiner Stimme schwang so etwas wie Bedauern mit.

»Ich –.«

Ecki unterbrach seinen Freund. »Kann ich dich kurz unter vier Augen sprechen?« Er zog Frank vor die Tür.

Jennes sah den beiden breit grinsend hinterher.

»Sag mal, was ist los mit dir? Du kannst doch so keine Vernehmung führen! Du kippst einen Eimer Vorwürfe über Jennes aus, und der braucht sich nur einmal kurz zu schütteln und wird noch nicht einmal nass. Das geht so nicht.«

»Hör zu, Jennes geht mir auf den Sack. Der tut doch nur so straight. In Wahrheit ist er kurz davor zu platzen. Hast du seinen Blick gesehen, als ich den Transporter erwähnt habe?«

Frank hob Daumen und Zeigefinger. »Wir sind so nah dran, Ecki. So nah.«

»Du musst einen klaren Kopf behalten. So, wie du vorgehst, ist Jennes in spätestens einer Stunde wieder draußen. Sein Anwalt muss gleich hier sein. Carolina wird dir den Kopf abreißen, wenn die Sache schiefgeht.«

Frank lehnte sich an die Flurwand. Es dauerte eine Weile, bis er antwortete. »Du hast ja recht, aber ich bin nicht ganz bei der Sache. Ecki.« Er sah seinen Freund an wie ein verzweifelter Vater, der sein Kind sucht. »Wir müssen Heini finden. Da stimmt was nicht. Der Typ da drin kann warten. Ich fürchte, dass Heinz-Jürgen in echten Schwierigkeiten ist. Ich glaube inzwischen auch nicht mehr an einen Ehekrach. Wir müssen was tun, sonst dreht uns Gertrud völlig durch.«

»Wo ist sie jetzt?«

Frank zuckte mit den Schultern. »Keine Ahnung. Ich hoffe, dass sich Jasmin um sie kümmert.«

»Wir haben jetzt keine Zeit für Heini. Nach ihm müssen die Kollegen suchen. Ich sag der Leitstelle Bescheid.«

»Wer hat Dienst?«

»Jagelski.«

Frank seufzte. »Das schmeckt mir alles nicht. Aber okay, die Kollegen werden Schrievers schon finden.«

Bevor die beiden in ihr Büro zurückkehrten, hielt Frank Ecki zurück. »Kannst du Lisa anrufen? Sie soll sich um Gertrud kümmern. Und sag ihr, dass ich später komme.«

»Wo ist Ihr Kollege?« Jennes' Stimme hatte immer noch den spöttischen Unterton. »Hat er schon genug von Ihren seltsamen Verhörmethoden? Sie benehmen sich wie ein Flegel.«

Frank schaltete das Aufnahmegerät wieder ein und sprach die nötigen Formalien auf. »So, können wir weitermachen?« Ohne Jennes' Antwort abzuwarten, fuhr er fort. »Seit wann betreiben Sie Ihren Antiquitätenhandel? Und woher beziehen Sie Ihre Waren? Ausschließlich aus Polen oder aus dem gesamten ehemaligen Ostblock? Welche Transportwege nutzen Sie dabei? Und wer sind Ihre Lieferanten?«

»Das sind eine Menge Fragen auf einmal. Borsch, du bist eine Niete. Leider.«

Frank registrierte, dass Jennes ihn geduzt hatte, wollte darauf aber nicht reagieren. Er wartete.

»Ich habe was gesagt. Borsch.«

Frank wollte sich auf keinen Fall provozieren lassen. Er dachte an Schrievers und daran, was passiert sein könnte. Es passte nicht zu Heini, dass er einfach verschwand.

»Ich habe Hunger.«

»Pizza?«

Nun schwieg Jennes. Das Angebot schien ihm nicht zuzusagen.

»Also keine Pizza.«

»Ich habe Durst.«

»Gibt es jemanden, den wir außer Ihrem Anwalt noch informieren sollten?«

Jennes kniff die Augen zusammen, antwortete aber nicht.

»Also keine Pizza und keine Verwandten.«

Jennes rutschte unruhig auf seinem Stuhl hin und her.

»Soll ich das Fenster öffnen? Ist Ihnen warm?«

»Meine Tante. Ich habe eine Tante.«

Der Archivar versuchte seine Beine zu bewegen, aber sie waren ebenso fest verschnürt wie seine Arme. Und er hatte längst kein Gefühl mehr in ihnen. Schrievers schwitzte, obwohl es in seinem Verlies nicht übermäßig warm war. Die Temperatur hatte sich über die Zeit nicht verändert. Er spürte, dass das Hemd trotzdem an seinem Rücken klebte.

Seine Nase war vom Staub fast völlig zu. Er bekam nur mit Mühe Luft. Auch sein Mund war nahezu verklebt, und er wollte auf keinen Fall durch den Mund atmen. Das Geräusch war unerträglich. Dann doch lieber die wenige Luft durch die Nase ziehen und das Gefühl zu ersticken ignorieren.

Was hatte der Typ mit ihm vor? Warum war ihm das alles nicht schon viel früher aufgefallen? Die Fragen nach seiner Arbeit, nach den Kollegen? Natürlich hatte er gedacht, ach, so einer, der sich freut, einen Exoten kennengelernt zu haben, einen echten »Bullen«. Das kannte er, seit er Uniform trug. Selbst wenn er in Zivil unterwegs war, hatte man ihn rasch identifiziert. Er hatte früher in solchen Situationen scherzhaft gemeint: »Ich laufe offenbar mit einem Blaulicht auf dem Kopf herum.«

Nun schloss die Dunkelheit ihn ein. Zuerst ließ sie ihm seine angespannte Ruhe, dann begann sie sich mit stetig steigendem Druck auf seine Lunge zu legen, verfestigte sich mit jedem seiner Atemzüge zu einer erstickenden Enge, die ihn luftdicht abzuschließen drohte wie feiner Treibsand und ihm zunehmend Blitze vor die Augen trieb.

Heinz-Jürgen Schrievers versuchte, gleichmäßig zu atmen, aber je ruhiger er seine Atemzüge in immer gleichem Rhythmus tat, umso größer wurde sein Verlangen, kurz und heftig zu atmen. Er wusste, dass die Aussicht auf Erleichterung trog. Er wusste, dass jedes unkontrollierte Atmen ihn nur seinem Ersticken ein Stück näher brachte.

Er musste an Gertrud denken. Er sah ihr Lachen, er sah ihre Hände, die zärtlich über seine Wangen strichen. Sie berührten kaum seine Haut und waren doch so intensiv. Könnte er nur das Klebeband zur Seite drücken, damit sie mehr Platz bekämen! Er wollte ihr zurufen, nicht nachzulassen. Aber er brachte nur ein Gurgeln zustande, das hinter dem verklebten Mund ungehört versickerte.

Sein Stöhnen war wie der trockene Anschlag der Basssaiten einer Harfe: ein dunkel perlender Ton, der sofort von ungezählten Staubpartikeln auf ewig verschluckt wurde.

Die Angst hatte sich auf Heinz-Jürgen Schrievers gelegt, und der Archivar hatte nicht die geringste Chance, ihr auch nur einen Millimeter auszuweichen. Sosehr er sich anstrengte, nun war auch das Bild seiner geliebten Gertrud vor seinem inneren Auge verschwunden. Da gab es nur noch schwarzes Schweigen.

Seine Beine begannen zu zittern, erst leicht und dann immer stärker. Das Wasser. Er versuchte, seine Muskeln unter Kontrolle zu bekommen, aber der Tonus ließ ihm keine Chance. Er hatte das Gefühl, viele Kilometer über seine Kraft hinaus gelaufen zu sein. Er konnte seine Beine nicht still halten. Das Wasser war kalt. Es reichte bis knapp über seine Waden. Er musste schon seit Stunden so verharren! Vielleicht waren es aber auch nur wenige Minuten. Er konnte sich nicht erinnern. Er versuchte sein Denken auszublenden, einfach nur da zu sein, zu existieren, ohne Gefühle, ohne Vergangenheit, ohne Zukunft. Das war seine einzige Chance gegen diese Folter.

Schmerzen empfand er nicht mehr.

Das Zittern in seinen Beinen hörte irgendwann auf. Dafür bekam er Schüttelfrost. Der Schüttelfrost wurde zunehmend zu einem Krampf, der seinen Körper bis in die letzte Faser hinein umklammert hielt.

»Junger Mann.«

Polizeioberkommissar Volker Bader drehte sich zu der resoluten Stimme in seinem Rücken um.

»Mein Neffe ist nicht gekommen.« Die alte Frau hob ihren Stock und zeigte auf den Wagen. »Ich will einsteigen.«

Bader hob erstaunt die Augenbrauen und sah sich verstohlen um: Da stand wie aus dem Nichts dieses Mütterchen in Kittelschürze und mit zerknittertem Hütchen vor ihm. Das sah verdammt nach »versteckter Kamera« aus.

»Haben Sie mich nicht verstanden, junger Mann? Das ist doch Ihr Auto, oder?«

Die Seniorin trat einen Schritt vor, Volker Bader automatisch einen Schritt zurück. Dabei stieß er mit dem Rücken gegen die geöffnete Tür des Streifenwagens.

Der Polizist war immer noch perplex. Was wollte die Alte von ihm? Er stand auf dem Marienplatz, um der Drogenszene zu signalisieren, dass man sie im Auge hat, mit einer alten Frau hatte er nicht gerechnet. »Was? Sie können hier nicht einfach einsteigen. Das ist doch kein Taxi.«

Die Frau stand jetzt dicht vor ihm. Volker Bader konnte in ihre dunklen Augen sehen, die überhaupt nicht zu dem runzligen Gesicht mit den unzähligen Altersflecken passen wollten, so jung und angriffslustig ruhten sie auf ihm.

»Ich weiß, was ein Streifenwagen und was ein Taxi ist, ich bin doch nicht senil. Ich will zu Ihnen aufs Revier. Ich will eine Vermisstenanzeige aufgeben.«

»Eine Vermisstenanzeige?« Volker Bader war erleichtert, also doch keine »versteckte Kamera«. Mit älteren Damen, die etwas vermissen, wusste er umzugehen. Er lächelte die alte Frau an. »Ihr Neffe, sagten Sie?«

»Endlich, jetzt hat er's auch kapiert.« Die Frau versuchte Bader mit ihrem Gehstock zur Seite zu drücken. »Können wir?«

»Er ist weg?«

»Mittwochs kommt er immer zum Essen. Da kann passieren, was will. Und heute ist Freitag, und ich habe immer noch nichts von ihm gehört. Das sieht ihm gar nicht ähnlich. Ich habe bei ihm angerufen, im Geschäft und in seinem Lager. Er meldet sich auch nicht auf seinem neumodischen Mobildings. Das Geld dafür hat er von mir zum Geburtstag bekommen. Ich bin so etwas wie eine Ersatzmutter für ihn. Ich koche auch immer sein Lieblingsessen. Linsensuppe mit ordentlich Speck und Würstchen. Das hat er noch nie versäumt. Wenn er einmal nicht konnte, habe ich vorgekocht und ihm ein paar Portionen zurechtgemacht für unterwegs. Er hat so ein Campingdings dabei, darauf hat er sich die Suppe dann warm gemacht. Man weiß ja nie, was einen in der Fremde erwartet, hat mein verstorbener Mann immer gesagt. Linsensuppe hat der nicht gemocht. Dafür aber Grünkohl. Und das auch mitten im Sommer. Versuchen Sie mal, im Sommer frischen Grünkohl zu bekommen. Das geht gar nicht.

Zum Glück hatte ich ja immer genug eingekocht. Na ja, nu isser ja schon lange tot.«

Bevor die alte Dame noch mehr aus ihrem Leben erzählte, nahm Polizeioberkommissar Volker Bader sie am Arm. »Kommen Sie, wir fahren ins Präsidium.«

»Warum nicht gleich so?« Bevor sie einstieg, klopfte sie mit dem Gummiende ihres Stocks mehrfach gegen das Autoblech. »Der ist doch sicher?«

»Sie werden sich so sicher fühlen wie in Abrahams Schoß.«

»Das glaube ich erst, wenn wir angekommen sind.«

»Ihre Tante ist hier.«

Hendrik Jennes sah erstaunt auf.

»Sie hat Sie schon ein paar Tage nicht gesehen und sich Sorgen gemacht.« Frank schloss die Bürotür und trank einen Schluck Kaffee aus seinem Becher.

»Dann kann ich ja gehen.« Jennes richtete sich auf.

»Ich habe nicht gesagt, dass Sie gehen können. Sie haben mir meine Fragen noch nicht beantwortet.« Frank setzte sich Jennes gegenüber.

»Sie phantasieren. Bisher haben Sie mich nicht überzeugt.« Hendrik Jennes sah Frank abschätzig an. »Sie tun Ihre Arbeit nicht, Borsch. Schade. Ich habe mich in Ihnen getäuscht.« Der Antiquitätenhändler lächelte bedauernd.

»Sie sind nicht in der Position, mir auch nur das Geringste bescheinigen zu können. Schon gar nicht, dass ich meine Arbeit nicht mache.« Frank beugte sich vor. »Wir sind kurz davor, Ihnen die Morde nachzuweisen. So sieht's aus, Jennes.«

»Bitte.« Jennes machte eine einladende Handbewegung.

»Also noch einmal von vorne: Woher beziehen Sie Ihre Ware? Über welche Wege kommt sie hierher?«

Ein Lächeln flog über Jennes' Gesicht. »Das habe ich Ihnen doch schon gesagt. Meine Möbel kommen aus dem Osten. Zunächst habe ich in Sachsen und Thüringen Scheunen, Ställe und Dachböden durchstöbert. Das ist zwanzig Jahre her. Nun muss ich weiter fahren: Polen, Rumänien, Russland, sogar Moldawien habe ich auf meiner Liste. Aber bevor Sie fragen, ich fahre längst nicht mehr selbst, nur noch in ganz speziellen Fällen. Ich habe ein funktionierendes Netzwerk.«

»In speziellen Fällen? Wenn Sie das andere ›Material‹ brauchen. So ist es doch?«

»Ich verstehe Sie nicht.«

»›Minderwertiges‹ Leben, Jennes, das meine ich. Sie haben Behinderte eingeschleust und für Ihre Zwecke missbraucht. Wir werden Ihnen das nachweisen. Wir werden Ihre Kontakte aufdecken, und dann sind Sie dran.«

»Minderwertig? Denken Sie daran, Borsch, das haben Sie gesagt. Nicht ich. Minderwertiges Leben.« Jennes legte den Kopf schief, als würde er dem Klang der Worte nachhorchen.

»Wir haben bereits die ersten Ergebnisse aus Polen bekommen. Sie werden nicht mehr lange leugnen können.«

»Ach, hören Sie schon auf, Borsch, Sie drehen sich im Kreis. Sie haben nichts in der Hand. Sie spinnen sich diese Geschichte zusammen. Und das dazu noch schlecht. Strengen Sie sich an. Für Versager ist mir meine Zeit zu schade.«

»Ist es das, Jennes? Scheuen Sie den Kontakt zu Versagern, zu Behinderten, weil Sie sich selbst minderwertig fühlen? Weil Sie Angst davor haben, als nicht vollwertig, als nicht normal akzeptiert zu werden?« Frank beobachtete die Veränderungen in Jennes' Gesichtsausdruck. Der Blick schwankte zwischen Entsetzen und einer dunklen Leere. »Und soll ich Ihnen was sagen, Jennes? Sie sind in der Tat nicht normal. Sie sind krank. Und ich werde dafür sorgen, dass Sie das endlich akzeptieren und dass Sie aussagen.«

Jennes' Schweigen war ihm Hinweis genug, dass er ins Schwarze getroffen hatte.

»Gestehen Sie, und es wird Ihnen besser gehen.«

Jennes schnaubte verächtlich. »Diese Psychospielchen ziehen bei mir nicht.«

Johanna Eßers sah Frank misstrauisch an. »Es geht nicht um die Puppe aus dem Container. Es geht um meinen Neffen. Ich mache eine Vermisstenmeldung. Das verstehen Sie doch?« Die Seniorin klang spöttisch und ungehalten zugleich.

»Liebe Frau Eßers, ich habe doch nur sagen wollen, dass wir uns kennen. Wir haben uns schon einmal unterhalten.« Frank versuchte freundlich zu bleiben. Ausgerechnet er hatte jetzt die Alte am Hals. Wo war Ecki abgeblieben?

»Hören Sie, junger Mann. Ich bin zwar alt, aber nicht blöd. Natürlich haben wir uns über die Puppe unterhalten.« Johanna Eßers schüttelte ungläubig den Kopf. Was ging nur in diesem Kommissar vor? Der war offensichtlich überarbeitet.

»Hendrik Jennes ist also Ihr Neffe?«

»Hören Sie, ich habe nicht den ganzen Tag Zeit. Das habe ich Ihnen doch schon gesagt.«

Frank ignorierte den Vorwurf. Stattdessen lächelte er. »Sie kochen für ihn? Haben Sie viel zu tun? Ich meine, Ihr Neffe ist viel unterwegs.«

Johanna Eßers schien ein wenig versöhnt. Sie zupfte an ihrem streng frisierten Haar. »Das geht gerade noch. Ich bin nämlich nicht mehr so gut zu Fuß. Aber für Hendrik reicht es allemal.« Sie wollte keinen Zweifel daran lassen, dass sie noch lange nicht ins Altenheim gehörte.

»Er ist viel im Ausland, nicht wahr?«

Sie nickte. »Ich habe ihm das schon so oft gesagt. Er soll seinen Möbelhandel aufgeben. Er kann mit dem Restaurieren genug verdienen. Er ist doch alleine.«

»Keine Frau oder Freundin?«

Jennes' Tante sah bekümmert aus. »Es gab da mal jemanden. Ein nettes und fleißiges Mädchen. Aber das ist lange her.« Sie seufzte bei dem Gedanken. »Hendrik hat sie verlassen. Er ist lieber alleine, glaube ich.«

»Hat er sie denn nicht geliebt?«

»Für Renate war es schlimm, glaube ich. Aber Hendrik

kann sehr hart sein, wenn es sein muss. Auch gegen sich selbst.« Johanna Eßers seufzte erneut.

»Seither lebt Hendrik allein?«

»Leider.« Die Seniorin sah aus wie eine Mutter, die am Ende vergeblich um das Glück ihres Kindes gekämpft hat.

»Hat Ihr Neffe Kontakt zu Behinderten?«

Die Seniorin sah Frank erstaunt an. »Ja, er arbeitet mit einer Werkstatt zusammen. Zauberhafte Menschen.«

»Was meinen Sie?«

»Hendrik hat mich einmal mitgenommen. Die Menschen dort machten einen glücklichen Eindruck.«

»Bekommt Ihr Neffe schon mal Besuch von Behinderten? Oder trifft er sich anderswo mit Ihnen?«

Johanna Eßers schüttelte den Kopf. »Keine Ahnung. Ich bin nie bei ihm zu Hause. Hendrik kommt immer zu mir. Er liebt die Wohnung, sagt er. Wegen der Erinnerungen. Er ist als Kind oft bei uns gewesen. Er war ein glückliches Kind.«

Jennes' Tante sah nicht so aus, als würde sie das auch über den erwachsenen Neffen sagen wollen.

»Wann waren Sie das letzte Mal in Hendriks Wohnung?«

»Das muss schon ein paar Jahre her sein. Er lebt ja sehr zurückgezogen. Das tut er sehr gerne.«

Das klingt wenig überzeugend, dachte Frank. »Sie machen sich Sorgen?«

»Welche Mutter täte das nicht? Ich bin zwar nur seine Tante, aber er ist wie ein Sohn für mich. Ich wünsche ihm so sehr ein glückliches Leben. Und nun ist er verschwunden.«

Frank verschwieg ihr, dass Jennes nur ein paar Meter weiter saß und auf seinen Anwalt und seine weitere Vernehmung wartete. Er hatte im Gegenteil das Gefühl, dass Johanna Eßers zum richtigen Zeitpunkt aufgetaucht war und er von ihr eine Menge über Jennes erfahren konnte.

»Haben Sie schon einmal miterlebt, dass Ihr Neffe nicht nur Möbel aus dem Osten bekommen hat? Dass vielleicht auch

Menschen, behinderte Menschen, mitgekommen sind?« Vorsichtiger konnte er die Frage nicht formulieren.

Die Seniorin reagierte entsprechend ungehalten. »Haben Sie mich nicht verstanden? Was Hendrik beruflich macht, bekomme ich kaum mit. Finden Sie Hendrik endlich, dann können Sie ihn selbst fragen. Und«, Johanna Eßers stieß ihren Gehstock wie ein Ausrufezeichen hart auf den Linoleumboden, »Hendrik ist ein guter Junge. Er hat nichts angestellt. Ich verstehe das alles nicht. Ich bin gekommen, um eine Vermisstenanzeige aufzugeben, und Sie haben nichts Besseres zu tun, als mir solche merkwürdigen Fragen zu stellen. Ich habe das Gefühl, dass die Polizei auch nicht mehr das ist, was sie einmal war. Ich bin sehr enttäuscht, Herr Kommissar.«

Johanna Eßers machte Anstalten zu gehen.

»Warten Sie, ich habe nur noch ein paar Fragen an Sie.«

Die Seniorin machte einen unschlüssigen Eindruck. Sie blieb sitzen, stützte ihre Hände aber auf ihren Gehstock. Eine falsche Bemerkung, und sie würde aufstehen und das Präsidium verlassen.

»Sie haben gesagt, dass Sie Ihrem Hendrik ein glückliches Leben wünschen. Bitte, verstehen Sie mich nicht falsch, ich habe den Eindruck, dass es bisher nicht unbedingt glücklich war.« Frank hielt die Luft an.

Johanna Eßers zögerte einen Augenblick, nahm dann ihre Hände vom Knauf und lehnte den Gehstock an Franks Schreibtisch. »Wissen Sie, Herr Borsch, Hendrik hat es im Leben nicht leicht gehabt. Mein Bruder hat ein hartes Regiment geführt.« Johanna Eßers sah mit einem Mal müde aus.

»Wie meinen Sie das?«

»Nun ja, er war ein Strenger. Er hat nichts durchgehen lassen bei dem Jungen. Aber er hat es selbst nicht anders gekannt, mein Bruder. Wir sind alle streng erzogen worden.«

»Gegen klare Regeln ist ja nichts einzuwenden.«

»Sie wissen nicht, wovon Sie reden.« Ihre Stimme war noch leiser geworden.

»Hat Ihr Bruder seinen Sohn geschlagen?«

»Er hatte eine harte Hand.« Johanna Eßers ließ die eigentliche Antwort offen.

»Wie meinen Sie das?« Frank ahnte die Antwort.

»Wissen Sie, Herr Kommissar, wir sind in einer Zeit groß geworden, in der Schwäche wie ein schwerer körperlicher Makel behandelt wurde. Schwäche war etwas, das ein Deutscher niemals zeigen sollte. Und nur durch eine ›gesunde Härte kann sich die erzieherische Kraft der Eltern zu ihrer wahren Größe entwickeln‹. So ähnlich hieß es damals. Alle haben danach gelebt, und nur den wenigsten hat es wirklich geschadet.«

Frank kannte den Spruch nur zu gut: Ein paar kräftige Schläge auf den Hinterkopf erhöhen das Denkvermögen. Wie hatte er den Satz gehasst! »Das klingt wie eine Entschuldigung für etwas sehr Schwerwiegendes.«

»Mein Bruder hat in den späten Fünfzigerjahren nur das weitergegeben, was er selbst als normal erlebt hat. Ihn trifft keine Schuld.«

»Könnten Sie etwas genauer werden?«

Johanna Eßers schlug die Augen nieder. Ihr Blick hatte viel von ihrem kämpferischen Glanz verloren. »Hans ist manchmal etwas weit gegangen.« Sie stockte.

»Er hat Ihren Neffen also geschlagen.«

»Er hat ihn nur hart machen wollen. Es waren schwere Zeiten damals. So kurz nach dem Krieg war es schwer, wieder auf die Beine zu kommen. Die Kinder sollten eine gesicherte Zukunft haben und sich durchsetzen können. Nur die Starken überleben. Das hat uns der Krieg gelehrt.«

»Erzählen Sie mir mehr über Ihren Bruder.«

»Hans hat Hendrik oft in den Keller gesperrt.«

Frank nickte. »Das war damals noch eine beliebte Strafe.«

»Hendrik hat mir leidgetan. Er hat Stunden, manchmal eine ganze Nacht in dem kalten Keller verbringen müssen.«

»Schlimm.«

»Er hat seinen Vater dafür gehasst. Und seine Mutter auch, weil sie ihm nicht geholfen hat.«

»Menschen können grausam sein.«

»Hendrik hat im Keller auf einen Stuhl gefesselt gesessen. Seine nackten Füße standen im Wasser.«

Frank musste schlucken. Jennes musste als Kind durch die Hölle gegangen sein.

»Ich bin müde, Herr Kommissar. Ich möchte jetzt gehen. Finden Sie Hendrik.« Johanna Eßers' Schultern waren noch schmaler geworden, ihr Gesicht hatte alle Farbe verloren, ihre Falten schienen schärfer geworden zu sein. »Können Sie mich vielleicht zum Ausgang begleiten, Herr Borsch?«

»Möchten Sie mir nicht mehr über Hendrik erzählen?«

Die Seniorin schüttelte den Kopf. »Hendrik ist trotzdem ein guter Junge geworden. Er hat die Gründe verstanden und die Schmerzen überwunden. Die Musik hat ihm dabei geholfen. Musik hat etwas zutiefst Reinigendes, sagt er immer. Stundenlang hat er in seinem Zimmer gehockt, wenn er zu Besuch war, und hat Musik gehört, ununterbrochen. Alles Mögliche, auch Volksmusik. Hendrik hat ein gutes Gespür für Musik.« Johanna Eßers sah Frank müde an. »Das hat er von seinem Vater. Wir haben früher oft im Garten gesessen, zusammen musiziert und gesungen. Die ganze Nachbarschaft war dabei und hat mitgemacht. Wir waren glücklich damals. Auch Hendrik.«

»Welches Instrument hat Ihr Bruder gespielt?«

»Mundharmonika, Herr Kommissar. Können wir jetzt bitte gehen? Ich muss mich wirklich ein wenig ausruhen.«

»Carolina hat was?« Frank traute seinen Ohren nicht.

»Ihr blieb keine andere Wahl. Sie musste Jennes laufen lassen. Wir haben nicht wirklich viel gegen ihn in der Hand. Wir haben keine verwertbaren Spuren gefunden, weder im Lieferwagen noch in der Werkstatt noch in Jennes' Wohnung. Wir müssen die Ermittlungsergebnisse des LKA abwarten. Was wir für Semtex gehalten haben, war nur ein Stück Marzipan im Handschuhfach. Es ist Carolina sichtbar schwergefallen, diesem Winkeladvokaten von Jennes recht geben zu müssen. Wir müssen uns etwas einfallen lassen, hat Carolina gesagt, sonst bleibt Jennes dauerhaft auf freiem Fuß. Wir können noch froh sein, wenn er uns kein Verfahren anhängt.«

»Aber es passt doch alles zusammen: der Lieferwagen, die Schweißbänder, die Behinderten.« Frank konnte es immer noch nicht fassen, dass Jennes entlassen worden war. »Hätte sie nicht wenigstens warten können, bis ich wieder zurück bin?«

»Was sagt die Eßers?« Ecki musste an das Gesicht von Bader denken, als er vom Besuch der alten Dame berichtet hatte.

Frank berichtete ausführlich von der Begegnung mit Jennes' Tante.

»Du hast ihr nichts gesagt? Die Frau hat sich Sorgen gemacht, Frank.«

»Was hätte ich ihr denn sagen sollen? Dass wir ihren Neffen unter Mordverdacht festhalten? Und wir ihm nichts nachweisen können? Nein. Das hätte sie nur noch mehr aufgeregt.« Frank schaute auf das Poster mit den beiden Händen. Es passte alles, und es passte nichts. Irgendetwas stimmte an dem Fall nicht. Könnte er nur auf Tommy bauen. Dann wäre alles gelöst. Aber welcher Richter würde die Aussage eines Behinderten zulassen? Ganz zu schweigen von der »Steilvorlage« für den Anwalt, der Tommy ohne Rücksicht in der Gerichtsverhandlung vorführen würde. Wenn er recht hatte, war Jennes ein hochintelligenter Täter, der genau wusste, wie die Polizei »tickt«, und nach Belieben mit ihnen spielte.

Frank seufzte. »Wir werden ihn knacken, oder, Ecki?«

»Klar.«

Das klang eine Spur zu zuversichtlich, dachte Frank.

Er wollte gerade wenig begeistert eine der »frischen« Akten

vom Stapel ziehen, schließlich wartete das Alltagsgeschäft nicht, als das Telefon klingelte.

»Borsch?«

Es war Achim Schäfer, Lisas Cousin.

»Ich habe gehört, dass STIXX sich auflösen?«

»Spinnst du? Wer sagt das denn?«

»Habe ich gehört. Die Band fällt angeblich auseinander.« Achim Schäfer klang neugierig.

Frank hatte nicht die geringste Lust, jetzt über die Zukunft seiner Band zu sprechen oder sich an Spekulationen zu beteiligen. »Angeblich, lieber Achim. Hör zu, ich habe im Augenblick grad keine Zeit, wirklich nicht.«

»Verstehe. Nur eine Frage: Schrievers hat mir erzählt, du trittst auch schon mal mit einem Musiker als Bluesduo auf, Sgt. Arnie, oder so ähnlich?«

Frank verdrehte die Augen. Er hatte doch deutlich gesagt, dass es im Moment gar nicht passte. »Stimmt, mit Dirk Kraforst. Aber für ein Gespräch über Blues habe ich jetzt wirklich keine Zeit.«

»Schon gut, kein Stress. Ich wollte euch nur für ein Konzert in Hoppers buchen, nächstes Jahr.«

»Achim?«

»Okay, ich melde mich wieder.«

»Tu das.« Frank legte auf.

»Was war das denn gerade?« Ecki hatte während des Gesprächs aus einer Schreibtischschublade einen Schokoriegel gezogen und ausgepackt.

»Schon gut.«

»Bleib locker, Frank. So wird das nichts. Wir sollten mit der MK einen Abend kegeln gehen. Das macht den Kopf frei.« Ecki schmatzte leise.

»Du denkst ans Saufen, während Heini immer noch verschwunden ist? Dein Gemüt möchte ich haben.« Frank ärgerte sich über Ecki, über Carolina Guttat, und er ärgerte sich über Achim Schäfer und auch darüber, dass er mal wieder zu wenig Zeit für seine Musik übrig hatte. Er betrachtete angewidert den Aktenstapel. Überhaupt war das Leben zum Kotzen.

Er musste Viola treffen. Vielleicht wusste sie doch Rat.

»Was tut ihr, um Heinz-Jürgen zu finden? Nichts! Nichts tut ihr! Ich habe Angst um meinen Mann, und ihr sitzt hier rum und dreht Däumchen!«

Auch das noch, dachte Frank. Gertrud kam wie eine Walküre in ihr Büro gerollt, Jasmin Köllges im Schlepptau.

»Gertrud.« Frank klang genervt.

»Hör auf damit, Borsch. Wie weit seid ihr?« Gertrud Schrievers ließ sich auf einen Stuhl fallen.

»Wir arbeiten mit Hochdruck.«

Ihre Stimme troff vor Sarkasmus. »Das sehe ich.« Sie zeigte auf den Rest Schokoriegel in Eckis Hand.

Ecki versuchte die Süßigkeit mit der Hand abzudecken.

»Jasmin hat mir schon alles gesagt. Ihr habt keinen Hinweis. Wer ist dieser Dietmar? Ihr habt den Namen, aber sonst nichts. ›Gilleßen‹ ist also ein Phantom. Und wenn er Heini etwas angetan hat?« Sie hatte Tränen in den Augen.

Jasmin Köllges machte im Hintergrund verzweifelt entschuldigende Gesten.

Frank war wütend auf seine Kollegin. Diese Anfängerin machte nur Stress. Er würde sie sich noch vorknöpfen. Wer wusste denn, ob es überhaupt eine Verbindung zwischen Schrievers' Verschwinden und diesem Walkingpartner gab? Sie hatten zwar den Namen, aber sonst schien Gilleßen nicht zu existieren. Ein Kellner des Schlossrestaurants hatte sich bei erneuter Nachfrage eines Kollegen aus dem Bezirksdienst doch noch daran erinnert, dass Schrievers sich einmal erkundigt hatte, ob ein ›Herr Gilleßen‹ nach ihm gefragt hätte. Der Name sei ihm im Gedächtnis geblieben, hatte der Zeuge angegeben, weil es auch der Name seiner künftigen Schwiegereltern war.

Schrievers' Gilleßen: keine Adresse, keine Vorstrafen,

nichts. Eine Kunstfigur. Vielleicht aber auch nicht. Solange es keine konkreten Hinweise gab, hätte Gilleßen gegenüber Gertrud nicht mit einem Wort erwähnt werden dürfen.

»Bitte, Gertrud. Wir arbeiten wirklich mit Hochdruck. Es gibt derzeit nicht den kleinsten Hinweis darauf, dass Heini etwas passiert ist oder dass Gilleßen dabei eine Rolle spielt.«

»Erzähl mir doch keinen Scheiß. Ich will endlich wissen, was los ist.«

»Ich rufe jetzt Lisa an.«

»Ich will nicht mit Lisa sprechen. Ich will meinen Mann zurück. Frank, Heini ist euer Freund. Verdammt noch mal, tut endlich was!«

»Willst du etwas trinken? Wein? Bier?«

Frank zögerte. Er fühlte sich unsicher, wie bei einer ersten Verabredung. Dabei kannte er Viola schon so lange. Vielleicht war genau das das Problem. »Ein Wasser, wenn du hast.« Seine Stimme klang alles andere als fest.

Viola Kaumanns schmunzelte. »Kein Bierchen?« Sie hatte den Kühlschrank geöffnet und schwenkte eine Bügelflasche Altbier vor seiner Nase.

»Ich bin mit dem Auto da.«

»Keine Angst, ich werde die Kollegen schon nicht anrufen. Oder hast du Angst, die Kontrolle zu verlieren?«

Viola hatte den Kern getroffen. Frank spürte, dass er rot wurde. »Ach, gib schon her.« Er streckte seine Hand aus.

Frank war gekommen, um mit Viola über Jennes zu sprechen. Er wollte von ihr wissen, was sie, Frank und Ecki sowie die komplette MK möglicherweise falsch machten. Und welche Tipps Viola für sie hatte. Aber vielleicht hatte er sich das auch nur eingeredet. Vielleicht war er nur gekommen, um Viola wiederzusehen.

Frank öffnete seine Flasche im Wohnzimmer. In Wahrheit wusste er, dass er sich den Grund für diesen Besuch nur zurechtgelegt hatte. Der wahre Grund war ein anderer.

»Ihr müsst Jennes jeden Tag und jede Stunde auf den Füßen stehen, ihr dürft ihn nicht aus den Augen lassen. Haltet Abstand, aber so, dass er weiß, dass ihr ihn beobachtet. Er wird einen Fehler machen, falls er der ist, für den ihr ihn haltet.« Viola nickte, nachdem Frank sie ausführlich über die neuen Entwicklungen informiert hatte.

»Kannst du nicht doch ein Profil erstellen?« Frank war versucht, nach ihrer Hand zu greifen.

Viola Kaumanns ließ sich noch einmal den bisherigen Verlauf der Ermittlungen schildern und hatte besonders zu Jennes' Tante eine Reihe Detailfragen. Außerdem hatte sie aufgehorcht, als Frank davon erzählte, dass Jennes ihn für unfähig hielt, ihn mehrfach aufgefordert hatte, endlich seine Arbeit zu tun.

Es dauerte lange, bis sie keine Fragen mehr hatte. Frank hatte in der Zwischenzeit drei Flaschen Bier getrunken. Eine vierte stand offen auf dem niedrigen Wohnzimmertisch. Er hatte versucht, seinen Bericht so klar wie möglich zu strukturieren. Er wollte unter allen Umständen die Kontrolle über seine Gedanken behalten. Er hatte immer wieder seine Schilderungen unterbrochen und auf Ungereimtheiten kontrolliert.

Nun saßen sich beide in dem winzigen Wohnzimmer gegenüber. Der CD-Player spielte das gemeinsame Konzert von Eric Clapton und Steve Winwood.

Beide hatten die Augen geschlossen und ließen die Gitarren der Ausnahmemusiker auf sich wirken.

Frank musste an eine seiner ersten Begegnungen mit Viola denken. Damals hatte sie ihn damit verblüfft, dass sie die niederländische Bluesband *Livin' Blues* kannte. Das hatte er am allerwenigstens erwartet, dass eine junge Frau wie Viola Kaumanns etwas mit dieser nur eingefleischten Bluesfans bekannten Band anfangen konnte. Damals hatte er gedacht, es passt alles zusammen: ihre unkonventionelle Art, unkonventionelle T-Shirts mit unkonventionellem Aufdruck zu tragen, dazu das kurz geschnittene, mal rote, mal auberginenfarbene Haar, ihr Ehrgeiz und die Art, wie sie mit ihm flirtete. Ganz schön frech, hatte er damals gedacht.

Das war lange her, und er hatte sich nach Lisas Fehlgeburt und Violas traumatischem Einsatz gegen das Drogenkartell geschworen, in ihr nie mehr etwas anderes zu sehen als eine ausgezeichnet ausgebildete Kollegin.

Er spürte, dass er sich geirrt hatte.

»Frank? Die Musik ist aus.«

»Was?« Frank öffnete die Augen und hatte das Gefühl, in ein außerirdisches, gleißendes Licht zu sehen. Es dauerte einen Augenblick, bis er wieder wusste, wo er war.

»Leg was anderes auf«, forderte Viola ihn auf, obwohl er der Gast in ihrer Wohnung war.

»Viola, ich –.«

»Green Day. *September*. In der oberen Reihe, ganz links.« Viola Kaumanns hielt ihre Augen geschlossen.

Er hätte zu gerne ihre Gedanken gelesen. »Viola …« Er war aufgestanden, um zum CD-Regal zu gehen. Dabei musste er an ihr vorbei. Sie war nur eine Handbreit von ihm entfernt.

»Nee, warte. Lieber was Hartes, glaube ich. Guns N' Roses. Oder Led Zep.«

»Ich –.«

Viola öffnete die Augen. »Setz dich, Frank.«

Sie hatte nicht an ihre gemeinsame Vergangenheit gedacht, ihr Verstand hatte sich offenbar mit Jennes beschäftigt.

»Jennes ist euer Mann.«

Frank hatte sich gehorsam wieder auf das Sofa gesetzt. Er trank einen Schluck. Er spürte, dass er dabei war, die Kontrolle zu verlieren.

»Davon bin ich überzeugt. Aber ich kann ihm nichts nachweisen.«

»Ihr müsst Tommy befragen. Ganz vorsichtig. Vielleicht kann er euch doch helfen. Wer weiß, ob er nicht etwas gehört oder gesehen hat. Fahr mit ihm zu Jennes und beobachte, was passiert. Es kann nicht schaden. Und wenn du achtgibst, wird auch Tommy keinen Schaden davontragen. Sprich mit seiner Betreuerin. Sprich mit Tommy über Schmetterlinge. Schmetterlinge haben eine große Bedeutung.«

»Wie kommst du darauf?« Frank war irritiert über Violas Selbstsicherheit.

»Frag nicht. Ich weiß es einfach.«

Ihre beiden Sätze standen wie gemeißelt auf dem gläsernen Couchtisch, der sie voneinander trennte.

Er musste es jetzt wissen. »Viola –.«

»Jennes will, dass ihr ihn findet.«

»Was?« Frank war nicht bei der Sache.

»Jennes ist krank. Er weiß, dass er krank ist. Und er weiß, dass er sich nicht selbst heilen kann. Dass es für ihn keine Heilung gibt. Durch nichts und niemanden. Außer …«

»Ja?«

»Außer durch jemanden, der ihm ebenbürtig ist. Nur dieser Jemand kann seinen Qualen ein Ende machen. Das ist seine Phantasie, und das ist die Welt, in der er lebt. Jennes' Gefühlswelt ist zutiefst zerstört. Seit den Stunden in diesem Keller, von dem seine Tante gesprochen hat. Er hat kein Vertrauen mehr in Menschen, und er hat kein Vertrauen mehr zu sich selbst. Sein Urvertrauen, die wichtigste Basis für das Leben und Überleben eines Menschen, ist zerstört. Solche Menschen entwickeln Neurosen, die ihr ganzes Leben bestimmen. Zwanghafte Ticks, die sie bis an ihr Lebensende terrorisieren. Kranke Menschen wie Hendrik Jennes sind ein Pulverfass. Wenn sie keinen Ausweg mehr wissen, töten sie, damit sie den Schrecken in ihrer Seele töten. Aber sie können dadurch nur für kurze Zeit Linderung finden. Bis der Druck wieder unerträglich wird. Oder bis sie von ihrem Leiden erlöst werden. Jennes will durch dich erlöst werden. So pervers das klingt: Seine Taten sind verzweifelte Hilferufe. Er will, dass sein katastrophales Leben endlich ein Ende hat.«

»Und wie kommt er ausgerechnet auf mich?« Frank hätte

gerne seine Hand nach Viola ausgestreckt. Er hätte sich gerne an sie angelehnt, sie hatte eine so starke Ausstrahlung.

»Findet diesen Keller, und ihr findet euren Täter. Konfrontiert Jennes mit eurer Ermittlungsarbeit. Zeigt ihm, dass ihr ihn beherrscht, und er wird sich in eure Hand begeben – und glücklich sein. So abenteuerlich das jetzt klingen mag.«

»Warum ausgerechnet ich?«

Viola lächelte Frank an. Bisher hatte sie wie in Trance gesprochen. »Weil du ein Bulle bist. Weil du ein verdammt guter Bulle bist.«

Bulle. Das hatte bislang nur Lisa zu ihm gesagt. In ihren zärtlichen Momenten.

»Weil du oft in der Öffentlichkeit stehst. Er wird deinen Namen und dein Bild in der Zeitung gesehen haben. Und«, sie nickte, bevor sie weitersprach, »weil du Mundharmonika spielst. Er wird von euren Auftritten gelesen haben. Ein Bulle, der Bluesharp spielt: Einen besseren Heilsbringer konnte er nicht finden.«

»Was hat das damit ...?« Frank konnte den Satz nicht zu Ende sprechen.

»Denk daran, was seine Tante dir erzählt hat: dass ihr Bruder Mundharmonika gespielt hat. Die Mundharmonika muss für Jennes das Sinnbild allen Leidens sein. Überleg mal: Sein Vater hat in seinen glücklichsten Augenblicken Mundharmonika gespielt. Jennes hat ein ausgeprägtes Verhältnis zu Musik, Frank. Du bist in doppelter Hinsicht der einzig geeignete Retter für ihn.«

»Ich kapier das nicht.« Ihm schwirrte der Kopf. Er war ein einfacher Kriminalhauptkommissar und kein Psychotherapeut. Andererseits klang es so logisch, wie Viola es ihm erklärte.

»Jennes ist krank, vergiss das nicht. Du kannst diesen Mann nicht mit normalen Maßstäben messen.«

»Was soll ich bloß machen, Viola?«

Sie ahnte, dass er etwas anderes meinte. Sie hatte schon die ganze Zeit gewusst, warum Frank gekommen war. »Ich rufe dir jetzt ein Taxi, Bulle.« Sie lächelte.

Ihr Blick ist voller Zärtlichkeit, dachte Frank und leerte die Flasche. Unschlüssig stellte er sie neben ihre gemeißelten Sätze.

»Led Zep gibt es das nächste Mal. Vielleicht.« Sie warf ihr halblanges Haar in den Nacken. Dabei gab ihre geöffnete Bluse den Blick auf ihr T-Shirt frei: eine Hand mit Victory-Zeichen, die Konturen ausgefüllt mit dem Union Jack.

Hendrik Jennes sah sich um, bevor er die Stühle einlud. Der Lieferwagen stand schon seit zwei Tagen gegenüber auf dem Parkstreifen. Wenn die Bullen meinten, er hätte nicht längst bemerkt, dass schon zweimal der Pizzaservice vor der Schiebetür gestanden hatte, waren sie entweder unfähig, oder sie wollten, dass er sie sah.

Er war sowieso vorsichtig. Ob sie nun vor seinem Geschäft standen oder nicht. Als er bemerkte, dass die Stühle beim Schließen der Wagentür zu weit vorstanden, drückte er sie mit einer unbeherrschten Bewegung ins Wageninnere. Dass die Lehne des Stuhls dabei über den Wagenboden schrammte, war ihm egal. Beim Wegfahren drehte er das Seitenfenster des Lieferwagens herunter und den CD-Player laut auf. Maria Callas übertönte das Motorengeräusch.

Heinz-Jürgen Schrievers hatte endgültig jegliches Zeitgefühl verloren. Er hatte aufgehört, auf Gilleßens Rückkehr zu warten. Schrievers wusste, dass er sterben würde. Und er würde langsam sterben, verdursten und verhungern. Gilleßen war ein Teufel.

Wie hatte er diesem Mann nur vertrauen können? Hatte es daran gelegen, dass er in ihm einen Leidensgenossen gefunden zu haben glaubte, der wie er Sport machen musste, um gesund zu bleiben? Wie war Gilleßen auf ihn gestoßen? Er musste ihn über Wochen beobachtet haben.

Der Archivar war müde. Nur mit großer Anstrengung konnte er verhindern, dass er einschlief. Oder schlief er schon? War er überhaupt noch bei Bewusstsein? Wie spät war es wohl?

Er hatte sich geschämt, als er pinkeln musste, aber das Wasser an seinen Waden hatte ganze Arbeit geleistet. Der Drang war mit der Zeit unerträglich geworden. Schließlich hatte er es einfach laufen lassen. Immerhin ein Zeichen, dass ich noch lebe, hatte er mit einem Rest Sarkasmus gedacht.

Er atmete nur noch schwach. Sein Magen hatte längst aufgehört zu knurren. Nur der Durst wurde immer unerträglicher. Er stand mit den Füßen im Wasser, aber er hatte keine Chance auf einen winzigen Schluck. Er konnte sich keine schlimmere Folter vorstellen.

Er hatte überlegt, sich zur Seite kippen zu lassen, aber den Gedanken wieder verworfen. Das Wasser würde sich lediglich über den Fußboden verteilen. Je mehr er sich mit seinem Durst beschäftigte, umso unerträglicher wurde er. Heinz-Jürgen Schrievers versuchte, sich wegzuträumen. Er wollte auf den Bauernhof seiner Eltern zurück. Er roch das frisch geschnittene Gras, durch das er mit seinen Freunden oben unter dem Scheunendach getollt war. Er hatte das satte Grün der niederrheinischen Wiesen greifbar nah vor sich, meinte, den warmen Atem der Kühe in seinem Gesicht zu spüren. Er hatte den Geruch der frisch gestärkten Schürze seiner Mutter in der Nase, die ihm übers Haar strich. Und er spürte die schwielige Hand seines Vaters, wenn er wieder einmal seine Hausaufgaben nicht gemacht hatte. Und da war seine Großmutter, an deren warme Stimme und gütiges Lächeln er sich kaum noch erinnerte. Sie war nach seiner Mutter der wichtigste Mensch in seinem Leben gewesen. Mit ihr an seiner Seite konnten ihm die Kinder im Dorf nichts anhaben. Sie hatten manches Mal nur Spott und Häme für seine Pfunde übrig gehabt.

In den ersten Jahren seiner Ausbildung hatte er sich eine

passable Figur antrainieren können. Er hatte es allen zeigen wollen. Sie hatten tatsächlich Respekt vor ihm gehabt. Jeder hatte sein Freund sein wollen. Aber mit den Jahren war er erst dem Charme seiner Gertrud und dann ihren traumhaften Kochkünsten erlegen. In ihr hatte er gefunden, was mit dem Tod seiner Großmutter verloren schien.

Heinz-Jürgen Schrievers hatte Angst. Todesangst.

»Hallo, Tommy.«

Tommy nickte ihm zu. »Ich muss nicht arbeiten. Ich habe frei.«

Ecki nickte. »Erinnerst du dich an das Armband?«

Tommy nickte erneut. »Toller Totenkopf. Am Samstag gehe ich ins Stadion, gegen Hamburg.« Er warf sich in die Brust. »Ich bin stark.«

Ecki lächelte und warf Frank einen Blick zu. »Starke Männer sind toll.«

»Fühl mal.« Er hielt Ecki seinen Arm hin. »Jaha.«

»Erzähl uns ein bisschen über das Armband.«

»Das ist kein Armband, das ist ein Schweißband.« Tommy sah Ecki tadelnd an.

»Du hast recht.«

»Ein Totenkopf mit Knochen.«

»Erzähl uns noch ein bisschen über den Mann, der es dir geschenkt hat, Tommy.«

Tommy sah Christiane Tenelsen an, die in der Küche des Wohnheims neben ihm saß.

Die Betreuerin nickte ihm aufmunternd zu.

»Ich soll nichts verraten, hat er gesagt.«

»Was sollst du denn nicht verraten?« Frank beugte sich vor.

»Das mit dem Totenkopf.«

»Was meinst du genau?«

»Genau. Ich bin stark.« Tommy grinste stolz und deutete auf seine Oberarme. Dabei nickte er heftig.

Frank war irritiert. »So kommen wir nicht weiter.«

Christiane Tenelsen sah ihn an. Frank spürte ihren Blick tief in seinem Inneren. »Sie müssen anders fragen.« Sie wandte sich an Tommy. »Tommy, der Kommissar möchte noch so ein Band. Weißt du, von wem er es bekommen kann?«

»Sicher weiß ich das.« Seine Stimme bekam einen dunklen, vollen Unterton. »Von Herrn Jennes. Er schenkt dir eins. Er hat auch Tommy eins geschenkt und den anderen.«

Die Frage sollte beiläufig klingen. »Den anderen?«

Tommy lachte sein breites Lachen. »Elvira und den anderen.«

»Woher weißt du das?«, fragte Ecki leise.

»Elvira ist meine Freundin. Sie ist jetzt im Himmel.« Er nickte erneut. Seine Stimme klang noch ein bisschen rauer.

»Wer sagt das?«

»Herr Jennes. Herr Jennes ist klug. Er sagt, dass ich gut bin. Er will immer, dass ich die Stühle mache. Ich bin gut.« Tommy zeigte wieder seine Muskeln.

Frank hatte eine Idee. »Kennst du Silvia?«

Tommy schob seine Brille auf die Nasenwurzel zurück und legte einen Finger an die Nase. Er war sichtlich ratlos.

»Silvia mag Schmetterlinge. Und Silvia mag Musik. Hat Herr Jennes Silvia auch ein Armband geschenkt?«

Tommy sah zu Christiane Tenelsen.

»Frank meint, ob du die junge Frau kennst, die Silvia heißt«, versuchte Ecki zu helfen.

»Ich kenne keine Silvia. Ich kenne nur Elvira, Sandra, Monika, Michaela, Britta und Tina. Tina ist meine große Schwester. Hast du auch eine Schwester?« Tommy sah Frank neugierig an.

Frank schüttelte den Kopf. »Magst du Schmetterlinge?«

Tommy lachte und formte mit seinen Händen Flügel, die er flattern ließ. Dabei hob er seine Arme, als wolle er den Schmetterling in seiner Hand in die Lüfte heben.

»Man muss aufpassen, dass sie nicht kaputtgehen. Christiane sagt, sie haben ganz dünne Flügel. Ich habe starke Flügel.« Er spannte erneut seine Muskeln an.

Frank wandte sich an die Betreuerin. »Kann es sein, dass er einmal bei Jennes im Geschäft war?«

Christiane Tenelsen runzelte die Stirn. »Das glaube ich nicht. Tommy kann sich zwar alleine in der Stadt bewegen, aber lieber ist er in seinem Zimmer. Aber soweit ich weiß, liefert die Werkstatt auch aus. Dann wird der Fahrer auch schon einmal von einem der Mitarbeiter begleitet.«

»Herr Jennes hat viele kaputte Stühle. Tommy macht sie alle wieder heil.« Er nickte selbstbewusst.

»Warst du schon oft in seinem Geschäft?«

Er schüttelte den Kopf und hob stumm zwei Finger.

»Ist es in dem Geschäft schön, Tommy?«

»Er hat viele kaputte Sachen und macht schöne Musik.«

»Er macht Musik?«

Tommy lächelte, schloss die Augen und wiegte seinen Oberkörper in einem stummen Rhythmus.

»Welche Musik spielt er denn?«

»Mundharmonika. Schöne Töne.« Tommy hielt die Hände vor seinen Mund und deutete eine Mundharmonikamelodie an.

»Mundharmonika?« Frank war sprachlos.

»Kannst du auch Mundharmonika spielen?«

Frank nickte stumm.

»Dann spiel mal.«

Die Ladenglocke schlug kurz und trocken an.

Frank und Ecki blieben vor der Theke stehen, die unter den Stoffproben, Schrank- und Türbeschlägen, Musterbüchern von Möbelfirmen aus dem späten 19. Jahrhundert, Leisten, Spindeln und anderem Zierrat fast ganz verschwand.

Hendrik Jennes war nirgends zu sehen.

Aus der Tiefe des Geschäfts drang klassische Musik in den staubigen Verkaufsraum.

Frank und Ecki umrundeten die Theke und folgten der Musik. Sie zwängten sich an unaufgearbeiteten Haus- und Zimmertüren vorbei, die an die Flurwand gelehnt standen, passierten aufeinandergestapelte Schrankkoffer und näherten sich langsam Jennes' Werkstatt.

»Warum so zögerlich, meine Herren?« Jennes stand mit dem Rücken zu ihnen an einer hölzernen Werkbank. »Ich habe Sie längst gesehen.« Ohne sich umzudrehen, deutete er mit der Hand, die einen Schraubenzieher hielt, auf einen kleinen Bildschirm, der auf einem Stuhl neben der Werkbank stand. Zu sehen war der Eingangsbereich des Ladens. »Und sagen Sie Ihren Kollegen, dass Sie jederzeit bei mir einen Kaffee bekommen. Was soll überhaupt das Getue? Wollen Sie mir zeigen, dass Sie mich beobachten? Soll ich ›nervös‹ werden? Sie machen sich mit dieser Art der Überwachung nur lächerlich. Sie werden nicht zum Ziel kommen, denn es gibt kein Ziel.«

»Wir haben noch einige Fragen an Sie.« Frank überging Jennes' Sarkasmus und musterte mit einem schnellen Blick die Werkstatt. An der rechten Seite gab es eine zweiflügelige Tür, die geschlossen war. Jennes hatte sich den möglichen Fluchtweg selbst zugebaut, denn vor der Tür stand eine frisch restaurierte Kommode aus edlem Kirschholz.

Hendrik Jennes drehte sich um und bemerkte Franks Blick. »Sie hätten das gute Stück vor der Restaurierung sehen sollen. Ich hätte ursprünglich keinen Pfifferling mehr für sie gegeben, zu viel Wurmfraß, zu lange in einer feuchten Scheune gestanden, die Füße fast verfault, eine zerschundene Platte. Aber es hat sich gelohnt. Die Schlossbüchsen sind aus Bein und wieder original, die Führungen der Schubladen sind erneuert. Die Kommode ist lange als Werkzeugkasten oder als Abstellfläche für Farbtöpfe benutzt worden. Aber nun ist sie wieder ein Schmuckstück mit Anspruch auf einen würdigen Platz.«

»Wir sind nicht gekommen, um mit Ihnen über die Restaurierung von Kirschholzkommoden zu philosophieren.« Frank ließ Jennes nicht aus den Augen.

Jennes legte den Schraubenzieher neben sich auf die Werkbank. »Schade. Alte Möbel haben das Recht auf eine fachgerechte Behandlung. Sie sind Teil unserer Kultur und unserer Geschichte.«

»Bitte«, Ecki deutete auf das alte Radio mit der groben Stoffbespannung, das neben dem Bildschirm stand, »können Sie das Radio ausschalten?«

»Sie mögen keine Klassik? WDR3. Ach ja, ich vergaß, Sie lieben ja WDR4.« Jennes schaltete das Radio aus.

Ecki war verblüfft. »Woher wissen Sie das?«

»Hatten Sie das nicht selbst erwähnt?« Jennes schmunzelte überlegen.

Ecki runzelte die Stirn. Das konnte nicht sein.

»Jetzt fällt es mir ein: Es gab mal einen Artikel über Sie in der *Westdeutschen Zeitung*.«

Ecki erinnerte sich: Claudia Kook hatte ihn geschrieben.

Hendrik Jennes machte eine ausholende Handbewegung. »Ich hätte Ihnen gerne einen Stuhl angeboten. Aber Sie sehen ja, sie sind in einem bedauernswerten Zustand. Und ich bin sicher, dass Sie nicht lange bleiben werden.«

Frank überhörte den Rauswurf. Er dachte an das Gespräch mit Viola und ihre Ratschläge zur Strategie. »Warum sind Sie eigentlich Möbelhändler geworden?«

Hendrik Jennes hob erstaunt die Augenbrauen. »Hatte ich Ihnen das nicht schon gesagt? Weil ich die Geschichten der Möbelstücke mag. Sie sind lohnenswerter als das, was uns heute umtreibt. Unsere Geschichte gibt uns unsere Identität. Außerdem sind viele Stücke perfekt gearbeitet. Und nur das Perfekte, Starke hat Bestand über den Augenblick hinaus. Das alleine zählt. Das gilt übrigens auch für die klassische Musik. Die Perfektion und Harmonie in den Kompositionen der Haydns, Chopins, Bachs und Beethovens sind das Einzige, für das es sich zu leben lohnt.«

»Und alles Unwerte gehört ausgemerzt? Wie das Ungeziefer in Ihren Möbeln.« Frank war gespannt auf Jennes' Antwort.

»Ja …«, Jennes zögerte. »Wenn Sie das auf das Kunsthandwerk oder die Musik beziehen, haben Sie recht.«

»Und wenn ich es auf unsere Zivilisation beziehe?«

Jennes' Blick verfinsterte sich, er sagte aber nichts.

»Es geht Ihnen allein um Ästhetik?«

»Was denken Sie, Herr Borsch? Ihre Freundin hat übrigens verstanden, was uns die Vergangenheit zu erzählen hat. Sie hat Sinn für die Kraft der Ästhetik und der Alltagskunst. Also, was denken Sie?«

Während Ecki scheinbar unbeteiligt die Einrichtung musterte, trat Frank einen Schritt auf Jennes zu. »Was haben Sie in dem Keller erlebt, Hendrik?«

Hendrik Jennes wich einen Schritt zurück und stieß mit dem Rücken an seine Werkbank. Er stützte sich auf der Arbeitsplatte ab. Seine Finger krallten sich um die Kante.

Frank sah, dass Jennes' Fingerknöchel weiß wurden.

»Sie waren damals ein Kind. Was ist passiert?«

Jennes' Augen flackerten, aber er sagte nichts.

»Es war dunkel dort unten. Sie hatten Angst. Kinder haben im Dunkeln Angst.«

»Wer …?« Jeder Laut rieb an Jennes' Stimmbändern und machte sie dabei noch ein Stück dünner.

»Haben Sie Ihren Vater geliebt? Oder haben Sie ihn nur gehasst?«

»Hören Sie auf.« Es war nicht mehr als ein Zischen.

»Warum haben Sie mir nicht gesagt, dass Sie Mundharmonika spielen? Wir können zusammen musizieren, wenn Sie wollen.«

»Hören Sie auf!«

Aber Frank war erst am Anfang. »Waren Sie glücklich, wenn Sie mit Ihrem Vater und den Nachbarn im Garten sitzen und zuhören konnten? Wenn Ihr Vater Volkslieder spielte und die andern dazu gesungen haben. Waren Sie glücklich, Hendrik Jennes? Haben Sie Ihre Mutter angesehen und waren ein glückliches Kind?«

Jennes rückte nahezu unmerklich ein Stück zur Seite. Ecki wusste zunächst nicht, was Jennes vorhatte. Dann entdeckte er den Schraubenzieher.

»Lassen Sie den Schraubenzieher liegen.«

Seine Bewegung fror ein, von der Hand über den Arm breitete sich die Starre über Jennes' Körper aus.

Frank wollte nicht nachlassen. Er wusste, dass er auf dem richtigen Weg war. »Sie müssen sehr gelitten haben. Es muss Sie fast verrückt gemacht haben, dass Ihre Mutter Sie nicht beschützt hat. Der Widerspruch muss Sie schier umgebracht haben: Ihre geliebte Mutter verschließt die Augen vor den Qualen, die Ihnen Ihr Vater zufügt. Sie haben Ihren Vater gehasst und geliebt. Das hat Sie krank gemacht.«

»Hören Sie auf. Bitte.« Jennes winselte.

»Nur die Musik hat Ihnen geholfen. Sie konnten in die Welt der Klassik flüchten. In ihr war alles heil. Sie haben in ihr die Vollkommenheit gefunden, die Ihre Eltern in Ihnen zerstört hatten. Nur mit der Musik haben Sie sich stark gefühlt. Die Arien, die Klavierstücke, die Sinfonien geben Ihnen die Kraft zurück, die Ihnen Ihre Eltern geraubt haben.«

Hendrik Jennes war fahl im Gesicht. Er schwieg, aber Frank konnte sehen, dass es in ihm arbeitete. Seine Mundwinkel zuckten. Er ließ die Arbeitsplatte los und rieb sich über sein Gesicht, dabei stöhnte er. Dann stützte er sich erneut auf der Arbeitsplatte ab. Seine Augen waren verquollen, die Haare standen wirr von seinem Kopf ab.

Jennes' Brustkorb hob und senkte sich wie bei jemandem, der keine Luft mehr bekommt. Dann sah er Frank an. »Was wollen Sie von mir? Wer hat Ihnen den ganzen Unsinn eingeredet? Von wegen ›gestörte‹ Kindheit!?« Er lachte auf.

»Wir sind sicher, dass Sie für die Morde verantwortlich sind. Ihre Motive liegen in Ihrer Vergangenheit, Jennes. Wir werden Ihnen die Taten nachweisen.« Ecki verstaute sein Notizbuch. Er hatte genug gehört.

»Sie wissen nichts! Sie wissen gar nichts!«

»Gertrud ist mit den Nerven völlig am Ende.« Lisa gab Frank einen Kuss.

Frank nahm sie in den Arm. »Bitte, halte mich fest.«

»Was ist los, Bulle?«, flüsterte sie zärtlich in Franks Ohr und versuchte, ihn in ihre Küche zu ziehen. »Komm rein und setz dich, ich habe für uns gekocht.«

Frank nahm erst jetzt den Geruch wahr. »Lachs?«

»Lachs.« Lisa ließ Frank los. »Ich habe uns einen Weißburgunder aufgezogen. Wir essen erst, und dann reden wir. Möchtest du Musik zum Essen?«

Frank betrachtete den liebevoll gedeckten Tisch mit den brennenden Kerzen. »Hast du noch die CD mit dem Cello?«

Lisa nickte und strich Frank zärtlich über das Gesicht. »Du brauchst den CD-Player nur noch zu starten.«

Frank erzählte Lisa von ihrem Besuch bei Jennes; dass er dabei Violas Vorschlag gefolgt war, verschwieg er aber. Dann erkundigte er sich nach Gertrud.

»Sie hält es allein zu Hause nicht mehr aus. Sie hat ihre Schwester angerufen. Marlies kommt morgen aus dem Allgäu.«

»Marlies?«

»Du hast sie im vergangenen Jahr auf Heinis Geburtstag getroffen. Sie arbeitet in Kempten an der Hochschule.«

Frank nickte. »Ich erinnere mich.«

»Gertrud will Flugblätter drucken lassen und in der Stadt verteilen.«

»Ich kann ja verstehen, dass sie sich Sorgen macht. Wir können nur leider auch nicht mehr tun, als mit allen freien Kräften nach ihm suchen.« Frank nahm ihre Hand.

»Er ist schon mehr als drei Tage weg.« In ihren Augen glitzerte es.

»Lisa.« Frank fühlte sich hilflos.

»Ich habe Angst um ihn.«

»Heini ist ein alter Haudegen, den wirft so schnell nichts um. Du wirst sehen, ihm wird nichts passieren.«

»Wie kannst du nur so denken? Heini ist vielleicht in Lebensgefahr, und du sagst, ihm wird schon nichts passieren.« Lisa zog ihre Hand weg.

»Es gibt keinen Hinweis auf ein Verbrechen. Und die Verbindung zu Gilleßen ist nicht mehr als ein vager Hinweis. Wir haben die Morde aufzuklären, vergiss das bitte nicht. Unsere dünne Personaldecke erlaubt es nicht, mehr Leute auf die Straße zu bringen.«

»Es kann doch nicht sein, dass ihr Jennes verdächtigt. Er ist ein so netter Mensch. Wenn ich mir vorstelle, dass er ein Mörder sein soll.« Lisa bekam Gänsehaut.

»Wie sagt Ecki immer: Der Teufel ist ein Eichhörnchen.«

»Dann überführt ihn endlich.«

»Du redest schon wie Carolina. Aber uns fehlt noch das entscheidende Mosaiksteinchen.« Frank griff wieder nach Lisas Hand. »Ich bin so müde, Lisa.«

Jasmin Köllges gähnte und rieb sich den Unterschenkel. Seit der Gips ab war, hatte sie ständig das Gefühl, sich kratzen zu müssen. Es würde Wochen brauchen, bis sie wieder genügend Muskelmasse an ihrem Bein aufgebaut hätte.

Seit drei Stunden saß sie in ihrem Büro und arbeitete sich zum wiederholten Mal durch ihre Ermittlungsergebnisse. Sie steckte in einer Sackgasse. Dabei hatte sie das sichere Gefühl, der Lösung ganz nahe zu sein. Silvia und der Tote aus der Grube waren über die Busrouten eingeschleust worden. Da konnten Borsch und Eckers reden, wie sie wollten.

Frank war ein eingebildeter Spinner, der ihr keine Chance geben wollte. Das hatte sie schon früh gespürt. Eckers war vielleicht ein bisschen zugänglicher. Aber auch er hatte bisher nichts getan, um ihre Arbeit zu unterstützen, geschweige denn sie zu würdigen. Borsch und Eckers waren eben eingebildete Machos. Jasmin gähnte erneut. Von dieser Art Kollegen gab es bei der Polizei in Mönchengladbach mehr als genug. Die Typen schotteten sich und ihre Arbeit ab. Da sollte nur ja keine Frau Erfolg haben. Anerkennung wollten sie ausschließlich für sich selbst.

Je länger sie über die Ignoranz der beiden nachdachte, umso wütender wurde sie. Zumal sie auch in der Staatsanwältin keine Verbündete fand. Zu Beginn ihrer Ausbildung hatte sie noch die Hoffnung gehabt, dass die Juristin einen Blick für die Arbeit ihrer Geschlechtsgenossinnen hat. Aber Guttat hatte die Polizei als Spielplatz der männlichen Ermittler anerkannt und stellte das auch nicht in Zweifel. Jedenfalls hatte sie bislang noch nicht einmal erkennen lassen, dass es anders sein könnte.

Jasmin schlug die Akte mit den Aussagen des Busfahrers zu. Der magenkranke Janowitz war doch keine große Hilfe. Er hatte zwar noch einige Busfahrer benannt, aber auch deren Aussagen waren vage geblieben. Und sie hatte keinen Hebel, um die Fassade des ganzen Gebäudes einreißen zu können. Das war einfach eine verschworene Gemeinschaft, die Züge eines Geheimbundes hatte.

Die Polizeibeamtin warf die Akte zu den anderen, die unsortiert auf ihrem Schreibtisch lagen. Dann sah sie sich um, als könne sie von dem dürftigen Mobiliar ihres Arbeitsplatzes die nötige Inspiration erwarten. Aber da waren nur die vom Zigarettenqualm ihres Vorgängers gelben Bürowände. Kein Wandschmuck außer dem obligatorischen Kalender der GdP. Auf der Fensterbank standen zwei Pflanzen, die ihr Vorgänger ihr vererbt hatte und die sie tapfer pflegte, das einzig Lebendige in ihrer dienstlichen Umgebung. Aber statt Trost von ihnen zu bekommen, beschleunigten sie heute nur ihr Gefühl von Trostlosigkeit.

»Hallo?« Rüdiger Bittner hatte leise an ihre Bürotür geklopft. »Darf ich?«

»Klar«, antwortete Jasmin eine Spur zu fröhlich. Bittner versprach ein wenig Abwechslung. »Was gibt's?«

»So gute Laune sieht man selten.« Bittner setzte sich. Wie immer wirkte er, als wäre er gerade erst von einem Ausflug mit seiner Rockercrew ins Präsidium zurückgekehrt. »Ich habe den ganzen Tag mit Recherchen, Analysen und Telefonaten mit Dolmetschern, mies gelaunten Botschaftsmitarbeitern und ähnlich arbeitsscheuem Gesindel zugebracht. Da kommt dein Lächeln gerade richtig.«

Meinte Bittner das ernst, oder wollte er nur flirten? Sie dachte an Lars und den Geruch seiner Haut. Und daran, dass er für zwei Wochen auf einem Lehrgang war.

»Das klingt nach Stress.« Jasmin unterdrückte den Drang, ihren Unterschenkel zu kratzen.

»Das Leben ist kein Picknick. Ich habe eine Menge dicke Bretter bohren müssen, aber ich habe ein Ergebnis.« Bittner machte ein zufriedenes Gesicht.

Gut, Bittner wollte nicht flirten. Das erleichterte die Sache. »Nämlich?« Jasmin musste sich nun doch kratzen.

»Wir haben doch den Laden von Jennes auf links gedreht und nichts gefunden.«

Köllges nickte.

»Dachten wir.« Rüdiger Bittner klopfte seine Westentaschen ab. »Irgendwo muss ich doch meine Zigaretten haben.«

»Ich rauche nicht.«

Bittner verstand den Wink und deutete auf die Senseo-Maschine. »Bekomme ich dann vielleicht einen Kaffee?«

Sie griff nach der Dose mit den Pads. »Erzähl.«

»Wir haben alles untersucht. Auch das Zeitungspapier, in das die Weingläser und Lampen eingewickelt waren, die Jennes kurz vor unserem Besuch geliefert bekommen hat. Es hat sich herausgestellt, dass die Seiten von ein und derselben Ausgabe stammen. Es ist die moldawische Zeitung *Timpul*, die Ausgabe ist etwas mehr als vier Wochen alt.« Bittner nahm dankend den Becher mit Kaffee entgegen.

»Eine moldawische Zeitung? Jennes lässt sich auch von dort Möbel und anderen Trödel schicken, das habe ich in den Protokollen gelesen.« Jasmin Köllges setzte sich wieder. Ihre Wade juckte teuflisch.

»In einem Artikel geht es um eine Leiche.« Bittner nahm vorsichtig einen Schluck. »Man sieht auf dem Foto das Gesicht einer Behinderten. Und der Hammer ist: Der Leiche fehlen Finger.«

»Du meinst?«

»Wir haben schon Kontakt zur dortigen Rechtsmedizin aufgenommen. Entweder kommt die Leiche im Kühlwagen zu uns, oder einer unserer Leichendoktoren fährt mit den Fingern nach Moldawien. Vermutlich reicht aber eine Gewebeprobe.«

»Klingt doch vielversprechend.« Warum erzählte Bittner das ausgerechnet ihr?

»Wenn das so einfach wäre. In Moldawien geht's zu wie im Wilden Westen.« Bittner grinste schief. »Den Eindruck kann man jedenfalls bekommen, wenn man dort um Amtshilfe bittet. Der Eiserne Vorhang hat noch kein bisschen Rost angesetzt, was die Zusammenarbeit auf dem kleinen Dienstweg betrifft.«

»Ja, ja, von wegen Glasnost.« Was wollte Bittner bloß von ihr?

»Ich bin davon überzeugt, dass wir damit die Leiche haben, nach der wir so lange gesucht haben. Und es ist kein Zufall, dass Jennes geschäftlich in Moldawien zu tun hat. Wir werden herausfinden, wie er an seine Opfer gekommen ist. Und wenn wir selbst dort ermitteln müssten. Es gibt jedenfalls eine Verbindung. Die Finger sind der Beweis.«

Jasmin setzte ihren Becher ab. »Und warum erzählst du das alles ausgerechnet mir?«

Rüdiger Bittner sah sie erstaunt an. »Ich dachte, es interessiert dich. Du bist doch davon überzeugt, dass die Behinderten mit den Überlandbussen nach Mönchengladbach gebracht werden. Nun sieht die Sache aber ganz anders aus. Jennes lässt sie sich mitbringen oder schafft sie eigenhändig her.«

»Hat Borsch dich zu mir geschickt?«

»Spinnst du?«

Langsam ein, langsam aus. Heinz-Jürgen Schrievers war nur noch eine Pumpe, die die abgestandene Luft zirkulieren ließ. Langsam ein und langsam aus. Begleitet von einem steten metallischen Zischen oder einem leisen, eindringlichen Brodeln.

Seine Augen brannten. Es stank nach Exkrementen. Kein Geräusch, keine Bewegung. Er war wie aus der Zeit gefallen. Es machte keinen Unterschied, ob er noch lebte oder schon tot war.

Hunger? Er meinte ein heiseres Kichern zu hören. Aber es war nur seine Phantasie, die ihm einen Streich spielte. Er war allein. Hunger? Wieder dieses Kichern.

Hunger hatte er keinen mehr. Und Durst? Was war das noch einmal? Er kannte das Wort, aber er kannte seine Bedeutung nicht mehr.

Eine Gnade? Schrievers riss die Augen auf, und seine Augäpfel drängten aus ihren Höhlen. Seine Zunge drückte schwer gegen den Gaumen. Schrievers verfluchte seine Mutter, die ihn geboren hatte. Er verfluchte seinen Vater, er verfluchte seine ganze gottverdammte Existenz.

Aber es half nichts.

Der Durst würde ihn umbringen.

Mach, dass es nicht so lange dauert. Gott. Wenn es dich gibt. Töte mich, und mach nicht so viel Aufhebens davon. Er sah ein Licht, das vor seinen Augen tanzte.

Um ihn herum nur tiefschwarze Nacht.

Torsten Linder schüttelte den Kopf. »Der Wagen kann seit Tagen dort stehen, er kann aber genauso gut immer wieder umgeparkt worden sein. Fakt ist nur, dass wir ihn endlich gefunden haben und nun gründlich untersuchen können. Wobei, es gibt ein erstes Ergebnis. Wir haben Fingerabdrücke gefunden, die nicht zu Heini passen oder zu Gertrud. Der Abgleich auch mit den internationalen hat nichts gebracht. Offensichtlich ein Phantom. Aber wir bleiben dran.«

Frank wollte eine Frage stellen, aber Ecki kam ihm zuvor. »Ich gehe davon aus, dass ihr kein Blut gefunden habt?«

Der Kriminaltechniker schüttelte erneut den Kopf. »Gott sei Dank nicht. Nach unseren Erkenntnissen wurde Heinz-Jürgen nicht verletzt, zumindest nicht in seinem Auto beziehungsweise so lange nicht, wie man ihn in seinem Auto transportiert hat.«

»Immerhin.«

Linders Handy schrillte wie einer dieser alten schwarzen Bakelitapparate.

Linders Gesichtsausdruck wurde immer düsterer.

»Bittner.« Torsten Linder klappte sein Telefon zu. »Es hat etwas gedauert, weil der Kellner seine Angebetete nicht in Anrath geehelicht hat, sondern auf dem alten Leuchtturm auf Borkum, aber jetzt haben wir ein Phantombild.«

»Und?«

»Einen Augenblick. Ich drucke es aus.« Linder nickte den beiden Fahndern zu. »Auch nett: statt Flitterwochen Bildbearbeitung am PC. Den Tag werden die beiden nicht so schnell vergessen.«

Das Blatt schob sich langsam aus dem Drucker. Jeder Millimeter schien endlos lange zu brauchen. Zunächst war nur die Stirn zu sehen, dann zeigten sich die Augenbrauen, Nase und der volle Mund folgten. Schließlich lag der komplette Ausdruck vor ihnen. Der Kollege und der frisch verheiratete Kellner des Schlossrestaurants hatten ganze Arbeit geleistet: Der Antiquitätenhändler blickte sie mit ernster Miene an.

Frank nahm das Blatt in die Hand. »Was hat das zu bedeuten? Jennes, nicht Gilleßen. Ist der Kollege auf Borkum richtig gebrieft worden?«

»Sicher.« Linder klang beleidigt. »Wenn er den Kellner fragt, kann er aus seinem Zeichenprogramm nur das herausholen, was er angeboten bekommt.«

»Kein Zweifel?«

»Borsch!«

»Schon gut, Torsten, es ist nur, ich bin völlig überrascht. Ich hatte ein anderes Gesicht erwartet.«

»Es ist, wie es ist.«

Frank sah Ecki an, der ihm das Bild aus der Hand genommen hatte. »Verstehst du das?«

»Jennes ist Gilleßen. Und Gilleßen ist Jennes. Wie simpel.« Ecki sah von Frank zu Torsten Linder. »Jennes hat Heini einen falschen Namen genannt. Ich fasse es nicht.«

»Sind wir dämlich! Darauf hätten wir längst kommen müssen, Ecki. Wir haben einen Dietmar Gilleßen gesucht und hätten dabei nur Jennes nach Heini fragen müssen.«

»Tja.« Mehr wollte der leitende Kriminaltechniker Torsten Linder nicht zu der Selbsterkenntnis seiner Kollegen beisteuern. Was hätte er auch sagen sollen? Er war froh, dass sie endlich eine heiße Spur hatten.

Sie hatten Hendrik Jennes, keine zwei Stunden nachdem sie das Phantombild erhalten hatten, in der Werkstatt für Behinderte festnehmen können. Sie hätten das SEK nicht gebraucht, das Frank noch auf dem Flur vor Linders Büro angefordert hatte.

Das diensthabende Überwachungsteam Steingröver/Schmitz hatte ihnen den entscheidenden Tipp gegeben. Sie waren Jennes zur Werkstatt gefolgt, wie abgesprochen mit Abstand, aber immer so, dass Jennes wusste, dass sie da waren.

Sie hatten das Gelände weiträumig abriegeln lassen, und das SEK hatte sich ungesehen in Stellung bringen können.

Jennes unterschrieb gerade im Büro des Werkstattleiters Lieferpapiere, als Frank und Ecki dazukamen. Der Antiquitätenhändler schien nicht sonderlich erstaunt über das Erscheinen der Beamten gewesen zu sein, jedenfalls hatte er sich widerstandslos von Ecki Handschellen anlegen lassen.

Der Sozialarbeiter in seinem *Rolling-Stones*-T-Shirt hatte wortlos der kurzen und überraschenden Prozedur zugesehen. Sein Mund hatte dabei ebenso offen gestanden wie das rote Logo der *Stones*.

Während Frank und Ecki Jennes zu ihrem Fahrzeug gebracht hatten, waren die vermummten Einsatzkräfte von den Behinderten umringt worden. Stumm und unbeholfen hatten sie die neugierigen Berührungen über sich ergehen lassen. Gegen die fröhlich lachenden Menschen, die für die kurze Abwechslung ihre Arbeit liegen gelassen hatten, wirkten sie wie die Krieger aus einer fremden Welt.

»Es steht schlecht um Sie, Jennes.«

Der Antiquitätenhändler schnaubte verächtlich. »Das behaupten Sie schon lange, Borsch. Aber Sie können mich nicht schockieren. Sie nicht.«

»Es ist unsere dritte offizielle ›Begegnung‹. Ich habe endlich die Beweise, die ich gebraucht habe.« Frank musterte sein Gegenüber. Jennes machte immer noch einen überheblichen Eindruck. Das würde sich gleich ändern.

»Na, da bin ich aber gespannt. Was ist es denn diesmal?« Hendrik Jennes sah selbstzufrieden zu Carolina Guttat, die hinter Frank und Ecki an die Wand gelehnt stand.

»Sagt Ihnen die Zeitung *Timpul* etwas? Eine moldawische Tageszeitung. Sie berichtete am 21. April über eine tote behinderte Frau, der man alle Finger abgeschnitten hat.«

»Was habe ich damit zu tun?« Erneut blickte Jennes die Staatsanwältin an.

Carolina Guttat tat so, als bemerke sie Jennes' Aufforderung zu einer Antwort nicht. Sie wollte nicht eingreifen, nicht zu einem so frühen Zeitpunkt.

»Wir werden nachweisen, dass Sie Kontakt zu der Frau hatten, dass Sie die abgetrennten Finger im Spargelfeld vergraben und einen davon an mich geschickt haben.«

Jennes' Spott klang unverhohlen. »Warum sollte ich so etwas tun? Oh, wie dünn. Wie lächerlich dünn, Herr Borsch. Genauso dünn wie die Sache mit den Schweißbändern.« Er äffte Franks Tonfall nach. »Sie haben die Schweißbänder verteilt. Sie sind ein Mörder, Jennes.« Hendrik Jennes sah Frank amüsiert an, dann wechselte der Gesichtsausdruck urplötzlich in ein fratzenhaftes Grinsen. »Sie sind eine Niete.«

Seine Stimme klang zu ruhig, befand Carolina Guttat.

Frank ließ sich nicht beirren. »Sie haben sich verraten, als Sie die Puppe in den Müllcontainer gelegt haben, der in der Wohnanlage steht, wo auch Ihre Tante wohnt.«

»Lächerlich. Lassen Sie meine Tante aus dem Spiel. Sie ist eine alte Frau.«

»Die sich große Sorgen um Sie macht.« Ecki hatte den Satz mit einer Schärfe versehen, die Carolina Guttat zusammenzucken ließ. Jennes ließ sich nicht beeindrucken.

»Das ist noch nicht alles. Wir werden Ihnen den Mord an Elvira nachweisen. Und den Mord an dem unbekannten Mann aus der Grube. Und Sie werden Silvia wiedersehen, die Sie beinahe in die Luft gejagt hätten.«

Jennes verschränkte die Arme vor der Brust.

»Und wir werden schließlich auch beweisen, dass Sie mit dem Verschwinden eines unserer Kollegen zu tun haben.«

»Lächerlich.« Jennes schlug die Beine übereinander. »Wer soll das sein, bitte schön? Am Ende bin ich auch noch für die Anschläge am 11. September verantwortlich. Geht es nicht auch eine Nummer kleiner? Eine Puppe in einem Müllcontainer, Mord, Anschläge, ein Toter in einer Grube. Was kommt als Nächstes?«

»Sie spielen Mundharmonika.«

Hendrik Jennes lachte laut auf. »Wer tut das nicht, Borsch? Sind Sie nicht auch so ein lausiger Mundharmonikaspieler? Das hat nichts zu bedeuten. Absolut nichts.«

»Ihre Tante hat uns erzählt, dass Sie im Garten dabei waren, wenn Ihr Vater mit Freunden und Nachbarn musiziert hat.«

Jennes machte eine wegwerfende Handbewegung.

Den größten Trumpf hatte Frank sich aber bis zum Schluss aufgehoben.

»Dietmar Gilleßen, wo ist Heinz-Jürgen Schrievers?«

Der Archivar fror erbärmlich. Seine Füße waren wie Eis. Er war so steif wie die Stuhlbeine. Er war ein Teil dieses Stuhls geworden. Sein Verstand und seine Seele hatten aufgehört zu arbeiten, seine Körperfunktionen liefen wie auf Notstrom.

Heinz-Jürgen hatte sich längst von Gertrud verabschiedet. Er hatte seinen Freunden Lebewohl gesagt, seinen Erinnerungen, seinen Gedanken, seinem Ich. Der glückliche Ehemann und der zufriedene Archivar der Mönchengladbacher Polizei hatte aufgehört zu existieren.

Bittner hielt Frank zwei Ausdrucke hin. »Was siehst du da?«

Frank hielt die Blätter nebeneinander, hob sie hoch, um sie genauer betrachten zu können.

»Fingerabdrücke. Zwei identische, würde ich sagen.«

Bittner nickte. »Wir haben einen in Heinis Auto gefunden und einen auf der Innenseite des Klebebandes, das der Tote aus der Jauchegrube vor dem Mund hatte.«

»Auf der Innenseite des Klebebandes, mit dem die Harp fixiert war?« Auch Ecki begutachtete die Blätter.

»Absolutes Glück. Ein kleines Stück Band war nicht richtig verklebt, nicht viel größer als ein Fingerabdruck. Aber es reicht uns zur Identifizierung. Mad Doc hat ausnahmsweise mal einen absolut fixen und exzellenten Job gemacht.«

»Du siehst aus wie der Nikolaus, der noch ein Geschenk im Sack hast.« Ecki gab Bittner die Ausdrucke zurück.

»Die Abdrücke gehören Jennes oder Gilleßen, wie ihr wollt.«

»Kein Zweifel?«

»Kein Zweifel.«

»Bingo?«

»Royal Flush, ihr habt die Bank gesprengt. Die beiden Fingerabdrücke brechen ihm das Genick.«

Jennes saß breitbeinig auf dem Stuhl im Verhörraum. Vor ihm stand das Mikrofon. Das Gerät lief seit mehreren Minuten, ohne dass etwas aufs Band gekommen wäre.

Der Antiquitätenhändler hatte die Augen geschlossen. Er sah aus, als würde er meditieren.

»Sie können so lange schweigen, wie Sie wollen, Jennes, es wird Ihnen nichts nützen.«

Hendrik Jennes antwortete nicht. Stattdessen rutschte er ein wenig auf seinem Stuhl hin und her.

»Sie können die Augen nicht vor den Tatsachen verschließen. Die Fingerabdrücke reichen, um Sie hinter Gitter zu bringen. Lebenslänglich mit anschließender Sicherungsverwahrung.« Carolina Guttat hatte es sich nicht nehmen lassen und war sofort zum Präsidium gefahren, als sie von der Wende im Fall Jennes gehört hatte. »Die Vernehmung zu den Morden hat Zeit. Sagen Sie uns, wo Schrievers steckt. Und warum ausgerechnet Schrievers?« Die blonde Staatsanwältin räusperte sich und strich mit beiden Händen über ihr eng geschnittenes graues Kostüm. Etwas an Jennes bereitete ihr Unbehagen. Sie konnte nicht sagen, was es war. Aber das Gefühl reichte, um ihre Handflächen schwitzen zu lassen.

»Wovor haben Sie Angst?«

Carolina Guttat zuckte unter dem unerwarteten Satz zusammen. Jennes musste sie beobachtet haben.

»Ich habe recht. Stimmt's?« Jennes sah immer noch so aus, als nähme er nichts aus seiner Umgebung wahr.

»Lassen Sie das Spielchen«, kam Frank Carolina zu Hilfe. »Sie bluffen, Jennes. Lassen Sie's gut sein. Sagen Sie uns lieber, was Sie mit Schrievers gemacht haben.« Carolinas Handflächen schwitzten noch mehr. Sie unterdrückte den Impuls, sie an ihrem Rock abzuwischen.

»Ich bluffe nicht. Sie bluffen. Sie haben nichts gegen mich in der Hand. Diese Fingerabdrücke! Die werden Sie gefälscht haben, oder Sie wollen sie mir unterschieben. Haben Sie keine Zeugen? Nur ein paar lächerliche Indizien werden nicht ausreichen, verehrte Frau Staatsanwältin.«

»Ihren anmaßenden Ton können Sie sich sparen, Jennes. Die Abdrücke sind keine Indizien, sie sind eindeutige Beweise.« Es war Frank, der wieder sprach. »Und machen Sie endlich die Augen auf, Jennes.«

»Sie suchen Schrievers? Gut. Das hat er auch verdient.« Jennes hatte die Augen geöffnet und sah Frank spöttisch an.

»Wo ist er?« Ecki musste sich beherrschen, um nicht aufzuspringen und sich auf Jennes zu stürzen. Dieses Arschloch brachte es tatsächlich fertig, dass er kurz davor war, einen Fehler zu machen. Ecki ballte unter dem Tisch die Hände und öffnete dann langsam seine Fäuste.

»Wie lange ist Schrievers schon weg? Zwei Tage, drei, vier? Wo suchen Sie ihn denn?« Jennes klang, als würde er sich besorgt nach dem Befinden eines alten Freundes erkundigen.

Jennes sah Carolina Guttat an. Sie spürte, wie sein Blick durch ihr Kostüm drang, und sie begann, sich nackt zu fühlen. »Das wissen Sie ebenso gut wie wir.«

»Wie lange kommt ein Mensch ohne Wasser aus?« Jennes' Augen zogen sich zu schmalen Schlitzen zusammen, um dann abrupt zu strahlen.

»Hören Sie endlich auf!« Frank brüllte den Satz so unvermittelt, dass alle im Raum zusammenzuckten.

Ein feiner Schweißtropfen rann Carolina Guttats Rücken hinab. Sie schloss die Augen und sah die schwankende Kellerlampe vor sich. Bevor auch das Gesicht auftauchte, zwang sie sich, die Augen zu öffnen. Jennes war ein Monster. Kein Wunder, dass sie Angst vor ihm hatte.

Jennes lachte meckernd. »So nicht, mein Freund. So nicht.«

Ecki sprang auf. »Hören Sie endlich mit Ihren Spielchen auf. Hören Sie auf, auf Zeit zu spielen. Es geht um ein Menschenleben. Wollen Sie, dass Schrievers stirbt?«

»Haben Sie Angst vor dem Sterben?« Jennes war jetzt ein Gesprächstherapeut, der sich vorbeugte, um seinem Klienten volle Aufmerksamkeit zu signalisieren. Dann ließ er sich auf seinen Stuhl zurückfallen. »Sie haben ja keine Ahnung, was Angst ist und was Sterben bedeutet.«

Frank sprach leise und bedächtig, es lag sogar eine Spur Zuneigung in seinen Worten. »Dann sagen Sie es uns, Hendrik, was bedeutet für Sie Angst?«

Ecki und Carolina wechselten einen schnellen Blick. Die Staatsanwältin runzelte fragend die Stirn.

»Hatten Sie Angst, damals im Keller?«

Wovon sprach Borsch? Carolina suchte Eckis Augen, aber der hatte Jennes fest im Blick.

»Todesangst? Angst vor Ihrem Vater? Angst vor der Strafe? Angst vor den Ratten und vor der Dunkelheit?«

Carolina Guttats Herz begann zu rasen. Sie strich über ihr Kostüm, aber das Rasen wurde stärker. Sie musste sich zwingen, nicht den Raum zu verlassen.

Hendrik Jennes deutete mit neugierigem Blick auf die Staatsanwältin. »Diese Frau hat Angst. Warum?«

»Hören Sie endlich mit diesem Psychoscheiß auf. Wo ist er?« Ecki stand kurz davor, Jennes an den Kragen zu gehen.

»Von mir erfahren Sie nichts.«

»Angst vor der Dunkelheit, das ist es, nicht wahr?« Frank sah Jennes aufmerksam an. »Und Angst vor den Eltern, die Sie doch so sehr geliebt haben. Wie kann man das aushalten: jemanden zu lieben und gleichzeitig zu hassen? Sie müssen sehr gelitten haben, Hendrik.«

Der Antiquitätenhändler schloss erneut die Augen. »Musik. Ich brauche Musik. Bringt mir die Musik von Maria Callas. Musik reinigt unsere Seelen und macht sie frei von Angst. Wir alle brauchen mehr Musik, sie rettet unsere Welt. Bringt mir

Maria Callas, Haydn und Chopin. Lieben Sie auch Chopin, Frau Staatsanwältin?«

Frank stand auf. Wenn Jennes Musik brauchte, sollte er sie bekommen.

»Ich begleite Sie.« Carolina sprach automatisch in dem offiziellen Ton, den sie in Gegenwart von Tatverdächtigen pflegten.

Als sie die Tür des Vernehmungszimmers hinter sich geschlossen hatte, lehnte sich die Staatsanwältin an die Flurwand. Sie legte ihren Kopf zurück und drückte ihre Handflächen gegen die kühle Wand.

Ihr Atem flatterte.

Johanna Eßers schüttelte unwirsch den Kopf. »Ich lasse mich von so einem jungen Küken nicht einfach wegschicken. Ich will zu meinem Neffen.« Sie deutete auf den Korb, den sie mitgebracht hatte. »Da ist Linsensuppe drin. Die ist für Hendrik. Und die werde ich ihm jetzt bringen.«

Jasmin Köllges sah hilflos zu ihrem Kollegen, der sie zur Hauptwache gerufen hatte. »Kannst du ihr das nicht erklären?« Warum hatte sie nicht längst Feierabend gemacht, dann wäre ihr das hier erspart geblieben, dachte sie verärgert. Borsch und Eckers saßen mit Guttat in der Vernehmung, die restliche MK war angeblich mit wichtigen Ermittlungen beschäftigt und hatte keine Zeit für eine »durchgeknallte Alte«. Sie konnte sich die Schadenfreude der Kollegen vorstellen, als sie den Lageraum verlassen hatte, um Jennes' Tante in Empfang zu nehmen.

»Sie haben meinen Kollegen schon richtig verstanden. Sie können den Korb gerne hierlassen, aber ich kann Sie auf keinen Fall zu ihm bringen.«

»Dann warte ich.« Entschlossen nahm Johanna Eßers den Korb vom Tresen der Hauptwache und drückte ihn an ihre geblümte Kittelschürze. Ohne ein weiteres Wort blieb sie mitten im Raum stehen.

Jasmin lagen bereits einige passende Bemerkungen auf der Zunge, als die Tür zur Wache aufgeschoben wurde und eine weißblonde Frau mit kurzen Haaren eintrat. Hinter ihr schob sich ein junger Mann in den Raum und ging an Johanna Eßers vorbei zum Tresen. Er hielt ein bemaltes Blatt in der Hand. Lächelnd schob er seine Brille auf die Nasenwurzel. »Ich bin Tommy. Fühl mal meine Muskeln. Ich bin stark, jaha.«

»Hier muss es sein.« Ecki deutete auf den Altbau. Das Gründerzeithaus im Ortsteil Dohr sah unbewohnt aus. Tommy hatte die Fassade gut getroffen. Er musste ein fotografisches Gedächtnis haben, da er nur ein einziges Mal in dem Haus gewesen war. Die wenigen noch vorhandenen Stuckelemente waren akribisch wiedergegeben, ebenso wie die dunkelgelbe Hausfarbe, die an vielen Stellen abblätterte. Die dunkelbraun gestrichenen Holzrollläden waren halb heruntergelassen.

Frank versuchte, durch die Fenster etwas zu erkennen. »Nichts. Das Haus scheint leer zu stehen.« Er klingelte, aber er hörte kein Geräusch. »Abgestellt.« Er rüttelte an der dunklen Haustür, aber sie war fest verschlossen.

Ecki deutete auf die nahe Straßenecke. »Versuchen wir's von hinten. Vielleicht haben wir Glück.«

Auf dem Weg zu den Gärten, die sich an die Rückseiten der Häuser anschlossen, deutete Frank auf die Bäume, die am Ende der kurzen Stichstraße zu sehen waren. »Ist das nicht der Dohrer Busch?«

Ecki nickte. »Sieht so aus.«

Sie waren dem unbefestigten Weg, der von der Stichstraße abging, ein Stück gefolgt, als Frank stehen blieb. »Das muss der Garten sein.«

Sie standen vor einer Garage aus löchrigem Wellblech, die nur zum Teil den Blick auf das verwilderte Grundstück freigab, das zu dem leeren Haus gehören musste.

»Komm.« Ecki hatte bereits kräftig gegen das schmiedeeiserne Gartentor gedrückt, das quietschend nachgab.

Sie folgten dem schmalen Weg, der an einer mehr als fünfzehn Meter hohen Tanne vorbei zu den Anbauten führte, die einen heruntergekommenen Eindruck machten.

»Hier wohnt schon lange keiner mehr. Wollen Sie das Haus kaufen? Lohnt sich nicht. Mehr als sechzigtausend würde ich nicht geben. Aber vermutlich ist auch das noch zu viel.«

Ecki und Frank drehten sich erstaunt um. Am Zaun des übernächsten Gartens stand ein weißhaariger Mann in einem grauen Arbeitskittel, der sie durch seine Brille neugierig musterte.

Frank zeigte seinen Ausweis. »Das Haus steht leer?«

»Wie man's nimmt.« Der Mann rieb sein glatt rasiertes Kinn. »Der Vormieter ist vor zwei Jahren ausgezogen. Dann hat der Kasten leer gestanden und sollte verkauft werden. Aber dann ist immer mal wieder ein Lieferwagen vorgefahren, und ein Mann hat Möbel ein- und ausgeladen. Ich glaube, er hat das Haus als Lager für Antiquitäten gemietet. Möchte mal wissen, was sich die Besitzer dabei gedacht haben. Na ja, besser, als wenn es nur leer steht. Da verkommt das Haus nur noch mehr. Eine Schande ist das.« Der gesprächige Nachbar schüttelte unwillig den Kopf.

»Und wo ist der Mieter jetzt?« Ecki wollte den Mann nicht direkt auf Jennes ansprechen.

»Den habe ich schon mehrere Tage nicht gesehen.«

»Sie sind oft im Garten?« Ecki deutete freundlich auf den akkurat getrimmten Rasen und die gepflegten Beete.

Der Weißhaarige deutete zu einem kleinen Bau am Ende seines Gartens, der Frank und Ecki erst jetzt auffiel. »Ich muss meine Tauben versorgen.«

»Vielen Dank für Ihre Auskünfte.« Frank wollte gehen, drehte sich dann aber noch einmal um. »Haben Sie in den vergangenen Tagen etwas Auffälliges bemerkt? Dass mit dem Mieter ein zweiter Mann in das Haus gegangen ist? Ein kräftiger Mann, um die hundert Kilo schwer? Vielleicht in Sportkleidung?«

Der Taubenliebhaber runzelte die Stirn. »Nicht, dass ich wüsste.« Er deutete auf sein Haus und setzte sich gleichzeitig in Bewegung. »Ich kann aber mal meine Frau Charlotte fragen.«

»Tun Sie das.« Frank sah ihm nachdenklich hinterher. »Hoffentlich verlieren wir hier nicht nur Zeit, und Heini steckt ganz woanders.«

»Haben wir eine Wahl?« Ecki musterte das Anwesen.

Der dunkle Innenhof war leer, ebenso die Anbauten. In einem gemauerten Grill lagen aufgeschichtet mehrere Holzscheite, als würden sie nur auf ihren Einsatz warten.

Die Hoftür war für sie kein Hindernis. Ecki brauchte sich nur wenig anzustrengen, und schon sprang das einfache Schloss auf. Die Tür schob etwas über die alten Bodenfliesen, als Ecki sie vorsichtig aufdrückte.

Im Hausflur roch es muffig. Die Tapeten fühlten sich kalt und feucht an. Die ochsenblutrot gestrichenen Dielen knarzten leise, als Frank und Ecki die unteren Räume inspizierten. Auch dort roch es muffig. Staub wirbelte auf und kitzelte sie in ihren Nasen. Frank war versucht, die Fenster aufzureißen, um frische Luft hereinzulassen.

Außer einigen Stühlen, zwei abgenutzten Kommoden, eine davon ohne Füße, die in der Mitte der ehemaligen Küche standen, Bilderrahmen und einer kleinen Wanne aus Zink waren die Räume leer.

Ecki sicherte Frank auf der Treppe in den ersten Stock. Routiniert kontrollierten sie auch diese Etage, aber sie war ebenso leer. Von einer Wand hatte sich eine Tapetenbahn gelöst. Tote Fliegen und Marienkäfer lagen auf den Fensterbrettern, in den Zimmerecken hingen dunkle Spinnwebfahnen.

Auf dem Speicher fanden sie nichts als dicke Lagen Staub. Und mehrere gespannte Drähte, die einst als Wäscheleinen gedient hatten. In einer Ecke des Dachbodens stand ein vergessener Wäschekorb aus ausgeblichenem Weidengeflecht.

Frank steckte seine Waffe in das Schulterholster zurück. »Und nun? Tommy hat es sicher gut gemeint, aber er hat uns nicht geholfen.«

»Noch ist nichts verloren. Komm.« Ecki hatte seine Waffe in der Hand behalten. »Der Keller! Warum komme ich erst jetzt darauf?«

An der grau gestrichenen Kellertür blieb Ecki kurz stehen. »Jennes wird nicht davonkommen.«

Frank sagte nichts, stattdessen drehte er den schwarzen Schalter um. Mit einem Klacken gab er den Strom frei.

»Wenigstens etwas.« Frank war schon auf der ersten Stufe.

»Lass mich vorgehen.« Ecki hob seine Waffe.

»Hier ist nichts, was uns gefährlich werden könnte.« Frank winkte ab und stieg die Holztreppe hinunter.

Sie mussten den Kopf einziehen, um nicht gegen die niedrigen Türstürze zu stoßen.

Mehrere Glühbirnen, die unter einfachen Blechschirmen steckten, verbreiteten ein trübes Licht. Als Ecki gegen eine der Fassungen stieß, begann das Licht zu flackern.

»Sieh dir das an.« Frank deutete auf einen Zugang im hinteren Teil des Kellers.

Das helle Neonlicht gab den Blick frei auf ein modern eingerichtetes Büro samt Flachbildschirm, Fax und großem Drucker. Die in verschiedenen Grautönen gehaltene elegante Einrichtung stand im krassen Gegensatz zu der modrig riechenden Kellerflucht.

An einer Wand hingen mehrere große Uhren. Jede von ihnen zeigte eine andere Zeit: 10.46 Uhr, 9.30 Uhr und 9.15 Uhr. Die gegenüberliegende Wand wurde ganz von Regalen mit ordentlich aufgereihten und einheitlich beschrifteten Aktenordnern eingenommen. Frank deutete auf die Uhren und sah Ecki fragend an.

Aber Ecki hatte etwas anderes entdeckt. »Guck dir die Boxen an.« Ecki stand staunend vor der mächtigen mattschwarz schimmernden Hi-Fi-Anlage, neben der stapelweise

CDs mit klassischer Musik lagen, obenauf eine leere CD-Hülle, die zu Aufnahmen mit Arien von Maria Callas gehörte.

»Solche Boxen kosten ein Vermögen. High End. Die sehen nicht nur gut aus, die klingen auch phantastisch. Ich habe so was mal bei einem Händler in Düsseldorf gesehen.«

Frank nickte abwesend. Er stand vor der Regalwand und hatte einen der Ordner herausgezogen. Er blätterte in ihm, stellte ihn zurück und nahm den nächsten zur Hand. Auch dessen Inhalt überflog er nur kurz, um dann nach einem dritten zu greifen.

»Jennes muss irre sein. Er ist wahnsinnig. Das kann nicht sein, was ich hier sehe.« Frank drehte sich zu Ecki um. »Der Typ hat Zeitungsberichte aus aller Welt ausgeschnitten und archiviert. Berichte über Gewaltverbrechen, über Anschläge, Hinrichtungen. Was du dir in diesem Bereich nur vorstellen kannst, findest du hier. Fein säuberlich nach Themen geordnet und nach Datum sortiert. Hier.« Er deutete auf den Ordner in seiner Hand. »Thema ›Exekution‹. Jennes hat einen kompletten Ordner mit Berichten über Todeskandidaten in US-Gefängnissen. Ihre Taten, ihre Gerichtsverhandlungen, ihre Todesart und ihr Todeszeitpunkt. Zum Teil hat er die Artikel mit Randbemerkungen versehen. Das Ganze ist dann noch einmal nach Todesarten sortiert: Hinrichtung durch den Strang oder mit der Giftspritze. Ich fasse es nicht.«

Ecki war neben Frank getreten. »Wozu zum Teufel brauchte er das ganze Zeugs?«

Frank stellte den Ordner an seinen Platz zurück und fuhr mit dem Finger über die Rücken der anderen Aktenordner. Dann hielt er inne und zog einen hervor.

Frank deutete auf das Inhaltsverzeichnis. »Jennes hat nicht nur Berichte über Gräueltaten, er hat auch Totenzettel gesammelt, wie man sie früher bei Beerdigungen verteilt hat.«

Er schlug den Ordner zu. »Widerlich. Er hat doch tatsächlich unter das Verzeichnis geschrieben: Mein Archiv der Erlösung von dem Übel.«

»Krank. Was anderes fällt mir dazu nicht ein.«

»Ich habe Angst um Heinz-Jürgen.«

Ecki ging zum breiten Schreibtisch, auf dem einige Papiere verstreut lagen. Es sah so aus, als hätte Jennes seinen Arbeitsplatz erst vor wenigen Minuten verlassen.

Ecki nahm einige Blätter auf. »Hör dir das an: *Ästhetik des Horrors. Katharsis und Erleuchtung.* Ein Versuch von Hendrik Jennes. Mönchengladbach, 23. November 2011.«

»Klingt wie eine wissenschaftliche Arbeit.« Frank sah an der Regalwand entlang. »Lass uns hier verschwinden. Um das Büro kann sich die KTU kümmern. Wir müssen Heini finden, bevor es zu spät ist.«

»Augenblick noch.« Ecki hatte sich in Jennes' Notizen vertieft. »Hier heißt es in einer Art Vorwort: Außenseiter ziehen mich an. Ich bin selbst ein Outsider. Autoritäten haben mir immer zu schaffen gemacht. Ich hatte viele kleine Jobs: Schreiner, Fischer, ich habe in Fabriken gearbeitet. Und ich habe es immer gehasst. Ich werde niemals verstehen, wie Leute durchs Leben kommen, indem sie der Stechuhr und Autoritäten gehorchen. Deswegen bin ich fasziniert von anderen, die noch extremer sind als ich. Die ihren Weg gefunden haben. Jon Krakauer.«

»Ecki!«

»Warte. Er hat sogar dieses Lied archiviert. Das mit den Schmetterlingen.« Ecki räusperte sich. »›Wer Schmetterlinge lachen hört, der weiß, wie Wolken schmecken, der wird im Mondschein, ungestört von Furcht, die Nacht entdecken. Wer in sich fremde Ufer spürt und Mut hat, sich zu recken, der wird allmählich ungestört von Furcht sich selbst entdecken. Abwärts zu den Gipfeln seiner selbst blickt er hinauf, den Kampf mit seiner Unterwelt nimmt er gelassen auf. Wer Schmetterlinge lachen hört, der weiß, wie Wolken schmecken, der wird im Mondschein, ungestört von Furcht, die Nacht entdecken. Der mit sich selbst in Frieden lebt, der wird genauso sterben und ist selbst dann lebendiger als alle seine Erben.«

Frank nickte. »Novalis.«

»Irgendwie schön.«

»Los jetzt, Ecki. Wir dürfen keine Zeit verlieren.« Frank wurde immer unruhiger. Wo war Heinz-Jürgen? Ihm schoss die Liedzeile aus *Hostage of Love* von Razorlight durch den Kopf: *I am a sinner, and I am a saint, I am a devil, I am the ghost at the wake, I feed the swell and pull, Of your tears as they break, I am the limit of, The load you can take.*

Frank hatte das Gefühl, keine Luft mehr zu bekommen. »Ich muss hier raus.«

»Du hast recht. Das Zeugs wird uns noch genug Arbeit machen.« Ecki legte die Blätter auf den Schreibtisch zurück.

Beim Verlassen des Büros deutete Ecki auf die Anlage. »Möchte mal wissen, wie Jennes hier unten die Lautstärke ausgehalten hat. Hier ist doch alles dicht.«

Frank blieb abrupt stehen. »Irgendetwas stimmt hier nicht.«

»Nichts stimmt hier. Jennes ist total krank.«

»Das meine ich nicht. Die Räume, der Grundriss. Etwas stimmt nicht. Wir haben nicht alle Räume gesehen. Komm.«

Die beiden Ermittler kehrten zur Kellertreppe zurück. Dort blieb Frank stehen. »Stell dir den Grundriss vor.« Frank schloss die Augen. Wie um seine Gedanken zu unterstützen, fuhr er mit dem Finger durch die Luft.

Ecki konnte sich den Grundriss nicht vorstellen.

Frank öffnete die Augen wieder. »Das Büro, Ecki. Hinter dem Büro muss noch ein Raum liegen.« Frank stürmte los.

Im Büro blickten sie sich ratlos um. Es gab keine Tür, die sie hätten übersehen können.

»Das Regal, Ecki.« Frank hatte es kaum ausgesprochen, da war er auch schon an der Wand und zog die Ordner von den Regalen und warf sie achtlos zu Boden.

Nach wenigen Augenblicken war das Regal leer geräumt. Mit vereinten Kräften schoben sie es Zentimeter um Zentimeter von der Wand.

Schließlich fanden sie, was sie gesucht hatten. Vor ihnen erschienen die Umrisse einer Stahltür. Auf das Türblatt war ein fotokopierter Spruch geklebt: *Ich male den Teufel an die Wand, damit er mir nicht begegnet. Jakob Arjouni.*

Jennes musste sich seiner Sache sehr sicher gewesen sein, dachte Ecki, denn neben der Tür hing an einem Haken in der Wand ein Schlüssel.

Frank steckte ihn in das Schloss. »Passt.«

»Los, mach auf.«

Frank zögerte für den Bruchteil einer Sekunde. Er hatte Angst vor dem, was ihn hinter der Tür erwarten würde.

Vorsichtig drehte er den Schlüssel im Schloss und öffnete die Tür, die erstaunlich leicht nach innen aufschwang.

Zunächst sahen sie nichts. Nur ein feiner singender Ton war zu hören, der in regelmäßigen Abständen unmerklich an- und dann wieder abschwoll.

Frank schaltete das Deckenlicht ein.

»Wir brauchen einen Arzt.« Mehr brachte Frank nicht hervor.

Ecki zog sein Handy aus der Jackentasche und wählte die Nummer der Leitstelle, aber er hatte keinen Empfang und rannte sofort zur Kellertreppe.

Frank löste sich nur langsam aus seiner Starre. Der Archivar saß stramm gefesselt auf einem alten weißen Küchenstuhl, sein Kopf hing vornüber. Die vorderen Stuhlbeine und Schrievers' Beine standen in einer Zinkwanne, die mit Wasser gefüllt war. Die Luft war abgestanden, und es roch nach Urin.

Frank trat vorsichtig an Heini heran und legte fast scheu seinen Zeige- und Mittelfinger an Schrievers' Halsschlagader. Die Haut fühlte sich so dünn an wie Papier. Frank hob Schrievers' Kopf ein wenig an. Da sah er, woher der harfenähnliche Klang kam: In Heinz-Jürgens aschgrauem Gesicht klebte graues Klebeband, das eine Bluesharp in Miniformat in seinem Mund fixierte.

Heinz-Jürgen Schrievers lebte noch.

Hendrik Jennes hatte bei seiner Vernehmung nicht einen Augenblick lang erstaunt reagiert, als er von der Rettung des Archivars erfahren hatte. Er sprach im Gegenteil sichtlich erleichtert, ruhig und mit klarer Stimme in das Mikrofon: »Gute Arbeit, meine Herren. Ich bin endlich erlöst. Ja, ich habe die Taten begangen, denn ich habe mich von meiner Last befreien wollen. Nun soll es genug sein. Mein Leben wird auf ewig bestimmt sein von klassischer Musik. Und dies ist nun gleichsam mein Vermächtnis und meine Erkenntnis als Kind meiner Eltern: Du musst sie mitnehmen, die Menschen, die du liebst, auf deiner Reise durch dein Leben. Sonst stehen sie am Rand und weinen nur.« Frank und Ecki hatten die Vernehmung alleine zu Ende geführt. Carolina hatte es vorgezogen, auf die Ermittlungsakten zu warten, statt Jennes' Vernehmung weiter beizuwohnen. Den Grund für ihr Fernbleiben hatte sie den beiden nicht genannt.

Heinz-Jürgen Schrievers erholte sich schnell wieder. Nach den Tagen im Krankenhaus und gerade mal einer Woche zu Hause stand er mittags im Büro von Frank und Ecki. Sein rosiges Gesicht strahlte. »Danke noch mal, Jungs. Ihr seid wirklich im letzten Augenblick gekommen. Sonst wäre ich vertrocknet wie der arme Schmetterling, der sich im Herbst in mein Kellerloch verirrt haben muss.«

»Schön, dass du wieder fit bist.« Ecki lächelte und schob Heinz-Jürgen Schrievers einen Schokoriegel zu, den er für besondere Gelegenheiten in seinem Schreibtisch aufgehoben hatte. Dies war eine besondere Gelegenheit. »Wann gehst du denn wieder zum Walken? Du hast ja wirklich Fortschritte gemacht. Kann man richtig sehen.«

»Na ja, vorerst wohl nicht. Gertrud meint, ich muss erst wieder ganz auf die Beine kommen.« Er straffte seine Strickjacke. »Ich finde, Gertrud hat ganze Arbeit geleistet. Ein bisschen Hüftgold hat schließlich noch keinem geschadet.« Dann ließ der Archivar mit einem »Oder was meint ihr?« und einer einzigen flinken Bewegung den Schokoriegel in den Tiefen seiner Hosentaschen verschwinden. Er lächelte. »Danke, Ecki. Den ess ich später. Jetzt habe ich erst mal Lust auf eine große Portion Pommes. Ich lade euch ein. Was ist?«

Frank nickte zögernd.

Heinz-Jürgen Schrievers sah Frank verständnislos an. »Keinen Hunger? Oder was ist los mit dir, Borsch? Welche Laus ist dir denn über die Leber gelaufen? Du siehst aus wie drei Tage Regenwetter in Renesse.«

Frank räusperte sich verlegen und arbeitete sich umständlich aus seinem Bürostuhl heraus. »Nix. Alles okay. Von mir aus können wir gerne Pommes essen gehen.«

Ecki wusste dagegen sehr wohl, dass nichts in Ordnung war. Er hatte den fotokopierten Artikel aus dem *Rolling Stone* gefunden, der Lemmy von *Motörhead* gewidmet war und den Viola Kaumanns mit der Dienstpost geschickt hatte. Und er hatte das mit gelbem Marker hervorgehobene Lemmy-Zitat gelesen: *Es liegt an einem selbst, wie man sein Leben gestaltet. Menschliche Beziehungen habe ich ausgelassen. Aber wenn ich mir die anschaue, die ich im Laufe der Zeit so mitbekam, habe ich wohl nicht viel verpasst.*

Ecki hatte sich gehütet, Frank darauf anzusprechen.

»Na, dann los.« Schrievers stand schon an der Tür. Für einen Augenblick verdunkelte sich sein Gesicht. »Auf diese Pommes mit euch habe ich mich in dem Kellerloch die ganze Zeit über gefreut.«

Keine halbe Stunde später standen die drei Freunde in dem kleinen Laden in der Seitenstraße am Rheydter Markt, den es aus gutem Grund schon seit mehr als dreißig Jahren gab.

Nachdem Frank und Ecki ihre Standardbestellung »Schutzmann-Teller, Currywurst, Pommes rot-weiß« aufgegeben hatten, war Heinz-Jürgen Schrievers an der Reihe.

Die adrett gekleidete, ältere blonde Frau, die den stadtbekannten Frittenimbiss seit seinem Bestehen mit der stets gleichen unaufdringlichen Freundlichkeit führte und fast ganz hinter der hohen Theke verschwand, sah den Archivar fragend an: »Ihre großen Pommes mit oder ohne Mayo?«

Heinz-Jürgen Schrievers war über diese Frage regelrecht entrüstet. »Seh ich vielleicht aus wie ›ohne Mayo‹?«

Arnold Küsters

Schweineblut

Ein Niederrhein-Krimi. 352 Seiten. Piper Taschenbuch

Beim traditionellen »Schweineblut«-Abend einer Schützenbruderschaft wird ein Brauereiangestellter brutal erstochen. Ein schwieriger Fall für die Mönchengladbacher Kriminalhauptkommissare Borsch und Eckers, denn nicht nur der Brauchtumsverein bereitet Probleme, sondern auch die Tatsache, dass der Ermordete Kontakte zur Drogenszene unterhielt. Um die Ermittlungen voranzutreiben, wird die junge Kommissarin Viola Kaumanns in das Drogenkartell eingeschleust, doch die Sache geht schief …

05/2531/01/L

Susanne Hanika

Und bitte für uns Sünder

Kriminalroman. 304 Seiten. Piper Taschenbuch

Ausgerechnet beim Kirchputz stößt die Journalistin Lisa Wild auf eine Kiste mit menschlichen Knochen. Gleich wird gemunkelt, es müssten die Gebeine des heiligen Ignaz sein, und schon bald planen der Gastwirt und der Metzger die Vermarktung der Reliquien. Bevor die Dorfbevölkerung auf dumme Gedanken kommt, nimmt Lisa den Fall lieber selbst in die Hand – zumal der Hauptkommissar, der dummerweise zugleich ihr Freund ist, die Sache nicht sonderlich ernst nimmt. Doch dann verschwindet auf einmal der alte Ernsdorfer, der ehemalige Bürgermeister, der eigentlich viel zu gebrechlich ist, um zu verschwinden, und wenig später erhält Lisa einen Drohbrief …

05/2694/01/R